KB237526

이상한 나라에서 온
선물 1

이상한 나라에서 온 선물 1

초판 인쇄 ｜ 2006년 4월 5일
초판 발행 ｜ 2006년 4월 10일

지은이 ｜ 손희숙
펴낸이 ｜ 한익수
펴낸곳 ｜ 도서출판 큰나무

등록 ｜ 1993년 11월 30일(제5-396호)
주소 ｜ 120-837 서울시 서대문구 충정로 3가 3-95 2층
전화 ｜ 02)365-1845~6 팩스 ｜ 02)365-1847
이메일 ｜ btreepub@chol.com
홈페이지 ｜ www.bigtreepub.co.kr

정가 9,000원

ISBN 89-7891-216-8 03810
ISBN 89-7891-215-X (전2권)

* 잘못 만들어진 책은 구입하신 서점에서 교환하여 드립니다.

이상한 나라에서 온 선물 1one

손희숙 지음

큰나무

1.

지친 표정이 역력한 우형은 집 안으로 들어서자마자 재킷을 벗어 소파로 던져 버렸다. 연체자들을 쫓아다니는 일은 육체적 피곤과 더불어 정신적으로도 매우 고달픈 일이었다. 대부분 그런 일은 고용된 녀석들이 처리하지만, 가끔 연체자가 악질인 경우에는 직접 나서야만 했다. 오늘 두 건의 악질 연체자늘과 대면한 우형은 피곤했다. 육체적 피로보다 그들을 적당히 구슬리고 때로는 협박을 구사하며 얻은 정신적 소모가 더 컸다. 우형은 소파에 대충 몸을 구기고 앉아 두 다리를 쭉 뻗고는 눈동자를 굴려 어딘가 있을 포도주를 찾았다. 탁자 밑에 그의 습관을 잘 알고 있는 아줌마가 놓아둔 포도주가 있었다. 아버지를 닮기 싫어 웬만해선 입에도 대지 않는 술이지만, 이런 날 한 잔 정도 마시고 자면 잠이 잘 오고, 가끔씩 꾸는 악몽에서도 벗어날 수 있었다. 요즘처럼 신경을 갉아먹는 일들이 많을 때에는 일찌감치 잠에 빠져 드는 것이 현명한 방법이었다. 피곤한 탓인지 포도주한 잔을 마신 우형은 바로 잠이 들었다.

눈을 감으니 꽤나 무더운 날씨인지 연신 땀을 닦는 사람들의 모습이 낡은 풍경 위로 펼쳐졌다.

'꿈이군, 그것도 악몽.'

잠결임에도 우형은 그렇게 단정 지었다. 오래된 풍경은 16년 전 그가 살던 곳을 완벽하게 재현하고 있었다. 가장 피하고 싶은 그날의 유리창이 와장창 깨지는 소리까지도 현실처럼 생생히 들렸다.

"감히 날 피해 도망을 치더니, 이제는 뻔뻔하게 사라져 달라고? 인간 우형식을 갖고 놀겠다, 이거지! 망할 년 같으니라고."

'연평 갈비'의 문이 부서져라 닫으며 나온 40대 남자는 이미 술에 취해 비틀거리고 있었다. 쉴 새 없이 욕설을 퍼붓던 남자는 자신이 몰고 다니는 트럭 위에 올라타고는 분에 못 이기는 얼굴로 씩씩거리며 담배를 찾아 물었다. 독기가 서린 입술에서 후, 하고 담배 연기가 내뿜어졌다. 한참 동안 가게를 노려보던 남자는 시동을 걸었다. 뒤로 후진할 것 같던 트럭은 곧바로 가게를 향해 돌진했다.

건물이 뒤흔들리면서 굉음 소리를 내자, 가게 안에 모여 있던 손님들은 우왕좌왕하며 비명을 질러댔다. 또다시 벽에 균열이 일 정도로 건물이 들썩였고, 가게 안은 순식간에 아수라장이 되었다.

"건물이 무너진다! 피해!"

손님들의 대부분은 외식을 나온 가족들이거나 고된 일을 마치고 한 잔씩 걸치고 있던 막노동꾼들이었다. 사람들이 앞 다투어 빠져나가는 것을 멍하니 보고 있던 소년은 제 어머니의 손에 이끌려 가게 밖으로 나갔다. 아버지가 타고 왔던 트럭이 굉음 소리를 내며 다시 가게를 향해 돌진했고, 기우뚱거리던 건물이 폭삭 무너지면서 시간을 정지시켰다.

조금 낡기는 했지만 제대로 땅에 붙어 있던 건물이 트럭의 돌진으로 인해 이렇게 쉽게 무너졌다는 놀라움이 그들의 시간을 정지시켰고, 무슨 목적인지는 모르겠으나 사람들이 있는 곳으로 자폭하듯이 돌진한 운전수에 대한 황망함이 그들의 시간을 정지시켰다. 누군가가 갈비 집 종업원과 싸운 남자라고 소리치자, 그제야 사람들은 하나둘씩 정신을 차리고 여자 종업원을 찾았다. 사람들을 헤치며 트럭 운전석 쪽으로 용감하게 달려간 남자가 기겁을 하며 뒤로 물러섰다.

"운전수가…… 죽었어."

사람이 죽었다는 소리가 또다시 사람들의 시간을 정지시켰다. 운전수의 아내인 듯한 종업원은 망연자실한 표정으로 서 있었고, 그 종업원의 손에 잡힌 초등학교 졸업반의 아이는 슬그머니 어머니에게 잡힌 손을 뺐다.

병원에 연락하라는 소리, 가게가 망했다고 몸부림치는 가게 주인의 처절한 비명 소리, 다행히 인명 사고는 없다며 주인을 위로하는 소리와 조용한 읍내에서 어떻게 이런 일이 일어날 수 있냐는 소리 등 동네를 떠들썩하게 만든 사건을 보며 저마다 한마디씩 내뱉은 말로 시끄러웠다.

또래보다 큰 키를 가진 우형이었지만 트럭으로 몰려드는 사람들로 인해 아버지의 죽음을 눈으로 확인할 수는 없었다. 하지만 그가 죽었다는 것은 머리털이 곤두서는 감각으로 알 수 있었다. 어쨌든 그는 피붙이였고, 정자와 난자라는 생물학적인 이유만으로도 아버지였다. 그러나 우형은 눈물을 흘리거나 슬퍼하거나 노여워하지 않았고, 멍한 표정조차 짓지 않았다. 그저 무표정한 얼굴로 바라보고 있을 뿐이었다.

옹기종기 모여 있던 사람들은 '죽은 트럭 운전수가 갈비 집에서 한바탕 난리를 쳤어!', '아내와 아들을 찾아왔다고 하던데……' 라며 수군덕거림을 멈추지 않더니, 곧 아들인 그를 향해 시선을 돌렸다. 그의 표정이 궁금했던 모양이다. 아비 같지 않은 아비가 벌인 행패와 그의 죽음에 어떤 반응을 보일까 궁금해 하는 사람들에게 우형은 몹시도 메마르고 건조한 표정을 보여 주었다. 그들의 얼굴에 눈에 띄게 실망하는 표정이 나타나더니, 누군가 툭 하고 던졌다.

"그 아비에 그 아들이라더니…… 하긴, 피는 못 속이지."

그 말에 동감한다는 듯 여럿이 고개를 끄덕였다. 그들은 우형의 아버지를 본 적이 없었다. 아버지와는 7살 되던 해에 헤어졌고, 그 뒤 읍내와 떨어진 곳에 자리를 잡고 6년의 세월을 보냈다. 읍내 갈비 집에 어머니가 취직한 것은 고작 두 달 전이었고, 아들인 그가 갈비 집에 온 것도 오늘이 처음이었다. 그런데도 그들은 아버지와 아들이 같다고 말하고 있었다. 처음 본 소년과 소년의 아버지의 닮은 점을 어쩌면 그리도 쉽고 간단하게, 일순의 머뭇거림도 없이 말할 수 있을까. 우형은 꿈속에서도 이해하지 못했다.

구급차가 도착하고, 갈비 집 옆구리를 들이박은 트럭에서 아버지의 시신이 꺼내졌다. 우형은 어머니를 찾지 않았다. 어머니를 보는 순간 꾹꾹 눌러 담았던 무언가가 툭, 하고 터질 것 같았기 때문이다. 그래서 더 아버지의 시신에 집착했는지도 모른다. 아버지의 얼굴은 붉은 피로 뒤덮여 있었다. 들것에 실린 아버지의 시신이 구급차에 오르기 전까지 우형은 계속 가늘게 눈을 뜨고 아버지의 손에 집중했다. 작은 움직임이라도 있다면 아버지가 살아 있는 것이고 그렇지 않다면 죽은 거라고, 아주 단순하게 생과 사를 결정짓기로 했다. 역시나 움직임이 없었다.

　"오빠."

　우형은 목소리의 주인공을 찾아 고개를 아래로 내렸다. 7살 된 꼬마인 예원이가 부르고 있었다. 어린 것이라고는 해도 사태가 심각하다는 것을 알았는지 불안해 보였다. 언뜻 두려워하는 것도 같았다. 시신을 처음 봐서? 아니다. 예원이가 두려워하는 것은 바로 그였다. 정확히 말하자면 그의 표정이었다.

　"무서워?"

　우형이 억양 없는 목소리로 물었다.

　"아니, 아니야. 하나도 안 무서워!"

　무서워서 벌벌 떠는 주제에 무섭지 않다고 기를 쓰는 예원에게 우형은 얼핏 미소를 보였다.

　"무서워해도 돼. 나 역시 내가 두려우니까."

　우형은 입에서 나오는 말들이 담담하다는 것에 놀라지 않았다. 고정되어 있는 눈동자가 미세한 떨림 하나 없다는 것도 나쁘지 않았다. 이대로 담담한 얼굴로 집으로 들어가야지 했으나, 한쪽 손이 덜덜 떨리기 시작했다. 6년 만의 짧은 만남을 끝으로 자살해 버린 아버지의 죽음 앞에 손이 널덜 떨려왔다.

　"이 정도는 해주겠어."

　이제는 휑해진 거리에 몇 안 되는 사람들을 보며 우형은 보란 듯이 말했다. 특별히 누구에게 한 말도 아니었고 들어도 되고 듣지 않아도 되는 혼잣말이었지만, 작은 두 손이 뻗어와 덜덜 떨리는 손을 움켜잡자 상황은 역전되었다. 왠지 억울하게 느껴지는 이 상황들 앞에서 어쩌지 못하는 감정이 몰려와 허덕이게 했다.

　"오빠야, 오빠야, 울지 마."

　거친 숨을 토하던 우형은 울지 말라는 예원의 사정에 실소를 금할 수가 없었다. 누가 운다는 거지? 단 한 번도 울지 않은 눈이 너무 메말라서 쩍쩍 갈라지고 있는데, 누가 운다고? 우형은 건조한 웃음을 보이며, 꼬마와 눈높이를 맞췄다.

"예원아, 울지 말고 오빠 말 잘 들어. 오늘 일은 잊어, 잊어버려! 오늘 일어난 사고도, 오늘 본 내 모습도 잊어. 입 다물고 오빠 말 잘 들어. 예원이 일곱 살이지? 오빠가 무슨 말을 하고 있는지 알아들을 수 있을 거야. 잊어버려, 오늘 일은. 알았지?"

우형은 큰 눈동자에서 쉴 새 없이 떨어지는 눈물로 얼룩진 예원의 얼굴을 티셔츠로 닦아 주었다. 우형이 다시 한 번 다짐을 받자, 예원은 고개를 끄덕이며 울음을 꾹 참았다. 벌겋게 달아오른 얼굴로 연신 고개를 끄덕이는 예원이 안쓰러워 주머니를 뒤져 사탕을 건네주었으나, 예원은 마다했다. 사탕이라면 자다가도 벌떡 일어나는 예원이가 거부한 그 사탕은 그 후에도 전달할 수 없었다.

보이고 싶지 않은 그날의 모습을 꼬마에게 들켜 버린 우형은 예원을 피했다. 그리고 얼마 후, 상실감으로 가득한 어머니에게 옛 사랑이 나타나는 소설 같은 일이 일어났고 어머니의 재혼으로 우형은 그곳을 떠나게 되었다. 그날의 사탕은 찐득거리는 날씨와 마찬가지로 녹아 버렸다.

우형은 눈을 떴다. 벌써 아침이 밝았는지 커튼 사이로 햇빛이 들어오고 있었다. 밤 10시에 누워 오랫동안 잠을 잤지만, 단 한숨도 자지 못한 것처럼 피로했다. 우형은 물 먹은 솜처럼 무거운 몸을 일으키며, 크게 기지개를 폈다. 커튼을 걷어 젖히고 전면 창을 여니 기다리고 있었던 듯 신선한 아침 공기가 집 안으로 들어왔다.

'뭐, 그만하면 양호한 꿈이지.'

우형은 그렇게 꿈에 대해 결론지었다. 사실 꿈이라고만 할 수는 없는 일이었지만 꿈이라고 단정 짓는 것은, 그때 존재했던 사람들 중 어머니를 제외하고는 다신 만날 일이 없다는 것과 현재의 생활에 그럭저럭 만족하고 있다는 이유 때문이었다. '그럭저럭'이라고? 우형은 곧 '대단히'라고 정정했다.

사채업을 하는 '신우'의 회장인 새 아버지의 후광이 아닌 실력으로 오른 이사란 직책도 흡족했고, 허수아비 같은 사장 대신 모든 업무의 마지막 결재자가 된 것도 마음에 들었다. 또한 서울에서도 땅값이 비싸다고 유명한 J구 Q동의 넓은 저택에서 특별대우를 받으며 그에 걸맞은 여유로운 생활을 하고 있으니, 대단히 만족할 일이었다. 게다가 타인의 출입을 엄격히 제안하는 철통같은 경비를 비롯해, 사생활 보호가 확실히 되는 곳이기에 만족감은 더했다. 물론 저택을 구입하는 비용은 만만치 않았으나, 이 정도에는 타격을 입지 않는 경제적인 여건도 가지고 있었다. 이것은 그 옛날, 남의 집 더부살이를 해야 했던 시절이 뇌 속에 저장되어 있는 그에게 더 없는 만족감을 주었다. 그러나 그 만족감은 입주한 지 채 1년도 되지 않아, 한 통의 전화로 송두리째 흔들리게 되었다. 빌어먹을 김예원!

다신 만나고 싶지 않은 사람 목록 1순위인 꼬맹이와의 해후는 절대 하고 싶지 않은 일 중의 하나라는 사실을 불행히도 어머니는 모르고 있었다.

－예원 씨가 취직하겠다고 서울에 간다고 하더라. 네가 좀 맡아 줘야겠다. 왜라니? 우리가 그 집에 얼마나 많은 빚이 있는지 정말 몰라서 하는 소리냐? 성심성의껏 대해 줘라. 이상한 소리가 들리면, 미국에서 당장 서울로 쫓아갈 테니, 명심해.

어머니의 명령을 고분고분 들을 생각이 없었던 우형은 제 손에 쥔 휴대폰을 바닥으로 내동댕이쳤다. 널브러진 휴대폰은 탁, 소리를 내긴 했지만 아직도 '여보세요.' 소리를 내며 끈질기게 살아 있음을 알려 주었다.

'제기랄, 내가 보모라도 되는 줄 알아!'

버럭 소리라도 지르려던 우형은 고함 대신 바람을 가를 정도로 두 팔을 크게 휘두르는 것으로 분노를 표출했다. 당장이라도 전화를 끊고 싶었지만 전화가, 그러니까 지금의 전화가 어머니에게서 온 것이라는 사실에 어쩔 수 없이 얌전해졌다. 어머니는 폭주하듯 날뛰는 우형을 얌전히 만들 수 있는 유일한 사람이었다. 우형은 크게 한숨을 내쉬고는 다시 휴대폰을 집어 들었다.

"꼬마에게 필요한 게 있으면 말하라고 하세요. 단, 이 집에 들어오는 것은 빼고요."

—예원 씨에게 필요한 것은 네 집이야.

젠장, 예원 씨라니! 태어날 때부터 본 녀석에게 '씨'를 붙여가며 호칭하는 어머니의 예의바른 모습은 마치 머슴이 마님 댁의 귀하고 귀한 아가씨를 부르는 것만 같았다. 우형은 이제 지긋지긋했다. 그런데도 어머니는 질리지도 않고 우형에게 세뇌시켰다. '넌 그 댁 머슴이야, 죽을 때까지.' 이렇게 말이다. 제기랄!

—우형아, 내 말 들어라. 우린 그 댁에 많은 신세를 졌어. 지금은 네가 번듯하게 자리 잡고 살고 있지만, 너 어렸을 때 우린 길거리에서 동사할 정도로 가난했단다. 그런 우리 모자를 거둬 주신 분들이 바로 예원 씨 부모님이야. 그러니 은혜를 갚아야 한다.

은혜라고? 우형은 아니꼬웠지만 꾹 참았다. 아버지를 피해 도망쳐서 햇볕도 들지 않는 작은 방에서 지낸 열세 살까지의 삶은 그에겐 굴욕이었다. 어머니가 재혼하면서부터 누리게 된 재력으로 그때의 삶

을 적절히 보상 받았다고 생각은 하지만, 그래도 그곳에 살았던 기억
들은 오래된 상흔처럼 잊혀지지 않았다. 그러나 어머니는 그 치욕적
인 삶을 죽어서라도 갚아야 할 은혜라고 했고, 그 집 꼬맹이를 서울
까지 불러들였다. 게다가 그 꼬맹이의 보호자, 아니 정확하게는 머슴
노릇을 하라고 명령했다. 젠장, 스물아홉이란 나이에 여섯 살이나 어
린 여자의 부하 노릇이나 해야 하다니! 그것도 예전과 마찬가지로 말
이다.

우형은 손바닥을 코에 가까이 가져다 댔다. 아직도 기저귀를 채우
면서 흘러내렸던 대소변의 지린내가 손바닥에 깊숙이 배어 있었다.
마치 절대로 벗어날 수 없는 운명을 알려 주는 것만 같았다.

'제기랄!'

우형은 낮게 욕설을 퍼부었다. 벗어나고 싶은 과거의 한 부분에 자
리 잡고 있는 꼬마를 집으로 불러들이면서까지 다시 엮어질 줄이
야…….

―왜 대답이 없니?

어머니가 재촉했다.

"알았어요. 취직만 시켜 주면 되는 거죠?"

심드렁하게 내뱉은 우형은 마님 댁의 아가씨를 어디에 던져 놓는
것이 가장 적절할까 생각했다. 죽을 만큼 힘들게 일했으나, 그만큼의
대가는 받을 수 없는 곳, 세상이 얼마나 혹독한지 알게 한 다음 발로
뻥 차서 쫓아낼 수 있는 곳, 그런 곳이 좋을 것이다. 분명 꼬마는 곱
게 자랐으니, 한 달을 버티기 어려울 것이다. 그 정도면 어머니가 누
누이 말한 '은혜' 라는 것을 갚는데 일조할 수 있으며, 잘만 하면 다시
는 앞에서 얼쩡거리지 않을 것이니 일석이조였다.

―가능한 네 집에서 가까운 곳으로 다니게 해라. 그리고 내일 기차

타고 간다고 하니 꼭 마중 나가고. 우형아, 지금 듣고 있는 거니?

"네, 네, 듣고 있어요."

우형은 건성으로 대답하며 머릿속으로 어느 회사가 지독한지 생각했다. 꼭 회사일 필요도 없다. 소규모 거래처 중에 만만치 않은 직장은 수두룩했다. 고맙게도 그곳은 널린 게 험한 장소이며, 힘든 자리였다.

─네가 예의 바르게 행동할 것이라 믿는다만, 그래도 이건 알아 두는 게 좋겠다. 절대로 남에게 손을 벌리지 않는 그 댁에서 따님을 부탁할 정도라면 그건 경제적인 여건이 매우 좋지 못하다는 뜻이다. 행여나 예원 씨가 불편하지 않도록 행동거지에 각별히 신경 써라.

경제적인 여건이 좋지 못하다고? 우형은 무서운 속도로 질주하던 차가 장애물을 만난 것처럼 생각에 급브레이크를 밟았다.

─외동딸이 고등학교만 나왔다는 게 마음에 걸려서 사람 건너서 알아보니, 집안에 마가 끼었는지 우리가 떠난 후에 안 좋은 일이 연달아 일어났더라. 예원이 아버지가 빚보증을 잘못 서서 그 많던 재산을 날리고, 할아버지가 암으로 세상을 떠나면서 들었던 병원비에도 꽤 많은 돈을 썼다고 하더라. 그 외에도 크고 작은 풍파에 간신히 남의 집살이만 면했다고 하니…… 얼마나 사정이 안 좋으면 자식을 타지로 내보내겠니. 언제든 연락만 하면 돈을 융통해 주었을 텐데…… 하긴, 워낙에 남에게 손을 벌리지 않는 댁이니…… 이번에 취직자리 부탁하기도 어려웠을 게야. 그러니 예의에 벗어나지 않도록 편안하게 대해 주렴, 알았지?

흠…… 우형은 주머니 속으로 깊게 손을 찔러 넣었다. 확실히 일이 다른 방향으로 전개가 되어 가고 있었다. 그 잘난 부잣집에서 텃세를 부리던, 물론 순전히 기억에 의존하는 것이긴 하지만, 그 모든 조건을 뒷받침했던 경제적 요건들이 와르르 무너졌다고?

　―우형아…….

　"편안하게라…… 뭐, 그렇게 하죠."

　우형은 흥분을 누르며 대답했다. 이 예기치 않은 상황이 그의 머릿속을 바쁘게 움직이게 했다. 어렸을 적 6년의 세월 동안 자의가 아닌 타의로 아들 없는 집의 아들 노릇을 했었다. 게다가 어린 예원의 보모 노릇까지 해야만 했었는데, 지금 그 대가를 받을 수 있는 기회가 온 것이다! 그 뿐만이 아닌 건방진 꼬마 계집은 더 이상 도도하고 우아한 공주님이 아니며, 오히려 한 수 굽힌 자세로 예전 종을 만나게 되었으니 이처럼 즐거운 일이 또 어디에 있겠는가. 우형은 속으로 짓던 웃음을 참지 못하고 밖으로 돌출시켰다.

　'자, 어떤 식으로 대가를 받을까…….'

　흥분으로 두 손을 비비는 우형의 눈이 빛났다. 물론 그에게 가학적인 취미는 없었지만, 장난 정도는 칠 수 있었다.

　한편 예원은 그녀를 기다리고 있는 우형이 어떤 표정인지 전혀 예상하지 못하고, 내일 올라갈 때 가지고 갈 짐을 다시 한 번 살피고 있었다. 꽤 많은 짐이 들어가서인지 가방은 터질 듯이 부풀어 들고 길 수 있을까 싶을 정도였다. 이 짐 속에 묵직한 한숨이 배어 있다고 생각하니 걱정이 앞섰다. 잘할 수 있을까, 혹시 예전 마을금고에서처럼 상처 받고 울게 되지는 않을까, 행여 자신이 가진 정신 병력을 알고 취직조차 시켜 주지 않으면 어쩌나, 하는 걱정에 예원은 늦은 밤까지 잠을 이루지 못했다.

　예원은 테이프를 비디오에 넣고 플레이를 눌렀다. 잠을 못 이룰 때면 습관처럼 영화를 봤다. 꽤 오래전부터 시작된 버릇 때문에 그녀의 머릿속에는 최신 개봉작부터 아주 오래전 영화까지 모두 저장되어 있었다. 화면을 꽉 채우고 있는 장면은 FBI가 마피아를 쫓는 총격 신으로, 여러 번 봤지만 볼 때마다 손에 땀을 쥘 정도로 흥분되었다. 사건을 해결하고 주인공들의 키스 장면이 나오면, 고개를 푹 숙이고 붉어진 얼굴로 방바닥의 무늬를 찾는 것도 오래된 습관 중의 하나였다. 여자와 남자의 관계에 대한 호기심은 왕성했지만, 그와 동시에 죄의식 또한 컸다. 남자와의 관계를 생각하면 큰 잘못을 저지르는 것만 같아, 친구에서 애인이 된 윤호에게 가벼운 스킨십조차 하지 못하게 했을 정도였다. 그래서인지 윤호는 다른 여자와 사귀었고, 헤어진 지 벌써 3달이 지났다.

'어머, 벌써 시간이 이렇게 되었네.'

예원은 시간을 확인하고 잠자리에 들었다. 조금 있으면 떠나야 할 시간이라고 생각하니, 더욱 긴장이 되어 잠을 잘 수가 없었다. 자야만 한다는 생각에 양을 세어 보았지만 소용이 없었다. 오히려 멀뚱하게 떠지는 눈과 맑은 뇌는 이제 곧 만나게 될 형이 오빠에 대한 생각을 하게 했다. 기억에는 존재하지 않지만, 늘 들었던 형이 오빠…… 나를 보면 얼마나 반가워할까, 하는 생각이 들자 살포시 미소가 지어졌다. 이불을 턱까지 끌어당긴 예원은 형이 오빠의 어른이 된 모습을 떠올리려고 했지만, 낡은 사진에서 보았던 반듯한 인상을 가진 소년의 모습만이 떠오를 뿐이었다.

눈을 감자, 천장이 낮은 방 안으로 꼬마와 소년이 얼핏 보였다. 집 안 벽지나 방 안의 풍경이 꽤 오래전의 모습이었다.

양 갈래로 머리를 묶은 꼬마가 커다란 동화책을 들고 소년의 무릎 위에 냉큼 앉는 모습을 시작으로 예원은 잠이 들었다. 그렇게 꿈은 계속되었다.

"옛날 옛날에……."

"얼마큼 옛날이야?"

첫 장을 넘기기도 전에 꼬마의 질문이 시작되었다.

"할머니의, 할머니의, 할머니의 할머니가 살던 시절."

"으응, 그렇구나."

꼬마는 알겠다는 표시로 고개를 크게 두 번 끄덕였다.

"어느 마을에 마음씨 착한 농부가 살았습니다."

"어느 마을? 마을 이름이 뭔데?"

꼬마는 궁금해서 견딜 수 없다는 듯한 얼굴로 또다시 이야기를 싹
둑 자르며 물음을 던졌다.

"글쎄, 그건 모르겠는데?"

"으응."

꼬마는 소년의 시원찮은 대답이 마음에 들지 않는다는 표시로 입
을 쭉 내밀어 보였다.

"그럼 네가 마을 이름을 지어 봐."

"내가?"

소년의 밀에 꼬미의 눈이 커졌다. 그 눈은 기쁨으로 가득하여 마치
밤하늘에 떠 있는 별들이 잠시 쉬러 온 것 같이 반짝였다.

"그럼, 난 우엉 마을이라고 할래!"

꼬마는 몹시 마음에 든다는 듯 환한 얼굴을 보였지만, 소년의 얼굴
은 그와 대조적인 어두운 빛을 띠었다. '우엉' 은 소년의 별명이었다.
꼬마가 지어 준 별명인 '우엉' 은 어느새 '부엉' 으로 변해 '부엉, 부엉'
소리를 내는 놀림거리가 되고 말았다.

"예원아, 오빠를 놀리면 안 된다고 했잖니."

타이르는 목소리에 예원이라고 불린 꼬마가 입을 삐죽 내밀었다.

“어서 사과하렴. 오빠가 화났잖아.”

어머니의 말에 꼬마는 소년의 눈치를 살폈다. 이내 소년의 엄격한 얼굴에서 화가 난 것을 알아차린 꼬마는 곧 울음을 터트릴 것처럼 울먹거리며 말했다.

“히잉. 오빠, 화났어? 그런 거야? 예원이 때문에 화난 거야?”

“아니야, 화 안 났어.”

꼬마가 잘 쓰는 수법 중의 하나가 울음인 것을 잘 아는 소년은 능숙하게 꼬마를 달랬다.

“오빠, 미안해. 예원이가 많이 미안해. 그러니까, 예원이 미워하지 마.”

“미워하지 않아.”

소년은 제 소매를 잡아 당겨 꼬마의 축축해진 볼을 닦았다.

“예원아, ‘홍’ 은 하지 마.”

하지만 이미 꼬마가 누런 코를 소년의 소매에 묻힌 후였다.

“형아, 미안해서 어쩌니?”

난감해 하는 소년에게 꼬마의 어머니가 말했다.

“괜찮아요.”

소년은 대수롭지 않다는 듯 말했지만, 살을 에는 한겨울에 찬물로 일일이 손빨래를 해야 하는 어머니를 생각하자 걱정이 되었다.

“오빠, 계속 읽어 줘. 빨리!”

어느새 눈물이 마른 꼬마가 동화책을 탁탁, 치며 재촉하자, 소년은 가볍게 한숨을 내쉬고는 다시 꼬마를 무릎에 앉혔다.

“어느 날 농부는 시장에서 암탉 한 마리를 사왔습니다.”

“왜?”

“조금 뒤에 나올 거야.”

“지금 넘겨볼래.”

꼬마는 궁금해서 견딜 수 없다는 듯 벌써 책의 뒷부분에 손을 대고 있었다.

“가만히 있어 봐, 읽어 줄 테니까.”

“싫어, 지금 넘겨볼래.”

잠시 옥신각신하는 것처럼 보이더니, 이내 꼬마의 고집에 못 당한 소년이 동화책을 읽어 주었다.

“으앙, 닭이 죽었다. 닭이 죽어 버렸다!”

신이 나서 서둘러 동화책을 넘기던 꼬마는 맨 뒷장에서 닭을 죽이는 그림이 나오자 울음을 터트렸다. 곧 소년의 손이 꼬마의 머리를 부드럽게 쓰다듬으면서 꼬마를 달랬다.

“괜찮아, 그러니까 울지 마.”

“싫어, 싫어. 닭이 죽었어. 하늘나라로 갔단 말이야. 오빠 미워!”

꼬마는 악을 쓰느라 시뻘게진 얼굴로 제 머리를 쓰다듬는 소년의 손을 내팽개치고는, 모든 것이 오빠 때문이라며 소리를 질렀다.

“예원아, 왜 이렇게 울어. 오빠 힘들다니까. 그만 뚝 그쳐! 하여간 예원이는 너하고만 있으면 왜 이렇게 떼쟁이가 되니…… 네가 너무 받아 줘서 그런가 보다. 가끔 야단도 치고, 맴매도 하고 그래. 다른 사람이 아닌 형이 야단치면 아줌마도 상관하지 않으마.”

꼬마의 어머니가 미안한 얼굴로 말했다. ‘맴매’라는 말에 화들짝 놀란 꼬마가 울음을 뚝 그쳤다.

“히잉, 오빠, 오빠. 닭 살려 줘, 살려 줘, 응? 살려 줘…….”

“내가 어떻게 살려?”

꼬마는 이제 소년의 가슴에 얼굴을 묻고 울어 댔다. 소년은 꼬마의 막무가내에 한숨을 내쉬었다.

"그래도, 그래도, 오빠는 다 할 수 있잖아. 뭐든 다 할 수 있잖아…… 히잉."

"휴…… 알았으니까, 이제 그만 울어."

"정말?"

꼬마는 언제 그랬냐는 듯 고개를 들고 기대에 가득 찬 얼굴로 소년을 바라보았다.

"나중에 닭은 하늘나라에 올라갈 거야. 그러니 끝까지 들어야 해."

"응!"

꼬마는 단단히 다짐 받는 소년에게 크게 고갯짓을 했다.

예원은 감은 눈을 번쩍 떴다.

'아, 꿈! 꿈을 꿨구나. 그런데 단지 꿈이었을까? 왠지 굉장히 오래된 추억 같은걸?'

새우처럼 둥글게 말고 자던 몸을 똑바로 편 예원은 천장을 바라보았다. 오래된 벽지의 희미해질 대로 희미해진 무늬가 들어왔다. 조금 전 그 꿈을 떠올려 보려고 했으나, 또렷이 기억나지 않았다. 하지만 굉장히 그립고, 애틋하고, 훈훈해지는 그런 느낌이었다.

'서울 가는 날 이런 꿈을 꾸게 되다니, 길조네.'

길조라며 씩, 미소를 짓던 예원이 갑자기 입을 꾹 다물었다. 역시나 취직이란 단어가 왠지 그녀를 주춤하게 만들었다. 아마도 사회생활이 만만치 않다는 것을 알고 있기 때문인지도 모른다. 그래도 시골은 그나마 할머니와 아버지가 계시지만, 서울에 가면 혼자가 되는 거였다. 서울은 시골보다 더 만만치 않을 텐데…… 예원의 입에서 가느다란 한숨이 새어 나왔다.

"예원이 아직 자니?"

문 밖에서 아버지의 목소리가 들리자, 예원은 생각을 멈추고 서둘러 일어났다.

"아니요, 일어났어요. 들어오세요."

드르륵, 문이 열리고 아버지가 들어오시자 예원은 재빨리 이불을 걷어 냈다.

"어제 이것저것 짐을 싸다가 너무 늦게 잠이 들었나 봐요, 늦잠 잤어요."

예원이 멋쩍게 웃으며 살짝 혀를 내밀었다.

"나도 걱정이 되는데, 너는 오죽하겠냐. 서울이란 곳이 워낙에 사람 살기가 흉흉하다고 들어서인지, 아무래도 걱정이 들 수밖에……."

뒷말을 흐리는 아버지의 눈이 어두웠다. 그 눈에는 아버지의 역할을 제대로 하지 못하고 어려워진 집안 형편 때문에 자식을 타지로 내몰아야 하는 것에 대한 미안함과 죄책감이 담겨 있었다.

"서울이라고 별거 있나요, 다 사람 사는 곳인데요. 걱정하지 마세요. 또, 다른 사람도 아닌 형이 오빠네 집이잖아요. 아줌마도 간간이 연락을 주셔서 그런지, 남의 집에 가는 것 같지 않은 걸요. 아, 맞아. 형이 오빠네 새 아버지가 정씨라서 정우형이라고 불러야 한다면서요? 그런데 왜 정형이 아니라, 정우형일까…… 좀 이상해요."

예원은 고개를 여러 번 갸웃거렸지만, 이내 중요한 것이 아닌 듯 활짝 웃었다.

"예원아, 아버지는 네가 병원에 다닌 것이 형이와 네 어머니의 죽음 때문이라고 들어서인가…… 널 그 댁에 보내도 되는지 잘 모르겠다."

한참을 망설이던 아버지가 근심스런 얼굴로 말했다. 아버지가 저렇게 걱정을 하시는 데에는 이유가 있었다. 7살 때, 병마와 싸우던 어머니가 돌아가신 지 얼마 되지 않아 형이 오빠마저 갑작스럽게 떠나 버리자 남겨진 어린 예원은 바뀐 현실에 적응하지 못하고 힘들어했다. 그 증세는 예원의 나이 스무 살에 최고조가 되었고, 예원은 약물 치료까지 받아야만 했었다. 하지만 예원이 아직까지 이해하지 못하는 것이 있었다. 왜 형이 오빠로 인해 자신이 그렇게 힘들어해야 했는지, 왜 그를 미워했는지…… 기억에도 남아 있지 않은 그를 말이다. 예원은 아버지를 향해 이내 별거 아니라는 듯 미소를 지었다.

"아버지, 저 이제 예전의 예원이가 아니에요. 그리고 형이 오빠, 아니 이젠 우형 오빠라고 불러야 되지요? 아무튼 우형 오빠 얘기는 그냥 변명이었던 것 같아요. 사실 기억도 나지 않고…… 아! 저 꿈 꿨는데, 어렸을 때 엄마 앞에서 우형 오빠와 책을 읽고 있었어요. 굉장히 따뜻하고 기분 좋은 꿈이었어요. 전 우형 오빠를 만나는 것이 굉장히 기대도 되고, 또 기뻐요. 그러니까 아버지, 걱정하지 마세요."

"네가 그렇게 생각한다니 조금은 안심이 된다만, 그래도 타지에 자식을 내모는 것만 같아서…… 예원아, 미안하다."

"아버지……."

먹먹해진 예원은 아버지의 주름진 손을 잡았다.

"이런, 내가 떠나는 애 붙잡고 괜한 하소연을 했구나. 어쨌든 예원아, 힘들겠지만 그 댁에 민폐 끼치지 않게 잘해야 한다. 요즘 같은 각박한 세상에 취직자리도 알아봐 주고, 머물 곳까지 제공해 주는 사람이 어디 있겠니."

"네, 잘할게요. 걱정 마세요."

예원 역시 고마운 마음이 가득했기에, 절대 민폐 끼치는 일은 하지 않을 거라 다짐했다.

"아무리 예전에 오빠, 동생 하며 친했던 사이라 해도 넌 이제 다 큰 처녀니까 까불거리지 말고, 또 집에서처럼 덜렁거리지도 말고……."

"네, 네, 알았어요."

예원은 아버지의 잔소리가 길어질 것 같아 열심히 대답했다.

"녀석이, 아비 말하는데…… 그리고 우형이에게 우리 집 가정 형편은 이야기하지 말거라. 괜한 걱정 끼칠 필요 없으니…… 알고 있지?"

가정 형편. 순간 예원의 눈이 흐려졌다. 하지만 금세 흐려진 눈을 삭삭, 청소하고 밝게 웃었다.

"그럼요. 그런데 아버지 혼자 괜찮으시겠어요? 식사는 할머니가 해 주시겠지만, 할머니도 무릎이 안 좋으신데……."

"객지에 나가서 고생할 네가 걱정이지, 집에서 노는 우리들 걱정은 할 것 없다."

"아버지도 참."

예원은 얼른 씻어야겠다며 일어섰다. 마루에 가니 새로 지은 밥 냄새가 코를 찔렀다. 마당을 지나 부엌으로 들어가니 아침 식사를 준비하고 계시는 할머니의 굽은 등이 보였다. 할머니…… 예원은 어머니가 돌아가신 뒤 할머니를 어머니로 여기며 컸다. 오늘따라 할머니의 등이 왜 이리 초라하고 굽어 보일까…… 이제 뼈가 부딪치는 마른 어깨를 누가 안마할 것이며, 밤마다 성경은 누가 읽어 줄까. 어젯밤까지만 해도 씩씩하게 서울에 올라간다고 했던 예원이었지만, 막상 할머니와 아버지와 이별을 해야 한다고 생각하니 눈물이 솟구쳤다.

"할머니, 뭐 하세요?"

부엌으로 들어선 예원은 가능한 밝은 목소리로 물었다.

"우리 예쁜 손녀딸 밥 먹이려고 밥 짓고 있지."

"죄송해요, 늦잠을 자고 말았어요."

"아니다, 이런 날이라도 늦잠 자야지. 부엌에는 들어오지 말고 어서 씻기나 해라. 아범아, 이리 와서 상에 반찬 좀 놓으렴.”

할머니가 부르자 부엌으로 들어온 아버지는 좁은 부엌에서 얼쩡거리지 말고 어서 씻으라며 예원의 등을 떠밀었다. 마당에 나간 예원은 하늘을 올려다보았다.

‘아, 날씨 참 좋다.’

장마철이라 오랜만에 나타난 햇볕이 조금은 따가울 정도였지만 그래도 날이 참 좋았다. 예원은 세숫대야에 물을 붓고는 철벅철벅, 물을 튀기며 세수를 했다.

“예원아, 분도 바르고 하지. 텔레비전에서 보면 서울 애들은 다들 그렇게 하던데.”

할머니가 화장기 없는 얼굴로 상 앞에 앉은 예원을 보고 말했다.

“얼굴에 뭐 바르면 이상해서 그래요. 그리고 텔레비전에 나오는 애들은요, 연예인이라서 그런 거예요. 연예인들은 텔레비전에 나와야 하니까 화장하는 거지, 다른 여자들도 다 화장하는 건 아니에요. 그렇죠, 아버지?”

예원은 아버지에게 시선을 돌렸다.

“맞아요, 어머니. 그리고 예원인 화장 안 해도 예쁘잖아요.”

“아범이 고슴도치 흉내 내는 거냐. 그래, 나도 네가 제일 잘생겼다.”

할머니의 말에 예원은 박장대소했다.

“맞아요. 할머니 눈에는 아버지가 제일 잘생겼고, 아버지 눈에는 제가 제일 예뻐요. 그런데요, 할머니. 저는 할머니가 제일 예뻐요.”

“예끼, 녀석이 늙은 할미를 다 놀리는구나.”

말은 그렇게 하셨지만 할머니는 그리 싫지 않은 듯 주름진 얼굴에 활짝 미소를 담았다.

“우와, 우리 할머니 오늘 솜씨 좀 부리셨네.”

예원은 어느 것부터 먹어야 할지 고민하며 이리저리 젓가락을 돌리다가, 동그랑땡을 집어 한입에 쏙 집어넣었다.

“으음, 역시 할머니가 만든 음식이 최고야, 최고!”

예원이 입 안 가득 동그랑땡을 씹으며, 엄지손가락을 치켜세웠다.

“좀 싸주랴?”

“그럼 저야 감사하죠.”

“계란도 삶았으니 기차 안에서 까먹고…… 아범아, 사이다 사 놓은 거 있지?”

“네, 어머니. 미리 준비해 놓았어요.”

예원은 이제 기차 안에서 사이다와 계란은 안 먹는다고 말하려다가 그만두었다. 하나라도 더 챙겨 주시려는 할머니와 아버지가 그나마 그거라도 하지 않으면 눈물을 흘리실 것 같았기 때문이다. 억지로 밝게 웃는 것은 그녀만이 아니었다. 예원은 이렇게 따뜻한 가족의 울타리에서 벗어나야 한다는 사실에 갑자기 두려워졌다. 잘할 수 있을까? 아니야, 못할 것 같아. 만약 마을금고에서처럼 ‘바보’ 라 놀림을 당하면 어떡하지? 예원은 마을금고에서의 일을 떠올리자, 못 가겠다고 소리치고 싶어졌다.

“형이가 인물은 좋았지. 반듯하고 말이야.”

할머니가 ‘형이’ 를 언급하면서 예원은 현실로 돌아왔다.

“형이요?”

예원이 씹고 있던 음식물을 대충 넘기며 다급히 물었다.

“형이 말이지, 우형이…… 걔가 나타나면 동네 꼬마들이 얼마나 좋아했던지. 아범도 기억나냐?”

“그럼요, 기억나죠. 형이가 밖에 나가면 애들은 물론이고, 아줌마

들까지 좋아했었지요. 귀공자풍으로 생긴 용모도 그렇고, 말투나 행동거지 하나하나가 사람들에게 호감을 느끼게 했으니까요. 그래도 그 누구도 형이와 말 한마디 못했지만요."

"왜요?"

예원은 이제 만나게 될 우형이란 남자에 대한 호기심으로 그에 대한 사소한 일이 언급될 때마다 두 눈을 반짝였다.

"당연히 너 때문이지, 네가 형이를 붙잡고 안 놓아 줬으니까. 형이가 누구와 잠깐 이야기만 해도 버럭 소리를 지르면서 돌을 던지기도 하고, 무조건 달려들어 때리기도 했었잖아. 그래서 우리 예원이 별명이 아기 깡패였는데."

"하하, 설, 설마요."

예원은 기억나진 않지만, 부모보다 더 좋아해서 한시도 떨어지지 않으려고 했다는 형이 오빠에게 자신이 했던 행동에 대해서 들을 때마다 부끄러워서 도망가고 싶을 정도였다. 어째서 그렇게 무지막지하게 대했을까.

"지금은 그러면 안 된다."

"전 기억이 나지 않는다고요!"

예원이 발개진 얼굴로 소리쳤다. 기억이 나지 않는다는 말은 거짓말이 아니었다. 그랬기에 그녀는 늘 지나간 어린 시절의 추억이 지워져 아쉬워했었다. 하지만 기억엔 없긴 해도 언제나 곁에서 지켜보며 돌보아 주었다던 그가 자신을 보고 얼마나 반가워할지 생각하니, 마음이 들떴다. 어쩌면 덥석 포옹부터 할지도 모른다고 생각하자 화끈거려 예원은 두 손으로 얼굴을 감쌌다. 예원은 진한 된장찌개를 먹으며 된장을 싸달라는 말을 잊지 않았다. 그가 예전부터 할머니의 된장을 좋아했었다고 하니, 기뻐할 거라는 생각이 들어서였다.

아버지와 할머니의 배웅을 받으며 집을 나선 예원은 버스와 기차를 여러 번 갈아탄 후에 정오가 다 되어서야 서울역에 도착했다.

"후우!"

예원은 크게 한번 숨을 들이켜고, '택시' 라고 적혀 있는 곳으로 걸어갔다. 서울은 생각보다 나쁘지 않았다. 코로 들어오는 지독한 매연과 바삐 움직이는 사람들의 정신없는 행동만 빼면 참을 수 있을 것 같았다.

'주소가…….'

부스럭거리면서 찾아낸 메모지에는 우형의 주소와 휴대폰 번호가 적혀 있었다.

"아가씨, 택시 섰어요."

예원은 뒤에서 들린 소리에 깜짝 놀라 고개를 돌렸다. 담배를 물고 있는 중년 남자가 빨리 택시를 타라고 재촉하고 있었다.

"아, 죄송합니다."

예원은 얼른 사과를 하고, 택시에 올라탔다.

"이 주소로 가 주세요."

예원이 택시 기사에게 주소를 주자, 기사는 잠시 고개를 갸웃거리더니 일단 출발하자면서 차를 출발시켰다. 차가 움직이고, 이제 조금 있으면 만나게 될 사람을 떠올리자 예원의 심장이 두근두근, 고동 소리를 내며 힘차게 펌프질을 했다. 두 볼 역시 흥분으로 붉게 물들었다. 오빠라고 해도 될까. 아니야, 그래도 씨라고 존칭을 해야 할지도 몰라. 그래, 그게 좋겠어. 우형 씨…….

"오늘 밤은 태풍의 영향으로 중부 지방에 많은 비가 내리겠습니다."

라디오에서 비가 온다는 예보를 하고 있었다. 예원은 창밖으로 고개를 돌려 하늘을 올려다보았다. 그러고 보니 어느새 하늘에는 먹구름이 자리를 잡고 있었다. 무겁게 내린 하늘은 아침에 보여 준 햇빛의 찬란함을 무색하게 만들 정도였고, 곧 비라도 뿌릴 것 같았다.

“비가 올 것 같아요.”

“아무래도 장마 기간이니까요.”

택시 기사는 우중충한 날씨 이야기를 몇 마디 덧붙였다.

예원이 부푼 기대감으로 달려오는 그 시각, 우형은 아직도 침대 속이었다. 전날 서울역으로 마중을 나가라던 어머니의 말은 이미 잊은 지 오래였다. 꼬마가 집으로 들어오는 것은 어쩔 수 없이 승낙했지만, 그렇다고 열렬히 환영한다는 표시를 할 생각은 없었기에 서둘러 일어나지 않았다.

드르르, 진동으로 해 두었던 휴대폰이 울리자 우형은 침대 속에서 팔을 뻗어 휴대폰을 귀에 대었다.

“네.”

―저, 우형…… 씨인가요? 전 김예원이라고 하는데요, 지금 택시 안인데 주소만으로는 정확히 어딘지 잘 몰라서요.

택시 안이라고 말하는 김예원의 목소리는 상당히 어눌했다. 도도함이 묻어 있는 목소리일 거라는 그의 예상은 보기 좋게 빗나갔다. 우형은 잔뜩 찌푸린 얼굴로 시간을 확인했다. 12시 5분. 어쨌든 어눌한 목소리의 꼬마는 서울 땅을 밟았고, 직진으로 달려오고 있는 것이 확실했다.

“택시 기사 바꿔.”

예원은 수화기 속에서 들리는 잠이 덜 깬 목소리와 ‘바꿔’라는 반말이 귀에 거슬렸지만, 지금은 그게 중요한 것이 아니므로 택시 기사에게 휴대폰을 건네주었다.

"네? 아, 거기요. 네, 잘 알겠습니다."

통화를 마친 택시 기사는 예원에게 휴대폰을 돌려주었다.

"어딘지 아시겠어요?"

"그럼요, 혹시나 했는데 거기였군요. 그곳이라면 알지요. 워낙 유명한 곳이니까."

택시 기사는 덧붙여서 그곳은 치안이 잘 되어 있는 곳이라고 말했다. 치안? 예원은 무슨 소리인지 모르는 얼굴로 그가 사는 집으로 향했다.

우형은 툴툴거리며 침대에서 나와 탁자 위로 휴대폰을 던졌다. 옷장 문을 열어 셔츠를 찾던 그는 며칠째 계속되는 악몽 탓인지 잠시 휘청거렸다. 이런 날은 침대에서 하루 종일 잠을 자는 게 최고인데, 잠은커녕 원치 않은 손님을 맞이해야 하다니…… 게다가 셔츠의 단추까지 다 채우고 단정한 모습으로 맞이해야 하는 무시무시한 손님을 말이다! 젠장! 확실히 꼬마는 여러 가지로 불쾌하게 만들었다.

집에서는 상의를 벗고 있는 우형의 습관을 알고 있는 어머니는 '아무리 네 집이라고 해도 예원 씨가 있는 동안은 놀라지 않게 꼭 단정히 옷을 입고 있어야 한다' 며 신신당부를 하셨다. 하지만 우형은 꼬마를 위해 습관을 바꿀 생각은 없었다. 어느 순간 알몸을 보이는 일도 있을 것이다. 조심해야 하는 것은 그가 아닌 김예원이었다. 이유? 여긴 꼬마의 집이 아닌 내 집이니까.

진동에서 멜로디로 바꾸어 놓은 휴대폰이 다시 울렸다. 우형은 몹시 귀찮은 얼굴로 휴대폰을 집어 들었다.

"또 뭐야?"

―무슨 전화를 그렇게 예의 없이 받아?

전화를 한 사람은 꼬마가 아닌 그의 애인인 윤정희였다.

"전화한 용건이나 말해."

―알았어. 다음 주에 큰아버지의 생신이 있어. 어머니가 모임에 참석할 수 있는지 물어보래.

참석? 우형은 얼굴을 잔뜩 찌푸렸다. 그녀의 말은 꼭 결혼 약속을 한 남자에게 하는 것 같았다.

"내가 왜 네 친척 생일 모임에 참석해야 하지?"

요즘 들어 툭하면 결혼 이야기를 꺼내는 그녀의 질주에 브레이크를 걸 시기라고 생각한 우형은 무뚝뚝한 목소리로 물었다.

―거북하면 그만둬.

"거북하면이라, 뭔가 착각하고 있군. 이봐, 윤정희. 난 너와 나란히 네 가족들을 만나야 할 이유가 없어, 안 그래?"

수화기 속에 침묵이 내려앉았다.

―……우형 씨가 갑자기 이러는 이유가 뭐야? 기분 상한 일이 있다면 잊어버리면 되는 거야. 왜 나한테 화풀이 하는지는 모르겠지만, 난 남의 화풀이를 받아 줄 만큼 마음씨가 좋지 않아.

수화기 속에서 짜증이 완연한 목소리가 들렸지만 우형은 상관 않고 시간을 확인했다. 김예원이 교차로에서 전화를 했으니 조만간 도착할 것이다. 갑자기 짜증이 솟구쳤다. 아마도 불쑥 들어온 타인으로 인해 평화로운 삶이 방해를 받게 되었다는 것이 짜증을 부추긴 것이리라.

―좋아, 알았어. 다음에 전화 할게. 그럼 됐지? 그때는 나한테 미안하다고 해야 해.

"난 지금 너와 장난칠 기분이 아니야."

우형이 저조한 기분과 어울리는 목소리로 말했다.

―기분이라니? 지금 그런 말, 모욕적으로 들릴 수 있는 거 알아?

"시끄러워! 그만 끊어."

―우형 씨, 지금 나한테 뭐 하는 짓이야? 우형 씨가 이런 사람이라는 건 알고 있었지만, 정도가 지나쳐. 지금은 불쾌할 정도야.

"날 안다고? 그렇다면, 내가 네 투정 따윌 받아 줄 만큼 한가한 사람이 아니라는 것도 알겠군."

우형은 조금의 여유도 주지 않고 종료 버튼을 눌렀다.

삐, 손님이 방문했다는 소리에 멈칫한 우형은 직감적으로 꼬마를 떠올리고는 몹시도 짜증스런 얼굴로 모니터를 보았다. 그래, 사실은 그래서 그런 것이다. 본질적으로 친절이니, 다정이니 하는 것과는 거리가 멀었지만, 그동안 이렇게 노골적으로 감정을 내보인 적은 없었다. 아마 그가 이렇게 감정에 허덕여 짜증을 내는 것은 그 옛날 비참한 과거사가 떠올랐기 때문이고, 특히 그 원인인 '김예원'이 오기 때문일 것이다.

"누구지?"

우형은 문을 열지 않고 물었다. 모니터에 보이는 모습은 꼬마가 아니었다. 스물셋이란 나이를 차곡차곡 빠짐없이 먹은 성숙한 여인의 모습이었다. 그 사실이 몹시도 낯설어 그는 자신도 모르게 착 갈라진 목소리를 냈다.

―저, 김예원인데요.

그랬다, 확실히 여자는 김예원이 맞았다. 그 옛날 기저귀를 차고 엉금엉금 기어 다녔었던, 뛰고 날고 난리법석을 떨던 7살의 꼬마 김예원. 그러나 지금은 스물세 살의 아가씨였다. 우형은 낯선 얼굴의 예원이 들어올 수 있도록 문을 열었다.

'뭐지?'

우형은 신체의 중심 쪽에서, 즉 심장의 일부가 이상한 소리를 내면서 덜그럭거리는 것을 느꼈다. 쿵? 덜그럭? 이게 무슨 반응이지? 혈압 수치가 올라가는 듯한 이 기분. 우형은 미간을 좁혔다.

"안녕…… 하세요?"

현관문을 밀고 들어오는 예원은 인사를 하면서도 기가 죽어 고개를 들지 못했다. 택시 기사가 유명한 곳이라고 한 말의 진위는 철통 같은 경비원들과 엽서에서나 나올 법한 건물을 보고 알 수 있었다. 이곳은 부유층들이 모여 사는 곳이었고, 이곳에 살고 있는 그와 마주 서려니 자신도 모르게 위축되었다. 우선 지금 입고 있는 옷부터 신경이 쓰였다. 입고 있는 옷은 말끔히 세탁되어 단정해 보이기는 하지만, 세련되지 않은 것이 확실했다. 이렇게 신경 쓰는 자신이 우스웠지만 그는 일곱 살 때까지 부모보다 먼저 찾았던 사람이고, 그런 자신을 알뜰살뜰 보살펴 준 남자라고 했다. 기억 속에는 아주 희미하게 남아 있을 뿐이지만, 그래도 꼭 보고 싶었던 남자를 만났는데 신경이 쓰이지 않을 수가 없었다.

"안녕하세요, 김예원입니다."

예원은 그가 가능한 호감을 가질 수 있도록 살짝 미소를 지으며, 다시 한 번 인사를 했다.

"아!"

고개를 들고 그와 눈이 마주친 예원의 입에선 감탄사가 절로 흘러나왔다. 푸른색 셔츠를 입은 그는 단추를 두어 개 풀어 놓은 채, 두 손을 대충 주머니에 찔러 넣은 삐딱한 자세로 그녀를 내려다보고 있었다. 삐딱한 시선을 보내는 그의 얼굴에서 귀찮아하는 듯한 표정이 적나라하게 드러나 당황하긴 했지만, 굉장히 따스한 그리움을 그에게서 느꼈다. 곧이어 그간 고이 간직했던 추억이 펑, 소리를 내며 터졌고 어느덧 그녀는 꽃밭 길을 걸어가고 있었다. 그 몽환적인 느낌에 사로잡힌 예원은 꿀꺽 침을 삼켰다. 정말 그리웠던 품에 안긴 듯한 느낌이었다. 이 사람 정말 어렸을 때부터 나를 사랑으로 대해 준 사람이 맞구나, 하는 기쁨도 곁들였다.

"신발 벗고 날 따라와."

그 기쁨은 단 5초도 가지 못했지만 말이다.

"네?"

예원은 잘못 들은 거라 생각하며 다시 한 번 되물었다.

"따라와."

굉장히 무뚝뚝하고 냉소적인 그의 말은 그녀를 꽃밭에서 현실로 돌아오게 했고, 와장창, 소리를 내며 어린 시절의 추억은 추억일 뿐이라고 알려 주었다. 예원은 주변을 돌아볼 새도 없이 허겁지겁 우형의 뒤를 따라갔다.

2.

2층으로 올라간 우형은 가장 끝에 자리 잡은 방 앞에 멈춘 후, 곧바로 문을 열었다. 이건 즉흥적인 행동이었다. 꼬마, 아니 김예원이 머물 곳을 이렇게 구석진 작은 방으로 정한 것은 1초도 되지 않았다. 그럼에도 그는 미리 준비된 얼굴로 들어가라며 손짓을 했다.

"여기인가요?"

실망했는지 '여기인가요?' 라고 묻는 그녀의 목소리가 가늘게 떨렸다. 우형은 그런 그녀를 보며 괜히 통쾌했다. 곧이어 자신이 얼마나 비협조적인지 알려 주려는 요량으로 입술 끝을 올려 보았다. 필요하다면 이미 풀어져 있는 셔츠를 당장이라도 벗어 던질 수도 있었다. 그런데, 뒤돌아선 예원은 예상치 못한 환한 얼굴이었다. 그 모습에 우형은 자신도 모르게 숨을 들이켰다. 예원의 두 볼은 진홍색으로 적당히 물들었고, 어깨에 닿는 머리카락은 움직일 때마다 어깨에서 춤을 췄다. 그 모습은 그래, 건강한 모습이었다.

“흠.”

우형은 헛기침을 하며 자신을 바라보는 눈동자를 자연스럽게 피했다.

“이 방, 정말 예뻐요! 창도 크고. 게다가 커다란 텔레비전에, 비디오까지 있군요!”

예원은 이런 모습이 정숙한 숙녀로 보이지 않는다는 것을 알고 있었지만 들뜬 마음을 숨길 수가 없었다. 반듯한 사각형의 방에는 하얀 옷장과 텔레비전이 있었고, 하늘거리는 투명한 커튼이 바람에 휘날리고 있었다. 예원은 어린 시절 동화책에서 보았던 다락방 같은 이 방이 너무도 마음에 들었다.

“마음에 든다고?”

우형은 믿을 수 없다는 얼굴로 다시 한 번 물었다.

“물론이죠.”

확실하게 대답을 한 그녀는 매우 만족한 얼굴로 짐을 풀기 시작했다. 옷장 속에 옷을 집어넣더니, 갑자기 바람이 들어오는 커튼에 얼굴을 묻기도 하고, 창밖으로 얼굴을 불쑥 내밀기도 했다. 실망한 듯한 그녀의 모습에 잠시 통쾌함을 느꼈던 우형은 그녀의 괴상한 행동을 떨떠름한 표정으로 지켜보았다.

“오늘은 햇볕이 안 들어서 아쉬워요. 햇볕이 내리쬐면 눈이 부실 정도로 밝겠죠?”

가만히 문에 기대어 그녀의 행동을 지켜보던 우형은 결국 포기를 했다. 상상외로 크게 기뻐하는 그녀의 모습은, 차라리 넓고 넓은 자신의 방으로 옮겨 버리고 싶을 정도로 심술이 나게 했다. 마치 제 방도 없이 살던 가난한 여자 같이 좋아하는 꼬마의 모습에 잠시 갸웃거리던 우형은 곧 그녀의 성장 과정을 떠올리고는 고개를 끄덕였다. 흠, 부잣

집 외동딸로 태어나 호강하더니 이런 쪽방이 마음에 드나 보군.

"저기 있잖아요…… 여기요, 정말 멋있어요. 이런 방을 제게 주셔서 너무 감사해요."

우형은 감사고 뭐고 거북하게 만드는 예원의 눈빛을 피하고 싶었다. 빤히 쳐다보는 그녀와 마주한 그는 자신도 모르게 뒤로 주춤했다. 곧바로 '고맙긴, 당연한 것을……' 이라고, 아니 '이런 곳까지 와 주셔서 감사할 뿐입니다' 라고 인사라도 할 것 같았다. 제기랄! 이 지긋지긋한 머슴 근성이라니!

우형은 빤히 쳐다보는 예원의 눈빛을 피하면서 이만 내려가자고 턱짓을 했다. 하지만 그녀는 턱짓 따위는 아무렇지 않게 무시하며 침대에 풀썩, 소리가 나도록 앉았다. 그뿐만이 아니었다. 마치 처음 침대에 앉아 본 사람처럼 엉덩이를 움직이기도 하고, 손으로 꾹꾹 눌러 보기도 하면서 스프링 검사까지 했다.

"음, 이 스프링 상태는 별로네요. 아, 죄송해요. 예전에 아르바이트로 가구 공장에서 일한 적이 있었거든요. 재질은 굉장히 좋은데, 아마 오래된 침대라서 그런가 봐요. 참, 이 침대는 연한 노란색 시트로 갈아 주면 정말 예쁠 것 같아요. 음, 그런데요, 여긴 매연이 느껴지지 않네요. 어째서 그렇죠?"

예원이 벌떡 일어나 우형에게 다가가며 물었다. 황급히 뒤로 물러선 우형의 얼굴에 순간 당혹감이 머물더니, 곧이어 화가 난 듯 표정이 굳었다. 그러나 예원은 그의 표정을 보지 못하고 창문 쪽으로 시선을 옮겼다. 그리고 손에 잡힐 정도로 가까운 곳에 있는 숲을 발견하자, 창문 쪽으로 달려갔다.

"아, 숲! 숲이 있었군요!"

우형은 별것도 아닌 일에 혼자 북 치고 장구 치는 예원을 보며 관심 없다는 듯 몸을 돌렸다. 그리고는 저 작은 꼬마에게 한순간이나마 방심했다는 치욕에 스스로 욕설을 퍼부었다.

"어떻게 숲이 있죠? 서울은 땅보다 인구가 많아서 집들도 높이 쌓여져 있는 거라고 하던데."

들뜬 예원의 목소리가 한 옥타브 올라갔다.

"알게 뭐야."

우형이 퉁명스럽게 대답했지만, 예원은 별다른 것을 느끼지 못했는지 궁금해서 못 견디겠다는 눈빛으로 신나서 말했다.

"저 숲을 보니 우리 집 앞에 있는 숲이 생각나요. 거긴 여기보다 크거든요. 그곳을 우리 집 마당처럼 생각하고 다녔어요. 정말 즐거웠었는데……."

그 말은 가뜩이나 불편한 우형의 심기를 건드렸다. 우리 집 마당이라고? 그래, 그랬겠지. 동네에서도 유지로 소문난 집이었으니, 모든 산과 들과 땅이 제 집 마당처럼 느껴졌겠지.

"여기 오니까 집 생각도 나고, 그리운 곳에 놀러온 것 같이 편안해요."

놀러왔다고? 우형은 코웃음을 쳤다. 예원은 시골에서 서울로 유학이라도 온 섯처럼 행농하고 있었다. 그러나 우형은 그녀가 사실은 가난해서 취직을 목적으로 상경했다는 것을 잘 알고 있었고, 또한 더 이상 별장에 놀러온 부잣집 딸처럼 행세하는 것을 받아 주지 않을 생각이었다.

"저 숲 말이에요, 산책 코스로 참 좋을 것 같……."

"허가증이 없는 사람은 출입할 수도 없는 곳에서 산책을 할 생각이라니, 참 깜찍한 생각을 하는군."

예원은 말을 싹둑 자르는 냉정한 그의 행동에 겨우 꺼낸 밝음이 한 순간에 어둠에게 잠식당하는 것을 느꼈다. 낯선 곳에서의 어색함과 잘 적응할 수 있을까 하는 두려움을 어떻게든 물리치려고 애를 쓰고 있는데, 그는 자꾸만 찬물을, 그것도 바가지째로 들이 붓고 있었다.

"허가증? 그게 뭔가요?"

그럼에도 예원은 우형의 뒤를 쫓아 물었다. 예전부터 그랬던 것처럼 아주 자연스런 행동이어서, 예원에 대해 신경을 곤두세우던 우형의 날카로운 신경에는 걸리지 않았다.

"허가증은 숲에 들어갈 수 있게 단지 내의 사람들에게만 발급된 증명서지. 허가증이 없이 들어간다면 그 즉시 경비가 널 잡을 거고, 난 귀찮은 일에 휘말리겠지? 미리 말해 두겠는데, 난 귀찮은 것을 가장 싫어하는 사람이야. 그러니 함부로 돌아다니지 말라고."

그의 말을 듣던 예원은 고등학교 때 자주 다녔던 작은 숲을 떠올렸다. 숲에는 돌무덤도 있었고, 그 숲을 지나면 작은 개울도 있었다. 예원은 숲 안에 자리 잡고 있는 커다란 나무 아래에 서서 음악 시간에 부를 노래 연습을 했었고, 한 학년 선배이기는 하지만 학교를 늦게 들어갔기에 나이는 같았던 선배에게 줄 러브레터도 썼었다.

"함부로 돌아다니지 말라고."

우형은 꿈길이라도 걷는 듯한 예원에게 다짐이라도 시키듯 다시 한 번 강조했다.

"그렇게 말하니까 더 가보고 싶은 걸요. 어머, 그런 얼굴 하지 말아요. 삼엄한 경비를 뚫고 모험을 하는 것이 더 흥미롭긴 하지만, 무모한 행동은 하지 않을게요. 대신 빌려 주세요, 그럼 되겠죠?"

"빌려 달라? 이제 보니 꽤나 뻔뻔하군."

훗, 하고 우형은 풍선에서 바람 빠지는 소리를 냈다. 그러나 예원은 뻔뻔하다는 우형의 말과는 상관없이 번개처럼 뇌를 스치며 잊고 있었던 추억의 한 토막이 떠올라 흥분으로 팔짝 뛰었다.

"벌써 시간이 이렇게 되었나? 점심은 밖에서 해결하지."

우형이 내려가려고 하자 다급해진 예원이 그의 팔을 잡으며, 자신의 말을 들어 보라고 얼굴을 들이댔다.

"맙소사, 생각났어요! 세상에, 숲 하니까 기억이 났다고요! 그전에는 아무리 애를 써도 기억나지 않았던 일인데…… 있잖아요, 나 오빠하고 숲에 간 적이 있었어요. 그때 오빠랑 물총 가지고 놀았었는데……."

"누가 오빠라는 거지?"

이번에도 싹둑 잘라 버린 우형은 냉정하게 잡힌 팔을 빼냈다. 그녀의 동그란 눈은 아직도 벗어나지 못한 추억 속에서 깜빡이고 있었다.

"난 네 오빠가 아니야. 그러니 호칭 바꿔."

예원의 깜빡이던 눈이 점차 흐릿해졌다. 그럼에도 우형은 일말의 양심의 가책도 느끼지 않았다. 제 딴에는 추억의 일기장을 넘기는 것이 즐거운 모양이었지만, 자신의 기억 속의 김예원은 지긋지긋했다. 복종, 노예 관계. 우형에게 예원은 자신에게 달라붙고 징징대며 자신을 하인 부리듯 부렸던 악마 같은 꼬마일 뿐이었다. 몸을 돌린 우형은 성큼성큼 1층으로 내려갔다. 그런 우형의 뒤를 예원이 조용히 따랐다. 거실에 도착하자 예원이 물었다.

"그럼 뭐라고 바꿀까요?"

"마음대로. 하지만 오빠라는 소리는 하지 마. 난 여동생이 없는 남자인 것에 만족하고 있으니까."

주방으로 걸어간 우형은 냉장고에서 물을 꺼내 소리 나지 않게 마셨다. 그 때까지만 해도 그는 아무렇지 않았다. 그러나 다시 냉장고에 물을 집어넣고 몸을 돌리는 순간 아직도 그 자리에 서 있는 예원의 표정을 본 우형은 어느 부위인지 정확하지는 않지만 뭔가가 따끔거릴 만큼 낯선 감정에 휘말렸다.

"나에게 무슨 할 말 있어?"

그 감정은 몹시도 낯설었으며, 또한 불쾌하게 다가왔다. 그걸 떨쳐내려는 듯 우형의 목소리는 매우 날카로웠다.

"아니요."

예원이 속삭이듯 작은 목소리로 말했다. 하지만 아무렇지 않은 것이 아니었다. 그의 얼굴에는 접근 금지라고 쓰여 있었고, 그가 내뿜고 있는 분위기는 아무리 둔치라고 해도 알아차릴 수 있을 만큼 차가웠다. 그와 어떻게든 친해지려 했던 예원의 마음은 그 싹까지 잘라져 이제는 용기조차 낼 수 없었다. 하지만 어떻게든 서울에서 취직을 해야 했다. 그것은 친해지는 것과는 별도의 문제였다.

"아직 식사 전인 것 같으니 나가자."

"나가요? 왜요?"

예원의 말에 우형이 휙, 고개를 돌렸다. 그런 그의 얼굴이 예원은 무서웠다. 어릴 적 부모보다도 더 자신을 아껴 주었다는 그 오빠는 이제 없다는 것을 느낄 수 있었다.

"분명 식사라고 했을 텐데? 네 표정을 보니 미리 말해 두어야겠군. 난 다른 사람이 내 행동에 대해 일일이 간섭하는 걸 극도로 싫어하는 사람이야. 나와 같이 살 거라면 내가 하는 방식대로 따라. 그렇지 않을 거라면 당장 나가."

예원은 심장이 쿵, 소리를 내며 바닥으로 떨어지는 것만 같았다.

"어째서 그런 이야기를 하는 거죠? 난……."

"난 네 보호자가 아니라는 소리지."

이 정도면 자신이 처한 현실을 깨달았을 것이다. 우형은 팔짱을 긴

채로 혼란과 실망으로 가득한 예원의 얼굴을 바라보았다.

"어떻게 하겠어?"

선택하라는 듯 우형이 턱으로 문을 가리켰다.

"배고프지 않아요."

"다행이군. 너와 같이 나가는 게 좀 껄끄러웠는데 말이지."

"네?"

"네 모습, 같이 다니기 부끄러운 모습이야."

예원의 얼굴이 태양보다 더 붉어졌다.

"저는…… 그러니까, 저는…….."

우형은 새빨갛게 변한 얼굴로 열심히 설명하려는 그녀를 무시하고 거실 중앙에 있는 기다란 소파에 앉았다.

"이제부터 네가 해야 할 일을 알려 줄 테니 앉아."

예원은 결국 반박할 말을 찾지 못하고 우형의 맞은편 소파에 반듯하게 앉았다.

"우선 취직이 될 때까지는 내 집에서 머물러. 대신 조건이 붙지. 내 사생활에 대해서 일체의 간섭도 하지 말고, 관심도 보이지 마. 좋아, 잘 알아들은 것 같군. 그럼 네가 할 수 있는 것이 뭐지?"

우형은 담배를 꺼내 입에 물었다.

"할 수 있는 거요?"

시무룩한 목소리와 그에 어울리는, 즉 병든 닭 같은 표정을 가진 예원을 쳐다보는 우형의 눈길은 너무도 냉랭해서 동정이나 연민 따위는 눈곱만치도 찾아볼 수 없었다. 6년이었다. 자그마치 6년 동안 녀석을 키웠다. 꼬마는 얌전하고 예쁜 아이가 아니었다. 자신을 질기게 쫓아다니며 악동 짓을 서슴없이 하던 악마 같은 녀석이었다. 후에 두고두고 앙갚음을 하고 싶을 정도로 지독했지만, 자신은 그렇다고 해서 뒤늦게 그 앙갚음을 할 정도로 속이 좁은 남자는 아니었다. 단지 친절을 보이지 않을 생각이었다. 약간의 장난 정도는 추가될 수 있겠지만 말이다.

"내가 질문한 것에는 즉각 대답해. 난 기다리는 것도 질색인 사람이야. 좋아, 다시 묻지. 네가 할 수 있는 게 뭐지?"

"할 수 있는 것은…… 집안일하고."

"집안일?"

예원은 '집안일'이란 말이 채 떨어지기가 무섭게 뒤틀린 얼굴로 비웃는 우형이 거북했다. 왜 그는 자신의 말 한마디, 한마디에 곤두선 얼굴로 공격을 하는 것일까.

"휴우. 집안일 말고, 할 줄 아는 게 뭐야?"

게다가 저 한숨은 바보를 보며 한심하다고 내쉬는 것만 같았다. 예원은 부끄러웠고, 한편으로는 화가 났다. 하지만 그것보다는 서울에 올라가면 문제가 없을 거라고 생각했던 일이 난관에 봉착하자 이러지도 저러지도 못하고 불안하기만 했다.

"예전에……."

띠리링.

예원이 예전에 마을금고에서 일한 적이 있다는 말을 하려는 순간 우형의 휴대폰이 울렸다.

"또 뭐야?"

예원은 짜증난 목소리로 전화를 받는 우형의 모습을 유심히 살펴보았다. 잔뜩 미간이 좁혀져 있는 것으로 보아 그는 언제나 신경질적이고, 화를 잘 내는 사람인 것 같았다.

"웃기는군. 여긴 네 마음대로 오는 곳이 아니야."

싹둑 자르며 내뱉는 말은 다시는 안 볼 사람처럼 냉랭했고, 웬만한 강심장이 아니라면 대화조차도 하지 못할 정도로 타인을 배려하지 않는 말들이 쏟아졌다. 예원은 아찔한 얼굴이 되었다.

"그런 소리 그만하라고 했던 걸로 아는데? 뭐라고? 하, 지금 나에게 협박하는 거야? 그깟 협박으로 날 움직일 수 있다고 생각하다니, 이런 썩은 농담은 들어 본 적이 없어. 아주 재미있군."

말은 재미있다고 하고 있었지만, 정작 그에게서 웃음을 찾아볼 수는 없었다. 몹시 불쾌하다는 듯 그의 표정은 점점 일그러졌고, 건물을 뒤흔들 만큼 큰일을 낼 것만 같은 불안감이 들었다. 언뜻 그가 간섭하는 것을 극도로 싫어한다고 했던 말이 떠올랐다.

"이봐, 윤정희. 내 말 잘 들어. 날 움직이려고 하지 마, 그런 행동 자체가 역겹다고. 이만 끊지."

그는 심장이 얼어붙을 정도로 차가운 말을 마지막으로 전화를 끊었다. 한참을 그대로 있던 그가 휴대폰을 톡톡, 소리가 나도록 두드렸다. 무언가 깊이 생각하는 얼굴이었고, 왠지 말을 걸기도 어려웠기에 예원은 그냥 얌전히 앉아 있기로 했다.

"헉."

눈동자를 굴리던 우형의 시선이 정확히 그녀를 향해 꽂히자, 예원은 급하게 숨부터 늘이켰다. 그 눈빛은 묘하게 빛나고 있었다. 이유는 알 수 없었지만, 왠지 상대방을 두렵게 하는 그의 얼굴을 바라보자 예원은 도망가고 싶어졌다.

"대차대조표, 손익계산서, 재무제표, 금전출납부. 열거한 것들이 뭔지 알아?"

그가 물어본 것들은 익히 아는 단어였다. 예원은 대답 대신 고개를 끄덕여 알고 있다는 것을 알려 주었다.

"좋아, 네 취직자리가 결정되었군. 축하해야겠어."

"네? 그게 무슨……?"

"면담이 끝났다는 소리야. 그럼 협상을 시작하지. 연봉제로 하는 게 좋겠는데, 어떻게 생각하지?"

일사천리로 진행되고 있었지만, 예원은 대부분 알아듣지 못하고 있었다. 이해하지 못한 질문은 바로 다음 질문으로 넘어갔고, 예원은 그저 정신없는 얼굴로 '좋아요', '네, 할 수 있어요'를 반복했다. 출근 시간은 아침 9시라는 말을 마지막으로 협상은 끝이 났다.

"저, 제가 취직할 곳은 어디인가요?"

숨 가쁘게 대답하면서도 가장 궁금해 했던 것이었다. 예원은 그가 또다시 칙, 소리를 내며 담배에 불을 붙이자 눈살을 찌푸렸다.

"왜?"

후, 하고 장난치듯 자신을 향해 불어오는 담배 연기에 콜록, 기침을 한 예원은 손을 휘휘 저었다.

"내 회사는 흡연이 가능한 회사야. 담배를 피우려면 언제든 피워."

"담배 안 피우는데요."

"금연 중?"

예원은 담배가 몸에 얼마나 해로운지 말하려다가, 그게 중요한 것이 아님을 떠올리고는 입을 열었다.

"담배는 피운 적 없어요. 그건 그렇고……."

"운동 해본 적 있어?"

예원은 처음에 언급한 '내 회사'가 뭘 뜻하는지 물어보고 싶었다. 하지만 그는 취미가 '남의 말 싹둑 자르기'라도 되는지 아주 자연스럽게 말을 잘랐다.

"운동이요? 아니요, 저는 운동은…… 저, 그게 중요한 게 아니라……."

"곤란하군. 내일부터라도 도장에 등록해. 호신술 정도는 필요하니까."

이제는 호신술까지 언급했다. 예원은 다시 한 번 '저……' 소리를 냈으나, 이미 일어선 우형은 더 이상 할 말이 없다는 듯 등을 돌렸다.

"걱정할 것은 없어, 일반 사. 무. 직이니까."

그게 더 걱정이 된다는 것을 아는지 모르는지, 그는 더 이상 아무런 설명도 하지 않고 이만 쉬라는 말과 함께 오른쪽에 위치한 방으로 들어가 버렸다. 예원은 묵직한 한숨을 내쉬었다. 그 한숨 속에는 더 이상 저장할 수 없는 불안한 감정이 실려 있었다.

제 방으로 들어온 우형은 윤정희와의 전화 통화를 떠올렸지만, 그녀를 달래 줄 필요성은 느끼지 못했다. 이쯤에서 그만두어도 될 만남이기도 했다. 윤정희는 쿨한 성격답게 귀찮게 하지 않아서 좋았다. 또한 한창인 남자답지 않게 육체관계에 신중한 그에게 그녀는 무엇도 요구한 적이 없다는 것이 마음에 들었다. 그러나 처음과는 달리 만난 지 3달이 지나자 슬슬 소유욕을 드러내기 시작했다. 그건 대단히 불쾌한 일로, 이쯤에서 정리할 필요성을 느끼게 했다. 우형은 또다시 휴대폰이 울리자 발신 번호를 확인했다. 이번엔 어머니였다.

"이번엔 또 무슨 일이죠?"

우형이 날카로운 목소리로 물었다.

―걱정이 되어서 전화했단다. 그래, 예원 씨는 잘 도착했니?

"김예원은 어린애가 아니고, 스물셋이나 먹은 여자예요."

―너 설마 지금처럼 무뚝뚝하게 대한 것은 아니겠지? 그러면 못 쓴다고 누누이 말했잖니!

"어머니야말로 일곱 살 꼬마한테나 하는 말투는 이제 그만하세요."

　짜증이 밀려온 우형은 어머니의 말 역시 싹둑 잘랐고, 어머니의 목
소리는 침묵 속으로 가라앉았다.
　─……그래, 네가 알아서 잘할 텐데…… 미안하구나.
　끊겨진 것은 아닌가, 다시 한 번 확인하게 할 만큼 시간이 흐른 뒤
에야 어머니의 목소리가 들렸다. 하나뿐인 아들을 어떻게 요리해야
할지 잘 알고 있는 어머니는 적절한 때에 걱정이 가득한 목소리로 ‘미
안하다’ 며 사과를 했다. 결국 우형은 늘 그렇듯 순한 양이 되었다.
　“제 회사에 입사하기로 했어요. 물론 근무 시간도, 보수도 만족할
만큼 대우할 생각이에요.”
　─그렇다면 다행이구나. 그건 그렇고 형아!
　어머니가 부른다. 형아…… 라고. 우형이가 아닌 형아…… 굉장히
오랜만이다. 정우형, 우형, 형이라고 한 이름은 세 번이나 다르게 불
릴 수 있었다. ‘형아’ 라는 어머니의 말에 우형은 예전 일을 떠올렸다.
그러나 그리 좋은 추억이 아닌 듯 그의 얼굴빛은 좋지 못했다.
　─고맙다. 그리고 무리한 부탁해서 미안하구나.
　우형은 종료 버튼을 누른 휴대폰을 탁자 위에 아무렇게나 올려놓
고 의자를 끌어당겨 앉았다. 그동안 말 잘 듣는 착한 아들이 아니었
으며, 앞으로도 그런 아들은 될 수 없었다. 그러나 어머니는 거부할
수도, 냉정하게 대할 수도 없는 그런 존재였다. 뭐, 어쨌든 어머니가
안심할 수 있도록 꼬마를 자신의 회사에 입사시켰다. 하지만 곱게 들
어갈 만큼 만만한 회사가 아니었다. 우형은 특별히 꼬마를 위해서 24
층에 사무실을 마련해 줄 생각이었다. 특별한 것은 사무실만이 아니
었다. 업무 역시 특별할 것이다. 이 모든 것들은 즉흥적으로 벌인 일
이었지만, 모든 것들을 원위치로 만드는 만족스런 계획이었다.

먹구름으로 뒤덮인 하늘이 곧 비라도 뿌릴 것처럼 어둠이 내려앉은 오후가 지나갔다. 그동안 예원은 2층에 마련된 방에 몇 가지 안 되는 짐을 풀었다.

'뭘 해야 할까?'

적막감이 내려앉은 집은 단 한 사람만이 존재하는 것처럼 조용했다. 이런 날씨에 혼자 있을 때에는 어김없이 예전 생각이 떠올랐다. 상흔처럼 남아 있는 기억들이…… 예원은 굳게 닫힌 문으로 시선을 맞췄다. 저 문이 열렸으면…… 그 순간, 마치 기다렸다는 듯 벌컥 문이 열리고 그가 모습을 드러냈다. 예원은 반가운 얼굴로 침대에서 튕기듯 일어나 우형에게 달려갔다.

"저……."

홍조를 띤 예원은 그 다음 말을 잇지 않았지만, 분명 흥분으로 가득 찬 모습이었다. 그러나 우형은 싸늘하게 그녀를 지나친 뒤 텔레비전 위에 카드를 올려놓았다.

"저녁은 알아서 해결해."

텔레비전 위에 놓인 카드에 시선을 돌린 예원은 제 말만 하고 나가는 우형의 등을 멍하니 쳐다보았다. 오늘은 16년 만의 만남이었는데 전혀 반갑지 않은 얼굴로, 아니 오히려 남보다 더 싸늘한 얼굴을 보인 그에게 어떻게 해야 할지 혼란스러웠다. 예원은 냉장고를 열어 완벽하게 준비되어 있는 밑반찬들을 꺼내어 저녁 식사를 했다. 혹시나 그가 빨리 돌아올까 싶어 수저를 옆에 끼고 먹던 예원은 할머니가 주신 된장으로 찌개를 끓이지 못한 것이 못내 아쉬웠다.

서울에 온 첫날 밤, 예원은 아버지에게 잘 도착했다는 전화를 하고 침대에 누워서야 비로소 고향을 떠났다는 것을 실감했다. 이곳의 바람은 공기가 틀렸고, 새들도 울지 않았고, 도둑고양이가 짝을 찾아

헤매지도 않았으며, 누군가 술에 취해 부르는 걸쭉한 노랫소리도 들리지 않았다. 그 적막함이 고향이 아닌 서울에 있다는 것을 다시 한 번 깨닫게 해주었다.

'김예원, 기죽지 말자. 아버지에게 씩씩하게 말했듯이, 그 회사에서 없어서는 안 되는 직원이 되는 거야! 그래, 잘할 수 있을 거야.'

예원은 어둠을 향해 이를 드러내며 미소를 지어 보였다. 그러나 곧 이런 행동이 바보 같다고 느껴지자 황급히 입을 다물었다.

늦은 밤 돌아온 우형은 제 방으로 들어가 몸에 걸친 모든 것들을 벗어 던지고는 침대에 누웠다. 살에 닿는 시트의 서늘한 감촉을 느끼면서 잠을 자려던 우형은 우르릉 쾅, 소리와 함께 쏴아아, 퍼붓는 폭우 소리에 벌떡 일어났다.

비는 장마 기간이라는 것을 알려 주려는 듯했다. 한밤중에 퍼붓는 비는 창문을 비롯한 모든 것들에 부딪치며 후드득, 소리를 냈고 천둥 번개로 박자를 맞추었다. 그 소리는 우형의 신경을 곤두서게 했다. 물론 어린아이처럼 자연이 보여 주는 한 단면에 겁에 질릴 그가 아니었다. 하지만 그 소리는 아주 오래전 천둥번개가 동반된 폭우가 내리던 그날, 깊은 숲 속에서 길을 잃고 울고 있는 한 꼬마를 튀어나오게 했다.

"예원아, 예원아!"

목이 터져라 예원을 부르며 소년은 하늘에 구멍이라도 난 것처럼 퍼붓는 빗속을 미친 듯이 뛰어다녔다. 철벅, 철벅. 소년의 낡은 운동화 속에 빗물이 가득 차 걷는 것조차 어려웠지만, 꼬마를 찾는데 혈안이 된 소년에게는 신경 쓸 여력이 없었다.

"헉, 헉!"

거친 숨결을 타고 내려오는 굵은 빗줄기가 소년의 얇은 티셔츠와 바지를 적셨다. 거센 빗줄기 때문에 한 치 앞도 제대로 보이지 않았다.

우르릉, 쾅, 쾅, 쾅!

무섭도록 쏟아지는 비와 번개는 12살 소년에게 공포를 주기에 충분했다. 그럼에도 소년은 돌아갈 생각을 하지 않고 꼬마를 찾아 헤맸다. 아니, 돌아갈 수가 없었다. 꼬마를 방치한 것이 자신이었기 때문이다. 두고 오는 것이 아니었다. 꼬마가 먹고 싶다고 한 케이크를 가져오기 위한 것이었지만, 그래도 혼자 두고 오는 것이 아니었다. 1시간 전의 일을 떠올리던 소년은 가까운 미래, 즉 끝내 꼬마를 찾지 못하게 되는 상황을 떠올렸다. 그건 상상을 초월할 정도로 두려운 일이었다. 소년은 미친 듯이 소리를 질렀다.

"예원아, 대답해 봐! 예원아!"

그 때, 어디선가 언뜻 울음소리가 들렸다. 소년은 소리가 들리는 방향을 향해 전속력으로 달렸다. 그러나 철벅철벅, 소리를 내며 달리는 다리는 몸을 따라오지 못했다. 두 다리가 곧 엉키면서 소년은 흙탕물 속으로 넘어졌다. 하지만 소년은 벌떡 일이나 진흙 속에서 뒹굴며 입 안으로 들어온 흙을 내뱉고는 다시 달리기 시작했다.

마침내, 커다란 바위 작은 틈에서 작은 아이를 발견한 소년은 후들거리는 다리를 지탱하지 못하고 주저앉아 버렸다. 어떻게든 괜찮다는 얼굴로 다가가야 했지만 기운이 없었다. 소년은 주저앉아 쉬어 터진 목소리로 예원을 불렀다. 거센 빗줄기가 기다렸다는 듯 잦아들자, 꼬마가 소년을 발견했다. 꼬마는 울음을 터트리며 달려와 소년의 품에 안겼다. 소년은 허리를 휘감으며 달라붙은 꼬마의 부들부들 떠는 몸과 큰 울음소리에 그제야 안도할 수 있었다. 이제껏 그때처럼 숨 막히고, 긴장되며, 속이 탔던 적은 없었다.

"빌어먹을 비!"

우형은 잔뜩 찌푸린 얼굴로 낮게 욕설을 내뱉었다. 그의 신경을 곤두서게 했던 비는 숨겨져 있던 그의 죄책감을 끌어냈고, 침대에서도 일어나게 했다.

우형은 그날 폐렴에 가까운 병을 얻은 꼬마가 그 후로 천둥과 벼락이 치는 밤이면 어김없이 경기와 발작을 일으킨다는 것을 상기했다. 대충 셔츠를 입은 우형은 이제는 여성의 모습을 한 김예원의 방 앞에 섰다.

손잡이를 돌리니 문은 쉽게 열렸다. 예원은 문도 잠그지 않고 잘 자고 있었다. 가볍게 코까지 굴며, 이보다 평온할 수는 없다고 생각될 만큼 깊은 잠에 빠진 여자는, 그 옛날 일에 사로잡힌 남자를 약 올리듯 아주 편해 보였다.

"하, 잘하는 짓이군. 아주 잘하는 짓이야."

허공에 대고 소리친 우형은 잔뜩 꼬인 얼굴로 마치 예원이 잠에서 깨길 바라는 것처럼 쾅, 소리가 나도록 문을 닫았다. 그래도 예원은 깨지 않았다. 마치 이제는 여섯 살 꼬마가 아닌 스물세 살의 여자라는 것을 알려 주기라도 하는 것 같았다.

3.

맑은 햇살과 똑똑 떨어지는 빗물이 내는 청아한 소리를 들으며 잠에서 깬 예원은 크게 기지개를 폈다. 간밤에 내리던 비는 그리 심하게 내리지 않았는지, 중간에 한 번도 깨지 않고 푹 잘 수 있었다. 폭우가 아니더라도 비가 내리는 밤에는 늘 몇 번씩 잠에서 깨어나 어두운 방이 무서워 환하게 불을 켜야만 했었는데, 어쩐 일인지 참 잘 잤다고 할 정도로 개운했다.

'첫 출근인데, 뭘 입고 가지?'

고심하던 예원은 옷장 문을 열고 몇 벌 없는 정장 속에서 아이보리색 투피스를 꺼냈다. 이리저리 몸에 대고 한 바퀴 돈 예원은 무릎에서 찰랑거리는 치마를 살짝 내려다보았다. 전형적인 시골 노인네인 아버지와 할머니 앞에서 허벅지가 드러나는 이런 치마를 입는 것은 금기 사항이었다. 하지만 여기는 서울이었고, 무릎 위로 올라오는 치마를 입는다고 해서 누가 잡아가는 것도 아니었다. 예원은 아이보리색 투피스에 커피색 스타킹을 신고, 단정하게 머리를 하나로 묶었다. 예원이 아래층으로 내려오자 이미 우형은 완벽하게 준비가 된 상태로 기다리고 있었다. 그래, 그는 완벽했다. 블랙셔츠가 너무도 잘 어울리는 큰 키와 날카로운 눈매가 주는 서늘함은 상대방의 접근을 금지하고 있었지만, 약간의 갈색 빛이 도는 머리카락이 그나마 그 날카로움을 조금은 막아 주었다. 그는 비스듬히 서서 주머니에 두 손을 푹 찔러 넣은 채 턱짓을 하는 등 대단히 불량스런 모습이었지만, 늘 인물이 좋았다고 회상하던 할머니의 말처럼 볼이 확 달아오를 정도로 멋있었다. 순간 가슴이 두근두근 힘차게 뛰었다.

"제가 늦었나요?"

"나가자."

무심한 말과 함께 고갯짓을 하는 그의 모습에서는 어렸을 적 보여 주었다던 친절함과 다정함은 전혀 찾아볼 수 없었다.

"저기, 아직 아침 식사도 하지 않았는데요?"

약간의 서글픔을 느낀 예원은 벌써 문 앞에 다다른 우형을 황급히 붙잡았다.

"그래서?"

"아니, 아침은 꼭 먹어야 한다고 아버지가 그러셔서…… 지금 준비해서 같이 먹고 출발하면 안 될까요?"

"아침부터 위에 뭔가를 집어넣는 것은 불쾌해. 갈 거야, 말 거야?"

"네? 가, 가야죠."

예원은 그가 왜 이렇게 화가 났는지 알 수가 없었다. 그는 매우 퉁명스러웠고 쿵쿵, 소리를 내며 걸었으며, 게다가 눈도 마주치지 않았다. 쫄래쫄래 우형을 쫓아 현관문을 나선 예원의 눈에 매끄럽게 잘 정돈된 도로 옆으로 깊게 패인 웅덩이가 들어왔다. 빗물? 저렇게 고

일 정도라면 폭우가 쏟아졌다는 소리인데…….

“타.”

벌써 운전석에 앉아 시동까지 건 우형이 자비라도 베푸는 듯 그녀를 부르자, 예원은 얼른 뒷좌석의 문을 열었다.

“야!”

그가 자신을 ‘야’라고 불렀다. 예원은 조금 당황했지만, 그보다 이런 식의 무례한 호칭에 화가 났기에 얼굴을 찌푸리며 허리에 손을 올렸다.

“네가 무슨 사모님이야? 얼른 앞으로 건너와.”

우형이 조수석 문을 벌컥 열었다. 그 행동이 어찌나 과격하던지 예원은 화가 난 것과 별도로 바싹 긴장한 얼굴로 얼른 조수석에 엉덩이를 밀어 넣었다.

“저기, 아까 전 ‘야’ 라고…… 꺅!”

제대로 앉기도 전에 자동차가 갑자기 출발하자 놀란 예원이 비명을 질렀고 곧이어 우형이 ‘쯧’ 하고 혀를 찼다. 비웃는 그의 표정은 마치 10대 폭주족을 연상시켰지만 다행히 폭주족은 출근 시간의 러시아워에 슬그머니 꼬리를 감췄다.

“이제부터 규칙을 알려 줄 테니 잘 들어.”

우형은 손가락을 핸들에 대고 툭툭, 퉁겼다. 묵직한 손놀림은 지금 막 규칙을 생각하고 있음을 나타내는 것이었다.

“규칙이요?”

헝클어진 머리를 매만지던 예원이 물었다.

“첫째, 난 아침은 안 먹어. 그러니까 행여나 어머니 같은 얼굴로 먹자고 강요하지 마.”

“하지만, 전…….”

"김예원, 끝까지 들어. 난 중간에 말 자르는 걸 질색하는 사람이야."

예원은 '자신도 그랬으면서……' 라고 얘기하고 싶었지만 차마 그러지는 못하고 뾰로통해 했다. 우형은 그런 예원의 오동통한 볼을 한번 잡아 당겨 봤으면 했지만, 손은 핸들을 두드릴 뿐 실행에 옮기지는 않았다.

"둘째, 네가 나를 부를 호칭은 이사님이야. 회사는 물론이거니와 집에서도 사용할 것. 셋째, 너와 난 아는 사람으로 분류되긴 해도 그 이상 아무 관계도 아니야. 그러니 나에게 기대지도, 바라지도 말 것. 넷째, 문은 꼭 잠그고 잘 것."

"더 없나요?"

기가 막힌 예원이 물었다.

"생각나면 알려 주지."

"그럼 저도 규칙을 정해도 되겠죠?"

예원은 잔뜩 미간을 좁히는 그의 표정에 위험이 감도는 것을 알았지만, 그래도 짚고 넘어가야 할 문제였기에 입을 열었다.

"첫째, 전 아침은 꼭 먹어요."

"난 먹지 않아."

"알았으니, 제 말을 끝까지 들어 주세요. 아침을 먹는다고 해도 이사님께 함께 먹자고 권하는 일은 없을 테니 걱정하지 마세요. 둘째, 이제부터 '야', '너' 라는 호칭은 하지 말아 주세요. 차라리 미스 김이 낫겠어요. 셋째, 이사님도 마찬가지로 저에게 기대지도, 그 무엇을 바라지도 말아 주세요."

"넷째는?"

우형은 몹시도 화난 얼굴로 홱 고개를 돌려 예원을 노려보며 으르

렁댔다.

"생각해 보죠."

말이 끝나자마자 자동차 안은 긴장감으로 가득 찼다. 예원은 이 긴장감을 도저히 견디지 못하고 비명이라도 지를 것만 같았다. 하지만 다행히 신호가 바뀌었고, 예원은 겨우 그 팽팽한 신경전에서 벗어날 수 있었다.

"후."

가슴에서 멈춘 숨을 조그맣게 밖으로 토해낸 예원은 흘깃 우형에게로 시선을 던졌다. 핸들을 잡고 있는 그의 손에는 힘이 들어가 본래의 색을 잃어버릴 정도였다. 그건 그가 이런 식의 반격을 당한 적이 없다는 뜻이었고, 그만큼 화가 났다는 뜻이었다. 예원 역시 이런 식으로 대담하게 남자와 대립해 본 적이 없었기에 막상 말은 했어도 간은 계속 오그라들고 있었다. 이상하게도, 마치 기다렸다는 듯이 그에 대한 복수심과 증오의 감정이 들썩대며 튀어나오려고 했다. 왜? 의문이 먼저 자리를 잡았다. 왜 이렇게 화가 나는 것일까? 확실히 잊어버린 무언가가 가슴에서 뛰쳐나오려고 발작하고 있었다. 어떡하든 그 감정들을 억누르느라 꼭 쥔 두 손에 땀이 고일 지경이었다. 그러다보니 얼굴은 기형학석으로 변해 웃는 것도 아닌네 저절로 입술 끝이 올라갔다.

'생각해 본다고?'

우형은 천연덕스럽게 웃기까지 하는 예원의 간교에 혀를 내둘렀다. 역시나 악마적인 기질이 다분했다. 잠깐 한눈을 팔았던가, 갑자기 앞차의 트렁크가 눈앞에 보였고 우형은 급하게 브레이크를 밟았다. 끼이익, 타이어에서 나는 요란한 마찰음과 함께 몸의 중심이 앞으로 쏠렸다. 곧이어 주변 운전자들의 욕설이 들려왔다. 다행히 앞차와의 충돌은 아슬아슬하게 면했고, 우형은 길게 클랙슨을 울리는 것으로 살아 있음을 알렸다.

"갑자기 그렇게 서면 어떡해요!"

급브레이크로 앞으로 쏠린 예원이 다급하게 소리쳤다.

"안전벨트."

우형은 별일 아니라는 투로 말을 하고는 철컥, 소리가 나도록 예원의 몸에 안전벨트가 채워진 것을 확인한 뒤 다시 차를 출발시켰다.

부르릉, 빵, 빵!

클랙슨 소리로 가득한 도심을 어느 정도 벗어나자 자동차는 슬슬 속도를 내기 시작했다. 그러나 예원은 잔뜩 긴장한 채로 간신히 숨만 쉬고 있었다. 어째서 오빠, 아니 이사님은 나에게 화를 내는 걸까? 그의 말 한마디 한마디가 가슴을 콕콕 찌르는 것 같았다. 서울에 올라올 때에는 비빌 언덕이 있다는 기대로 인해 그나마 씩씩할 수 있었다. 그런데 지금 그의 모습은 노골적으로 그녀를 밀어내고 있었다. 규칙을 지키라는 싸늘한 그의 모습은 어린 시절의 희미한 기억을 믿고 있는 그녀에게 손을 놓으라고, 그렇지 않으면 잘라 버리겠다는 강경함을 보여 주고 있었다. 예원은 자신도 모르게 방어했고, 되레 그의 분노를 샀다. 이유를 알 수 없는…… 그러니까 어째서 저렇게 날 싫어할까에 대한 이유를 알지 못했기에 답답했다.

'뭐?'

예원은 갑자기 번개라도 맞은 것처럼 시선을 다급히 우형에게로 옮겼다.

'날 싫어해? 그러니까 지금 날 싫어해서 하는 행동이야?'

입 밖으로 나오지는 않았지만, 속에서 끓어오르는 질문은 이제 확신이 되었다. 일곱 살 때까지 부모의 역할을 해주었던 그는 이제 곧

두선 신경으로 그녀를 배척하고 있었다. 똑같은 모습을 기대했던 것은 아니었지만, 어째서 저런 모습을 보이는지…… 의아하면서도 슬펐다. 그래, 많이 슬프게 했다.

예원은 자신도 모르게 흘러나오는 훌쩍, 소리에 화들짝 놀랐지만, 이내 자동차에서 나는 소리들에 묻힌 것을 깨닫고는 안도했다.

아직 사무실이 멀었는지, 자동차는 계속 달리고만 있었다. 예원은 침묵했고, 우형 역시 입을 꾹 다문 채 운전에만 열중했다. 차 안에는 긴장감이 뚝뚝 흘렀다. 버거울 정도로 계속되던 침묵은 갑자기 우형의 휴대폰 벨소리가 울리면서 써걱, 하고 단번에 잘려 나갔다.

"전화 받아, 운전 중이라고 하고."

우형이 턱으로 휴대폰을 가리켰다.

"하지만 제 휴대폰도 아닌데, 뭐라고 해야 할지도 모르겠고…… 그냥 받으시면……."

"지금 건방지게 나에게 명령하겠다는 거야?"

누가 건방지게 명령을 했다는 건지, 단지 자신의 휴대폰은 자신이 받으라는 말을 한 것뿐인데…… 예원은 심상치 않은 그의 목소리에 결국 작게 한숨을 내쉬고는 휴대폰을 집어 들었다. 폴더를 열고 '여보세요' 를 하려던 예원은 휴대폰 어디에도 뚜껑을 열 수 있는 상치가 보이지 않자 당황했다.

'이거, 이상해. 뚜껑이 열리지 않아…… 어떻게 여는 거지?'

휴대폰은 끈질기게 울렸고, 당황한 예원의 얼굴은 붉은 태양처럼 후끈거렸다. 그의 입에서 '너 같은 바보는 필요 없으니 당장 시골로 내려가!' 라는 말이 나올까 두려웠다. 예원은 불안한 눈으로 우형을 바라봤다.

"위로 올려."

다행히 그는 무뚝뚝했지만, 바보 취급은 하지 않았다. 예원이 우형의 지시대로 위로 쭉 올리자, 휴대폰은 마술처럼 '통화 중' 상태로 변했다.

"여보세요?"

조심스럽게 말한 예원은 이제 어떻게 해야 하는지 알려 달라는 얼굴로 우형을 보았다.

─누구죠?

전화를 건 여자는 날카로운 소리로 누구냐고 물었다.

"아, 저는 김예원이라고 합니다. 이사님은 지금 운전 중이세요."

─이사님? 우형 씨를 말하는 거군요. 난 윤정희라고 해요. 우형 씨에게 전화 받으라고 해요.

예원은 우형에게 휴대폰을 건네주려 했으나, 우형은 운전만 할 뿐 아무런 반응도 보이지 않았다.

"아, 이사님이 운전 중이시라서 저보고 대신 받으라고 하셨는데요."

예원은 얼굴로 우형에게 '어쩔까요?'라고 물었으나, 그는 아무것도 보이지 않는 듯 대답이 없었다. 예원은 슬슬 부아가 치밀었다. 예전에 마을금고에 있을 때도 그랬다. 그 당시 과장님은 자리에 있으면서도 없다고 하라며 매일같이 여자의 전화를 피했었다. 덕분에 예원은 욕이란 욕은 다 먹었고, 나중에는 마을금고로 찾아온 여자가 어찌나 불쌍하던지 몰래 과장님이 숨은 곳을 알려 주기도 했었다. 어쨌든 그녀의 입장 따윈 전혀 고려하지 않는 듯한 무심한 우형의 얼굴을 보니 예원은 문득 그때가 떠올랐다.

─잠깐이면 되니 바꿔요.

"바꾸라는데요?"

예원은 나도 모르겠다는 얼굴로 그를 불렀고, 우형은 짜증이 가득 담긴 얼굴로 휴대폰을 거칠게 빼앗았다.

"무슨 일이야!"

예원은 왜 저렇게 화를 내면서 받을까 싶었다. 수화기 속의 여자는 어쩌면 그와 연인 관계일지도 모른다. 또한 그런 분위기도 폴폴 풍겼다. 그런데 그는 전화를 건 여자가 참 무안하겠다 싶을 정도로 소중하게 대하지 않았다.

"다음부터는 전화 넘기지 마."

예원은 우형이 전화를 끊자마자 괜히 자기에게 화풀이를 하는 것 같아 울컥했다. 게다가 휴대폰을 무릎 위로 아무렇게나 던지는 것을 보고는 어이가 없었다. 예원은 왜 이걸 나한테 주냐는 듯한 얼굴로 우형을 보았다.

"갖고 있어."

"네?"

"갖고 있으라고."

"네?"

"너, 지금 나하고 장난하자는 거야!"

그의 신체에서는 요상한 소리가 나는가 보다. 이를 악물고 말하는 지 한 자 한 자 뱉을 때마다 으드득, 같은 종류의 소리가 났다.

"저…… 화나셨어요?"

예원은 자신을 보는 그의 눈초리가 매섭다 못해, 칼바람이 몰아치는 이유를 알 수 없었다. 이건 정말이었다. 그런데 그가 장난하는 거냐고 물었다. 분통이 터지는 것은 그녀 자신이었다. 그렇게 침묵 아닌 침묵이 흘렀고, 예원은 '설마?' 하는 표정으로 그를 보았다.

"저, 이거 제가 가지고 있으라는 건가요?"

　의심쩍은 시선을 던지는 예원의 얼굴은 ‘왜?’ 라는 의문을 벗어 던질 수 없는 표정이었다.

　"그럼 그걸 너 가지고 놀라고 준 것 같아?"

　그는 또 ‘너’ 라고 불렀다. 예원은 호칭을 정정해 주려는 것과는 별도로 왜 이걸 자신에게 주는지 알 수가 없었기에 핸드백 속에서 자신의 휴대폰을 꺼내 보여 주었다. 그 때 휴대폰 옆에 달린 1원짜리 은색 동전이 찰랑, 소리를 내며 움직였다.

　"휴대폰은 저도 있는데요."

　우형은 미간을 좁혔다. 동전? 저 낡은 동전은? 하, 설마 그럴 리가! 우형은 고개를 저었다. 저 녀석이 십 년이 훨씬 지난 그 동전을 가지고 있을 리가 없지.

　"너도 있다는 것은 알고 있어. 넌 내 전화를 갖고 있으면서, 쓸데없는 전화만 자르면 돼. 늦은 밤에도 전화를 거는 예의 없는 놈들이 있으니, 잘 커트해."

　"그럼, 이사님과 제가 같이……."

　"같이?"

　"아, 아무것도 아니에요."

　예원은 놀라서 손을 내저었다. 우형은 굳이 24시간 동안 붙어 있을 거라는 말을 하지는 않았지만, 김예원의 붉어진 얼굴에서 뜻이 제대로 전달되었음을 알 수 있었다. 물론, 잘못된 뜻이었다.

　짜증을 숨기지 못한 우형은 주머니 속에서 휴대폰 하나를 꺼내어 흔들었다. 그제야 예원은 안도의 한숨을 내쉬었다.

　"내가 너에게 남자로서 욕망이 있다고 생각한다면, 그건 오산이야."

　우형이 질렸다는 얼굴로 내뱉듯이 말했다.

"누, 누가 그런다고요! 전 절대로, 그, 그렇지 않다고요."

"그럼 얼굴을 붉히지 말든가. 네 얼굴, 그거 굉장히 신경 거슬리게 하는 거야. 난 어린 여자를 좋아하는 변태적인 성향은 없어. 그러니, 그런 표정은 당장 거둬."

예원의 머릿속은 '변태적인 성향' 등 자극적인 말로 혼란스러웠다. 그의 말에 반박할 수도, 그렇다고 붉어진 얼굴을 다시 하얗게 할 수도 없었다. 그저 손에 쥔 휴대폰을 만지작거리던 예원은 문득 신제품으로 보이는 이 휴대폰의 사용 설명서가 필요하겠다는 생각이 들었다.

"제길, 저 자식은 뭐야! 건방진 자식."

빠아앙!

우형은 얌체같이 밀고 들어오는 차를 향해 클랙슨을 누르며 욕설을 퍼부었다. 그 모습과 마주한 예원은 고개를 좌우로 흔들었다. 휴대폰 사용 설명서와 더불어 별일 아닌 일에도 벌컥벌컥 화를 내는 옆에 있는 이 남자를 다루는 설명서 역시 필요할 것 같았다.

지하 주차장에 차를 세운 우형은 성큼성큼 걸어가 엘리베이터를 탔다. 우형의 뒤를 따른 예원은 1층에서 우르르 타는 사람들에게 밀려 우형과 떨어졌다. 어떻게든 떨어지지 않으려고 애를 쓰던 예원은 무심한 표정의 그와 눈이 마주치자 혹시 이대로 엘리베이터가 추락하면 그가 '나 몰라라' 할 것 같다는 엉뚱한 생각이 들었다. 하지만 그보다 점점 몰려드는 사람들에게 압사당해 죽을지도 모른다는 급박함이 엉뚱한 생각을 단숨에 날려 버렸다.

'으! 숨, 숨 막혀.'

예원은 비명이라도 지르고 싶었지만 간신히 참았다. 다음부터는 그 얼마나 높은 곳이라고 해도 계단을 이용하고 싶을 정도로 엘리베이터 안은 끔찍, 그 자체였다.

"어, 어! 내려요, 내린다고요!"

예원은 엘리베이터가 24층에서 멈추자 우형이 내리는 것을 보고 황망하게 따라 내렸다. 문이 닫히려는 찰나에서야 고래고래 소리를 지으며 겨우 엘리베이터에서 내릴 수 있었다. 전쟁터에서 돌아온 것마냥 거친 숨을 몰아쉬던 예원은 자신을 바라보는 우형의 표정이 무엇을 뜻하는지 알아채고는 버럭 소리를 질렀다.

"나 바보 아니에요!"

"누가 뭐래?"

우형은 퉁명스럽게 대꾸한 뒤, 예원이 쫓아오든 말든 상관없이 성큼성큼 걸었다.

"같이 가요."

예원은 그를 놓치면 이번에야말로 미아가 될지도 모른다는 불안감에 종종걸음으로 그를 쫓아갔다.

그는 '신우' 라는 간판 앞에서 멈춰 섰다. 문을 열자 60평 정도로 보이는 넓은 사무실이 나타났다. 60평이라고 생각한 것은 그녀가 전에 다녔던 마을금고보다 2배 정도 넓어 보였기 때문이다. 사무실은 깨끗하고 윤이 났지만, 북적거리던 마을금고와 다르게 사람은 보이지 않았다. 어쩐지 꽤 오랫동안 쓴 적이 없는 사무실 같아 보이기도 했다. 하지만 안쪽에 자리 잡은 집무실과 상담실, 그 외에 확 트인 내부와 최신식 집기들을 보니 일하는 데는 편할 것 같았다.

'아, 앞으로 여기서 일하게 되는구나.'

어쨌든 취직이 되었다는 감격으로 가득 찬 예원이 사무실을 쭉 돌아보는데, 갑자기 문이 벌컥 열리면서 40대 정도 되어 보이는 남자가 들어왔다. 그 남자는 곧바로 우형을 향해 달려오더니, 말릴 새도 없이 그의 셔츠를 움켜잡았다.

"정 이사, 여기 있었군! 내가 찾아온 이유는 알겠지?"

"왜, 왜 이러시는 거예요!"

예원은 갑자기 일어난 일에 놀라 소리부터 질렀다.

"무슨 일이십니까?"

하지만 방방 뜨는 것은 남자와 그녀뿐, 우형은 전혀 여파를 받지 않은 모습이었다. 다가오지 말라며 팔을 뻗은 그에게 보호 받고 있는 예원은 조마조마한 얼굴로 여차하면 신고할 생각으로 휴대폰을 꺼냈다.

"자네 직원이 찾아왔어. 당장 내 집을 압류하겠다고 협박하더군. 이게 어떻게 된 일인가, 어떻게 된 건지 설명해 보라고!"

흥분한 남자는 목에 핏줄을 세우며 소리를 질러댔다.

"이보게 정 이사, 내 말이 말 같지 않은가!"

우형은 대답 대신 멱살을 쥐고 있던 남자의 손을 움켜잡았고, 강한 완력으로 인해 남자의 입에서 외마디 비명이 터져 나왔다. 곧 우형의 멱살을 잡은 남자의 손이 저절로 풀어졌다.

"곤란한 행동을 하시는군요."

헐떡이는 숨과 분노로 가득한 남자와 대조적으로 우형은 흐트러짐이 없었다. 그런 그의 모습은 상대방을 약 올리기에 충분했고, 남자의 눈은 피눈물이라도 흘릴 정도로 붉어졌다. 그러나 그 눈은 이제 어쩔 수 없다는 것을 깨달은 듯 이내 포기 상태로 변했다. 남자는 철퍼덕, 소리를 내며 바닥에 엎드렸다.

"정 이사, 도와주게. 제발 이번 한번만 도와주게. 정 이사라면 기한을 연장해 줄 수 있지 않나. 무릎을 꿇으라면 꿇을 테니 제발……."

예원은 흐느끼며 절박하게 사정하는 남자의 모습이 안쓰러웠다. 하지만 우형은 몹시 냉정한 얼굴로 바닥에 엎드린 남자를 보고 있었다. 예원은 그가 화를 낼 것을 알면서도, 남자를 부축해 일어서게 했다.

"아가씨, 고맙수다. 정 이사, 부탁함세. 제발…… 그렇지 않으면 직원들이 길거리에 주저앉게 된다네. 딸린 식구들이 얼마인데…… 그러니 두 달만, 아니 딱 한 달만 더 연장해 주게나."

절박하게 사정하는 그의 입술에서 흐느낌이 새어 나왔다.

"이미 기한을 충분히 연장해 드린 것으로 알고 있습니다."

그는 역시 냉정했다. 왠지 비웃는 것 같은 그의 얼굴에서 예원은 가진 자의 횡포를 느꼈다. 예전 마을금고에 있을 때의 일이었다. 지역 유지들이 방문할 때에는 금고 안을 며칠 전부터 쓸고 닦는 것은 물론, 탕비실에는 최고급 차를 준비해 놓았었다. 하지만 담보도 없이 대출하려는 지역 주민이 방문할 때에는 윗선에서는 뒷짐을 졌고, 대신 나선 대리 역시 귀찮은 일을 떠맡았다는 듯한 얼굴로 거절하기 일쑤였었다. 어째서 이 장면에서 그때의 일이 떠오르는지는 잘 모르겠지만, 어쨌든 그의 모습은 절박한 사람에게 손 한번 잡아 주기는커녕 돈이라는 무기를 무자비하게 휘두르는 가진 자의 냉정한 모습 그대로였다.

"정 이사……."

중년 남자가 다시 한 번 애타게 그를 불렀다.

"거절합니다."

"정, 정 이사!"

낙담한 남자를 향해 냉정하게 등을 돌린 그는 '이사실' 이라는 푯말이 붙어 있는 방으로 들어가 버렸다. 예원은 어쩔 줄 모르는 얼굴로 중년 남자와 이사실을 번갈아 보았다.

"그런데 아가씨는 누구신가?"

남자의 말에 예원은 직원이라고 대답했다. 그 순간 남자의 눈에서 빛이 났다.

"아가씨, 그럼 이사님께 말 좀 잘해 주게나. 한 달, 그래, 한 달만 더 시간을 준다면 원금까지 다 갚을 수 있다고 꼭 전해 주게. 그럼 내 아가씨만 믿겠네."

"저, 저기요!"

뭘 믿는다는 걸까? 자신은 오늘 첫 출근인 햇병아리인데…… 난감해진 예원은 남자가 사라진 문만 멍하니 바라보았다. 이사실 문에 살짝 노크를 하고 문을 열자 창을 등지고 있는 커다란 책상이 먼저 눈에 들어왔다. 넥타이를 느슨하게 풀어 놓고 모니터를 보고 있는 우형을 본 예원은 자신이 방해를 한 것은 아닌가 싶어 잠시 주춤했다.

"뭐지?"

예원은 우형이 시선을 마주하지도 않았는데 자신인 것을 알고 말하자, 잠시 놀란 표정을 지었다. 그러나 곧바로 표정을 거두고 가볍게 헛기침을 했다.

"흠, 흠. 세가 사무실에서 해야 할 일을 알려 주세요."

"오늘은 전화 받는 일만 해. 내일 민호에게 인수인계 하라고 할 테니까."

예원은 모니터를 바라보는 그에게 제발 사람이 말하면 눈을 보고 말하라고 소리라도 치고 싶을 걸 간신히 참았다.

"제가 도와줄 일이 있나요?"

"없어."

우형은 예원이 섭섭함을 느끼든 말든 상관없이 딱 잘라 거절했다.

“참, 방금 왔던 아저씨가 한 달만 기한을 연장해 달라고 했어요. 그러면 원금도 갚을 수 있다고 말씀드리라고 하던데요.”

그 말을 들은 우형은 손에 쥐고 있던 볼펜을 탁, 소리가 나도록 내려놓으며 예원을 바라봤다. 자신을 바라보는 우형의 한심스런 표정 앞에 예원은 큰 실수를 저질렀다는 것을 알았다.

“이곳에 입사한 지 채 1시간도 되지 않았는데, 내 허락도 없이 제 맘대로 고객에게 기간을 한 달이나 늘려 주었군.”

“저는 그분이 말씀하시는 것을 들었을 뿐, 아무 대답도 하지 않았어요.”

예원은 거친 말을 쏟아 내는 그를 이해할 수 없어 약간 화가 난 얼굴로 말했다.

“안 된다고 하지도 않았겠지.”

“그건······.”

예원은 주춤했다. 생각해 보니, 고개를 끄덕인 것 같기도 했다. 도와주고 싶은 마음이 있었으니까. 그런데 솔직히 그게 무슨 잘못인지 모르기에 어리둥절하기만 했다.

“오자마자 한 건을 터트리다니, 대단한 여자군. 제기랄, 망할 늙은이 같으니라고!”

우형은 욕설을 퍼부으며 모니터에서 ‘행강’ 의 거래 내역을 찾아 꼼꼼히 살폈다. ‘행강’ 은 최악이라고 할 정도로 형편없는 회사였고, 무너지기 일보 직전이었다. 빌려간 돈은 자그마치 10억에 가까웠으나 이자는커녕 원금조차 받을 수 있을지 미지수였다.

“나다. 행강의 장부를 가져와!”

우형이 어디론가 전화를 걸어 버럭 소리를 지르자, 예원은 기가 죽어 제대로 숨도 쉬지 못했다. 채 십 분이 지나지 않아 헐레벌떡 뛰어온 남자가 그에게 장부를 건넸다. 저 남자는 누구지? 예원이 의문을 풀 사이도 없이, 우형은 버럭 소리를 지르며 책상 위로 장부를 집어 던졌다.

"이 형편없는 실적이 뭐야! 왜 이 지경이 될 때까지 보고조차 하지 않은 거지?"

"그건…… 죄송합니다. 약속을 지킬 줄 알았기에……."

"약속? 그래서 행강의 사장이 찾아와 내 멱살을 쥘 때도, 티타임이나 가지면서 시시덕거렸나 보군!"

불같이 화를 내는 우형 앞에서 직원인 남자는 쩔쩔맸다. 예원은 어쩐지 그 직원이 안쓰러워졌다.

"이사님을 찾아온 중년 남자가 있었는데, 아직 잘 모르는 직원이 24층으로 가 보라고 말했답니다. 이런 일에 신경을 쓰시게 해서 죄송합니다. 주의 시키겠습니다."

남자가 어디론가 전화를 걸어 보더니, 재빨리 상황을 설명했다. 예원은 전혀 감을 잡을 수 없었지만, 그렇다고 불쑥 끼어들 수도 없었기에 그저 두 사람의 얼굴만 번갈아 가며 바라보았다. 잘은 모르겠지만, 길길이 날뛰는 우형의 성격으로 보건데 남자가 조만간 회사를 그만두지나 않을까 하는 불길한 에감이 들었다.

"어떻게 할까요?"

"나가 봐. 민호에게는 내가 연락하지."

"알겠습니다."

다행히 그는 직원을 해고하지 않았고, 남자는 깊게 고개를 숙인 뒤 밖으로 나갔다.

"저, 제가 실수한 거지요?"

예원이 불안한 얼굴로 물었다.

“네 실수보다는 내 실수가 크지.”

우형은 어리둥절한 예원에게 설명하기보단 거칠게 머리를 쓸어 올리며 민호를 호출했다.

“행강 사장을 잡아라. 멍청하게 제 발로 들어온 것을 놓쳐 버렸어. 아직 멀리 가지는 않았을 거야, 샅샅이 뒤져!”

통화를 마친 그는 ‘제길!’ 소리를 내며 수화기를 집어 던졌다. 예원은 얼른 달려가 수화기를 제자리에 올려놓았다.

“나가 봐.”

지끈거리는 머리를 누르며 우형이 쥐어짜듯 말했다. 하지만 예원은 그의 말대로 덥석 나갈 수가 없었다. 잘은 모르지만, 자신이 무언가 실수를 한 것이 분명했다.

“저…… 죄송해요.”

그 목소리 때문이었을까? 불같이 치밀어 오르는 화를 참기 위해 애쓰던 우형이 고개를 들어 예원을 보았다. 잔뜩 주눅이 들어 고개를 푹 숙이고 있는 것이 처량하기까지 했다. 이것도 작전이 아닐까 싶어 꼼꼼히 살펴보았지만, 그런 것 같지는 않았다. 우형의 마음이 조금 느근해졌다. 솔직히 말하자면 늘 그에게 명령하던 악마 같은 꼬마가 저렇게 한 수, 두 수 접은 얼굴로 있으니 기분이 썩 괜찮았다.

“우선 도장에 등록부터 해.”

부드럽게 말하는 우형의 눈빛이 한층 밝아졌다.

“도장이요?”

예원은 그의 기분이 조금은 풀어진 것 같아 안심하면서도, 무슨 소리인지 알 수 없어 걱정하며 반문했다.

“호신술 말이야. 날 보호하기 위해선 꽥꽥 질러대는 ‘소리’가 아닌 ‘힘’이 필요해.”

나름대로 친절하게 설명하는 우형과 달리, 예원은 도통 무슨 뜻인지 알아듣지 못하고 있었다. 일반 사무직에 왜 호신술이 필요하며, 왜 그를 보호해야 한다는 것일까. 하지만 지금은 상황이 좋지 않았기에 예원은 나중에 물어보기로 했다. 막 몸을 돌려 나가려는 예원을 우형이 붙잡았다.

"참, 잊은 게 있군."

"네?"

예원은 다시 몸을 돌려 우형을 바라보았다. 그는 전혀 이사 같지 않은 자세로 책상 위에 다리를 올려놓고 있었다.

"이곳은 아무리 질질 짜며 후회해도 그만둘 수 없는 곳이야. 명심해 둬, 1년이 기본이야."

협박 같은 말이었지만, 살짝 미소 짓고 있는 그의 표정을 보면 분명 협박은 아니었다. 예원은 뭔지 모르지만 조용히 고개를 끄덕였다.

이사실에서 나온 예원은 자신의 자리인 듯한 책상 앞에 앉았다. 뭘 해야 하는 거지? 책상 서랍 정리나 할까? 그나저나 이곳은 뭐 하는 회사일까? 그녀가 고민하는 사이에 이사실의 문이 벌컥 열리며 우형이 나왔다. 그의 손에 들린 장부 몇 개가 그녀의 책상 위에 올려질 때까지민 해도 예원은 두근기리는 표정으로 잘할 수 있을 것인가를 걱정하고 있었다. 하지만 컴퓨터 전원을 연결하는 그의 상체가 구부러지면서 가까이 다가오자 위험하다는 본능이 마구 울려대기 시작했고, 경고를 무시한 그의 몸이 등 뒤에 부딪치자 몸은 꽁꽁 얼은 동태마냥 굳어졌다.

'아니야, 아닐 거야. 그가 왜 나에게 성희롱을 하겠어?'

예원은 가능한 긍정적이고 좋은 쪽으로 생각하려 했다. 그렇게 생각하고 나니 한순간이라도 그런 생각을 했다는 것이 미안했다.

"놀면 안 되니까, 우선 이걸 보고 대충 파악하고 있어."

"아, 네."

우형은 잔뜩 긴장한 채 꼿꼿이 몸을 세우고 있는 예원을 보자 피식 웃음이 새어 나왔다. 아주 잠깐 몸이 스쳤을 뿐인데도, 예원은 바싹 긴장해 있었다. 그건 우형에게 또 다른 재미를 안겨 주었다.

"여길 잘 봐."

"네? 네."

우형은 아무렇지 않은 표정으로 예원의 등 뒤에 서서, 그녀의 몸 사이로 팔을 뻗어 자판을 두드렸다. 예원을 놀려 줄 심산이었다. 두 팔 사이에 낀 그녀의 볼이 드러난 팔에 스쳐 지나갔다.

'이건 뭐지?'

우형은 순간 움찔했다. 아랫도리에서 묵직한 반응을 보이고 있었다. 하, 농담이겠지! 당혹스럽긴 했지만, 우형은 전혀 개의치 않는 얼굴로 좀 더 팔을 뻗어 자신의 두 팔 안에 갇힌 새를 툭, 건드렸다.

"후우."

예원은 작게 한숨을 내쉬었다. 작은 새의 숨소리가 그의 팔을 타고 고스란히 전해졌다. 그 숨결이 찌리릿, 소리를 내며 순식간에 그의 뇌 속으로 들어와 그를 점령해 버렸다. 이, 이게 뭐지? 우형은 감전을 당한 듯 두 팔을 번쩍 위로 올렸다.

"제기랄!"

"네?"

예원은 자신이 또 무슨 실수를 했나 싶어 놀란 마음에 우형을 돌아 봤다. 그런 예원의 동그란 눈과 살짝 벌린 입술에 시선을 빼앗긴 우형은 지금 자신의 신체에서 일어난 일을 절대 인정할 수는 없었지만, 그렇다고 다시 시도하는 무모한 짓 역시 하지 않기로 결론을 내렸다.

“이런 식으로 하면 돼.”

“네?”

예원은 그가 되묻는 것을 극도로 싫어한다는 것을 알면서도, 자기도 모르게 반문했다. 그녀에게 지금 가장 궁금한 것은 ‘그는 왜 저렇게 퉁명스러운 것일까’ 하는 것이었다. 그는 하루 종일 화가 난 사람처럼 얼굴을 찌푸리고 있었다. 지금 이사실로 들어가는 굳은 뒷모습 역시 여지없이 ‘나 화났소’ 라고 하는 것만 같았다.

“휴.”

짧게 한숨을 내쉰 예원은 컴퓨터 모니터로 시선을 옮겼다. 화면이 넘어가면서 이자율이 자동 계산되는 프로그램이 나오자 예원의 눈이 번쩍 떠졌다.

‘이건 은행에서 쓰는 거잖아? 아니, 왜 이곳에 이런 프로그램이 있지?’

예원은 우형이 놓고 간 장부를 들춰 보았다. 자세히 살펴보니, 채무 회사 명부가 있었다. 그렇다면 결론은 하나였다. 그렇게 생각하니 아침의 사건도 이해가 되기 시작했다. 하지만 그렇다고 해서 그녀가 뭘 어떻게 할 수 있는 것은 아니었다.

“젠징, 갑자기 비가 내릴 게 뭐야!”

이런저런 생각으로 가득 찼던 예원은 문이 열리며 들리는 욕설에 소스라치게 놀라 벌떡 일어났다. 곧이어 후드득 떨어지는 빗소리와 함께 문에 끼일 정도로 큰 덩치를 가진 남자가 몸에 묻은 물기를 털며 들어왔다. 예원의 두 눈은 커졌고, 바들바들 떨리는 두 손은 자리를 잡지 못하고 어긋나기 시작했다. 고개를 든 그 남자와 눈이 마주친 예원은 이 자리에서 죽는 것은 아닌가 하는 공포감에 사로잡혔다. 남자가 느닷없이 히죽 웃었다. 웃으면서 접힌 남자의 눈 꼬리가 언뜻 순해 보이기도 했지만, 이미 굵은 소름이 우두둑 돋아 있는 그녀에게 그 웃음은 아무런 영향도 행사하지 못했다. 남자가 의도했건, 의도하지 않았건 이미 남자는 그녀에게 무섭게 각인되어 있었다. 예원은 뒤로 물러서고 싶었지만, 두 다리가 떨어지지 않았다. 잔뜩 긴장한 그녀는 마른침을 꿀꺽 삼켰다.

"별일이군, 이곳은 여자들이 잘 찾아오지 않는 곳인데…… 뭐, 어쨌거나 반가워요. 상담하려고 왔어요?"

덩치와는 다르게 굵직한 목소리가 아니었다. 남자가 걸음을 떼며 다가오자, 예원은 흠칫 놀라 황급히 두 걸음 물러섰다. 머릿속에서는 별별 생각들이 교차하고 있었고, 그녀의 얼굴은 쓰러질 듯 창백해져 갔다. 잔인하게 살해당하는 영화가 그녀의 눈앞에서 피를 뿌리며 나타났다가 사라지기를 반복하는 사이, 남자가 코앞까지 다가왔다.

'결국 어이없게도 죽게 되는구나.'

예원은 차마 눈을 뜨지 못하고 두 눈을 감아 버렸다. 그 때 이사실의 문이 벌컥 열리며 우형이 모습을 드러냈다. 예원은 마치 구세주라도 만난 것처럼 두 눈을 반짝이며 황급히 그에게 달려갔다.

"이사님, 저분이……."

"형님."

우형의 뒤로 숨던 예원은 '형님'이라는 소리에 우뚝 섰다. 형님이라고? 그 말에 부합하듯 남자는 우형에게 허리를 굽혀 깍듯이 인사를 했다.

"그런데 왜 갑자기 24층에 사무실을 만드셨어요? 여기 버려둔 곳이잖아요, 갑자기……."

"김 사장 일은 어떻게 되었지?"

민호의 말을 싹둑 자른 우형은 담배를 잘근잘근 씹어대며 물었다.

그리고 주머니에 손을 깊숙이 찔러 넣고는, 민호에게서 바들바들 떨고 있는 가엾은 작은 새에게로 시선을 옮겼다. 그 새는 마치 사형 선고를 받은 것처럼 공포에 젖어 있었다. 그 모습은 우형에게 동정보다는 재미를 불러일으켰다. 또한, 늘 김예원의 머슴이었던 지난날과는 판이한 새로운 위치를 확실하게 만드는 것이기도 했다.

"물론 잡았죠. 운이 좋았어요. 형님 전화를 받고 그 치를 찾아다니는데, 멀리 가지 못했더라고요. 제가 누굽니까? 잽싸게 낚아채 골목으로 끌고 갔죠. 협박용 주먹을 벽을 향해 두어 번 연달아 휘두르고 나니까 꼼짝 못하던데요? 발차기까지 한 후 받아 낸 각서가…… 아, 여기 있습니다."

민호는 스스로 자랑스러워 미치겠다는 얼굴로 김 사장의 지장까지 찍은 각서를 꺼내어 보여 주었다.

"물론 합법적이었겠지?"

신뢰가 가득 담긴 눈으로 민호를 바라본 우형은 이사실 안으로 들어가 금고 안에 각서를 넣었다.

"형님도 참, 당연한 일을 갖고…… 제가 이런 일, 하루 이틀 합니까. 그런데 저 아가씨는 누구예요?"

이사실로 쫓아가던 민호가 예원을 향해 눈짓을 했다. 그 눈짓에 딜그럭거리는 심장을 간신히 움켜잡고 있던 예원의 심장이 뚝 떨어졌다.

"직원이야."

우형은 대수롭지 않은 얼굴로 말했다.

"직원이요? 혹시 이사님의 요거 아닙니까? 흐흐흐."

예원은 새끼손가락을 까닥이는 민호를 붉은 얼굴로 쳐다보았다. 민호라는 사람은 첫인상과는 다르게 굉장히 경박하고, 가벼운 사람이었다. 게다가 저 이상한 웃음소리는 저절로 눈살을 찌푸리게 했다.

"쓸데없는 소리."

우형이 단 한 마디를 했을 뿐인데, 민호라는 사람은 슬그머니 꼬리
를 내려놓았다. 예원은 비 호감 자체인 민호란 사람이 쳐다보자 고개
를 홱 돌렸다. 무서움보다는 경멸을 나타내는 행동이었다.

하지만 지금 중요한 것은 그게 아니었다. 예원은 다급히 우형을 잡았다.

"뭐지?"

다급한 예원과는 다르게 우형은 침착하게 뒤를 돌아보았다.

"할 이야기가 있어서요."

예원이 다가가자, 우형은 책상에 비스듬히 기대었다. 그 자세는 매우 불량하게 보였기에 그녀의 눈살이 저절로 찌푸려졌다.

"조금 전에 프로그램을 보았는데요."

예원은 서두를 꺼냈다.

"보았는데?"

신중한 그녀의 말을 우형은 앵무새처럼 따라했다. 그런 그의 말에 화가 난 예원이 고개를 바싹 쳐들었지만, 이곳이 어떤 곳인지 알았기에 침착하기 위해 헛기침을 했다.

"흠흠, 그러니까 제가 말씀드리고 싶은 것은 이곳이…… 그러니까,
설마……?"

"설마? 그 뒷말은 뭐지?"

우형의 말은 다분히 놀리는 투였다. 이제야 깨달았냐는 듯 사악한
미소를 숨기지 못하는 그를 향해 예원은 고개를 설레설레 흔들었다.
어서 말하라고 다그치는 듯한 우형의 눈빛에 예원은 마른 입술을 축
였다.

"이사님, 그러니까 혹시 사채업을…… 하나요?"

자신의 입에서 사채업이란 부도덕적인 말이 나오자 예원은 소스라
치게 놀랐다. 그리고 믿기지 않는다는 표정으로 고개를 강하게 두 번
저었다. 그동안 들었던 그는 반듯하고 모범적이었으며, 머리가 뛰어
난 우등생이었다. 성실하기도 했고, 정직하기도 했다고 한다. 그런
그가 사채업을 한다는 것은 믿을 수 없는 일이었다. 뭔가 착오가 있
을 것이다.

"저, 불쾌했다면 죄송해요, 아무래도 오해를 한 것 같은데……."

"내가 사채업자라고 하는 게 대체 무슨 상관이지?"

우형은 겨우 그 얘기였냐는 표정으로 심드렁하게 말했다.

"하지만…… 하지만 이건 불법이잖아요!"

"불법은 아니야. 합법적으로 등록되어 있는 회사이고, 법을 어긴
적도 없지. 안 그래?"

우형이 민호에게 동의를 구했다.

"물론이죠. 게다가 돈 떼어 먹고 도망치는 인간들이 얼마나 많은데
요. 잡으러 다니는 것도 일이에요, 일!"

예원은 두 사람의 대화를 들으며 전형적인 사채업자를 보는 것 같
았다. 선량한 시민들의 목숨을 담보로 우악스런 행동을 하는 것이 사

채업자들인데, 그가 그럴 줄이야. 또한 법정 이자도 아닌 그 2배나 되는 이율을 부과하고 있는 프로그램으로 보아, 어쨌든 그는 악덕 사채업자가 분명했다.

"그래서 뭐 문제 될 것 있어?"

우형이 재차 물었지만 예원은 선뜻 대답하지 못했다. 전혀 생각지 못한 우형의 직업에 그만 당황하여 대답할 기회를 놓쳤다. 머릿속의 생각이 고스란히 드러나는 그녀의 표정을 보고 그는 고개를 기울이며 웃었다. 가지런한 치아가 살짝 드러나는 웃음이었지만, 그것은 분명 조소를 담고 있었다.

"아니, 문제라기보다는 믿기가 힘들었을 뿐이에요."

간신히 대답했지만 예원은 아직도 믿을 수가 없었다. 그런 예원에게 우형은 확인이라도 시켜 주듯, 팔짱을 끼며 비딱한 시선을 보냈다. 예원은 그런 우형이 두려워졌다. 빳빳이 긴장하여 작은 소리에도 발작을 일으킬 것 같은 예원을 향해 우형은 짧지만 소리 내는 웃음을 내보냈다. 예원은 왠지 그 웃음에 화가 났다.

"웃지 말아요."

"안 웃을 수가 있어야지, 그건 그렇고 번복은 분명 없다고 말했지?"

"번복이요?"

예원이 무슨 소리인지 몰라 긴장한 얼굴로 되물었다.

"내 회사는 질질 짜며 후회해도 그만둘 수 없는 곳이라고 경고하지 않았던가?"

그래, 분명히 그는 그렇게 말했었다. 느닷없는 그 말이 바로 이것 때문인 줄은 몰랐지만 말이다. 예원은 가능한 침착하게 말했다.

"전 아무렇지 않아요."

"뭐가?"

"솔직히 조금 당황하긴 했지만, 아무렇지도 않다고요."

"글쎄, 네가 어떻든지 그건 네 사정일 뿐이지. 그건 그렇고, 넌 지금 당장이라도 짐을 싸고 싶은 얼굴이군."

정곡을 찔린 예원은 가만히 바닥을 내려다보는 것으로 그의 말을 인정했다.

"할 수 없군. 택시를 불러 주지. 혼자 집은 찾아갈 수 있겠지?"

우형이 지갑 속에서 만 원짜리 몇 장을 꺼내어 책상 위에 올려놓자 예원은 당황한 얼굴로 그를 바라보았다.

"청소는 하지 않아도 돼."

망설임 없는 해고 통보였다. 예원은 놀라서 고개를 번쩍 들었으나, 그렇다고 해서 계속 다니겠다는 말도 할 수 없었다. 그는 악덕 사채업자니까. 우형은 그런 그녀를 보며 그럴 줄 알았다는 듯한 표정을 지었다.

"나가 봐라."

우형의 말에 민호는 어쩔 수 없이 나가긴 하지만 자꾸만 예원을 힐끗거렸다. 예원은 고개를 휙 돌려 민호의 시선을 피했다. 단 한 번도 남의 시선을 그렇게 피한 적은 없었지만, 어쩔 수 없었다. 예원은 사채업자의 사무실에 앉아 흉기를 휘두르는 폭력단과 얼굴을 마주보고 일할 수는 없었다. 보통 사람인 그녀에게 그건 정말 할 수 없는 일이었다.

"저, 물어볼 게 있어요. 이사님은 왜 '나쁜 사람'이 된 거죠?"

장부를 정리하는 우형에게 예원이 물었다. 그는 나쁜 사람이란 단어가 마음에 들지 않았는지 얼굴을 잔뜩 찌푸렸다. 예원은 계속 말을 이었다.

"이해할 수가 없어서 그래요, 이사님은……."

"난 원래부터 이런 놈이야."

우형은 그녀의 말을 냉정하게 딱 자르고는 뒤돌았다. 그런 우형을 보며 예원은 두 주먹을 꼭 쥐었다.

"어떻게…… 어떻게 나한테 이럴 수가 있어요? 난 이사님과 오랜 세월을 알고 지낸 집의 딸인데, 어떻게 이렇게 몰인정하게 대할 수가 있죠? 이사님은 어렸을 때 절 많이 아껴 주었고, 난 그걸 기억해요. 그런데 갑자기 이런 모습으로…… 난 절대 납득할 수가 없다고…… 요."

주먹을 불끈 쥐고 소리치던 예원은 갑자기 뒤돌아선 그의 눈빛을 보자 더 이상 말을 이을 수가 없었다. 그 눈빛은 사람의 눈이 이렇게 싸늘할 수 있을까 싶을 정도로 냉랭했다.

"이 여자, 저 여자, 모두들 착각하고 있군. 잘 들어, 난 너와 아무런 관계가 아니야."

"하지만……."

"하지만? 뭐야, 그럼 내가 네 집에서 먹고 잔 값을 치러야 한다는 거야? 하, 이제 보니 정말 대단한 착각 속에서 살았나 보군. 잘 들어, 꼬맹아. 난 네 집에서 지내면서 밥값보다 더한 노동력을 제공했어. 무슨 소린 줄 알아? 나에게 어떻게 이럴 수 있냐고 묻는 권리 따윈 너에게 애초부터 존재하지 않는다는 뜻이야."

밥값? 노동력? 예원은 우형의 말을 전혀 알아들을 수 없었기에 당황한 얼굴로 바라보기만 했다. 그러다가 어제, 오늘 그가 보인 싸늘한 눈매와 비딱한 시선, 그리고 전혀 친절하지 않은 모습에서 추정할 수 있는 단 한 가지의 사실을 끄집어냈다.

"……혹시 날 싫어하나요?"

그의 검은 눈동자가 예원의 얼굴에 꽂히자 그녀는 두려움에 와들와들 떨었다. 그 검은 눈동자는 망설임 없이 '그렇다'고 얘기하고 있었다.

"널 포함하여 네 집 식구 모두 다 끔찍해."

어째서, 어째서 그런 소리를 하는지 이해할 수 없었다. 상상조차 해본 적 없는 그의 말에 예원은 고개를 흔들며 지금 느끼는 감정을 표현했다.

"아니요, 난 믿을 수가 없어요. 이사님은 제가 7살 때까지 부모님만큼, 아니 그 이상의 애정을 주셨다고 했는데…… 또 부모님과 할머니에게도, 심지어 동네 어른들에게도 늘 친절한 모습이었다고 들었는데…… 어째서 우릴 끔찍하게 생각하는 거죠?"

예원은 정말 믿을 수가 없었다. 그녀의 눈동자가 쩍쩍 갈라지며 균열이 생기기 시작했다.

"그게 좋았다고 생각해?"

반문하는 우형은 한심스럽다는 표정을 숨기지 않았다.

"저는……."

"그만해. 일곱 살밖에 안 된 내가 어린 네 뒤치다꺼리를 하는 게 좋았을 거라 생각하는 거야? 대체 네 머릿속엔 뭐가 들어 있는 거지? 뭐, 생각이야 자유지. 하지만 어쩌지? 내게 그때는 다시는 돌아가고 싶지 않은 악몽의 기간이었어."

조소를 품은 우형은 썩은 동아줄을 잡고 있는 예원의 손을 우악스럽게 잡아 뺐다.

"하지만!"

"그 하지만은 집어 치워!"

우형은 버럭 소리를 질렀다.

"질기게 쫓아다니는 너 때문에 단 하루도 편할 날이 없었어. 그 어린 나이에 네게 수족이 묶여 네 보모 노릇을 해야 했다고! 그 6년 동안 내가 생각한 것은 단 하나, 어떻게 하면 너에게 벗어날 수 있을까 하는 거였지. 6년 동안 죽어라 네 집의 머슴 노릇을 하다가 재혼한 어머니를 따라 으리으리한 집에 도착했을 때 난 환호성을 질렀어. 물론, 그 집을 보고 환호성을 지른 것은 아니야. 죽어도 벗어나지 못할 것 같은 운명 같던 너에게서 벗어난 해방감에 환호성을 질렀다고. 알겠어?"

믿으라고 강요하는데도 예원은 믿을 수가 없었다. 마치 허공 속으로 누군가가 집어 던지는 것만 같았다.

"날 싫어하나요?"

예원은 작고 떨리는 목소리로 물었다.

"다신 만나고 싶지 않을 정도로."

그는 한 치도 망설이지 않고 말했다. 예원은 누군가 자신을 향해 이제는 믿어야 한다고 말하고 있음을 알았다.

"전, 그런 줄도 모르고 서울에 왔어요. 정말…… 몰랐어요. 이사님이 그렇게 절 싫어하는지 정말 몰랐어요."

"이제야 알다니 꽤나 눈치가 없군."

마지막까지도 싸늘함을 담은 말을 내뱉은 그는 뒤도 돌아보지 않았다. 예원은 그 모습을 눈 속에 담으며 가방을 들었다. 그리고 택시비로 준 돈이 날아가지 않게 장부로 꾹 누른 후 사무실을 나섰다.

우형은 푹신한 의자에 앉아 깊숙이 몸을 기대고 있었다. 예원이 '사채업자'에 대해 어떤 반응을 보일지 이미 짐작하고 있었기에 어쩌면 의도된 행동이라고 할 수 있었다. 짧은 시간이었지만 꼬마는 고지

식한 여성으로 성장한 것 같았고, 그런 꼬마에게 이런 일은 이해 불가능한 일이라고 생각했었다. 눈빛 하나와 말 한마디까지 다분히 의도적인 것이었다. 하지만 그 뒤의 말들은 준비한 말이 아니었다.

의자에 앉은 지 몇 분 되지 않아 문소리가 나더니 곧 정적이 감돌았다.

'예상대로군. 하지만 단 하루도 버티지 못하다니.'

김예원이 이런 식으로 인사도 남기지 않고 사라지는 것이 탐탁치는 않았지만, 이 정도면 양호한 것이라고 생각했다. 이제 그는 어머니에게 그녀가 자신의 의지대로 그만두었다는 것만 납득시키면 되었다.

'전, 그런 줄도 모르고 서울에 왔어요. 정말…… 몰랐어요. 이사님이 그렇게 절 싫어하는지 정말 몰랐어요.'

그러나 곧 눈물이 뚝뚝 떨어질 것 같은 얼굴로 울먹이던 예원의 모습은 그의 뇌리에 남아 절대 잊혀지지 않았다.

"젠장."

우형은 나지막이 욕설을 퍼부었다. 우형은 어린 시절 자기를 쥐고 흔들었던 꼬마가 다른 형태로 달라붙는 것을 절대 받아들일 수 없었다. 당연하다, 이젠 그 애의 보호자가 아니었으므로. 제기랄! 우형은 넥타이를 꽉 쥐었다. 그런데 그럴 수가 없었다. 이건 악몽이었다. 그것도 지독한 악몽이었다.

밖으로 나간 예원은 빌딩 옆 화단에 쭈그리고 앉아 있는 민호를 발견하자 재빨리 고개를 홱 돌려 모른 척했다. 지금은 그 누구도 만나고 싶지 않았고, 특히나 민호와 우형은 피하고 싶었다.

"어라, 왜 지금 가? 왜 가냐고."

하지만 세상일은 뜻대로 되지 않는 법이었다. 예원은 그녀를 발견하고 쫓아오는 민호를 무시하며 빠른 걸음으로 걸었다.

"이봐, 잠깐 멈춰. 거기 아이보리색 투피스 입은 아가씨!"

아이보리색 투피스를 입은 여자는 단 한 사람밖에 없었으니, 예원을 부르고 있는 것이 확실했다. 하지만 그녀를 부르며 달려오는 줄무늬 양복을 입고 옆구리에 작은 가방을 낀 짧은 스포츠머리의 남자는 누가 봐도 폭력배였다. 예원은 사람들의 시선이 흉흉해질 때마다 쥐구멍이라도 있으면 숨고 싶을 정도로 창피했다. 고개가 저절로 숙여진 것과 별도로 다리는 전날 내린 빗물이 튀길 정도로 빠르게 움직였다. 마침 횡단보도의 녹색불이 깜박이며, 적색불로 바뀌려고 하자 냅다 달리기 시작했다. 아슬아슬하게 횡단보도를 건넌 후 거친 숨을 토해 낼 때는 이쯤이면 사라졌겠지 싶었다.

"뭐야, 웬 여자가 이리 걸음이 빨라."

예원은 어느새 뒤따라와 뒷덜미에서 숨을 내쉬고 있는 남자, 두 손을 주머니에 푹 찔러 넣고 건들거리는 민호를 경악한 얼굴로 쳐다보았다.

"왜 날 따라와요?"

기겁한 얼굴의 예원이 물었다.

"어라, 그러고 보니 그러네. 왜 따라왔지? 낄낄낄."

예원은 낄낄대는 민호를 어이없는 얼굴로 봤다.

"다 웃은 것 같은데, 전 이만 가 봐도 되죠?"

"왜 그래? 왜 가려고 하는데? 가면 우리 형님이 슬퍼하잖아."

예원은 잔뜩 찌푸린 얼굴이 되었다. 슬퍼하긴 뭐가 슬퍼해. 대놓고 싫다고, 아주 끔찍하다고 했는데…… 그런데 뭐가 슬퍼한다고 그래!

"그런데 지금 우는 거야?"

"어?"

예원은 그제야 자신이 울고 있다는 사실을 알았다. 방울방울 맺힌 눈물이 소리 없이 흘러 턱에서 잠시 멈추더니 바닥으로 떨어졌다. 이런 바보 같은 행동을 하다니! 예원은 흐르는 눈물을 박박 문질러 닦았다. 그리곤 민호란 남자의 뇌 속으로 들어가 지금의 기억을 지워 버리고 싶었다.

"그런 얼굴 하지 말아요. 난 동정 따윈 필요 없다고요."

"누가 뭐래? 그나저나 전화 왔어."

예원은 가방 속에서 질기게 울리고 있는 휴대폰을 꺼냈다. 우형의 것이었다.

─안녕하세요, K가구입니다. 주문하신 가구가 소품이 들어오지 않은 관계로 내일쯤 되어야 배송 될 것 같아서 전화 드렸습니다.

그의 휴대폰을 민호란 남자에게 주어야겠다고 생각하던 예원은 '네?' 소리를 내며 되물었다.

─정우형 고객님의 전화가 아닌지요?

"저, 이사님은 지금 안 계시는데요."

─그럼 말씀 좀 전해 주세요. 여성분이 쓰신다고 싱글 침대를 주문 하셨는데, 말씀하신 연노랑 빛이 도는 침구가 아직 준비가 되지 않았 습니다. 내일은 차질 없이 배송해 드릴 테니, 죄송하다고 꼭 전해 주 세요. 그리고 늘 저희 K가구를 이용해 주셔서 감사하다고도 전해 주 세요.

예원은 연노랑 빛이 도는 침구란 말에 그만 말문이 막혀 버렸다. 그는 어제 그녀가 한 말을 잊지 않고 기억했다. 일곱 살 때까지 부모 보다 먼저 따르게 했던 그는, 다시는 보고 싶지 않을 정도로 그녀가 싫다고 말한 그는, 그럼에도 그녀를 위해 그녀가 원하는 가구를 주문

했던 것이다.

"어라, 또 울잖아? 울지 말고 들어가자니까!"

"상관하지 말아요."

예원은 매정하게 말하며 쏟아지는 눈물을 닦았다.

"들어가자니까!"

"왜 화를 내요!"

예원은 버럭 소리를 질렀다. 그러나 곧바로 이 남자 앞에 붙은 수식어를 떠올리며, 자신이 엄청난 짓을 한 것을 깨닫고는 뒤로 주춤했다.

"거, 되게 짜증나게 하네. 얼른 들어가자니까. 형님이 슬퍼한다니까."

벅벅, 소리 내며 머리를 긁던 민호가 예원의 팔을 움켜잡았다.

"아니요, 난 들어가고 싶지 않아요. 이, 이것 놔요!"

예원은 비명을 지르며 잡힌 팔을 빼내기 위해 안간힘을 썼다. 그리곤 자신을 도와줄 사람을 찾아 고개를 돌렸다. 그러나 사람들은 그녀와 눈이 마주치자마자 고개를 돌려 버렸다. 예원은 겁이 더럭 났다. 이 사람은 조직 폭력배가 아닌가, 게다가 이 완력은 사람의 힘이라고 볼 수 없을 만큼 강했다. 하지만 자신 역시 고향에서는 담력 하면 알아준다는 겁 없는 인간이었다. 물론 사람이 아닌 귀신 종류였지만 말이다.

"내 몸에 손대기만 해요. 죽을 때까지 저주할 테니까!"

예원은 눈을 똑바로 뜨고 또박또박 말했다. 그러나 얼굴과는 다르게 속으로는 혹시 '이런 건방진 여자' 라며 보기에도 무시무시한 주먹을 휘두르는 것은 아닌가 하여 기절하기 일보 직전이었다.

"뭐야, 손댄다고? 허 참, 내가 왜 여자에게 손을 대?"

예상과 달리 민호는 히죽거렸고, 잡은 팔도 순순히 놓아 주었다. 예원은 어리둥절한 얼굴로 민호를 보았다.

"나, 남자 좋아해. 남자, MAN!"

예원은 세상에 태어나 동성애자를 한 번도 본 적이 없었다. 간혹 어디선가 들었을 때의 느낌은 여자보다 더 예쁜 얼굴을 한 남자라는 생각뿐이었다. 물론 그것과 동성애자와는 별개라는 것을 알고 있지만, 이런 종류의 사람들과 처음 대면하는 그녀로서는 그게 한계였다. 게다가 이 우락부락한 남자가 동성애자라고 당당히 밝히자, 그 기세에 눌린 예원은 충격에 빠져 민호의 손에 끌려 다시 빌딩으로 가면서도 거부하지 못했다.

"들어가."

들어가? 눈앞에 있는 '신우' 란 간판을 보고서야 제정신을 차린 예원은 얼른 뒤로 돌았다. 곧바로 커다란 손에 잡혀 돌려졌지만 말이다.

"이봐요, 이사님이 나보고 그만두라고 했어요. 택시비까지 주었다고요!"

아무리 소리를 질러도 민호라는 남자는 귀에 귀마개라도 한 듯 전혀 듣지 않고 막무가내로 그녀를 밀어붙였다.

"시끄럽군. 대체 문 앞에서 무슨 짓거리들이지?"

갑자기 등장한 우형의 모습에 예원은 벌게진 얼굴로 벙긋대기만 했다.

'아직 안 갔나?' 라는 소리만 나오면 민호에게 그것 보라며 소리치고 다시는 내 팔목에 붉은색 자국을 만들지 말라고 화를 낼 생각이었던 예원은 아무 말 없이 지나치는 그의 모습에 멍하니 서 있기만 했다.

"아, 배고프다. 난 물냉면, 꽉꽉 누른 곱빼기로 부탁해."

사무실에 앉아 냉면 곱빼기를 단숨에 비운 민호를 보던 예원은 다
시 가방을 들었다. 역시나 이곳은 자신과 맞지 않았다.

"어디 가려고?"

끈질긴 민호의 눈빛을 본 예원은 고개를 숙였다.

"죄송하지만, 잡지 말아 주세요. 부탁합니다."

예원이 고개를 숙이며 부탁하자 민호는 더 이상 잡지 못했다. 대신
우형에게 연락을 했다.

우형은 집에서 휴식을 취하던 중 민호에게 연락을 받았다. 그리고
얼마 되지 않아 예원이 집으로 들어왔다. 예원이 짐을 풀어놓은 지
하루 만에 다시 가방을 싸고 나와 그에게 허리 굽혀 인사한 뒤 나가
는 뒷모습을 보고도 그는 별다른 감정의 여파를 느끼지 못했다. 아무
렇게나 어깨를 으쓱한 뒤 소파에 누워 있을 뿐이었다.

따르릉.

그러나 휴대폰 벨이 울리고, '거기 형이라는 사람 휴대폰 맞나요?'
라는 어눌한 목소리의 주인공이 주인댁 어르신인 것을 확인하자마자
사신도 모르게 복종했다.

택시를 타러 내려가던 예원은 택시가 보이지 않자 무작정 도로변
을 따라 걸었다. 이곳은 시골집만큼이나, 대중교통이 다니지 않았다.
한참을 걸어 나가 동네 어귀에서 마을버스를 기다리는 것처럼…… 참
이상한 동네였다. 예원은 지금 옆을 스쳐 지나가는 고급차들이 현실
적으로 느껴지지 않았다. 갑자기 그 차가 끼이익, 마찰을 일으키며
바싹 서더니, 조수석 문이 벌컥 열리고 타라고 눈짓을 하는 그의 모
습이 보였다.

“집으로 돌아갈 거예요.”

예원은 울지 않으려고 기를 쓰며, 한 자 한 자 꾹 눌러 말했다.

“알고 있어.”

알고 있다고? 예원은 알고 있으니 타라고 명령하는 그를 보며 조수석의 문을 쾅, 소리가 나도록 닫았다.

‘성질은 변하지 않았군.’

순진한 얼굴과 다르게 성질은 그대로였다. 우형은 운전석에서 내려 예원의 손을 움켜잡은 뒤, 재빨리 가방을 빼앗았다.

“왜 이래요!”

분한 표정이 서린 예원이 소리쳤다.

“집까지 태워다 줄 테니 타.”

무뚝뚝한 얼굴의 우형은 예원을 질질 끌고 가 조수석 문을 열고 구겨 넣으려고 했다. 예원은 버럭 소리를 지르며, 두 팔을 휘둘러 재빨리 빠져나왔다.

“살쾡이 같으니라고!”

매서운 그녀의 손끝에 얼굴을 얻어맞은 우형의 얼굴에 폭발할 것 같은 화가 서렸지만, 예원은 어서 가방이나 돌려 달라는 듯 턱을 치켜들었다.

“돌려줘요, 난 이사님의 친절은 받고 싶지 않으니까요.”

“친절로 착각하면 곤란해.”

내뱉듯이 말한 우형은 휴대폰을 꺼내 예원에게 던져 버렸다. 얼떨결에 휴대폰을 받은 예원은 내가 왜 저 사람의 휴대폰을 두 개나 가지고 있어야 하냐며 볼을 부풀렸다.

“네 아버지가 전화를 했어.”

아버지? 아버지란 말이 예원의 몸을 굳게 만들었다.

"잘 부탁한다는 전화였는데, 과연 잘 부탁한다는 뜻이 뭘까?"

우형은 흥, 소리를 내지는 않았지만, 확실히 비웃는 듯했다.

"태워다 줄 테니 타."

더 이상 봐주지 않겠다는 얼굴로 우형은 조수석 문을 벌컥 열었다.

"난 집으로 돌아갈 거라고요!"

그럼에도 예원은 두 팔을 허리에 올려놓고 버티었다.

"원하던 바야. 그러나 네 시골집까지는 데려다 줘야겠어. 적어도 마무리는 확실히 해야 되니까. 왜 이렇게 말을 듣지 않아! 당장 타지 못해!"

우형은 버럭 소리를 지르며 운전석에 앉아 담배부터 물었다. 핸들에 올려놓은 왼손을 톡톡 두드려대는 것이 초조한 감정을 나타내고 있었다. 확실히 우형은 지금 그답지 않은 친절을 보이고 있었다. 강압적이라고도 할 수 있는 친절을 보인 이유는, 전화 한 통화에 자신도 모르게 복종한 것이 짜증이 나서일지도 모른다. 또한, 잘 부탁한다는 어르신의 말을 결국 거역할 수 없는 자신과 어쨌거나 집까지 태워다 주면 나중에 어머니에게 적어도 할 말은 있지 않겠냐는 그럴듯한 생각도 모두 이유에 속했다. 어쨌든 지금은 김예원을 태워야 했나.

"안 타?"

예원은 우형에게 지기 싫었다. 이대로 몸을 돌려 제 발로 가고 싶었지만, 뒷좌석에 찌그러져 있는 가방과 아버지의 전화가 그녀가 백기를 드는데 일조했다. 결국은 그의 승리였다.

자동차로 5시간이나 걸리는 장소를 향해 쉬지 않고 달리고 있는 차 안은 침묵이 내려앉았다. 마침내 도착한 마을 어귀에서 예원은 어쩔 수 없이 하루 만에 다시 돌아온 사람의 초라함을 느껴야만 했고, 우형은 20년 가까이 와 보지 못한 곳이 그동안 변한 것 하나 없이 여전하다는 것에 짜증이 났다.

"여기서 내려주세요."

예원은 말하자마자, 안전벨트를 풀어 버린 것은 물론이거니와 차의 손잡이를 움켜잡았다.

"기다려! 안전벨트는 풀어도 되지만, 문은 열지 마. 거의 다 왔어."

"지금 내릴 거니 당장 차 멈춰요!"

예원은 강력하게 거부하며 차 문을 열려고 기를 썼다. 이 상태로 집으로 들어가기는 싫었다. 어디선가 한바탕 울고 난 뒤, 어둠이 내려앉은 한밤중에 몰래 들어가 잠을 자든가, 혹시 가족과 눈이 마주친다고 해도 이미 늦은 밤이니까 몹시 피곤하다는 말로 오늘을 넘기고 싶었다. 그러나 이 무지막지하고, 이제는 그 옛날 모습이 하나도 남아 있지 않는 그는 브레이크를 밟지 않았다. 이대로 가다가 골목에서 아버지나 할머니, 하다못해 동네 어르신이라도 볼 수 있다는 생각에 급박해진 예원은 다리를 뻗어, 브레이크처럼 보이는 것을 꾹 눌렀다.

"이봐!"

우형은 자동차가 갑자기 멈추는 위험한 상황이 되자, 버럭 소리를 질렀다.

"당장 차 멈추라고요!"

"알았으니까, 그 손 치워!"

그러나 핸들에까지 손을 뻗은 예원은 겁도 없이 운전석으로 자리를 옮겼고, 순식간에 앞을 가로막힌 우형은 버럭 소리를 내지르며 달라붙은 예원의 몸을 던져 버렸다.

"윽!"

조수석으로 튕겨나간 예원은 비명을 질렀고, 우형은 거친 숨을 내쉬며 ‘뭐, 이런 것이 다 있어!’ 하는 표정으로 예원을 노려보았다.

“내릴 거예요!”

“맘대로 해!”

버럭 소리를 내지른 우형이 문을 열기 위해 조수석으로 팔을 뻗은 찰나, 먼저 나가려고 움직이던 예원의 가슴과 그의 팔이 충돌해 버렸다. 아니, 정확히는 말랑말랑한 예원의 가슴이 정확히 그의 팔에 눌렸다. 제길! 욕설을 퍼붓던 우형이 재빨리 팔을 뺀다고 뺐으나 그것은 도리어 예원의 가슴을 좌우로 훑는 꼴이 되어 버렸다. 전적으로 누구의 잘못이라고 할 수 없었기에, 말랑한 젤리 같은 가슴이 딱딱하게 굳어질 때까지 그들은 서로 아무 말도 하지 못하고 바라보기만 했다.

“예원…… 이?”

이런 상황에서 예원을 알고 있는 목소리까지 들리다니, 꼭 머피의 법칙 같았다. 우형은 재빨리 몸을 틀어 앞을 바라보았다. 예원 역시 소리가 나는 쪽으로 황급히 몸을 돌려 절대 가슴이나 만지는 이상한 관계가 아니라는 걸 알려 주기 위해 어색한 웃음을 지어 보였다. 그러나 목소리의 주인공이 누구인지 확인한 예원의 입은 급속도로 굳어졌다.

“서울로 갔다고 들었는데…….”

예원은 남자, 그러니까 석 달 전 자기를 버린 윤호를 보는 순간 도망가고 싶었다. 왜 하필이면 이런 때에 전에 사귀던 남자를 만나는 건지…… 어쨌든, 어떤 식으로든 아무렇지 않게 보여야만 했다.

“응, 어제 서울로 올라갔어.”

예원은 찡그린 얼굴을 간신히 펴 겨우 미소로 보일 웃음을 만들었다.

“아, 그래? 그런데 어쩐 일로……?”

겨우 한 고비를 넘겼다 싶었는데 또다시 고비를 만드는 윤호가 예원은 너무 원망스러웠다. 대충 물어보고 자기 갈 길이나 갔으면 좋으련만, 끝까지 물어보는 이유가 만약 자신이 버린 여자에 대한 미안함이라면 그건 너무 가혹했다. 한편으로는 헤어지자는 일방적인 통보에 온몸이 너덜거릴 정도로 힘들었던 지난 시간을 생각하면 따귀라도 한 대 후려치고 싶을 줄 알았는데 이렇게 아무렇지 않는 것이 이상하기도 했다.

“잠깐 내려온 거고, 곧 올라갈 거야.”

예원은 침착한 목소리를 내려 애썼다. 서울로 간다는 이야기를 했으니 다신 윤호의 얼굴을 보지 않아도 되었다. 그 사실이 예원은 고맙기까지 했다. 그러나 복병이 숨어 있었다. 그것도 무시무시한 복병이!

“올라간다?”

우형이 꼬투리를 잡으며 그 말에 대한 이의를 제기했다. 난감해진 예원은 웃는 건지 우는 건지 애매한 표정을 지었다.

“누구야?”

윤호가 의심쩍은 눈으로 물었다. 윤호의 표정으로 보건데, 흔히 볼 수 없는 스타일을 가진 남자의 존재에 대해 상당히 부정적인 생각을 가지고 있는 듯했다.

“아, 저, 그러니까…… 뭐라고 설명하면 좋을까. 음…….”

“이사님.”

우형이 더듬거리는 예원을 도저히 못 봐주겠다는 듯 뒷말을 거들어 주었다.

“아, 그래. 이사님.”

"그래? 이사님이구나. 난 또…….."

순간 윤호의 얼굴에선 다행이라는 표정이 스쳤고, 그런 윤호를 보며 예원은 그가 왜 저런 표정을 짓는지 궁금했다.

"이사이자 동시에 동거인이지."

그러나 우형은 두 사람의 사랑이 다시 모락모락 피어나는 것을 가만히 내버려둘 사람이 아니었다.

"동거인?"

깜짝 놀란 윤호가 되물었다.

"동거인, 같은 집에 산다는 뜻이지. 그럼 다시 올라갈까, 동거인 아가씨?"

우형은 호기 있게 시골로 온 그녀에게 보란 듯이 이죽거리는 표정으로 놀려댔다. 그 말에 예원은 땅이라도 파고 드러누워 다시는 햇빛을 보고 싶지 않을 정도로 당황했다.

"가야 하는구나."

마른 입술을 축인 윤호는 아직 못 다한 말이 있는 듯했지만, 차마 하지 못하고 난감해 했다.

"응……."

예원 역시 할 말이 있는 듯했지만, 하지 못하고 난감해 했다.

"내려."

보다 못한 우형이 조수석 문을 벌컥 열었다.

"네?"

"10분 동안 이야기 하고 와, 그 이상은 봐주지 않을 거야."

억지로 예원의 등을 떠민 우형은 예원의 발이 지면에 닿는 순간 문을 닫고 자동차를 후진하였다.

"너희 이사님…… 좀 무섭게 생기신 분이다."

"응? 응. 그렇지만 좋으신 분이야."

어떤 말을 해야 할지 난감해진 예원은 애꿎은 치마만 잡고 움켜쥐었다 놓기를 반복했다. 불안한 감정을 숨기려 크게 숨을 들이마시자, 장마 기간의 눅눅함이 내려앉은 시골 특유의 냄새가 코로 들어왔다. 단 하루뿐이었음에도, 고향을 떠나 있었던 예원은 그리운 고향의 풍경과 내음에 안심이 되어 눈물이 날 것만 같았다. 바싹 곤두섰던 신경이 조금씩 누그러지고 있었다.

"그동안 잘 지냈어?"

예원이 조용한 목소리로 말했다.

"미안해."

윤호의 말에 예원은 실연의 아픔을 상기시켰다. 갑자기 고향의 바람이 달라졌다.

"그동안 쭉 미안하게 생각했어. 사과를 받아 주지 않을 걸 알지만, 그래도 꼭 말하고 싶었어."

윤호는 미소를 지어 보였지만, 결국 고통을 숨기지 못하고 잔뜩 찡그린 얼굴이 되었다. 윤호 앞에 선 예원은 철썩 소리가 나도록 따귀를 후려치지도, 어떻게 그럴 수 있냐며 버럭 소리를 지르지도 못했다. 이제 저녁이 되었다는 걸 알려 주는 듯 붉은 노을이 마지막 빛을 내는 것을 보며, 예원은 역시 고향의 하늘이 아름답다는 생각에 사로잡혔다. 그러나 그 생각은 오래가지 못했다. 무슨 말이든 해야 했다.

"그 여자랑은 잘 사귀고 있어?"

결국 예원은 피하고 싶었던 사건의 핵심에 접근했다.

"……헤어졌어."

한참의 공백이 지난 후에야 헤어졌다는 윤호의 목소리가 들렸다. 예원은 '설마' 라는 눈빛으로 눈을 크게 떴다.

“어, 어째서?”

“벌 받은 거지, 뭐. 너한테 그렇게까지 했던 것이…… 그땐 아마 눈에 뭐가 씌었었나봐. 미안해, 정말 미안해.”

윤호는 고개를 푹 숙이고 미안하다고 중얼거렸다. 예원은 가슴이 아팠다. 중학교 때부터 알고 지내던 친구 윤호는 채 50가구가 살지 않는 작은 동네에서 유일한 친구였다. 그리고 어느덧 이성으로 자리 잡아 사랑을 하고 연애를 했던 윤호가 풀 죽은 얼굴로 미안하다고 사과를 하고 있었다. 예원은 그간 고통을 느꼈던 것과는 별도로 윤호를 위로하고 싶었다. ‘괜찮다’고 말하고 싶었다. 예원은 입술을 달싹이며, 윤호의 손을 잡기 위해 손을 뻗었다.

“올라갈 시간이야!”

다분히 신경질적인 우형의 목소리에 갑자기 현실로 돌아온 예원은 깜짝 놀라 뻗던 팔을 다시 제자리에 돌려놓았다.

“더 이상 지체하다가는 오늘 중으로 돌아가지 못할 거야, 빨리 타.”

강압적인 그의 목소리에 예원은 제자리에 돌아간 팔을 결국 윤호에게 뻗지 못한 채 자동차에 올라탔다.

“잘 가.”

윤호가 소리쳤나.

“어? 응, 응!”

예원도 소리쳤지만 조수석의 창문이 올라가면서 창문에 부딪친 소리는 윤호의 귀에 도달하지 못했다. 당황한 예원이 우형을 쳐다보았으나, 그는 후진을 하느라 그녀를 볼 수 없었다. 또다시 침묵이 내려앉았다. 20년 넘게 살아온 익숙한 길을 자동차는 속도를 줄여 움직였다. 논두렁길이라 덜컹거리는 것도 익숙했으며, 눈에 익은 풍경이 나타났을 때에는 가슴이 저릿할 정도였다. 좀 더 자세히 보기 위해 창문에 코를 박은 예원은 스르륵 창문이 열리자 우형을 향해 고개를 돌렸다. 그는 아무렇게나 생각하라는 뜻으로 고개를 으쓱하고 말았지만, 예원에게는 저릿한 감정을 울컥하게 하는 작은 친절이었다. 예원은 가만히 바람에 실려 오는 공기를 들이마셨다. 처음엔 저릿했던 것이 점점 아릿한 통증을 일으켰다. 코끝이 맵다 싶더니, 어느새 두 눈에 눈물이 고였다. 예원은 코를 훌쩍이며 작은 목소리로 말했다.

"여기서 내려 줘요, 올라가려고 했던 것은 아니니까요."

"그럼 다시 되돌아가든가."

작은 친절 따윈 보인 적이 없다는 듯 우형은 마을 입구 쪽을 향해 머리를 돌렸다. 그는 성질이 급한 남자였다. 내리려던 예원은 전방 50미터 앞에서 걸어오는 사람이 누군지 확인하고는 눈을 크게 떴다.

"좋아, 내 할 일은 다했으니 여기서 내려."

"잠, 잠깐!"

잠깐이라고 소리친 예원이 핸들을 움켜잡자, 우형은 짜증으로 가득한 얼굴로 그 손을 움켜잡았다. 또다시 핸들을 움켜쥐고 제멋대로 행동을 한다면 그 즉시 발로 뻥, 차 버리겠다고 단단히 벼르던 그는 손과 손이 맞잡아지면서 오랫동안 잊고 있던 작은 손이 주는 보드랍고 말랑한 감촉을 느끼고는 당황했다.

"제길!"

우형은 욕설을 퍼부으며 예원의 손을 내던지는 데에는 성공했으나, 다급한 표정의 그녀가 무릎 밑으로 몸을 숙이는 것까지는 막지 못했다. 그건 예상조차 하지 못한 일이었다.

"뭐, 뭐 하는 짓이야!"

천지가 개벽이라도 한 듯 우형이 버럭 소리를 질렀다. 여자가, 그것도 꼬맹이가 마치 관계라도 맺는 여자처럼 무릎 사이로 파고 들어오는 것은 좋을 리 없었다. 꼬맹이의 몸에 마찰을 일으켰다고 그새 남성이 딱딱하게 곤두서는 것도 절대 유쾌하지 않았다.

"쉿, 쉿! 아버지란 말이에요!"

아버지를 피해 고개를 숙인 예원은 얼굴로 우형의 허벅지를 눌렀고, 그와 동시에 예원의 팔이 우형의 중요 부위를 눌렀다.

"윽!"

우형은 이제 부풀대로 부푼 남성이 사정이라도 할까봐 두려웠다.

'제길!'

이건 정우형 생애에 절대 이해 불가능한 일이었다. 헐떡이기까지 한 우형은 치욕스러운 행동을 잊고자 자동차 옆을 지나가는 남자에게로 시선을 돌렸다. 남자, 그러니까 예원의 아버지는 풍이라도 맞았는지 한쪽 수족이 마비된 듯했다. 입술은 뒤틀어져 있었고, 걷는 것도 힘에 겨워 보였다. 위풍당당하게 아랫사람을 부리던 어르신의 변한 모습은 우형에게 적지 않은 충격을 주었다. 위압감을 느끼게 하던 풍채 역시 위축되어 초라한 60대의 노인네로 변한 어르신을 바라보던 우형은 곧 사정이라도 할 듯이 부푼 남성과 현실 같지 않은 현재의 중간 지점에서 어수선한 감정에 시달려야 했다.

"휴우."

예원은 아버지가 가는 것을 확인하고 나서야 고여 있던 숨을 크게 내쉬며 몸을 일으켜 앉았다.

"아프신가?"

우형이 억양 없는 목소리로 물었다.

"네, 작년에 쓰러지시고 나서 오른쪽을 쓰시지 못해요. 그래서 매일 같이 운동하고 계세요. 생각해 보니 이 시간에 항상 운동하시는데……."

뒷말을 이어가지 못할 정도로 먹먹함으로 가득한 예원은 고개를 돌려 이제는 뒷모습만 보이는 아버지의 모습을 눈동자에 넣었다. 어쩔 수 없이 솟구치는 애잔함에 마음이 아팠다. 갑자기 쓰러지신 아버지의 통원 치료비는 예상 외로 많이 들었고, 관절염을 앓고 있는 할머니 역시 조만간 수술을 해야 했다. 답답한 현실이 저녁노을을 등지고 걸어가는 아버지의 뒷모습에서 묻어났다. 서울에 올라가면…… 그래, 서울에 올라가면 치료비와 수술비를 마련할 수 있다는 생각이 떠올랐다.

"……올라가요."

예원이 눈물을 삼키며, 간신히 내뱉었다. 다행히 우형은 이런 그녀를 향해 아무런 말이 없었다.

5시간이나 걸려 내려왔지만, 단 1시간도 있지 못하고 다시 서울로 올라가는 자동차 안은 내려갈 때와는 판이하게 달랐다. 예원은 별거 아닌 일에 가출이라도 했다가 다시 집으로 돌아가는 비행 청소년의 모습으로, 우형은 그런 딸을 데리고 가는 엄격한 아버지의 모습으로 변했다. 이런 상황이 몹시도 마음에 들지 않았지만, 그렇다고 해서 다시 내려가자고 할 수도 없었다. 예원은 힐끗 우형에게 시선을 주었다.

깊은 생각에 사로잡혀 있는 것 같은 그는, 꽉 다문 입술과 무표정한 얼굴에서 얼핏 화가 난 것 같기도 했다. 하긴, 그럴 만도 했다. 내려가겠다고 그렇게 고집을 부리더니 결국은 다시 올라가고 있으니…… 시간 낭비에 감정 낭비까지 하게 한 그녀에게 벌컥 화를 내지 않는 것이 되레 이상할 정도였다. 어쨌든 이제 그녀의 처지는 확실했다. 서울에 올라가자마자 그곳에서 일하게 해달라고 해야만 했다. 익숙하지 않은 현실 앞에서 예원은 적응하지 못하고 자꾸만 위축되었다.

그런 예원과 다르게 우형은 옛 사랑과 다시 만난 꼬맹이에게 올라 가자고 재촉할 필요가 없었다는 생각에 사로잡혀 있었다. 문득, 꼬맹이로 인해 남성이 묵직해진 이상한 반응이 떠오르자 홈이 팰 정도로 입술을 악물었다.

"커피 한 잔 마시고 가자."

휴게소에 차를 세운 우형이 기지개를 크게 하며 자판기가 즐비하게 늘어져 있는 곳으로 걸어가자, 예원은 자연스럽게 그 뒤를 쫓았다.

"호오……."

뜨거운 김을 연신 불어가며 커피를 홀짝이던 예원은 슬그머니 우형을 바라보았다. 자판기에 기댄 그는 한 손을 주머니 속에 푹 찔러 넣고, 또 다른 손으로는 커피를 들고 있었다. 차라리 뭐라고 말이라도 하면 위축된 마음이 조금은 덜할 텐데. '지금 장난하는 거냐!' 며 버럭 소리라도 질러 주길 바랐지만, 우형은 아무 말도 없었다. 어째서 침묵하는 것일까? 침묵이 더 깊어지기 전에 예원은 입을 열었다.

"도장에 등록해야겠어요."

눈치를 보며 말한 예원은 슬쩍 우형에게 시선을 돌렸다.

"합기도 도장을 소개해 주지."

아무렇지 않게 대답한 그는 그녀가 다 마신 종이컵을 쓰레기통에 버리자 자동차로 향했다. 예원은 재빨리 그를 따라가면서도 혹시나 그가 뭐라고 할 것 같아 잔뜩 움츠렸다. 하지만 그는 아무 말도 없었다. 예원은 그가 서울에 도착한 뒤에도 특별히 화를 내거나 하지 않자 그제야 안도의 한숨을 내쉬었다.

다음날 사무실에 출근한 예원은 기다리고 있던 민호를 보자 잔뜩 긴장했다. 어제 경멸의 눈초리로 바라보며 소란을 부린 것이 떠올랐다. 한마디 하지는 않을까, 아니 똑같은 경멸의 시선을 던지지는 않을까 싶었는데, 민호도 그와 마찬가지로 어제의 일은 전혀 기억이 나지 않는 듯한 얼굴이었다. 예원은 언뜻 이들이 이와 비슷한 상황을 많이 겪었던 것은 아닐까 하는 생각이 들었다.

화장실 거울 앞에 선 예원은 입 꼬리를 살짝 올려 보았다. 동그란 얼굴형이 세련되진 못했지만, 호감은 줄 수 있는 얼굴형이었다. 입 꼬리를 올려 살짝 웃어 보니 그럭저럭 나쁘지 않은 인상이라 생각되었다. 어쨌든 시작하는 일이니 잘해야겠다고 다부지게 결심했다. 또한 사채업자라고 해도 합법적이라는 그의 말을 믿는 것도 잊지 않았다.

'웃으세요. 긍정적으로 생각하세요. 유머를 잊지 마세요.'

정신과 의사 선생이 그녀에게 주었던 마인드 컨트롤(mind-control) 방법이었다. 예원은 앞으로 늘 웃으며 긍정적으로 생각하고, 유머를 잊지 않을 예정이었다. 첫 직장인 마을금고에서는 과도한 웃음과 넘치는 긍정적 사고방식으로 인해 부작용이 일어났지만, 여기서는 잘하도록 노력할 생각이었다.

'김예원, 넌 할 수 있어.'

예원은 마지막으로 거울 속에 비친 자신의 모습을 뚫어지게 바라보며 굳게 결심하고 다부진 표정으로 사무실로 향했다. 하지만 모든 것이 마음대로 되는 것은 아니었다. 우형은 귀찮음이 역력한 표정으로 알아서 하라고 했고, 예원이 끈질기게 물어보자 그제야 서인영 대리의 이름을 대며 인수인계를 받으라고 알려 주었다.

"후우."

예원은 깊게 한숨을 내쉬며 서인영이라는 사람을 찾아 눈동자를 굴렸다. 60평이나 되는 사무실에는 딱 두 사람이 존재했다. 우형과 민호. 그들은 절대 서인영이 될 수 없었다. 예원은 책상 위에 다리를 올려놓고 있는 민호에게로 다가가 물었다.

"저, 이사님이 서인영 대리에게 인수인계를 받으라고 했는데, 그게 누구인지 모르겠어요."

"서인영? 아, 그 여자! 잠깐 기다려."

민호는 두 다리를 책상에 올려놓은 채로 어디론가 전화를 걸었다. 십 분 정도 지나자, 긴 생머리를 틀어 올린 여자가 사무실 문을 열었다.

"어디서 오라 가라 하는 겁니까?"

한눈에 봐도 날카롭게 생긴 여자가 냉랭한 시선으로 민호를 쏘아 보았다.

"형님이 이 아가씨에게 인수인계를 해주라고 했으니까 그렇게 화 내지 말고 친절하게 가르쳐 줘. 이사님과 특별한 사이니까 공손히 대 하고."

특별한 사이라는 말에 예원은 경악했다. 하지만 민호는 자기가 할 역할은 거기까지라는 듯 두 팔로 팔베개를 하고는 눈을 감았다.

"저기, 그게 아니거든요."

예원은 재빨리 해명했다. 하지만 서 대리는 비웃듯 입술을 일그러 뜨리며 컴퓨터 앞으로 가 그녀를 불렀다.

"소액 채무 업체를 관리할 사람이 새로 들어왔다는 소문은 들었죠, 설마 당신같이 어린 여자라고는 생각하지 못했지만."

싸늘한 서 대리의 시선에 당황한 예원은 얼떨결에 입을 벌리고 웃 었다. 여자의 눈이 가늘어지면서 얼굴에 분노가 나타났다.

"뭐, 중요한 업무는 모두 우리가 처리하죠. 신우에게 있어서 소액 채무자는 껌 값과 같은 것이니, 능력이 없어도 상관없어요.”

껌 값? 예원은 질문을 할까 하다가 자판을 두드리는 서 대리의 과격한 행동에 그만 입을 다물었다.

“이 넓은 사무실을 혼자 쓰고 있으니 참 좋겠네요. 우리가 근무하는 사무실도 꽤 넓은 곳이지만, 정직원만 해도 백 명이 넘죠. 좋나요?”

예원은 뭔지 모르지만 좋다는 뜻으로 살짝 미소를 지었다. 이건 예전 마을금고에 다닐 때의 버릇인데, 그때와 마찬가지로 사람들이 좋아하는 미소는 아니었는지 서 대리의 눈초리가 가늘어졌다.

“굳이 설명하지 않아도 이 프로그램을 일주일 정도 보면 대충 알게 될 거에요. 다른 질문이 있나요?”

“네? 아, 아니. 저기 잠깐만요!”

당황한 예원은 등을 보이고 가려는 서 대리를 향해 손을 뻗었다.

“참, 장부는 아가씨가 직접 가져가요. 아니면 저 남자를 시키든가.”

말을 마친 서 대리는 또각또각, 하이힐 소리를 남기고 사라졌다. 인수인계를 받는데 단 5분이 걸렸다. 예원은 어이없는 표정으로 모니터로 시선을 돌렸다. 대체 어쩌라는 거지? 한숨이 절로 나왔다.

“하여간 저 여자의 질투는 못 말리지. 사실 별거 없어. 장부와 컴퓨터 내역을 보면서 다달이 이자 체크하고, 원금 도래하는 날짜 미리 알려 주고, 또 뭐가 있나…… 아, 그리고 3달 동안 이자가 들어오지 않으면 바로 보고해야 돼. 그놈들은 상습범일 가능성이 있거든. 뭐, 그렇게 어려운 것은 없고, 하다 보면 알게 될 거야. 그리고 장부는 내가 갖다 달라고 말해 놓을 테니 그냥 얌전히 앉아서 기다려.”

민호가 서 대리를 대신하여 설명했다. 아주 친절하다고 할 수는 없었지만, 그렇다고 불친절한 것도 아니었다. 저 건들거리는 다리만 빼면 말이다. 예원은 침을 삼키며 사회생활에서 동료에게 말을 할 때는 부드러운 말로 시작해야 한다는 것을 상기했다.

"저, 민호 씨. 죄송하지만, 존댓말을 해주시겠어요? 같은 사무실에서 근무하게 된 동료이긴 하지만 아직 잘 모르니까, 서로 존댓말을 하는 게 좋을 거 같아요."

조심스럽게 말한 예원은 혹시나 민호가 '입 닥쳐!' 라고 소리를 지른다거나, 벌떡 일어나 보기만 해도 무시무시한 철갑을 두른 주먹을 날리지는 않을까 겁이 났다. 그러다가 화를 주체하지 못한 민호가 어디엔가 처박아둔 흉기를 휘두를지도 모른다는 상상까지 했을 때에는, 이미 예원의 얼굴에서는 핏기를 찾아볼 수 없었다. 그러나 예상과는 달리 민호는 활짝 웃고 있었다. 이를 드러내며 웃고 있는 민호를 보니, 덩치만 컸지 앳된 소년 같다는 느낌이 들었다. 예원은 조마조마한 마음을 벗고 의외로 편안한 마음이 드는 것을 느꼈다. 어쩌면 그가 나쁜 사람이 아닐지도 모른다는 생각도 들었다.

"그럼 예원 씨라고 해야 하나? 여자 이름은 불러 본 적이 없어서 역시 쑥스럽네요."

굳게 닫힌 이사실 안에서 담배를 물고 있던 우형은 쑥스럽다는 민호의 말에 연기를 뿜어내지 못하고 그대로 들이마셨다. 덩치 값도 못하고 계집애처럼 쑥스러워하는 민호의 목소리를 들으니, 소름이 돋을 정도였다. 민호는 사람에 대한 경계가 강한 종족이었다. 그러나 김예원 앞에선 종족 번식이라도 하듯 친절하고 다정한 모습을 보였다.

일은 자꾸만 그가 원하지 않는 곳으로 가고 있었다. 버려둔 사무실을 급조하여 소액 채무 업체 관리팀을 만든 것과 그 담당자로 햇병아리인 예원을 앉힌 것은 어찌 보면 심술과 관련이 있었다. 서 대리의 말대로 소액 채무는 신우에게 껌 값이었지만, 믿고 맡긴다는 것은 별도였다. 우형은 예원을 믿고 맡긴 것이 아니었다. 제풀에 지쳐 도망가라는 뜻으로 자리에 앉혀 준 것뿐이었다. 그런데 민호 자식이 장애물 경기에서 우물쭈물해야 할 예원을 사뿐히 들어 올려 목적지까지 손을 잡고 달리고 있었다. 우형은 가뜩이나 저조한 기분을 바닥을 향해 곤두박질하게 만든 두 사람에게 시위라도 하듯 이사실 문을 벌컥 열었다.

"어, 형님! 어디 가시게요? 요거 만나러 가세요?"

장난이 가득한 표정으로 새끼손가락을 까닥이는 민호를 보며 우형은 잔뜩 찌푸린 얼굴로 대꾸도 없이 사무실을 나섰다. 그러나 그는 다른 곳으로 향하지 않고 벽에 기대어 사무실 쪽으로 귀를 기울였다. 민호가 그를 바람둥이로 만들고 있다는 것이 신경 쓰였다. 하지만 이내 우형은 감정을 정돈시켰다. 예원에게 바람둥이로 비치든 말든 별 상관이 없었고, 우형 스스로도 본부인을 두고 바람이나 피우는 남자에게나 있을 법한 죄책감을 느낄 필요가 없었던 것이다. 그런데 이 뜨끔한 가책은 뭐지? 우형은 더 이상 생각을 중지하고, 홈이 굳게 파일 정도로 입을 다문 얼굴로 엘리베이터 버튼을 눌렀다.

우형이 사라진 문에서 눈을 떼지 못하던 예원은 빤히 쳐다보는 민호에게로 시선을 돌렸다.

"이사님은 만나는 여자가 많나 보네요."

"그렇죠, 형님은 최고이니까요. 남자 세계에서도 인기가 있거든요."

"남자요?"

예원이 혹 우형도 그쪽 과인지 발작적인 증세를 보이며 묻자, 민호는 웃음을 터트렸다. 환하게 웃는 민호가 어쩐 일인지 작은 오빠 같다는 생각이 든 예원은 서비스로 커피를 타 주었다. 그것이 문제였다. 커피를 받은 민호가 기다렸다는 듯이 이야기보따리를 풀기 시작한 것이다.

퇴근 시간이 다 되어서야 들어온 우형이 퇴근을 하자고 손가락을 까닥였을 때, 예원은 깃발이라도 흔들며 환영하고 싶었다. 그도 그럴 것이, 민호는 상대방이 듣건 듣지 않건 상관하지 않고 하루 종일 떠들어 댔기 때문이다. 마치 덩치만 큰 어린아이가 아니라, 수다쟁이 아줌마를 만난 것 같았다. 하루 종일 민호에게 잡혀 맞장구를 쳐주던 예원은 입이 얼얼할 정도였다. 그랬기에 우형의 등장이 반갑기만 했다.

지하 주차장으로 가는 동안 우형은 단 한마디도 없었다. 그 뒤를 쫓아가던 예원은 불현듯 시골에서 올라온 뒤 그와 한 번도 대화를 나누지 않았다는 것을 깨달았다. 예원은 지금은 아무렇지 않아 보였지만, 행여나 그가 갑자기 사표라도 쓰라고 하면 어쩌나 걱정이 되어 슬그머니 우형의 눈치를 살폈다. 제발 뭐라고 좀 해주면 좋으련만, 그는 단 한마디도 하지 않았다. 조수석에 앉은 그녀가 안전벨트를 착용한 것을 확인한 후 시동을 걸 뿐이었다.

"저기, 장민호 씨말이에요."

결국은 예원이 먼저 말을 걸었다. 아무래도 민호가 가장 무난한 화제라 생각되었다. 예원은 마인드 컨트롤(mind-control)법인 스마일과 유머, 그리고 긍정적인 사고방식을 최대한 작동하려고 기를 쓰고 있었다.

"네가 좋은가 보군."

알 만하다는 얼굴로 그가 말했다. 예원은 아무렇지 않게 대꾸해 주는 그가 고맙긴 했지만, 왠지 뉘앙스가 좋지 않은 것 같아 재빨리 이성이나 그런 뜻이 아니라고 해명했다.

“그 사람은 남자가 좋대요.”

“여자도 좋아해.”

부릉, 소리가 나고 자동차는 출발했지만 예원은 그 상태로 경직되어 한참 동안 말을 잇지 못했다.

“양성애자야.”

쐐기를 박는 그의 말은 예원의 숨을 꼴깍 넘어가게 했고, 그런 그녀를 보는 우형의 입술에 희미하지만 미소가 걸렸다.

“웃었죠?”

그의 미소를 포착한 예원이 비밀이라도 발견한 듯한 얼굴로 물었다. 언뜻 안도가 그녀의 얼굴에 스쳐 지나갔다.

“쓸데없는 소리 그만해.”

우형이 면박을 주었지만, 예원은 첫날과 다르게 별로 신경 쓰지 않는 것처럼 보였다. 대체 그동안 어떻게 자랐기에 저런 성격이 나올까 싶을 정도로 천연덕스럽고 뻔뻔한 예원의 모습에 우형은 자칫 사고를 일으킬 뻔했다.

“정말 운전을 난폭하게 하시는군요. 옛날의 모습은 하나도 남아 있지 않은 것 같아요.”

핸들에 얼굴을 묻고 있던 우형은 ‘옛날 모습’이란 예원의 말에 결국 혼란스러웠던 그간의 감정을 말끔히 씻어 내기로 했다. 과거에 존재했던 어르신과 꼬맹이의 모습이, 현실과 전혀 다른 모습에서 오는 이질감을 말끔히 벗어 냈다. 그렇다고 해서 네가 내 곁에 머물 수 있다는 것은 아니야. 좋아, 어디 얼마나 달라졌는지 나에게 보여 주라고. 우형은 심술궂은 미소를 흘렸다.

5.

다음날, 정신없이 자던 예원은 벌컥 열린 문 밖에서 들리는 혀를 차는 소리에 간신히 눈을 떴다. 응? 으응, 이사님이구나. 뭐? 이사님! 감기던 눈이 번쩍 떠졌다.

"꾸물거리지 말고 빨리 나와."

엄격한 그의 목소리에서 시간관념이 철저하다는 것을 알 수 있었다. 예원은 부리나케 일어나 대충 씻고는 울리지 않은 자명송을 삥, 찼다.

"늦지 않았죠?"

혹시나 우형이 화를 낼까 초조해진 예원은 괜한 웃음을 지으며 조수석으로 올라탔다.

"15분 지각."

"시간까지 재고 있었다니, 생각보다 쪼잔하네요. 앗, 농, 농담인 거 알죠?"

　예원은 주제 파악도 못하고 버르장머리 없는 소리나 하는 자신을 후회하며 어색하게 살짝 웃어 보였다. 애교가 먹힐까 반신반의 했는데, 역시나 우형에겐 씨도 안 먹혔다. 또한 부릅뜨고 있는 눈은 한마디라도 더 하면 바로 문을 열고 ‘내려’ 라고 소리칠 기세였다.

　잔뜩 기죽은 표정을 짓던 예원은 의외로 마음이 편안해지자, 가슴에 손을 대보았다. 뭔가 잔뜩 쌓여 있던 걱정스런 일들이 한 방에 날아간 것처럼 시원했다. 매서운 폭풍이 몰아친 후, 다음날 아침의 맑게 갠 하늘을 보는 것 같은 기분이었다. 하지만 그는 그녀가 안심하는 걸 볼 만큼 넉넉한 마음씨를 가진 남자가 아니었다.

　“어제 네 아버지의 전화를 받았지.”

　아버지란 단어에 바깥 풍경을 보던 예원이 황급히 시선을 돌렸다.

　“아버지에게 전화가 왔다고요? 아버지가 이사님에게 무슨 일로……전화를 했을까요?”

　아버지가 무슨 일로 전화를 했느냐가 문제가 아니라, 우형이 어떻게 대답을 했느냐가 문제였다. 예원은 불안감을 숨기지 못하고 그에게 바싹 다가갔다. 곧바로 잔뜩 미간을 좁힌 그는 저리 가라는 듯 그녀의 얼굴을 피했다.

　“제길, 그렇게 불쑥불쑥 얼굴을 들이대지 마. 네 아버지는, 널 잘 부탁한다며 신신당부를 했지.”

　“그래서요?”

　예원은 뭔가 속셈이 있는 듯한 그의 말투에 멈칫했다. 아니나 다를까, 우형은 살짝 미소를 보였다.

　“난 정석대로 한다고 했지, 그런데…….”

　우형이 은밀한 속삭임이라도 하듯 몸을 약간 기울이자, 예원은 숨을 멈춘 채 눈을 크게 떴다.

“그런데요?”

두려움을 무릅쓰고, 예원이 조심스레 물었다.

“네 아버지는 네가 툭하면 그만둔다는 헛소리는 안 할 거라고 철석같이 믿고 있지 않겠어? 우리 예원이는 절대 그럴 리가 없다나.”

예원의 표정이 어떻게 변하는지도 모르고, 우형이 능글맞게 웃었다.

“알았어요, 알았다니까요! 다시는 그런 소리 안 할게요. 그럼 되는 거죠?”

예원은 결국 만세를 불렀다. 우형은 길고 긴 손가락 중 하나를 뻗어 그런 그녀의 볼을 톡톡 두드렸다.

“착하군.”

단순해 보이는 이 행위는 예원에게는 어린애 취급을 당하는 기분을 느끼게 했지만, 우형에게는 손가락 끝에 닿은 말랑말랑한 볼의 감촉에 또다시 육체가 요동치는 인정할 수 없는 감정에 휩싸이게 했다. 그의 얼굴에 홈이 파일 정도로 딱딱함이 자리 잡은 것은 그와 같은 이유 때문이었다.

“내려.”

예원은 우형이 낯선 곳에서 차를 멈추자 밀뚱하게 쳐다보았다.

“여기가 어디인가요?”

“넌 말이 너무 많아.”

그 말은 입을 다물라는 뜻이었으므로 예원은 조용히 그의 말을 따르기로 했다.

‘어쨌든 그는 오너니까. 하지만 왜 내가 가방까지 들어야 하지?’

얼떨결에 가방을 들고 차에서 내린 예원은 우형을 따라 ‘상운’이라고 된 간판이 있는 작은 건물로 들어갔다. 사무실 안으로 들어서자,

안쪽에 앉아 있던 여직원이 일어나 무슨 일로 오셨냐고 물었다. 그때까지만 해도 예원은 별 생각 없이 '신우'가 훨씬 깨끗하고 넓구나, 생각하고 있었다.

"김 사장에게 내가 왔다고 전해요."

분명 그의 말투는 공손했지만, 삐딱한 자세와 날카로운 눈빛은 불안감을 조성하기에 충분했다. 예원은 겁을 먹은 듯한 사람들을 향해 살짝 미소를 지었다. 그 때, 문이 열리고 아무리 염색을 해도 흰 머리를 숨길 수 없는 중년의 남자가 나왔다.

"아니, 정 이사가 여기까지 어쩐 일인가!"

"김 사장님과 제가 만날 일이 뭐 있겠습니까. 밀린 이자 접수하러 왔습니다."

예원은 미소를 찾아볼 수 없는 우형의 짜증 섞인 말투에 당혹함이 역력한 김 사장을 바라봤다. 우형의 말 한마디에 사무실은 일순 술렁거림으로 뒤덮였고, 예원은 그들의 시선에 어디론가 흔적도 없이 사라지고 싶었다.

"가방."

예원은 우형이 손을 내밀자, 멀뚱한 얼굴로 '네?' 하고 물으려다가 간신히 집어 삼키고는 얼른 가방을 건넸다.

"이러지 말고, 자자, 우선 안으로 들어갑시다. 어서 안으로."

김 사장이 재빨리 자세를 숙였으나, 우형은 그 자리에서 서류를 꺼내 김 사장에게 전달했다. 김 사장은 난감한 얼굴과 불쾌한 얼굴로 서류를 받았으나, 그는 동요하지 않았다. 딱딱한 얼굴로 팔짱을 낀 우형의 모습은 어느 누가 봐도 나쁜 놈으로 보였기에 예원은 불안하기만 했다.

"사채업자인가 봐."

"쉿, 조용히 해."

여직원의 작은 속삭임을 들은 예원의 좁은 어깨가 더욱 움츠러들었다.

'빨리 돌아가고 싶어. 이런 곳에 있고 싶지 않아.'

그 순간 갑자기 쾅, 소리와 함께 여직원의 짧은 비명 소리가 들리자, 예원은 화들짝 놀라 얼른 고개를 들었다. 그의 가방이 소곤거리던 여직원의 책상 위에 묵직하게 올려져 있었고, 얼굴이 하얗게 질린 여직원은 뒤로 물러나 있었다.

"파리가 들끓고 있군요. 방충을 해야겠습니다."

졸지에 파리가 된 여직원은 아무런 변명도, 화도 내지 못하고 바들바들 떨기만 했다. 예원은 여직원을 공포의 도가니에 밀어 넣고는 아무렇지 않게 사무실로 들어가는 그의 얼굴을 보고 저승사자를 떠올렸다. 저승사자와 같이 온 자신이 뭐로 보일지는 생각하고 싶지도 않았다. 예원은 어색한 얼굴로 사무실 구석에 있는 의자에 앉았다.

"사채업자들은 다 깡패라고 하더니 맞네. 어유, 무서워."

"맞아, 나도 무서워 죽는 줄 알았어. 정말 이러다가 맞아 죽는 거 아니니?"

"얘, 말조심 해."

한 여직원이 예원을 보며 옆구리를 쿡 찔렀다. 깜짝 놀란 여직원은 예원을 쳐다보더니 곧바로 시선을 피했다. 예원 역시 시선을 피했다. 이 자리에서 도망칠 수 있다면 무슨 짓이라도 할 수 있을 것 같았다. 불편한 시간이 흐르고 마침내 사장실 문이 열리면서 그가 나오자, 예원은 의자가 나동그라지는 것도 상관하지 않고 벌떡 일어났다.

"그럼, 다음에 뵙죠."

깍듯이 인사하는 우형의 뒤로 노여움이 가득한 김 사장의 얼굴이 흉악해 보였다. 예원은 사무실 문이 열리는 그 짧은 시간에 뒤통수로 쏟아지는 시선들을 감당하지 못하고 휘청거렸다.

"이사님은 걱정되지 않으세요?"

한참을 달리던 자동차 안에서 예원이 갑자기 물었다.

"뭐가?"

"그 사장님, 가만히 있지 않을 것 같았어요."

"가만히 있지 않으면?"

"어쩌면……."

예원은 가만히 숨을 죽이며 긴장감을 북돋우려고 했다. 하지만 별로 개의치 않는 그를 보자 긴장감은 푸시시, 하며 꺼져 버렸다.

"그 사장님, 칼이라도 들이댈 것 같았다고요. 그래서 얼마나 걱정했는데요."

"흠, 의외로 담력이 없군."

우형이 무뚝뚝하게 말하자, 예원은 팔짱을 끼며 툴툴 거렸다. 그가 사라지고 난 후, 아니 낯선 회사에 처음으로 수금하러 간 그녀가 그 사무실에서 어떤 마음이었는지 모르는 그가 알미웠다.

"담력이라니, 이건 담력 문제가 아니잖아요. 혹시 돈 받으러 갔다가 다치고 오는 경우도 있나요? 있을 것 같다는 생각이 드는데……."

"우린 돈만 받으면 돼."

"우리가 아니라, 이사님이겠죠."

획 시선을 돌린 우형의 표정엔 노여움이 담겨 있었지만, 웬일인지 예원은 전혀 놀라는 기색이 없었다. 그저 멀뚱한 얼굴로 그를 바라볼 뿐이었다. 같이 쏘아보는 것도 아니고, 저런 멍한 얼굴이라니. 거래 처에 데리고 가면 백기를 들고 못하겠다고 할 줄 알았는데, 의외로 단단해 보인 예원의 행동에 우형은 다음 계획은 좀 더 강도가 높은 것으로 추진해야겠다고 생각했다.

"돈을 받는 것은 나라…… 글쎄, 그건 두고 봐야겠지."

하지만 예원은 우형의 말이 뭘 뜻하는지 전혀 감을 잡지 못했다.

회사 지하 주차장에 도착한 예원은 차에게 내려 엘리베이터로 갔다. 그리고 거기서 우형을 기다리고 있던, 한마디로 말해서 섹시 그 자체인 여자를 발견하고는 숨을 죽였다.

"어머, 이건 뭐야?"

예원은 부담스러운 시선을 가진 여자가 자기를 마치 애완동물을 보듯 바닥으로 쏟아질 것 같이 출렁대는 가슴을 흔들며 다가오자 한 걸음 물러섰다.

"어머, 귀여워. 귀여워!"

여자는 귀여워서 견딜 수 없다는 표정으로 예원을 요리조리 살폈다. 예원은 웃지도, 그렇다고 울지도 못하는 얼굴로 우형을 보았다.

"어쩐 일이야?"

우형은 쯧, 소리를 내며 엘리베이터 버튼을 눌렀다.

"자기 보고 싶어서 왔지."

경악하는 예원의 얼굴을 본 우형은 '쓸데없는 소리!' 라고 일축하며 엘리베이터 안으로 들어갔다.

"난, 윤수. 그냥 '수' 라고 불러. 어머, 그 얼굴은 내가 누군지 궁금한 얼굴이네. 나로 말할 것 같으면 저 무뚝뚝한 인간의 애첩이라고나 할까?"

수의 말이 채 떨어지기가 무섭게 예원의 입이 크게 벌어졌고, 한참 동안 다물지 못했다.

수의 갑작스런 등장에 우형은 곤혹스런 표정을 감출 수 없었다. 젠장, 하필 이 순간에 수가 찾아오다니. 저 녀석의 장난은 늘 도가 지나쳤다. 지금도 예원을 보는 수의 눈빛은 마치 새장 속에 갇힌 새를 보며 즐거워하는 인간의 그것과 같았다.

"여긴 놀이터가 아니야. 돌아가."

환영하지 않는다는 걸 알려 주듯 우형의 목소리에는 힘이 들어가 있었다.

"왜 이렇게 딱딱해? 난 영업 방해하러 온 게 아니야, 손님이라고. 대출 받고 싶어 하는 손님에게 말이야, 너무 불친절한 거 아니야?"

"대출이라, 네 통장의 잔고 표시에 단위 수가 잘못 기재되었나 보군."

어이없는 표정을 숨기지 않으며 우형이 내뱉듯이 말했다.

"카드가 사람 잡거든."

수는 씩, 미소를 지으며 우형의 얼굴이 왜 저렇게 흙빛이 되는지 알 것 같다는 듯 예원을 끌어당겼다.

"우리 앞으로 친구해요, 좋죠?"

"네? 아니, 저보다 언니이신데……."

"그게 무슨 상관이야? 앞뒤로 10년이면 어느 누구와도 친구 할 수 있는 거지. 난 거기가 마음에 들었는데, 우리 친구 해요. 괜찮죠?"

"네? 네, 그래요."

얼떨결에 대답한 예원은 어떻게 해야 할지 몰라 당황한 얼굴로 우형을 바라보았다. 그러나 우형은 도움을 요청하는 예원의 절실한 얼굴을 모르는 척했다.

사무실 문을 열자 안에 있던 민호가 우형을 보고 반가운 표정으로 손을 들었다. 그 뒤를 따라 들어오는 예원을 보며 환하게 미소를 짓던 민호는 수를 보더니 딱딱하게 굳어 버렸다.

"민호는 날 무척 싫어해요. 뭐, 내 가슴이 부담스러워서겠죠. 이 풍만한 가슴이."

소곤거리는 작은 목소리였지만, 사무실 내에 다 들릴 만큼은 되었다. 예원은 출렁, 소리까지 나는 빅 사이즈의 가슴에서 눈을 떼지 못한 채 고개만 끄덕였다. 확실히 풍만했다.

"어머, 꽤 부러워하는 눈치네. 원래 자연산이 좋지만 인위적으로 만들 수도 있으니 잘 봐요. 우선 목에 장신구들을 빼야 해요. 내 목에 목걸이 없죠? 바로 가슴을 강조하기 위해서죠. 만약 가슴에 포인트를 주려면 절대 목걸이는 착용하지 말아요. 자, 이렇게 두 손으로 모아서 업 시키는 거죠. 어때요, 자연스럽죠? 한번 따라해 봐요."

예원은 얼떨결에 수를 따라 두 손으로 가슴을 모았다가 깜짝 놀라 얼른 손을 놓았다. 벌겋게 달아오른 예원의 얼굴을 보며 수는 미친 듯이 웃었다.

"아유, 귀여워. 정우형, 얘 나 줘라. 응? 나 줘!"

"입 다물어."

우형은 더 이상의 소란은 받아 주지 않겠다는 듯 엄격한 얼굴로 예원에게 영수증을 던졌다.

"장부 처리해."

예원은 얼떨결에 영수증을 받았다. 내용을 보니 조금 전 회사에서 받은 넉 달 치의 이자였다. 대체 어떻게 했기에 그 짧은 시간에 이렇게 큰돈을 받아낼 수 있었을까.

"쟨 이 방면에서 최고의 능력 갖고 있죠, 바로 협박의 능력."

어느새 다가온 수가 예원의 어깨에 팔을 걸쳤다.

"하지만 저 남자 꽤 위험하니 섣불리 다가갈 생각은 꿈에도 하지 말아요. 저 시한 폭탄 같은 남자는 예원 씨 같은 사람은 안 돼요. 나 같은 사람만이 요리할 수 있죠, 나 같은 사람.”

수는 다시 한 번 강조했다.

“야, 수! 형님이 그만하라잖아! 그리고 거짓말로 예원 씨 좀 놀라게 하지 마. 자기가 무슨 형님의 부인이라도 되는 줄 알고, 쯧쯧.”

“너 지금 말 다 했어!”

수가 벌떡 일어나자, 의자가 바닥으로 나동그라졌다. 민호 역시 마찬가지로 과격한 몸짓을 하며 한번 해보자는 얼굴로 다가갔다. 빠지직, 불꽃이 사무실 안을 재로 만들 것 같이 활활 타오르자, 예원은 정신을 차릴 수가 없었다.

“왜, 왜들 이러세요? 이러지 말아요! 이, 이사님!”

예원은 이미 굳게 닫힌 이사실을 향해 두 손을 뻗었지만, 한번 닫힌 문은 열릴 줄을 몰랐다.

“싸우긴. 우리가 왜 싸워요? 안 싸워요. 단지 의견 충돌일 뿐, 그렇지? 장민호.”

“그럼, 내가 왜 누나와 싸움을 하겠어요, 윤수 누나.”

“어, 그럼 두 사람이 남매지간이에요?”

예원이 어리둥절한 얼굴로 물었다.

“그럴 리가! 난 이런 동생 사양하고 싶은데. 난 샤프한 타입이 좋아, 예를 들면 길서 같은 타입.”

“조금 전만 해도 형님이 좋다고 하더니. 여자들은 역시 한 우물을 못 파.”

“인생 짧은 거다. 한 남자만 바라보다가 꼬부랑 할머니가 되면 네가 책임질 거냐? 어? 네가 나랑 결혼할 거냐고! 난 길서 아니면 우형이랑 결혼할 거다. 그러니 넌 저기서 쭈그리고 있어!”

"흥, 나 역시 네가 결혼해 달라고 하면 그 자리에서 던져 버릴 거야. 던져지는 즉시 너의 그 징글징글한 가슴이 터지겠지. 흐흐, 그림 되겠는데?"

"이 자식이! 너 자꾸 누나한테 말 함부로 할래? 네가 내 가슴 주물러서 크게 된 것도 아니면서 어디서 입방정이야, 입방정이!"

두 사람은 화해하는 것 같더니만, 또다시 별거 아닌 일로 피 튀기며 싸우고 있었다. 짧은 시간 동안 그냥 두는 게 가장 좋다는 것을 깨달은 예원은 소란스런 곳에서도 중심을 잃지 않고 장부를 펼쳤다.

"세상에…… 한 달 이자가 이렇게 많다니!"

예원은 이자 책정이 높은 것을 보고 역시 사채업자는 무섭다는 걸 다시 한 번 깨달았다.

"아유, 일도 열심히 하네. 하여간 주먹 휘두르며 월급 받는 누구누구 씨와 다른 모습이라서 적응을 못하겠어. 어쨌든 성실한 것은 좋은데 그렇다고 저 남자에게 성실하지는 말라고."

어느새 말을 놓은 수가 책상에 걸터앉았다.

"이사님한테는 절대 그럴 일 없어요."

예원은 손을 휘휘 내저으며 다시 한 번 확인시켜 주었다.

"왜? 우형이라면 끝내 주는 남자인데? 여자들이 줄 서 있을 정도인데 싫다고?"

수가 의아한 듯 한쪽 눈썹을 치켜떴다. 한쪽 눈썹을 치켜떴어도 어쨌거나 그녀는 아름답고, 세련되고, 지적으로 보였다. 예원은 순간 부러움에 사로잡혔다. 물론 입에서 나오는 흉악한 말은 아직도 적응하기 어려웠지만 말이다.

"안 때릴 테니 허심탄회하게 말해 봐."

"때, 때려요? 아니 전 저런 타입보다는 그냥 성실한 남자가……."

예원은 말하다 말고 황급히 입을 다물었다.

"흐음, 상당히 독특한 남성관을 가지고 있나 본데…… 아마 우형이를 알면 알수록 괜찮은 녀석이라는 걸 깨닫게 될 거야. 하지만 그때는 이미 늦은 법! 그건 그렇고, 내가 에너자이저 같은 남자 만드는 법 알려 줄까?"

에너자이저? 예원의 눈이 동그랗게 떠졌다.

"설마, 처녀는 아니겠지? 그럼 내 말대로 해. 일단 흐응, 소리를 내는 거지. 그리고 '아악, 당신 멋져. 끝내 줘.' 하면서 자지러지게 몸을 뒤트는 거야. 그럼 남자들은 자기들이 꽤나 잘난 줄 알고 열심히 허리 운동을 하거든. 그러니 일단 '오, 멋져!' 부터 하라고. 어때, 쉬운 방법이지?"

수의 말이 끝나기도 전에 예원의 볼이 붉어지다 못해 태양처럼 활활 타올랐다.

"참내, 뭐 하는 거야? 남자들이 다 그런 줄 알아? 예민한 남자들이 얼마나 많은데, 무식한 소리 하고 있네."

"야, 너는 남자 좋아하잖아! 변태같이."

수가 버럭 소릴 질렀다. 그 소리에 민호는 입을 굳게 다물었다. 꽤나 상처 받은 것 같은 그의 모습에 예원은 안절부절못했다.

"아, 미안. 진짜 미안해. 야, 장민호. 정말 그렇다고 삐치기냐? 야, 내가 뭐 그렇다고 해서 널 싫어하는 건 아니잖니. 난 모든 사람들을 사랑하잖아, 위아더월드. 그러니 화 풀어, 내가 잘못했어, 응?"

수가 열심히 안마를 하며 애교를 부리자, 민호가 봐주었다는 얼굴로 수의 머리를 꾹 눌렀다. 그 모습을 보며 예원은 안도의 한숨을 내쉬었다. 하지만 안도의 한숨은 이사실의 문이 벌컥 열리며 무시무시한 분노를 품은 그가 허리에 두 손을 얹고 여차하면 세 명 모두 창밖

으로 던질 것 같은 얼굴로 버럭 소리를 질러대는 통에 중간에 꽉 막
히고 말았다.

"딸꾹, 딸꾹."

"형님, 죄송합니다!"

예원은 딸꾹질을 했고 민호는 안절부절못한 얼굴을 보였지만, 수
는 그를 무서워하지 않았다.

"아유, 무슨 소리를 그렇게 질러? 애 떨어지겠네."

게다가 수는 그를 약 올리기까지 했다. 예원은 딸꾹질을 하면서 두
사람을 번갈아 바라보았다.

"입 다물고, 당장 나가!"

"쉿, 쉿. 모두들 조용히 합시다. 그렇죠? 여러분, 조용히. 자, 이제
됐지? 그러니 기분 풀어라, 응?"

입 다물고 당장 나가라는 등의 과격한 말을 아무렇지 않게 받아들
이는 수의 모습을 구경하던 예원의 눈이 굉장하다는 듯 점점 커졌다.

"그런데 정우형, 너 왜 그렇게 화가 났어? 응? 내가 예원 씨 물들
일까봐 그런 거야? 그런데 어떤 물일까?"

극과 극으로 치닫는 수와 우형의 얼굴을 번갈아 바라보던 예원은
지신도 모르게 침을 꿀꺽 삼켰다.

"시끄러워!"

결국은 그가 졌다. 버럭 소리를 질렀지만, 결국은 그가 진 것이다.
노골적으로 웃음을 터트리고 있는 수를 보면, 그가 진 것이 확실했
다. 게다가 제풀에 지쳐 이사실로 도망간 것도 패배자의 모습이었다.
예원은 언뜻 그에게 동정심을 느꼈다.

"예원 씨, 쟤 저렇게 화내는 이유 알아?"

"아니, 모르겠어요."

"사실은……."

뭔가 은밀한 말이라도 하듯 몸을 기울이는 수를 보던 예원은 긴장감으로 가득한 얼굴로 귀를 쫑긋 세웠다. 그때 쾅, 소리를 내며 이사실 문이 벌컥 열리고, 우형이 다시 모습을 드러냈다. 조마조마해진 예원은 그의 손가락이 자신을 지나 수에게로 향하자 안도의 한숨을 내쉬었다.

"모두들 내가 살아남길 기도해 줘."

수가 과장이란 과장을 다 하며 이사실로 들어가자, 민호는 조용해진 김에 잠이나 자야겠다며 책상 위에 다리를 올리고 눈을 감았다. 하지만 예원은 도저히 적응하지 못하겠다는 얼굴로 여러 번 고개를 좌우로 흔들었다.

'아, 그러고 보니 나, 사람들과 이야기하고 있구나.'

예원은 성격상 사람들과 잘 지내지 못했던 과거를 떠올렸다. 마을 금고에 근무했을 때, 그 누구도 예원에게 먼저 말을 걸지 않았었다. 먼저 다가가기 위해 얼마나 많은 심호흡을 했는지 모른다. 또한, 사람들에게 좋은 인상을 심어 주기 위해 많이 웃어야 했고, 부탁하면 다 들어줘야 했었다. 그러나 남는 것은 상처뿐이었다. 그런데 어째서 민호와 수에게는 그러지 않아도 되는 거지? 예원은 힐끗 민호에게 시선을 돌렸다. 두 사람은 자신이 뭘 어떻게 하지 않아도 요란한 모습으로 말을 걸고 있었다.

우형은 수를 불러오기까지 몇 번이나 망설였었다. 그들의 대화는 언뜻 듣기에도 위험 수위가 높은 남녀 간의 관계에 대해서였다. 저것들의 관계 수위는 워낙에 깊고 좁고 어두웠지만, 예원만은 그렇지가 않을 거라는 판단이 그를 벌떡 일어나게 만들었다. 우형이 몇 번이나 일어났다 앉기를 반복하다가 도저히 안 되겠다는 생각에 벌컥 문을 열고 버럭 소리를 지른 것도, 이제 그만 악의 수렁에서 무공해 처녀를 구하려는 의지가 다분해서였다.

"윤수, 이러는 이유가 뭐야?"

우형은 책상에 몸을 기대며 팔짱을 꼈다. 그 자세가 상당히 고압적이었기에 수는 툴툴댔다.

"죄 진 것도 아닌데 취조하는 그런 자세 정말 싫어. 아무튼 별일은 아니야, 난 지금 재미있고."

"재미? 잘 들어. 여긴 엄연히 내 일터야, 놀이터가 아니라고. 그리고 이곳 주인은 나야."

우형의 얼굴이 더욱 굳어져 갔다.

"알고 있어, '신우'의 실질적인 오너가 너라는 것쯤은 잘 알고 있다고. 하지만 왜 이렇게 예민하게 구는 건데? 내가 예원 씨와 뭐라도 할까봐 그래? 아님 네 과거라도 나불댈까봐? 만약 나불댄다고 해도 여자랑 몇 번 자지도 못한 겉모습만 바람둥이처럼 잘생긴 녀석이라고 말할 것이고, 그러면 예원 씨는 절대 널 추잡한 플레이보이라고는 생각지 않을 거야. 안심해도 좋아."

수는 별거 아니라는 얼굴로 안심하라는 듯 우형의 등에 손을 얹었다. 그러나 수의 손은 올리자마자 우형에 의해 허공을 가르며 바닥으로 곤두박질쳤다. 하지만 수는 무안하기는커녕, 궁금해서 견딜 수 없다는 표정으로 물었다.

"저기, 정말 궁금해서 묻는 건데 대체 예원 씨와 넌 무슨 관계야?"

"저 녀석과는 아무 관계도 아니야. 그러니 저 녀석에게 내가 어떤 놈인지 설명할 이유도 없거니와……."

"그런데 왜 이렇게 안절부절못해?"

수는 우형의 표정이 순식간에 변하자, 정곡을 찔렀다고 쾌재를 불렀다. 누굴 바보로 아나? 벌컥벌컥 문을 열 때의 초조한 얼굴도, 평상시와 다른 행동도, 모두 무공해 처녀와 관계있는 것이 아닌가. 하지만 이쯤에서 그만해야 된다는 걸 너무도 잘 아는 수는 우형에게 다정한 몸짓으로 다가섰다.

"알았어, 알았으니까 화 풀어. 앞으론 말조심할게. 이건 약속할 수 있어, 됐지?"

수는 대꾸조차 하지 못하는 우형의 등을 토닥였다.

"제길."

나지막이 욕설을 내뱉은 우형은 제자리로 돌아와 책상 위에 다리를 올려놓았다. 의도적인지는 몰라도 수는 문을 열어 놓고 나갔고, 우형의 두 눈은 의지와는 상관없이 자판을 두드리고 있는 예원의 뒷모습으로 향했다.

'왜 이렇게 안절부절못해?'

빌어먹을 수의 목소리가 아직도 귓가에서 생생하게 울리고 있었다. 이건 그의 감정을 떠보려는 속셈이 분명했고, 그의 감정을 들쑤셔서 뭔가를 얻으려는 녀석의 행동은 눈에 보일 정도로 유치했다. 그 말이 떨어지기가 무섭게 즉각 아니라고 대답하지 않은 것이 껄끄러웠지만, 지금 중요한 것은 그것이 아니었으므로 후에 정정할 것이다. 문제는 이미 자신에게도 김예원이 특별한 관계라고 장담하고 있는 수의 얼토당토않은 생각이 굳어졌다는 거였다.

"저, 이사님."

"뭐야!"

예원은 곧 잡아먹을 것 같이 으르렁대는 우형의 눈빛에 주춤거렸다. 일하는 내내 뒤통수가 따가울 정도로 쳐다보는 것은 그렇다고 쳐도, 다른 것도 아니고 장부를 들고 오는데 화르륵 불태우겠다는 듯한 그의 눈빛은 이해하기 어려웠다. 하지만 그렇다고 물어볼 용기도 없었기에 얼른 용건을 말했다.

"그게…… 다름이 아니라, 이번 달 입금 중에 퍼센트 계산이 잘못되어서 과 입금된 것이 있어서요. 이런 경우에는 다음에 차감을 하는 건지, 그렇지 않으면 다시 고객에게 입금시켜 줘야 하는 건지 물어보려고요."

"너, 바보냐?"

장부를 내려놓으려던 예원은 경직된 얼굴로 고개를 번쩍 들었다.

"과 입금은 모른 척해야 되는 것도 모르냐고!"

우형이 벌떡 일어나 다가오자, 예원은 뒤를 돌아보았다.

"왜 이렇게 화를 내시는데요? 그래서 물어본 거잖아요……."

예원은 바싹 다가와 목이라도 조를 것 같이 화를 뿜어대는 그의 모습에 숨이 멈출 것 같았다. 그래도 할 말은 해야 했다.

"아니면 아닌 거지 왜 화를 내냐고요."

우형은 예원의 볼멘소리에 그 자리에 멈춰 섰다. 그래, 꼬맹이 말대로 아니면 아닌 것이었다. 그런데 왜 이성을 잃은 것처럼 벌컥벌컥 회를 내고 있단 말인가.

"나가 봐."

예원은 정말 이상한 사람이라는 듯 쳐다보고는 몸을 돌렸다. 우형은 하나로 묶은 예원의 머리가 찰랑거리는 것을 놓치지 않았다. 그러고 보니 움직일 때마다 머리는 물론이요, 팔다리도 따로 놀고 있었다. 우형은 아무렇지 않은 듯 걷고 있었지만, 결코 그렇지 않다는 걸 뻣뻣하게 보어 주는 예원을 불렀다.

"김예원."

자신을 부르는 소리가 들리자, 예원은 걸음을 멈추었다. 하지만 고개는 돌리지 않았다. 고개를 돌리면 울 것만 같았다. 아무렇지 않게 나오려고 했지만, 가시덤불 속에서 빠져나온 것처럼 아팠다.

"쓸데없이 큰소리 쳤어, 미안하다."

그가 사과했다. 예원은 코를 훌쩍이며 급하게 눈물을 삼켰다. 그리곤 고개를 돌렸다.

"알면 됐네요."

억지로 미소를 보인 예원은 자리로 돌아갔다.

"그래도 저 녀석이 사과는 잘하는 편이야. 뭐, 그런 면에선 꽤 괜찮은 녀석이라니까."

수가 우형을 향해 '잘하고 있지?' 하는 듯한 얼굴을 보이자 우형은 문이 부서져라 닫아 버렸다.

"그런데 저, 정말 이사님에게 관심 없어요."

예원은 고개를 저었다. 지금은 아니지만, 예원은 그를 친오빠로 생각하고 컸다. 솔직한 마음을 이야기하자면, 예원은 종잡을 수 없는 행동을 보이는 그를 이해할 수가 없었다. 이해할 수 없는데 어떻게 좋아할 수 있단 말인가.

"그나저나 민호는 어디 갔어?"

"잘 모르겠어요."

민호는 사실 귀찮다며 수를 피해 탕비실로 갔지만, 예원은 차마 말하지 못했다. 때마침 누군가가 사무실 문을 열고 들어왔다. 30대 중반 정도의 가냘픈 여자와 7살 정도 되어 보이는 사내아이였다. 여자는 매우 선한 인상을 가지고 있었는데, 잔뜩 기가 죽어서 보는 이로 하여금 측은함을 느끼게 할 정도였다.

"안녕하세요. 이쪽으로 앉으세요, 차는 어떤 걸로 드릴까요?"

예원은 첫 고객이기도 했지만, 불안해서 어쩔 줄 모르는 모자를 편하게 해주고 싶었다.

"저, 장미주라고 해요. 작년에 3천만 원을 대출했는데, 이사님을 뵙고 상담하고 싶어서요."

"네, 잠시만 기다려 주세요."

활짝 미소를 지어 보인 예원은 냉장고를 뒤져 꼬마에게는 우유를, 여자에게는 커피를 갖다 준 후, 이사실의 문을 노크했다.

"이사님, 손님 오셨습니다. 장미주 고객님이라고 작년에 3천만 원을 대출하셨다고 합니다. 상담하고 싶다고 하시는데요."

"알아서 처리해."

예원은 몹시도 귀찮아하는 그가 얄미웠다. 밖에 있는 두 사람은 이 남자를 만나려고 조마조마하고 있는데, 저렇게 노골적으로 귀찮아하다니, 이건 예의가 아니었다.

"알아서 처리하는 것이 뭔지 전 잘 모르겠어요."

"형편이 안 되어서 온 거겠지?"

우형의 질문에 예원은 고개를 끄덕였다.

"그럼 쫓아 보내."

열려져 있는 문을 딛으리던 예원이 멈칫했다.

"농담이겠죠?"

"내가 농담하는 걸로 보여?"

보기만 해도 눈물이 날 것 같은 모자를 힐끗 보는 예원의 눈에서 동정이 뚝뚝 떨어지며, 자신이 얼마나 가슴 아파하는지 알려 주고 있었다. 하지만 그는 전혀 감정을 느낄 수 없는 메마른 표정을 보였다.

"어떻게 그런 말을 할 수가 있어요?"

자신이 죽어도 못한다는 걸 알면서도 그는 아무렇지 않게 쫓아내라고 했다. 예원은 절대 그럴 수 없다는 얼굴로 고개를 들었으나, 곧바로 굴복할 수밖에 없었다. 그가 지금 당장 쫓아내지 않으면 무력이라도 행사하겠다는 듯한 얼굴로 수화기를 들었기 때문이었다. 예원은 우형에게서 수화기를 뺏어 쾅, 소리가 나도록 내려놓으며 눈에 힘을 주었다.

"난 바쁜 사람이야."

"물론이겠죠."

"너도 같이 쫓겨나기 싫으면, 잔말 말고 저 거지들을 쫓아내라고."

거지들? 예원의 눈빛은 분노로 소용돌이쳤다. 그러나 그는 이 정도는 늘 있는 일이라는 듯 아무런 여파도 받지 않고 간단히 제압해 버렸다. 분명 그는 지옥에 갈 거다, 그것도 그냥 지옥이 아닌 무시무시한 용암으로 뒤덮인 지옥에서 쇠사슬에 묶인 채 하루 종일 용암에 담겨 있을 것이다. 어떻게 저렇게 가엾은 모자에게 이다지도 몰인정할 수 있단 말인가…… 그러나 우형의 눈빛이 어서 가서 쫓아내라고 재촉하자, 예원은 하는 수없이 모자에게 다가갔다.

"저, 죄송하지만 돌아가…… 시라고."

예원은 이 말이 상대방을 얼마나 아프게 할지 알았지만 어쩔 수 없었다. 꺼져 가는 여자의 얼굴을 마주하는 순간, 예원은 다시 이사실 문을 박차고 뛰어 들어가 대신 변제하겠다고 하고 싶었다.

"정말 죄송합니다."

"아, 아닙니다. 아가씨가 죄송할 일은 아니지요. 건혁아, 가자."

장미주는 아이의 손을 꽉 쥐었다. 울지 않으려는 듯 입술을 앙다물었다. 예원은 모자가 닫고 나간 문을 보며, 마음이 무너져 내리는 것만 같았다.

"난 이런 짓 못해. 정말 나쁜 짓이야."

예원은 두 손으로 얼굴을 가렸다. 그때 쾅, 소리를 내며 무자비한 악마가 문을 열었다.

"김예원! 커피 가져오라는 말, 못 들었어?"

커피라고? 이런 상황에 커피라니! 예원은 발딱 일어났다.

"못하겠어요."

"뭐?"

우형은 문에 팔꿈치를 기대며 물었다. 그 자세가 상당히 고압적으로 느껴졌는지, 예원이 발끈하는 표정을 보였다. 참는 것도, 이해하는 것도 한계가 있는 것이었다.

"전 시골로 내려가겠어요."

"또 시골 타령이군."

예원은 우형의 비웃는 듯한 목소리에 발끈했지만, 모른 척하고 말을 이었다.

"전, 가엾은 모자에게 몰인정한 소리나 늘어놓는 이사님 곁에 있고 싶지 않다고요! 정말 믿을 수가 없어요. 어떻게 사람이 이렇게 변할 수가 있는 거죠?"

"쓸데없는 소리 그만하고, 커피나 가져와."

예원은 그의 명령에도 불구하고, 책상 서랍을 열어 소지품을 가방 속에 챙겨 넣었다.

"커피."

"먹고 싶으면 직접 타 먹어요!"

버럭 소리를 지른 예원은 손등으로 떨어지는 눈물에 화가 치밀어 올랐다. 지금 다녀간 모자가 가슴 아프게 했고, 아무것도 도와주지 못하고 되레 쫓아낸 사람이 바로 자신이라는 사실이 슬펐고, 다른 사람도 아닌 그가 저렇게 냉정하게 했다는 사실에 눈물이 흘렀다.

"네가 운다고 해서 저 여자의 빚을 탕감해 줄 거라 생각하면 오산이야."

"그런 생각은 하지도 않았네요."

예원은 씩씩대며 나머지 물건들을 가방에 쑤셔 넣었다.

"그동안 감사…… 앗, 뭐, 뭐 하는 거예요!"

예원은 불룩하게 나온 가방을 빼앗은 우형을 향해 버럭 소리를 질렀다.

"이 볼펜은 사무실 비품이야."

뭐? 예원은 너무 어이가 없어 쓰러질 것 같았다. 겨우 볼펜 한 자루 때문에 남의 가방을 빼앗다니, 단연 사채업자다운 모습이었다. 예원은 가방을 돌려달라고 했지만, 우형은 마치 가방 안에 숨겨둔 비밀 문서라도 찾는 듯이 꼼꼼히 살폈다.

"야, 장민호! 숨어 있지 말고 얼른 나오라니까. 여기 싸움 일어났다. 아주 재미있어, 재미있다고!"

"시끄러워!"

우형은 수를 향해 버럭 소리를 질렀다.

"아유, 깜짝이야. 오늘 애 여러 번 떨어지네. 하여간 성질은…… 그러니까 예원 씨, 이런 폭군 밑에서 일하지 말고 우리 집으로 와, 월급 배로 줄게."

"예원인 식모가 아니야."

약 올리는 듯한 수의 말에 우형이 내뱉듯이 말했다.

"누가 식모로 쓴다나? 내 말벗이며……."

"장민호, 일찍 퇴근한다. 김예원, 나와!"

예원은 이제 더 이상 그의 명령 같은 건 듣고 싶지 않았다. 그러나 무시무시하게 노려보는 그의 얼굴에는 여차하면 그녀를 돌려보낼 것

이며, 이번에는 반드시 마을 어귀가 아닌 집 앞에 떨어뜨려 놓고 말
겠다는 굳은 의지가 드러나 있었다. 예원은 아버지가 철석같이 믿고
있는 보호자가 바로 그라는 것을 다시 한 번 상기했다.

"더 할 말 있어?"

"아니요."

예원은 즉각 대답했다.

"그럼 가지."

"예원 씨! 생각 있으면 우리 집으로 와!"

성큼성큼 걸어가는 우형을 쫄래쫄래 따라가는 예원의 뒤통수를 향
해 수는 힘차게 손을 흔들었다.

"그만 좀 해! 왜 자꾸 벌집을 들쑤시냐?"

수의 행동을 보다 못한 민호가 말했다.

"재밌잖아. 우형이 얼굴 봤어? 저 녀석이 저렇게 당황한 건 12년
만에 처음이거든. 아주 즐거워, 즐거워서 미치겠어!"

수가 정말 즐거워서 견딜 수 없다는 듯 깡충깡충 뛰자, 민호는 못
말린다는 표정으로 고개를 내저었다.

"그나저나 그깟 소액 이자를 받으려고 움직일 형님이 아닌데, 이상
하네. 웬만하면 채무자 앞에 나서지도 않는 분이……."

민호는 이해할 수 없다는 듯이 중얼거렸다.

"뭐가? 장민호, 뭔데?"

"아무것도 아니야."

민호는 무언가 건수를 잡으려는 듯 눈을 반짝이는 수에게 형님에
관한 작은 사실이라도 알려 주지 않기 위해 몸을 돌렸다.

"음악 듣고 싶으면 들어."

달리는 차 안에 내려앉은 무거운 침묵의 버거움을 느끼던 차에 그의 말이 반가웠지만, 예원은 아직 화가 나 있다는 걸 숨기고 싶지 않았다.

"음악 같은 거 듣고 싶지 않아요."

"그럼 말든가."

참으로 화가 나게 하는 말이었다. 사람이 적어도 두 번 정도는 권해야 예의가 아닌가. 예원은 씩씩대는 얼굴을 보였지만, 이 역시 철저히 무시당했다.

"정말 꼭 그랬어야만 했나요?"

예원은 가만히 있으려고 했으나, 참지 못하고 기어코 한 마디를 했다.

"못 들은 척하지 말아요. 그 모자 말이에요, 꼭 그렇게 냉정하게 대해야만 했나요?"

"그럼 뭐라고 하지?"

"그러니까……."

"대출금은 십 년 뒤 형편이 될 때 갚아라, 이렇게 말하길 바랐나? 웃기는 천사군. 앞으론 제발 말이 되는 소리를 하라고."

설명하는 목소리는 친절했으나, 예원은 '웃기는 천사'라는 표현과 더불어 비웃는 그의 얼굴에 약이 올랐다.

"천사 노릇 하고 싶어서가 아니잖아요. 난 단지 그렇게 냉정할 필요가 없다는 얘기에요."

"난 원래 이런 놈이야. 그러니 내 밑에서 일하려면 질질 짜지도 말고, 나에게 명령하지도 마!"

예원은 이럴 때 멋지게 탕, 소리가 나도록 차 문을 닫고 내려 시골로 가면 얼마나 좋을까 하고 생각했다. 하지만 현실에서 예원은 돈이 필요했고, 따라서 그의 밑에서 일을 해야만 했다. 이 중대한 사실을 막상 일이 생길 때는 잊어버리는 게 문제였지만.

"그래도 그렇게 심하게 말하는 것은 좀 그래요. 오늘은 비가 오지 않네요."

그럼에도 기어코 한 마디를 내뱉은 예원은 그가 짜증을 숨기지 않고 핸들을 톡톡 튕기며 심한 말을 쏟아낼 것처럼 보이자 재빨리 화제를 돌려서 날씨 이야기를 했다. 예원은 그런 자신의 비겁함에 땅을 쳤지만 어떡하랴, 일단 저 남자 밑에 있어야 하는 것을! 그 사실은 예원을 몹시 우울하게 만들었다.

"악의는 없어."

뭐가? 예원은 뿌루퉁한 얼굴로 그를 쳐다보았다. 단답형의 말만 구사하던 우형이 느닷없이 던져 놓은 말에 예원은 '수' 라는 여자 얘기인 것을 알아차렸다.

"수 언니란 사람 때문이라면 괜찮아요. 그런데 왜 사람들은 사실을 있는 그대로 말하는데 상처를 받을까요?"

예원은 수가 남성을 좋아하는 성향을 가진 민호에게 그 사실을 상기시키자 민호가 상처를 받는 것을 보며, 몹시도 당황했다고 덧붙였다.

"병신을 병신이라고 부르면 상처 받는 것과 마찬가지겠지."

그의 대답은 간단했다.

"그건 너무 모욕적이잖아요! 장애우, 장애인이라는 말도 있는데…… 그래도 전 이사님이 하신 말의 뜻을 정확히는 잘 모르겠어요. 민호 씨도 인정하는 일이었고, 동, 아니 양성애자라고 부른다고 해서 상처 받을 거라고는 생각하지 못했거든요."

예원은 이해할 수 없다는 얼굴로 물었다.

"그건 사람을 부르는 것으로 그 사람을 대하는 태도가 나타나기 때문이야. 내가 널 부모가 모두 있는 가정의 딸이 아닌, 한쪽 부모가 없는 모자란 가정에서 비정상적으로 자란 딸이라는 뜻으로 결손(缺損)과 같은 표현을 할 경우, 내가 널 그렇게 생각한다는 것과 같은 거야. 머리에서 생각하는 대로 입에서 나온다는 얘기지. 그렇기 때문에 남이 어떤 식으로 자신을 부르는가에 따라서도 충분히 상처 받을 수가 있는 거야. 인정하든, 안 하든 간에."

우형의 설명에 예원은 고개를 끄덕였다. 그리고 보니 자신의 성향을 확실히 말한 민호가 참 대단하다는 생각이 들었다. 물론 남자가 남자를 좋아한다는 것이 납득이 가지는 않지만 말이다.

"뭐야, 왜 그렇게 빤히 쳐다보는 거지?"

우형이 탐탐치 않는 표정으로 빤히 쳐다보는 이유를 물었다. 빤히 쳐다본다고? 예원은 확실히 자기도 모르게 우형을 빤히 쳐다보고 있었다. 그리고 고개를 약간 돌린 그의 얼굴이 참 인상 깊다는 생각도 했다. 이런 깜짝 놀랄 만한 생각을 하는 자신에게 자아비판을 하려던 차에 갑자기 수의 말이 떠올랐다. 그가 참 좋다고 느낄 때가 올 거라고…… 예원은 잠깐이지만 그 모자와는 별도로 그가 참 남을 잘 배려한다고 생각했다. 이런 연쇄 반응은 그녀의 얼굴을 후끈거리게 했다.

"난 이사님을 좋아하지 않아요."

예원의 입에서 강조하듯 꼭꼭 씹은 말이 튀어나왔고, 그 말은 우형의 입에서 허, 소리가 나오게 유발했다.

"나도 널 과히 좋아하는 건 아니야."

차를 세운 우형은 탕, 소리가 나도록 차 문을 닫았다.

"장미주 고객에게 한 몰인정한 행동도 잊을 수가 없어요!"

얼른 차에서 내린 예원은 숨겨둔 사실을 꺼냈다.

“나 역시 네가 나에게 대들었다는 것을 잊지 않아.”

“그건 나도 마찬가지라고요!”

예원은 버럭 소리를 쳤다. 남은 화가 나서 고래고래 소리를 지르는데, 그는 간단명료하게 맞받아친다는 것에 괜히 더 화가 났다.

“같이 가요!”

예원은 적막감에 휩싸여서 뭐라도 나올 것 같은 단지를 깨우며 소리쳤다. 씩씩거리며 달려가는 동안에도 왜 이렇게 화를 내는지 모르겠다는 의문이 떠올랐다. 나긋하게는 못한다 해도, 어쨌든 상사인데 대들기까지 하고…… 어쩐지 성큼성큼 걷는 그의 뒷머리를 잡아채서 말 타기 놀이를 하고 싶다는 생각까지 드는 것을 보니 확실히 이상하긴 했다.

“제대로 안 따라오면 길 잃어버린다.”

다분히 놀리는 듯한 그의 말투에 예원은 번개 같이 ‘감히!’ 라는 반응을 보였다. ‘감히 네가 날 놀려?’ 뭐, 이런 기분이었다. 맙소사! 내가? 벼락이라도 칠 만큼 과격한 모습을 보인 예원은 우형에게 바싹 다가가 소곤거렸다.

“명령밖에 모르는 아둔한 사람!”

예원은 또다시 화들짝 놀라 멈칫했다. 내가…… 이런 말을 하다니! 그러나 더 생각할 틈도 없이 가소롭다는 듯한 표정의 그가 말했다.

“까불지 마.”

까불지 말라니? 예원은 벌컥 화를 내려고 했으나, 경비원인 듯한 남자가 다가와 인사를 하자 입을 다물었다.

“일찍 퇴근하시네요. 그런데 이분은……?”

경비원이 예원을 보며 물었다. 단지 내에 거주하는 사람들은 모두 인적 사항을 빠짐없이 등록해 놓아야만 했다.

“동생입니다.”

우형은 예원을 간단하게 동생이라 소개했다.

“아, 그러시군요. 그럼 막내 동생쯤 되는 것 같은데, 아무래도 혈육이 있으면 든든하고 외롭지 않지요.”

“뭐, 그렇겠죠.”

귀찮은 표정이 역력한 우형은 말썽쟁이 막내 동생의 머리를 툭 건드렸다. 이에 발끈한 예원은 머리 위에 올려놓은 우형의 팔을 집어던졌다. 동생이라니! 동생을 이렇게 취급하는 사람이 어디 있어?

‘응?’

갑자기 예원의 눈에서 빛이 났다. 동생이라고 소개한 그의 잘못인 거야, 난 동생이 아니라고. 예원은 머리를 굴려 과연 동생이 아니라고 알려 줄 방법이 뭔가를 생각하다 덥석 손부터 잡았다.

“뭐야?”

우형이 한쪽 눈을 치켜뜨며 말했다. 예원은 그의 무시무시한 눈초리보다, 손에 닿은 그의 커다란 손이 의외로 따뜻하다는 것에 놀랐다. 그 손 안에 푹 안긴 느낌이 든 예원은 순간 당황하며 얼굴을 붉혔다.

“김예원, 뭐 하는 거냐고.”

예원의 붉어진 얼굴이 경비원의 호기심을 부추겼는지 눈초리가 심상치 않았다. 우형은 낮은 목소리로 치우라고 명령했다. 하지만 예원은 움켜쥔 손을 놓지 않았다. 뿐만 아니라, 좀 더 대담하게 몸을 붙이기까지 했다. 자신을 골탕 먹이려는 것임을 눈치 챈 우형은 피식 웃었다.

“그 정도로 되겠어?”

우형은 입 꼬리를 올리며 경비원이 보는 것에 상관하지 않고 예원의 어깨를 끌어당겼다.

　"앗!"

연인들에게서나 봄직한 자세에 예원은 화들짝 놀라 얼른 벗어나려고 했지만, 꽉 잡힌 어깨는 미동조차 할 수 없었다.

　"잘못했지?"

우형이 귓가에 숨을 불어 넣기라도 하듯 소곤거리는 목소리를 건넬 때, 예원은 경비원과 눈이 마주쳤다. 경비원의 휘둥그레 해진 눈은 동생이라고 못 박은 그의 말을 다신 믿지 않을 듯했다.

　"하지만 이미 늦었어."

장난기가 다분한 얼굴을 한 우형이 손가락을 이용해 그녀의 턱을 들고 숨이 느껴질 정도로 가까이 할 때만 해도 예원은 어떡하면 아무렇지 않게 하하, 웃으면서 넘어갈 수 있을까 하는 다소 낙천적인 생각을 하고 있었다. 경비원이 보고 있는데 설마 그럴 리가 있겠냐는 생각도 들었다. 그러나 예원의 생각과는 달리 우형은 대담성과 동시에 그것을 빠르게 실행에 옮기는 민첩성까지 겸비하고 있었다.

낯빛이 변한 경비원이 허둥지둥 사라지는 것과 동시에 우형의 입술이 가까이 다가왔다. 예원은 어떻게 해야 할지 모르겠다는 얼굴로 우선 고여 있던 침부터 삼켰다. 이런 건 정말 옳지 못하다는 걸 알려주려고 살짝 입을 빌린 사이, 예원의 입술에 그의 입술이 포개졌다. 순간 세상이 돌고 있다는 착각을 일으킬 정도로 눈앞이 뱅글뱅글 돌았다. 예원은 자기도 모르게 눈을 감았다.

　"아, 으음."

신음 소리가 나는 것을 보니 착각이 아니었다. 예원은 입 속으로 들어온 낯선 침입자를 거부하지 못하고 무방비 상태로 받아들였다.

　'맙소사! 지금 내 혀를 감고 있어.'

하지만 겨우 이 정도의 반응밖에 보일 수가 없었다.

우형은 무의식중에 바싹 끌어당긴 예원의 머리카락 속으로 손을 집어넣었다. 전혀 예상치 못한 키스였지만, 부드럽고 말랑한 혀를 맛보는 순간 그건 중요하지 않았다. 단지 거부하지 않는 그녀의 입 속으로 침투하여, 영역을 표시하듯 샅샅이 훑어가고 있을 뿐이었다. 우형은 혀에 휘감기는 예원의 혀의 감촉에 녹아 버리는 듯했다.

우형은 점점 소유욕을 드러내며 예원의 입 속에 침투한 혀를 이용해 입 안 구석구석에 낙인을 찍어 놓았다. 혀끝에 닿는 낯선 세계는 단단하게 동여맨 이성의 빗장을 풀었고, 고삐 풀린 망아지처럼 길길이 뛰는 남성은 바지를 뚫고 나올 것처럼 기세등등했다. 우형은 허리를 휘감고 있던 손을 예원의 가슴 쪽으로 움직였다. 하지만 브래지어 속에 감춰둔 가슴을 움켜쥐려던 손은 제정신을 찾은 그녀의 거부로 고지를 점령하지 못했다.

"제길."

예원의 강력한 거부 앞에 그제야 자신이 무슨 짓을 했는지 깨달은 우형은 욕설부터 퍼부었다.

"다신 이런 장난 하지 마."

경고를 내뱉은 우형은, 대답도 듣지 않고 황급히 등을 보였다.

'제길! 대체 무슨 짓을 한 거지?'

확실한 것은 미친 짓이 분명하다는 것이었다. 태어난 지 이틀 되었을 때부터 돌본 아기를 여자로 인식하여 입술까지 포개다니! 제정신이 아닌 게 분명했다.

"돌겠군."

발자국을 찍듯이 집 안으로 들어간 우형은 쾅, 소리가 나도록 문을 닫았다. 그럼에도 시원해지지 않는 이 기분은 예원과 키스할 당시, 이성은 집어 던진 채 욕망에 허덕이는 미친놈처럼 행동했다는 것 때문이었다.

　우두커니 서 있던 예원은 우형의 뒤를 따라 안으로 들어갔다. 거실을 지나 우형의 방 앞에 섰지만, 꽉 닫힌 문은 절대 열리지 않을 것 같이 단단한 빗장이 걸려 있었다. 어리둥절하고 황망한 일을 겪은 뒤라 그녀 역시 당황한 얼굴이었다.

　제 방에 걸려 있는 거울 앞에 서, 자신의 모습을 투영해 보던 예원은 입술 끝에 살짝 손을 대보았다. 입술이 약간 부은 것 같지만, 아주 심한 정도는 아니었다. 남자와 키스하면 원래 이렇게 붓는 걸까? 예원은 윤호와의 짧은 입맞춤을 떠올려 보았지만, 깊은 키스를 해본 적이 없었기에 키스로 인해 입술이 마치 붉은색 립스틱을 바른 것같이 변하는 것이 신기했다. 영화나 텔레비전에서 남녀 간의 키스를 보면서 어떤 느낌일까 몹시도 궁금했었는데, 이런 거구나 싶었다. 키스 후에는 서로 몸을 애무하던데…… 그 이상을 생각한 적이 없던 예원의 머릿속은 어느새 야한 생각으로 꽉 차고 있었다.

　"어머, 미쳤나봐."

　알몸이 된 남녀 간의 정사를 떠올리던 예원은 생각에 급브레이크를 밟으며 입술을 벅벅 문질렀다.

　"김예원, 넌 이사님이 싫다고 했잖아."

　예원은 중얼거렸다. 정말 그랬었는데, 불쌍한 모자를 내쫓을 때만 해도 그런 사람 싫다고 했었는데, 아니 그러려고 했었는데 어째서 입술 속으로 들어온 그를 거부하지 않았을까. 갑자기 블라우스 속으로 손이 들어올 때는 좀 놀랐지만, 그래도 키스는 나쁘지 않았다. 아니 사실은 따뜻하고, 달콤하고 그런 느낌이었다. 그것이 문제였다. 그와 연애라는 것을 하는 것도 아니고, 또 싫다고 확실히 말한 남자인데도 불구하고 그의 키스가 좋았다는 것은 정말 납득하기가 어려웠다.

6.

다음날 정각 8시, 우형은 자동차 안에서 집을 노려보고 있었다. 집 안에서 우당탕 소리가 들리는 것으로 보아, 예원이 또다시 늦잠을 잔 것이 분명했다. 그럼에도 뛰어나오는 예원의 입이 오물거리는 것으로 보아, 아마 아침 식사를 포기하는 것이 무시무시하게 노려보는 그의 눈보다 더 무서운 것 같았다. 물론 그가 이런 헛소리를 늘어놓는 데에는 이유가 있었다. 헐레벌떡 달려오는 예원의 스커트가 오늘 따라 짧은 것과 끈이 달린 민소매 위에 입은 재킷이 그 기능을 완전히 상실해 버려 속살이 훤히 비쳤기 때문이다. 우형은 그동안 나름대로 섹시하다고 생각되는 여자들을 질리도록 보았었다. 그들 중에는 특히나 육체적으로 접근하는 여자들이 있었다. 그 중 수의 몸매는 괜찮았다. 하지만 그뿐, 다른 섹시하다는 여자들의 몸은 기억나지 않는데 반해 나풀대며 조수석에 타는, 조금은 밋밋해 보이는 예원의 몸은 어째서 절대 떨어지지 않을 것 같은 영상으로 남는단 말인가.

“제길.”

우형은 욕설을 내뱉으며 차를 출발했다.

“늦어서 죄송해요.”

“알면 됐어.”

우형은 예원의 사과를 무뚝뚝하게 받아들였다.

“저기, 어제…….”

“사과할게, 실수였어.”

한참을 망설이던 예원이 어제 일을 언급하려 하자 우형은 싹둑 잘라냈다. 이 역시 무뚝뚝한 목소리였다.

우형은 앞만 노려보았고, 눈동자만 굴리면 볼 수 있는 예원이 어떤 얼굴을 하고 있는지 관심을 두지 않았다. 아니, 그래야만 했다. 그렇지 않는다면 미친놈처럼 키스를 다시 강행할 것만 같았다.

자동차가 지하 주차장으로 미끄러질 때나, 엘리베이터에 타고 24층에서 내릴 때에도 우형은 의도적으로 예원을 피했고, 그런 감정을 모를 리 없는 예원은 풀이 죽었다. 이상하게 힘이 나지 않았다.

“어라, 예원 씨. 어디 아파요?”

민호의 걱정스런 물음에 예원은 고개를 가로저었다. 그 모습을 본 우형은 속이 부글거렸다. 미침내 알 수 없는 감정이 온몸을 들썩이게 하자, 그는 얼굴을 잔뜩 찌푸렸다.

“에이, 아닌 것 같은데요. 혹시 또 수가 괴롭혀요? 하여간 그 인간은 시도 때도 없이 남 들쑤시는데 천재라니까.”

“그런 게 아니에요.”

“그런 게 아닌 게 아니라니까요. 에이, 꼭 울 것만 같잖아요.”

뭐, 울먹인다? 우형은 순간 당황했다. 예원이 민호와 이야기하는 모습만 봐도 울컥한 이 정체 모를 감정은 둘째 치고, 예원이 민호가 말 한마디만 더 하면 기다렸다는 듯 울 것 같은 얼굴을 보인다니! 그건 상상을 초월할 정도로 질투를 느끼게 했다. 꼬마는 내 앞에서만 울었고, 내 앞에서만 말했다. 그런 꼬마가 다른 남자와 다른 이야기를 나누고 울려고 하고 있다?

"민호는 민영 건설의 권 사장을 만나 보도록 해. 석 달 치의 이자는 물론이거니와 원금의 10%를 확인용으로 받아 와."

우형은 한시바삐 민호와 예원 두 사람을 갈라놓기로 했다. 이런 행동에 대한 당위성은 후에 찾아도 될 것이다.

"간만의 일이군요. 임무 완수하고 오겠습니다!"

민호는 우형의 속뜻도 모르고 잔뜩 신이 난 얼굴로 깍지를 껴 우두둑 소리를 내면서, 사무실을 나갔다.

'자, 말해 보라고.'

우형은 기다렸다. 어린 시절 늘 그랬듯이, 소꿉놀이를 하다가, 물장구를 치다가, 잠자리에 들어서도 하고 싶은 말이 있으면 뻔뻔하게 달려들어서 하던 그 많던 말들을 기다렸다. 자신은 들을 준비가 되어 있었다. 하지만 꼬마는 그러지 않았다. 풀이 죽은 얼굴로 그에게 등을 돌려 자리에 앉더니, 컴퓨터를 켜고는 책상 가장자리에 둔 장부를 끌어당겼다. 10분이 지나도록 꼬마는 일만 했지, 그에게 말을 걸지는 않았다. 순간 우형은 당황했다. 이런 일을 겪게 될 것을 뻔히 알면서도 아직도 현실과 과거를 구분하지 못하는 자기 자신의 멍청함과, 그럼에도 느끼는 이 쓸쓸함에 버럭 욕이라도 퍼붓고 싶었다.

'휴우.'

예원은 화가 잔뜩 난 얼굴로 이사실로 들어간 우형이 여느 때와 마찬가지로 쾅, 소리가 나게 문을 닫는 것을 끝으로 참고 참았던 숨을 토해냈다.

'사과할게, 실수였어.'

그의 말은 떠올리면 떠올릴수록 슬픔을 유발했다. 어제 그 일은 분명 충격이었지만, 그렇다고 화를 내려고 한 것은 아니었다. 그런데, 마치…… 그러니까 마치…… 순간 예원은 우형의 휴대폰이 울리자, 눈동자에 그렁그렁한 눈물을 삼켰다.

－윤정희라고 해요, 우형 씨 바꿔요.

"지금 이사님은……."

예원은 이사실 쪽으로 시선을 돌렸다. 알아서 적당히 자르라는 것이 바로 이 전화일까? 그러고 보니 참 잔인한 사람이었다.

"지금은 통화가 곤란합니다. 나중에 연락드리라고 할까요?"

그녀는 직원이기에 어쩔 수 없었다. 수화기 저편에서 침묵이 이어졌다.

－됐어요.

전화는 사정없이 끊겼다. 예원은 한숨을 내쉬며 장부로 시선을 돌렸지만, 숫자들이 따로 춤을 추어 도저히 집중할 수가 없었다. 좀 이르긴 하지만 점심이라도 먹고 오자. 예원은 이사실 문을 노크할까 하다가 그만두었다.

예원이 점심을 먹으러 나간 시각, 우형은 수화기를 귀에 걸고 모니터에 집중했다. 굳이 같은 사무실에 있지 않아도 동 화면을 볼 수 있게 설치된 프로그램에 따라, 23층 채권 관리팀장과 같은 화면을 보며 대화를 할 수 있었다.

최 팀장은 추가 대출을 신청한 인테리어 회사의 전년도 손익 계산서를 보여 주며 승인을 요구하고 있었다. 이 정도의 직접적인 전화는 할 수 있는 사적인 관계가 된 최 팀장은 그를 설득시켰다.

"승인 절차를 밟으라고 지시하죠."

마침내 그의 입에서 승인이 떨어지자, 최 팀장은 감사의 인사를 하겠다며 당장이라도 24층으로 달려올 기세였다. 당연히 우형은 제지했다. 최 팀장은 24층이 그의 휴식 공간임을 인지하고 있었기에, 아쉽다는 얼굴로 전화를 끊었다.

확실히 24층은 그의 휴식 공간이었다. 허수아비 사장 대신 실질적인 오너로 등록된 정우형만의 휴식 공간이었으나, 지금은 낯선 여자를 들여놓았다. 이대로 계속 휴식 공간을 방해 받아야 하는지에 대한 회의가 불쑥 들 즈음, 전화벨이 울렸다. 끈질기게 전화가 울리는데도 불구하고 그 누구도 전화를 받지 않자, 우형은 이사실의 문을 열었다. 사무실은 텅 비어 있었고, 우형의 휴대폰이 책상 위에서 요란하게 울리며 아직 살아 있다는 것을 알려 주고 있었다.

우형은 예원의 책상 위에 앉아 휴대폰을 들었다. 꼬마는 덤벙거리는 것 같지만, 꽤 노력하는 타입인 것 같았다. 컴퓨터에 붙은 메모지에는 이율과 고객의 명단, 지급일 등이 쓰여 있었고, 깔끔하게 정리된 장부가 차곡차곡 쌓여 있었다. 그리고 향기가 있었다. 언제 준비했는지 꽃으로 가득한 방석이 여성스러움을 연출했고, 유독 꼬마의 자리에만 은은하게 흐르는 향기가 머물러 있었다.

'우습군.'

우형은 일축했다. 꼬마가 여성스런 향기를 낼 정도로 성장했다고 해서, 자기가 이런 마음을 가지다니…… 우형은 우스워서 한바탕 웃음이라도 터트릴 것만 같았다.

따르릉, 따르릉.

그때까지도 질기게 울리는 휴대폰 벨소리는 불편하다 못해 버걱거리는 마음을 진정시켰다. 우형은 통화 버튼을 눌렀다.

―안녕하십니까. 향원의 김 부장입니다.

전화기 속의 목소리는 보름 전 약속도 없이 사무실로 찾아와 향원에 대출을 해주지 않을 경우에 있을 불리한 일을 언급했던 김 부장의 더러운 면상이 떠오르게 했다.

"아직도 할 이야기가 있습니까?"

다분히 신경을 건드리는 말인데도, 김 부장은 애써 모른 척하고 있었다. 그만큼 급하다는 뜻이었다.

―향원은 신우의 자본이 필요합니다.

자본? 우형은 피식, 웃음이 새어 나오는 것을 내버려 두었다.

"자본이라, 그럼 향원에서 제출할 담보는 뭐가 있습니까?"

―…….

수화기 속에선 가볍지 않은 침묵이 내려앉았다.

"못 들었습니까?"

우형은 사무적이긴 하지만 상대방을 도발시킬 수 있는 말투를 구사했다. 그동안 김 부장에게 쌓인 게 꽤 많았는지 몸 여기저기가 근질근질 하기까지 했다. 우형은 손가락 몇 개를 까닥였다.

―……신용이 담보입니다.

신중하게 말하고 있었지만 아마 김 부장은 모욕을 당한 것처럼 매우 불쾌한 얼굴을 하고 있을 것이다. 좀 더 부추겨야겠군. 우형은 수화기를 바싹 끌어당겼다.

"신용이라…… 그렇다면 1억 정도가 적당하겠군요. 계좌 번호를 불러 주신다면 바로 보내 드리겠습니다. 이율은 2부, 사실 이런 조건은 이쪽에선 손해입니다."

우형은 자존심에 금이 간 자가 어떤 모습일지, 김 부장의 거친 숨소리를 통해서 알 수 있었다. 어쨌든 김 부장이 우형의 도발에 응하여 자폭하는 일이 벌어진다면야 유희(遊戲) 정도는 되겠지만, 감히 신우의 정우형을 협박할 정도의 기개를 가지고 있었다면 좀 더 날뛰어야 했다.

"계약서는 어떻게 할까요? 좋습니다, 내일 직원을 보내죠. 물론 이 자는 선이자란 것을 알고 계실 거라 생각합니다."

─……향원은 국내 유일의 유서 깊은 요정입니다. 정치가는 물론이거니와 경제인들의 주요 모임 장소로도 이용되는 곳입니다. 1억이란 말은 저희를 모욕하는 것과 다름이 없습니다.

"그렇게 대단한 곳에서 돈이 필요하다? 소문에 의하면 향원의 민 사장이 누워 있다고 하더니, 제대로 경영을 못했나 보군. 협박이나 하는 자를 앞세우다니 말이야."

우형은 담배를 입에 물었다. 칙, 소리를 내는 라이터가 켜짐과 동시에 이번 일을 반드시 후회할 거라는 김 부장의 협박을 끝으로 전화는 끊겨졌다.

"후우."

담배 연기가 입을 통해 밖으로 나왔다. 후회할 거라? 김 부장이 저렇게 자신하는 이유가 뭘까? 우형은 턱을 쓰다듬었다.

현재 향원을 움직이는 것은 김 부장이라는 소문이 돌고 있었다. 민 사장이 자리에 누운 후로 김 부장이 실권을 잡고 있다는 건 알고 있었지만, 겨우 그 정도의 권력으로 내게 후회할 거라는 건방진 말을 한다? 흠, 뭔가 다른 요소가 있을 텐데…… 우형은 담배의 재를 떨면서 제 3자를 생각했다. 그렇다면 민 사장과 혈연관계인 민효림은 어떠한가. 민효림을 떠올리는 우형의 얼굴에 얼핏 웃음이 서렸다. 민효림은 어머니가 재혼한 새 아버지의 아들인 정길서의 연인이 되기 위해서라면 불구덩이라도 뛰어들 만큼 무모한 여자였다. 그녀가 어느 날 '길서 씨를 힘들게 한 벌'이라며 사시미 칼을 신문지에 돌돌 말고 사무실로 들이닥쳐 난장판을 만든 것을 떠올리면 결코 웃을 일이 아니었지만, 여자관계에서는 깨끗하다는 정길서의 사색이 된 모습을 볼 수 있었던 즐거운 일이었으므로, 그날의 일들에 관해서는 향원의 민 사장의 사과로 일단락 지을 수 있었다. 그렇다면 결국은 한 가지라는 소리였다. 야심이 큰 김 부장이 단독으로 움직이고 있다는 것, 그간 몇 번의 만남을 통해 자신에 대해 원한을 가지고 있는 김 부장은 조만간 이빨을 들이대며 물려고 할 것이 분명했다. 그렇다면 김 부장이 누구와 손을 잡을까? 먼저 알아보는 게 좋겠군.

향원의 내부 조사를 위해 우형은 길서의 휴대폰 번호를 눌렀다. 이 바닥의 큰손이라 불리는 새 아버지와의 대화는 사실상 제로에 가까운 편이었다. 대신 그의 아들인 길서와는 돈독한 우정을 가지고 있었기에 사채를 끌어다 쓰는 채무자들의 정보는 모두 길서에게 일임하고 있었다. 향원의 모든 조사는 길서가 해줄 것이다.

길서와 막 전화를 끊은 우형은 사무실 밖에서 철벅 소리가 들리자 예민한 신경을 바싹 세웠다. 사무실은 간혹 채무자들의 난투극이 일어나는 곳이기도 했다. 사실 김예원이 오기 전까지는 그리 문제 될 것이 없었다. 하지만 김예원이 근무하는 시점부터 그의 신경은 만에 하나인 일이 벌어지지는 않을까 걱정하고 있었다. 되도록 그녀 혼자는 두지 않고 있었으나, 그 수고스러움을 아는지 모르는지 예원은 툭하면 혼자 외출했다. 문이 열리고 소란스럽게 떠들어대는 예원의 등장에 우형은 한마디 할 생각으로 팔짱을 꼈다. 그런데 이건 뭐지? 심장이 툭, 하고 떨어지는 것 같은 이 느낌은?

"갑자기 소나기가 내려서 홀딱 다 젖었네. 저기, 민호 씨. 수건 있을까요?"

머리를 털며 사무실로 들어온 예원은 기다리고 있는 우형을 보자 주춤거렸다. 아니 그가 보내고 있는 눈빛이 그녀를 거북하게 만들었다. 어쩔 수 없이 그날 주고받았던 키스가 떠오르고, 사과한다는 말도 떠올랐다.

"아! 고, 고마워요."

예원은 우형이 수건을 건네주자, 몹시도 당황한 얼굴로 젖은 머리를 말렸다.

"흠."

우형은 연신 수건으로 머리를 터는 예원을 향해 헛기침을 가볍게 하며 신호를 보냈다. 그러나 듣지 못한 예원은 뭐가 그리도 바쁜지 손과 입술이 부지런히 움직이고만 있을 뿐 대꾸가 없었다.

"흠. 흠."

여러 번 헛기침 하는 소리가 들리자 예원은 고개를 들었다. 고개를 든 예원은 느닷없이 눈앞까지 다가온 우형의 얼굴과 마주하자 숨이 탁 막히는 것 같았다. 뭔가 말을 해야 하는데, 그저 그의 얼굴을 바라볼 수밖에 없는 이상한 경험이었다.

"옷, 네 옷이 젖었군."

우형이 가리킨 쪽으로 시선을 돌리던 예원은 민소매로 된 셔츠의 가슴 부분이 비로 인해 착 달라붙어 있는 것을 보자 경악을 했다. 비에 젖은 가슴은 평소보다 더 두드러져 뭔가 에로틱한 분위기를 연출하고 있었다.

"맙소사!"

예원은 버럭 소리를 지르며 얼른 손으로 가슴을 가렸다. 이런 상황을 예상하지 못한 심장이 깜짝 놀라 쪼그라들고 있었다.

"사무실 비우고 어딜 갔다 온 거지?"

　다행인지, 그는 그녀의 가슴보다 행보에 더 관심을 두었다. 예원은 축축해진 옷과 머리를 확실히 말리기 위해, 서랍을 열어 서둘러 드라이기를 찾았다.

　"점심 식사 하고 왔어요. 오는 도중에 비가 와서…… 그나저나 드라이기가 어디 있더라?"

　"우선 입어."

　서랍을 뒤지던 예원이 고개를 들었다. 우형의 손에는 흰색 티셔츠가 들려 있었다. 예원과 시선이 마주치자, 우형이 책상 위에 올려놓으며 말했다.

　"클 거야."

　"아…… 고마워요."

　어색한 얼굴로 인사하는 예원을 우형은 의도적으로 피했다. 그럴 수밖에 없었던 것은, 마치 뜨거운 것을 집어 삼킨 것같이 타오르고 있는 불길을 어떻게든 잡는 것이 더 급박해서였다. 제길, 꼬마는 확실히 스물셋이란 세월을 거르지 않고 먹었다. 목욕을 시키던 그 작은 몸은 어느새 성인 여성의 몸을 하고 있었고, 비에 젖은 몸에서는 여성의 향기가 물씬 풍겼다. 물론 하는 행동은 어린아이 같았지만 우형의 미리는 이미 그녀를 여성으로 인정하고 있었다. 제기랄!

　후드득, 떨어지는 빗소리가 들리는 사무실 안은 각자의 생각에 사로잡혀 어색한 침묵이 내려앉았다.

　"옷 갈아입어야겠어요."

　망설이던 예원이 살짝 미소를 지으며 탕비실 안으로 들어가자, 우형은 그 뒷모습을 노려보았다. 얼마 후 어린아이가 큰 박스티를 뒤집어 입은 것 같은 예원이 나왔고, 그는 대수롭지 않은 일을 겪은 얼굴로 이사실이든 어디로든 가려고 했었다. 그러나 두 다리는 뿌리를 내

리고 있었고, 두 눈은 티셔츠 속에 감춰둔 다른 것을 떠올리느라 또
렷해졌다.

'금욕 생활이 길었군.'

우형은 뜻하지 않은 반응을 보인 것에 대해, 한창인 남자답지 않게
몇 년 동안 금욕 생활을 한 후유증으로 치부하려고 했다. 더불어 태
어난 지 얼마 되지 않았을 때부터 알고 지낸 여자한테 이런 반응을
보였다는 죄책감이 묵직하게 짓눌렀다.

"흠."

우형은 가볍게 헛기침을 하고는 톡톡, 책상 위를 두드렸다.

"비가 올 때면 아프다고 하던데 괜찮아?"

이 질문은 미리 예상하거나 작정한 말이 아니었다. 굳이 궁금하지
도 않았다. 그런데 마치 우형은 이 자리를 벗어나지 않기 위한 변명
거리를 찾고 있는 것처럼 머릿속을 쥐어짜며 화제를 생각했다.

"이젠 괜찮아요."

어디로 시선을 두어야 할지 예원이 안절부절못하며 대답했다. 그
동안 윤호와 사귀긴 했지만, 선을 넘을 정도로 진한 애정을 나누지
않았었다. 윤호가 처음이자 마지막이었기에 남자에 대해서 알만큼 능
숙하지도 못했다. 하지만 아무리 무지하다고 해도 지금 두려울 정도
로 쏘아보고 있는 저 눈이 분명 탐욕과 집요로 얼룩져 있다는 것은
알 수 있었다. 그리고 거미줄에 걸린 나비가 된 것이 그녀라는 것도
본능적으로 알 수 있었다.

"괜찮다니 다행이군."

우형은 자신의 목소리가 탁하고 갈라진 것을 느꼈다. 허스키하게
들릴 수도 있을 것이고, 묵직하게 들릴 수도 있을 것이다. 중요한 것
은 자신의 의지와는 전혀 상관없이 자신의 손이 헝클어진 예원의 머

리카락을 만지고 있다는 것이었다.

"난…… 아앗!"

놀라 뒤로 주춤하던 예원이 비명을 질렀다. 그의 손가락 하나가 엉킨 머리카락에 걸려, 움직일 때마다 머리카락이 뽑히는 것같이 아팠다.

"가만히 있어."

예원은 머리카락 속에 감긴 손가락을 빼기 위해 가까이 다가온 우형의 몸에서 풍기고 있는 향기에 숨을 들이켰다.

"내, 내가 할게요."

빼려는 의지도 없이 가만히 지켜보기만 하는 우형을 느낀 예원은 두 손을 뻗어 머리카락에 감긴 커다란 손을 잡았다. 그러나 감긴 손을 빼려던 예원의 손은 그의 다른 손에 잡혔다.

"네 표정, 재미있어."

뭐가 재미있다는 걸까? 하지만 예원은 손을 움켜잡고 있는 우형이 전혀 '재미'와 거리가 먼 번뜩이는 표정으로 보고 있자, 본능적으로 물러섰다.

"지금 날 남성으로 느끼고 있지? 내가 널 어떻게 할까 두렵지?"

정답이었다. 지금 예원은 무서워졌다. 전날 한 키스가 얼떨떨하면서도 괜찮았다고 느꼈다면, 지금은 그것과 다른 종류의 무서움을 느꼈다.

"실수였다고 했잖아요."

예원이 소곤거렸다.

"맞아, 실수라고 생각했지."

미간을 좁힌 우형이 말했다. 그랬었다, 실수라고 치부할 예정이었다. 하지만 지금 역시 전혀 의도하거나 계획하지 않았음에도 앞에 있는 꼬마를 꼬마가 아닌 여자로 느끼고 싶었다. 이건 분명 미친 짓이었다.

"이것도 실수야."

나지막이 말한 우형은 덜덜 떨고 있는 예원의 입술을 향해 몸을 굽혔다. 막 입술이 돌진하려는 순간 그녀의 따뜻한 숨결에 의해 기분 좋은 감촉을 느꼈지만, 단 1초도 맛보지 못했다. 뺨 위로 그녀의 손바닥이 닿으며 순간 바람을 가르며 질러대는 철썩, 소리가 귓가에 생생이 들렸다. 우형은 약간 돌아간 고개를 제자리로 움직였다.

"지금 뭐 하는 짓이지?"

우형의 목소리에는 모든 것을 순식간에 얼리게 하는 냉기를 품고 있었다. 예원은 순간 저지른 일보다 그의 표정이 더 두려웠다. 하지만…….

"나에게 키스하려고 했으니까요. 난, 난……."

"그런 걸 두고 정당방위라고 하는 거야."

예원은 갑자기 들려온 다른 남자의 목소리에 기절할 듯한 얼굴로 몸을 돌렸다. 장신의 키를 가진 남자가 은색 빛이 도는 안경을 추켜올리며, 사무실 안으로 들어오고 있었다.

"미안, 미안. 방해하고 싶지는 않았는데, 끼어들어도 될 분위기라서 말이야."

예원은 남자의 등장과 때맞춰 몸을 돌려 사무실을 부리나케 빠져나갔다.

"무슨 일이야?"

우형은 그런 예원의 뒷모습을 보며, 무뚝뚝한 목소리로 물었다.

"무슨 일? 네가 호출한 것 잊었어?"

젠장, 그랬다. 길서 녀석을 호출했었다. 그것을 잊어버리고 있었다니, 제정신이 아닌 게 분명했다. 게다가 이런 장면을 하필이면 길서 같은 유별난 녀석에게 들키다니, 실수 중의 실수였다. 우형은 되도록 길서가 흥미를 느끼지 못하도록 싸늘한 말투를 구사했다.

"상의할 게 있어, 들어와."

"역시나 재미없는 녀석이야. 그나저나 누구야?"

우형의 뒤를 따라가던 길서는 예원이 사라진 문에서 시선을 떼지 않고 물었다.

"알 것 없어."

"수가 말한 네 애인?"

역시나! 우형의 눈이 치커떠졌다. 길서는 그런 우형에게 미소를 보이며 소파에 앉았다.

"수가 방방 뜨더라고. 너와 저 여자 사이에 뭔가 우리가 모르는 비밀이 있다며, 날 얼마나 귀찮게 하던지."

"귀찮다? 다른 여자랑 뒹굴다가 전화를 받았나 보군."

가시 돋친 우형의 말에 길서는 아무렇게나 생각하라는 듯 어깨를 움직였다.

"그래, 분명 너라면 여자와 뒹굴다 전화를 받진 않겠지. 하여간 넌 가끔씩 성의로운 적한다고. 그래서 수가 널 포기하지 못하는 거야. 네가 네 좋은 면을 의도하여 부각하지 않아도 말이야…… 아, 됐어. 지금 금연 중이거든."

길서는 담배를 건네주는 우형에게 거절의 표시로 손을 내저었다.

"수가 좋아하는 건 내가 아니야."

우형은 담배를 무는 대신 냉장고에서 음료수를 꺼냈다.

"내가 금연 중이라서 담배를 피우지 않는 건가? 하여간 착한 녀석 이라니까."

길서는 손을 들어 우형의 머리를 쓰다듬으려 했으나, 근처에도 가지 못했다.

"매정하기도 해라."

"향원이란 요정 알지?"

길서를 쏘아보며 우형은 본론으로 들어갔다.

"당연하지."

우형은 지금 길서가 '민효림의 사시미 칼 사건'을 떠올리며 떨떠름해 하고 있을 것이 분명하다고 생각했다.

"향원 민 사장이 병원에 누운 후, 실권을 맡은 김 부장은?"

"김 부장이라, 글쎄…… 그 사람은 아버지를 통해서도 만나 본 적이 없어. 민 사장은 본 적이 있지만. 그나저나 네가 김 부장을 알아야 하는 이유가 뭐야?"

본격적인 이야기가 시작된 것을 안 길서가 몸을 앞으로 구부렸다.

"녀석이 건방지게 날 협박하더군."

"이런, 그 녀석 죽으려고 작정했군 그래. 천하의 정우형을 건드릴 생각을 하다니 말이야!"

길서는 과장되게 소리쳤다.

"민효림이 배후는 아니겠지?"

다각도로 생각하던 우형은 향원 사장의 딸인 민효림을 언급했다.

"내 형제여, 난 너와 민효림에게 압사 당해 일찍 죽기 싫다고."

잘생긴 얼굴과 다르게 촐싹거리는 면이 다분한 길서는 과장된 표정을 보였다.

"글쎄, 민효림이라면 내가 널 불행하게 했다고 생각하잖아?"

우형의 눈이 길서에게 꽂혔다.

"걘 좀 무식한 면이 있지. 그럴 가능성이 100% 없다고 보긴 어렵고 말이야. 참, 민효림을 만나 보라고 하는 거라면 사양하겠어. 지독한 스토커는 아무리 만인의 연인인 나라고 해도 사양하고 싶으니까.”

길서는 음료수를 입에 털어 넣으며 부르르 몸을 떨었다. 그런 길서에게 우형은 넌 입만 열지 않으면 만인의 연인이 될 충분한 조건을 가지게 될 거라고 점잖게 충고했다.

“김 부장 단독으로 벌인 행동일 수도 있어.”

“그럴 수도 있겠지. 개인적으로 김 부장은 네가 더 잘 알 것 같으니까 조사해 보고, 난 아버지를 통해서 향원 돌아가는 일을 알아볼게.”

길서가 의견을 내놓자, 우형이 고개를 끄덕이며 동의했다.

“그건 그렇고 아까 전 그 여자, 너 싫다면 나 줘라.”

“쟨 물건이 아니야.”

우형은 딱 잘라 거절했다.

“물건이 아니라, 네 여자라는 거냐?”

이때쯤 ‘농담은 집어치워’ 라는 말을 생각했던 길서는 당황한 표정의 우형을 보자 되레 더 당황했다.

“아, 음. 뭐, 그렇다는 거지. 정우형 다음에 보자고.”

길서가 당황함을 숨기지 못하며 나가자, 우형은 다시 정색한 표정으로 돌아왔다. 아쉬운 것은 지금 모습을 길서가 보지 못했다는 거였다.

길서는 떠오르는 미소를 숨기지 못한 채 엘리베이터로 향했다. 그리고 막 버튼을 누른 순간, 돈을 먹었는지 자판기를 이리저리 차고 있는 여자를 발견하고는 싱긋 웃었다.

“돈 먹었어요?”

“네? 네.”

예원은 가까이 다가온 남자가 사무실에서 본 남자임을 확인하고는 당황했다. 게다가 발은 탄력을 받은 채로 아직도 자판기를 향해 돌진하고 있었고, 그 사실을 알았을 때는 이미 여러 번의 쿵, 쿵, 소리를 낸 후였다.

"그렇게 해서는 안 되죠."

그게 무슨? 예원은 곧 말릴 틈도 없이 자판기 몸통을 향해 주먹을 날리는 남자와 쾅, 소리와 함께 자판기 몸이 흔들리는 걸 보고는 비명을 질렀다. 순간, 비명 소리에 관리실에서 뛰어나올까봐 재빨리 손으로 입을 틀어막았다. 가까스로 비명은 삼켰지만, 쉴 새 없이 자판기에서 나는 쾅, 쾅, 소리는 빌딩을 들었다 놓았다 할 정도로 컸다. 저 남자, 미친 것 아니야? 예원은 얼른 길서의 셔츠를 잡았다.

"이봐요."

"왜요?"

거친 숨을 억지로 숨기며 미소를 지어 보인 길서의 이마에 고인 땀방울이 그가 얼마나 과격하게 자판기에 체력을 낭비했는지 알려 주었다.

"아무것도 아니에요."

예원이 두 팔을 휘휘 저었다.

"난 길서라고 해요, 정길서. 그쪽은?"

"아, 전 김예원이라고 해요."

"만나서 반가워요."

예원은 서슴없이 손을 잡아 힘차게 악수를 하는 길서를 멍한 얼굴로 바라보았다. 수 언니도 그렇고, 민호 씨도 그렇고, 눈앞에 있는 길서라는 남자도 그렇고, 어쩌면 이렇게도 밝을까 싶었다. 밝다? 아니, 특이하다고 해야 할지도 모른다.

"우형일 남자로 생각해요?"

게다가 이런 적나라한 질문을 아무렇지 않게 하는 것도 같았다. 예원은 고개를 저어 부정했다.

"그럼 나쁜 놈이네, 순진한 아가씨에게 키스하려는."

"앗, 그런 말은 하지 마세요. 아니, 기억 속에서 삭삭 지워 주세요."

"그럴 수는 없죠. 그런 좋은 장면을 어떻게 잊어요?"

길서의 음흉한 미소에 당황한 예원이 새빨개진 얼굴로 제발 조용히 하라는 말을 할 때, 푹신한 의자에 깊숙이 앉아 턱을 괴고 있던 우형은 자리에서 벌떡 일어났다. 예원이 나가고 얼마 후 길서가 나갔다. 그런데 아직 예원은 들어오지 않고 있었다. 혹시 길서와 만나고 있을지 모른다는 예감이 작동했고, 정길서의 성격이라면 하이에나처럼 김예원을 찾아 어슬렁어슬렁 거릴 것이 분명하다는 생각이 들었다. 우형은 사무실 문을 박차고 뛰어나갔다.

"잊어 주는 대신 나랑 데이트 할래요?"

오호, 이럴 줄 알았어. 우형은 무시무시한 얼굴로 길서의 뒷모습을 향해 돌진했다. 아니, 그러려고 했다.

"싫습니다."

그런데 예원은 딱 부러시게 서절했다.

'흐음, 딱 잘라 거절하는 것을 보니 굳이 나서지 않아도 되겠군.'

우형은 느긋한 얼굴로 벽에 기댔다.

"나, 괜찮은 놈인데."

"저기, 전 데이트하려고 서울에 온 게 아니에요. 그리고 돈도 없어요. 데이트 하려면 적어도 3만원은 가져야 하는데, 아직 월급을 못 탔거든요."

우형은 피식 웃음이 새어 나왔다. 우형과 마찬가지로 길서의 얼굴에도 미소가 감돌았다.

"3만원까진 필요 없어요. 단돈 3천원으로도 데이트는 가능하죠. 우선 1줄에 천 원짜리 김밥 2줄을 사서 공원으로 가는 거죠. 자판기 커피를 마시고, 비둘기에게 줄 모이 좀 사면, 어쩌면 동전 몇 개는 남을지도 모르죠."

질긴 자식. 우형은 데이트를 하겠다고 용쓰는 길서를 보며 눈 꼬리를 올렸다. 그러나 정길서는 껄끄러운 시선 같은 건 안중에도 없는 듯 시끄럽게 쪼아대고 있었다.

"차비도 필요하잖아요?"

이런, 김예원. 우형은 웃음을 참을 수가 없었다.

"제 차로 이동하면 되죠."

이쯤에서 나가야겠군. 우형은 모습을 드러냈고, 그를 발견한 예원의 새빨간 얼굴을 보며 우형은 언뜻 붉은 홍시 같다는 생각을 했다. 그녀의 뒤로 귀찮은 표정이 적나라한 길서의 얼굴이 들어왔다.

"사무실을 오래 비우면 안 되지."

우형이 턱짓으로 옆으로 오라는 명령을 했고, 예원은 너무나 순종적으로 이동했다. 이런 모습은 우형에게 승리자의 희열을 느끼게 했다. 물론 유치하다는 것쯤은 그 누구보다 잘 알았지만 말이다.

"이해할 수 없어."

길서는 만인의 연인이 찔러 보기도 전에 사살 당했다는 것이 믿기지가 않는지 고개를 연달아 저으며 엘리베이터로 사라졌다.

"밥이나 먹으러 가자."

우형은 식당으로 가자며, 예원의 손을 덥석 잡았다. 그러나 예원은 우형의 손을 난폭할 정도로 뿌리쳤다.

"손잡지 말고, 키스하지도 말아요."

이건 또 무슨 해괴한 일인가? 우형은 제 말만 하고 쿵쿵, 소리를 내며 걷던 예원이 갑자기 휙 돌아보자 움찔했다.

"그리고 지금이 몇 시인데 밥 타령이냐고요!"

밥 타령이라고? 하지만 우형은 버럭 소리까지 질러대는 예원의 뒤통수에 대고 단 한마디도 하지 못했다. 김예원이 순간적으로 그 옛날 악마 같던 꼬마의 눈빛을 보였다고 해서 납작하게 웅크리다니, 이 급작스런 행동은 이해할 수 없는, 아니 치욕스런 일이었다.

'정말 이상한 소굴이야.'

예원은 여전히 쿵쿵, 소리를 내며 사무실로 들어갔다. 남자를 좋아하는 남자와 글래머라며 아무 곳에서나 가슴을 드러내는 여자, 처음 본 여자에게 데이트를 신청하는 남자라니. 하지만 우형은 그 사람들보다 한참 더 위에 있었다. 억지로 키스하려고 해놓고 단 한마디의 사과도 하지 않았으며, 불쑥 손부터 잡으려고 하다니, 변태도 저런 변태가 없을 것이다.

따르릉.

우형의 휴대폰이 울리자 예원은 재빨리 전화를 받았다. 수화기 속에서 그를 찾는 여자의 목소리가 들리자, '바람둥이!' 소리가 절로 났다.

7.

위기감을 느끼며 사무실 문을 연 우형은 거세게 노려보는 예원의 시선을 받아야만 했다. 왜? 이유는 곧 드러났다. 느닷없이 쾅, 소리를 내며 책상을 짚은 예원이 의자가 끼익, 소리가 나도록 뒤로 밀리게끔 벌떡 일어난 후, '바람둥이'란 소리와 함께 경멸을 드러냈다. 경멸이 먼저인지, 바람둥이가 먼저인지는 알 수 없으나 그와 동시에 예원은 바람과 함께 사라지듯 사라져 버렸다. 물론 이유가 드러났다고 해도 의문이 해소되는 것은 아니었다.

'누구 보고 바람둥이라고 하는 거지?'

우형은 깊게 파고들 생각이 없으므로 아무렇게나 어깨를 으쓱한 뒤, 향원의 재정 상태를 확인했다. 1억은 확실히 낮게 책정한 것이었지만, 김 부장이 향원을 운영하는 일이 계속된다면 신용도는 하향될 것이 분명했다. 김 부장은 야심이 강한 인물이었지만, 향원의 장점을 무색하게 하는 사람으로 평가되었다.

자신이 평가를 받고 있는지 모르고 있는 향원의 김 부장은 우형과 전화를 끊은 후 냉정을 유지하려고 했으나, 기어 나오는 분노를 다스리지 못하고 폭발했다.

'감히, 향원을 동네 슈퍼로 취급해!'

신우의 정우형은 전부터 과히 좋은 감정을 가진 자는 아니었다. 하지만 향원의 재정은 곤두박질쳤고, 책임져야 할 사장은 병으로 누운 지 벌써 석 달이었다. 또한 주렁주렁 매달린 자식들조차 도움은커녕 손이나 벌리지 않으면 다행이라고 할 정도로 최악의 상태였다.

김 부장은 20년 가까이 모시고 있던 민 사장의 부탁도 있었지만, 향원에 꽤 많은 애정이 있었다. 지금의 고전적인 모습보다는 세련되고 현대적인 감각으로 인테리어를 바꿀 생각이었다. 물론 여유 자금이 없었으므로 사채를 빌려다 쓸 생각이었고, 어렵지 않을 거라 생각했었다. 향원의 신용은 선대에서부터 내려온 것이 아닌가. 하지만 정우형은 분명 협박으로 들릴 법한 말에도 미동도 하지 않았다.

'건방진 놈.'

나름대로 이 바닥에서 잔뼈가 굵다고 하는 자신이었다. 자신과 민 사장, 그리고 향원을 기만한 죄는 언젠가 기필코 물을 것이었다. 김 부장은 수화기를 돌려 신우보다 더 자금력이 튼튼하다는 사채업자인 유남석에게 전화를 했다.

─신우의 정우형이라…… 놈과 제 의붓딸이 친구 사이라, 막연히 좋게 보고는 있었지요. 그나저나 김 부장님의 심기를 건드리다니, 녀석이 너무 컸나 봅니다. 조만간 내 한번 만나서 좋게 타이를 테니 김 부장님은 그저 젊은 놈의 객기로 생각해 주십시오. 요즘 젊은 사람들…… 사실 겁을 잃어버렸지요, 안 그렇습니까? 하하하.

호탕한 웃음과 함께 필요한 자금을 선뜻 마련해 주겠다는 유남석의 말에 김 부장은 이렇게 간단한 것을 왜 신우를 통했는지, 시간을 되돌릴 수만 있다면 다시 돌리고 싶었다. 그러나 높은 이율은 둘째 치고 담보조차 받지 않는 사채업자의 모습을 보면서, 떨떠름한 감정을 피할 수는 없었다.

'만약 지불이 늦어질 경우, 분명 더 큰 것을 요구하겠지? 유남석의 악덕은 이 방면에서 유명하니 말이야.'

만약의 경우를 생각한 김 부장은 입을 꾹 다물었다. 사채업자의 첫 상대로 신우를 택한 것은 그 방면에서는 깨끗한 손이라고 들었기 때문이었다. 건방진 것과는 별도로 말이다. 물론 건방진 정우형이 1억 운운한 것과 대조적으로, 10배나 되는 금액을 손쉽게 빌려 주겠다는 유남석이 조금 마음에 걸렸지만 무시하기로 했다. 지금 당장은 신용 상태가 좋지 않다고 해도 몇 년 후엔 향원을 그 누구도 손댈 수 없는 거대한 곳으로 키울 것이다. 물론 자신의 손으로 말이다.

"아저씨, 나 좀 봐요."

손가락을 까닥이며 김 부장을 부른 것은 민 사장의 셋째 딸인 민효림이었다.

"아가씨가 웬일이십니까? 이런 곳에 출입하시면 사장님이 진노하십니다."

김 부장이 어서 나가라고 재촉하자, 민효림은 가볍게 한숨을 내쉬며 고민이 있다는 걸 드러냈다.

"무슨 고민이 있으십니까?"

"있어요."

물어보기가 무섭게 대답한 민효림은 정길서와의 애정 전선을 가로막은 장애물 이야기를 쏟아냈다.

'정길서라……'

김 부장은 정길서란 인물과 정우형의 관계를 떠올렸다. 정길서의
아버지인 정석훈 회장의 모습도 더불어 생각났다. 지금은 미국에 체
류 중이지만, 국내에 있을 때는 '큰 손'이라 불리던 사람이었다. 그의
아들인 정길서와 민효림이 엮어진다면야 두 손 들고 환영하겠지만,
아쉽게도 아가씨의 짝사랑일 뿐이었다. 그것도 전혀 이루어질 것 같
지 않는 짝사랑. 다시 정길서와 정우형의 관계를 떠올린 김 부장은
떨떠름한 표정을 지었다. 피가 섞였든, 섞이지 않았던 간에 어쨌든
정우형은 정석훈 회장의 아들이었다.

'건방진 놈.'

김 부장은 세뇌라도 하듯 '건방진 놈'을 되풀이했다. 유남석의 말대
로 한번은 혼쭐이 나야 정신을 차릴 것 같았다.

건방진 놈으로 불리는 우형은 건방진 자세로 책상에 다리를 쭉 피
고 앉아, 사채업자다운 표정으로 연체 고객 명단을 뽑아 여직원인 예
원에게 휙 던져 주었다.

"전화해."

명령을 받은 예원의 볼은 부풀어져 있었지만, 우형은 개의치 않는
얼굴로 커피를 수분했다.

'커피 귀신이 붙었나, 툭하면 커피 타령이야.'

투덜대긴 했지만 예원은 어느새 커피 중독자의 입맛에 딱 맞는 커
피를 대령했고, 우형은 혀끝으로 커피의 잔재를 핥았다.

"도장은?"

"잘 다니고 있어요."

"시험해 볼 일이 있었으면 좋겠는데."

우형은 농을 걸고 있었다. 여직원과의 농이라니, 생각만 해도 우스

웠지만, 커피 맛이 꽤 좋았기에 이 정도는 괜찮다는 나름의 이유가
부여되었다.

이상한 것을 시킬까 두려워진 예원은 재빨리 식사를 하고 오겠다
며 사무실을 빠져나가려 했다. 하지만 문을 통과하기 전에 우형에게
붙잡혔다.

"식사할 거라면 같이 가자고."

어느새 문에 기대어 선 우형은 한 손을 주머니에 쑤셔 넣고, 또 다
른 손으로는 문을 짚고 있었다. 그 모습은 그가 의도하지 않았던 간
에 통행료라도 내야 지나가게 하는 문지기처럼 보이게 했다.

"혼자 먹을래요."

예원은 강경해 보이는 얼굴로 말한 뒤 밖으로 나가려고 몸을 움직
였으나, 장벽에 부딪혀 전진을 하지 못했다.

"같이 가자고."

우형 역시 강경한 얼굴로 말한 뒤 주머니에 쑤셔 넣은 팔을 꺼내
문을 짚었다. 이로써 두 팔은 문 양 옆을 가로막게 되었고, 장벽은 더
욱더 커지고 높아졌다.

"싫어요."

예원은 고집스런 얼굴로 거절했다. 고개도 휙 돌려 자리를 비켜 줄
때까지 쳐다보지 않겠다는 의지를 강력하게 발산시켰다.

"왜?"

그런 그녀에게 우형이 의아한 표정으로 얼굴을 들이댔다. 그 순간
예원의 눈이 자동적으로 셔츠의 단추가 세 개 이상 풀려 있는 그의
가슴으로 향했다. 억세게 가로질러 있는 쇄골이 남성적이라고 생각한
예원은 화들짝 놀란 얼굴로 고개를 휙 들었다. 하지만 턱을 움켜잡은
그의 검은 눈동자가 코앞까지 다가오고 살짝 비튼 입술이 윤기 있다

고 느꼈을 때는 자신도 모르게 '바람둥이'라는 소리를 내뱉은 후였다.

"뭐? 바람둥이?"

예상치 못한 말에 우형이 방심하자 예원은 장벽을 굴삭기로 밀어 버리듯 밀고는 재빨리 사무실을 나왔다. 뭐에 쫓기듯 엘리베이터를 타고 빌딩 앞 화단까지 숨도 쉬지 않고 내려온 예원은 무릎을 짚고 숨을 몰아쉬었다.

'여자한테 하는 행동을 보면, 이사님은 확실히 바람둥이 과야. 방심하지 말아야겠어.'

예원은 자신에게 암시를 걸었다. 그가 바람둥이라는 것은 확실했다. 바람둥이를 본 적은 없었지만, 우형의 행동은 그간 친구들과 했던 많은 이야기와 책을 통해 생각했던 바람둥이의 모습과 일치했다. 아무렇지 않게 여자에게 얼굴을 들이대는 행위, 쏘아보는 듯하지만 심장을 바닥으로 곤두박질치게 하는 눈빛, 덥석 손부터 잡는 친밀감, 툭하면 오는 여자의 전화, 그리고 무엇보다 키스…… 내장 기능을 모조리 정지시키고, 뇌까지 정지시킬 정도로 키스를 잘한다는 것은 그가 바람둥이라는 것을 알려 주는 결정적인 증거였다. 어째서 바람둥이가 되었는가에 대해 조금 서글픈 마음이 들긴 했지만, 자고로 사람이란 변하는 것이라는 할머니 말씀을 떠올리니, 어쩌면 변하지 말라는 것이 더 우스울지도 모른다는 생각이 들었다. 어쨌든 돈을 벌기 위해 서울에 온 이상 착실하게 돈을 벌자고 생각한 예원은 분식집으로 향했고, 그 분식집이 바로 장미주 고객의 가게인 것을 알고는 깜짝 놀랐다.

"그동안 숙모님이 하시던 곳인데, 한 달 전에 수술을 하셨거든요. 몇 달간 대신 봐주기로 있어요."

예원은 작지만 깔끔한 분식집이 왠지 주인과 닮았다는 생각을 하며 비빔냉면을 시켰다. 냉면은 맛있었다. 먹기도 전에 입 안에 침이 고일 정도로 향내도 좋았다. 예원은 후루룩, 소리를 내며 냉면 한 그릇을 다 비웠다.

"정말 맛있어요. 그런데 손님이 의외로 없네요?"

"작은 곳이라 그래요. 그리고 길 건너에 대규모 식당가가 생긴 이후로 더 그래요. 아무래도 큰 식당가 같은 곳에 가면 여러 종류의 음식을 맛볼 수 있고, 맛도 나쁘지 않아서인지 대부분 직장인들은 거기로 가더라고요."

"그렇군요. 저, 지금 이런 말 그렇지만, 그땐 죄송했어요."

예원은 당시 일을 떠올리며 미안한 표정을 지었다.

"아가씨가 죄송할 게 뭐가 있어요? 그리고 사실 이사님이 그럴 만도 했어요. 벌써 1년이나 원금은커녕 이자조차 내지 못하고 있으니까요."

그랬구나. 예원은 오죽했으면 이자도 내지 못했을까, 안타까웠다.

"이사님과 싸웠어요?"

예원은 갑작스런 질문에 대답하기보다는 입술을 내밀어 화가 났다는 것을 알려 주었다.

"돈을 쓴 사람은 나니까, 돈을 갚아야 하는 것도 나죠. 당연히 빌려준 사람은 돈을 받아야 하는 거고…… 이사님에게 화를 낼 필요는 없어요. 그래도 신우는 사정을 많이 봐주고 있어요. 다른 곳에서도 대출을 한 것이 있는데, 정말 무섭거든요."

"그렇긴 해도 이사님의 처사는 나빴어요!"

"아직 세상 물정을 모르네요. 사실 신우 말고 다른 사채업자들은 신체 포기 각서를 쓰라는 둥 협박하고 있어요."

"그건 뉴스를 통해서 들었어요."

예원은 우울한 얼굴로 중얼거렸다. 뉴스에서 나온 그들이 벌인 끔찍한 만행을 용서하고 싶지 않았다. 그런데 하필이면 그런 곳에서 근무해야 하는 자신의 처지를 생각하니, 점점 나락에 빠져 다시는 일어나지 못할 것 같은 좌절감을 느끼게 했다.

"어쨌든 신우는 그간 1년 동안 사정도 봐주었고, 사실 지금도 잘 봐주고 있는 편이에요. 어쩌면 이렇게 몇 년 동안 모른 척 해줄지도 몰라요. 그래서 많은 사람들이 신우에 가는 거죠. 대신 돈이 있으면서 안 갚는 사람들에게는 국물도 없다는 것이 소문이에요."

장미주의 말을 듣던 예원은 혼란스러웠다. 사채업자는 나쁜 사람들이란 선입견이 대부분인데, 자기 앞의 고객은 의외로 호감을 보였다. 예원은 혼란스런 표정 그대로 사무실로 향했다.

"흐음, 그렇다면 조용히 처리하는 게 좋겠군. 인질을 잡아도 소용없어. 대신 받아 내. 물론 법의 테두리 안에서."

저런 소리를 하는 것이 뭐가 그나마 낫다는 것인지…… 이사실에서 들리는 반 협박, 반 강제의 험악한 소리에 예원은 잠시나마 좋게 생각하던 마음을 버렸다.

—이사님 바꿔요.

게다기 윤정희란 어지까지. 예원은 이사실 문을 벌커 열었다.

"뭐야?"

우형이 노크도 없이 들어온 예원에게 한마디 하겠다는 듯 성난 얼굴을 들이댔지만, 예원은 그런 표정 따윈 무섭지 않다는 얼굴로 성큼 걸어갔다.

"윤정희 씨 전화예요, 받으세요."

예원은 받든지 말든지 하는 얼굴로 휴대폰을 책상 위에 던졌다.

"내가 말하지 않았어? 적당히 커트……."

"여긴 미용실이 아니라고요!"

당장이라도 날카로운 가위를 들고 싹둑 잘라 버릴 것 같은 예원의 섬뜩한 표정에 우형은 왠지 말을 들어야 할 것만 같았다. 우형은 착실하게 휴대폰을 들어 귀에 댔다.

"피한다고? 네 전화를 피할 이유는 없다고. 지금 왜냐고 묻는 거야? 이제 너와 나, 끝난 사이 아니었던가?"

그럴 생각은 없었지만 어쩔 수 없이 통화를 엿듣게 된 예원은 몰인정한 말을 퍼부어 대는 그에게 당하고 있는 윤정희란 여자가 안쓰러웠다. 안쓰러움과 같이 뭔가 쿡쿡 찔러대는 아픔에 인상이 저절로 찌푸려졌다. 아픔이 계속되자, 예원의 얼굴에는 점차 분노가 자리 잡았다.

"또 뭐야?"

그녀의 시선을 느꼈던가. 우형이 날카로운 눈빛으로 예원을 쏘아보았다.

예원은 왜 이런 기분이 드는지 짐작조차 할 수 없었지만, 구멍이 숭숭 뚫린 것처럼 마음이 아팠다. 나가 보라는 매서운 표정과 더불어 남의 통화를 엿듣는 몰지각한 여자로 보는 그의 눈초리 등 모든 것이 마음에 들지 않았다. 뭔지 모르지만, 확실히 마음에 들지 않았다.

그 기분은 우형 역시 마찬가지였다. 이유 없이 '바람둥이'로 낙찰시키던 목소리에 깔린 경멸은 둘째 치고라도, 행여 키스라도 할까봐 멀찍하게 떨어져 바들바들 떨고 있는 순한 양 흉내와 뭘 잘못했는지 알려 주지도 않은 채 혼자서 기승전결을 다 내놓고 자신을 보는 그녀의 눈초리에 써 있는 '나쁜 놈'이라는 주홍글씨가 마음에 들지 않았다.

"커피!"

우형은 예원을 향해 소리쳤다. 저번처럼 직접 타 먹으라고 한다면, 곧바로 누가 이곳의 주인인지 각인시켜 줄 생각이었으나, 다행히 예원은 얌전히 탕비실로 가서 커피를 타 왔다.

"커피 정도는 말하지 않아도 타 가지고 와."

"커피 정도는 알아서 타 드시면 안 되나요?"

예원의 말이 끝나기도 전에 우형의 눈에 힘이 들어갔다.

"네, 네, 알겠습니다. 그러죠, 그러겠습니다."

예원은 한 수 물러선 얼굴로 두 손을 펴 보였다. 그런 그녀의 모습을 우형은 결코 좋게 받아들일 수 없었다. 우형은 우선 뛰쳐나오려는 감정을 억누르며 예원을 불렀다.

"이봐, 김예원."

"알겠다고요."

"김예원!"

우형은 급기야 샐쭉한 표정으로 제자리로 돌아가는 예원의 팔을 잡았다.

"할 말 있으면 해."

간신히 진정시키고 있었지만, 우형은 단단히 화가 난 표정을 감추시는 않았다.

"없는데요?"

"그런데 네 표정, 네 말투, 네 시선은 왜 나에게 화를 내고 있는 것 같지?"

"그랬나요? 전 아무렇지 않은데요."

예원은 속마음으로 '족집게네' 라며 놀랐지만, 겉으로는 시치미를 뚝 뗐다.

"아무렇지 않다고?"

"그럼요, 그럼 전 일을 해야 하니 나가 볼게요. 들쑥날쑥한 이율 덕분에 날밤을 새워야 할지도 모르거든요."

예원은 잡힌 팔을 확 뿌리치며 의자에 앉으려고 했지만, 우형은 잡은 손을 놓지 않았다. 곧바로 예원의 입에서 짧은 비명이 튀어나왔다.

"내가 널 모른다고 생각하지는 않겠지? 넌 나에게 화가 나 있어, 이유가 뭐야?"

우형은 아픔에 잔뜩 찡그린 예원의 표정 따윈 무시했다. 그 역시 마찬가지의 감정이었으므로 이유를 찾아야 했다. 왜 화가 나는 것인지, 왜 불쑥불쑥 튀어나오는 분노와 함께 스멀스멀 기어 나오는 정체 모를 감정들이 회오리를 치는 것인지 우형은 알고 싶었다.

"난."

예원이 운을 뗐다.

"말해."

우형이 재촉했다.

"난."

예원은 그 이상 말을 잇지 못했다. 갑자기 들쑥날쑥했던 감정이 솟구쳐와 숨을 쉬는 게 버거웠다. 공황 장애의 초기 증상이었다. 안 된다, 지금 증상을 보여선 안 된다! 다른 사람도 아닌 그 앞에선 보일 수 없다는 절박한 심정으로 손을 휘휘 저었다. 그 손은 곧바로 우형의 손에 잡혔다. 그러나 강압적인 손길은 아니었다. 부드럽게 제지하고 있는 손이었다.

"왜 그러지?"

예원은 다정한 목소리에 고개를 들었다. 아아, 생각난다. 저 얼굴이었다. 부드럽고 다정한 우형의 얼굴에 7살 때의 기억이 불쑥 튀어

나왔다. 이유는 알 수 없지만, 발작적으로 울고 있던 꼬마를 보던 소년은 짜증이 나는지 가볍게 한숨을 내쉬었지만, 곧바로 흐느껴 우는 얼굴을 감싸고 흐르는 눈물을 닦아 주었다. 눈물과 함께 훌쩍거리며 쏟아 내는 콧물도 풀어 주고, 가볍게 안아 주었다. '착하지' 란 말도 곁들였다. 그럴 때면 왠지 더 서러워서 펑펑 눈물을 쏟으며 한바탕 울어 재꼈다. 그리고 나선 아무렇지 않은 듯 발개진 코로 헤헤, 웃으면서 업어 달라고 졸랐다. 왜 이런 장면이 불쑥 튀어나오는지 모르겠다. 어쩌면 지금 시선이 같아서인지 모른다. 가볍게 한숨을 내쉰 그가 손을 잡아 주며 부드러운 시선으로 왜 그러냐고 물어보자 예원은 꼭 어린 시절로 돌아간 것만 같았다. 그러나 그는 어린 시절의 그가 아니었다.

"나는 이사님이 바람둥이에 사채업자로 변한 모습이 싫어요."

예원은 아직도 현실에 적응하지 못한 얼굴로 말했다.

"그래?"

'그래?' 라고 묻는 우형의 목소리는 의외로 부드럽고 자상했다. 다행이었다. 예원은 고개를 들고 우형을 올려다보았다. 내친김에 한마디 더 하고 싶었는지 모른다. 하지만 입은 곧 다물어졌다. 다른 곳을 보는 그의 시신은, 어쩌면 지리도 쓸쓸히고 공히헤 보일까 싶을 정도였다. 마치 흑백 사진 속의 한 장면 같은 우형의 모습에 예원은 뭔가 자신이 잘못한 것은 아닌가 하고 더럭 겁이 났다.

"오빠."

예원은 자신도 모르게 오빠라고 불렀다.

"오빠?"

곧바로 우습지도 않은 소리는 집어치우라는 듯 사나운 눈빛이 쏟아졌다. 예원은 황급히 입을 다물었고, 몸은 멀찌감치 떨어졌다.

"오빠란 호칭은 당장 버려."

"그럼요, 버려야죠. 그런데 식사는 어떡할 건가요? 근처 도시락 집에서 사올까요?"

예원은 지금 무슨 소릴 지껄이고 있냐는 듯한 우형의 표정에도 끄떡없는 모습을 보였다.

"갑자기 옛날 생각이 나더라고요. 그래서 불러 본 것뿐이에요. 별 뜻 없어요."

예원은 얼른 씩씩한 얼굴을 들이대며, 현실로 돌아왔다.

"그런데 왜 오빠라고 부르면 안 되죠?"

이대로 지나가기엔 아쉬운 듯 예원이 슬쩍 물었다.

"호칭은 그 사람을 생각하는 감정을 나타내기 때문이야."

그 소리는 전에도 했던 것 같다. 그건 그렇고, 왜 다가오는 거지? 예원은 다가오는 게 분명한 우형을 피해 슬금슬금 뒤로 물러섰다.

"흐음, 오빠라고 생각한다면서 왜 피하지?"

우형이 한쪽 눈썹을 치켜뜨며 자못 궁금한 듯 물었다.

"피, 피하긴요? 누가요? 여기 누구 피하는 사람 있나요?"

제 딴에는 농담을 이용해 구렁이 담 넘어가듯 넘어가려던 예원은 어깨를 잡히자, 농담 따윈 통하지 않는다는 걸 알아차렸다.

"이, 이사님."

"이제야 이사라는 소릴 하다니."

우형은 왜 자신이 이렇게 짓궂게 구는지 알 수가 없었다. 그 이유를 알고 싶었다. 그리고 그 이유는 벗어나려 애를 쓰는 꼬마의 입술에 혀가 살짝 닿으면서 알 수 있었다. 꼬마는 이제 더 이상 꼬마가 아니었고, 꼬마로 알고 있던 여자도 아니었다. 과거 따윈 이미 지워졌고, 눈앞에 있는 예원은 그저 순수한 여자에 불과했다.

"키스 기다려?"

분명 우형은 자극하고 있었다. 그것이 본인 자신인지, 그녀인지 모를 화살을 날리고 있었다.

"아니요."

"그런데 왜 떨고 있지? 살짝 벌린 네 입술, 으음…… 꽤 매력적이군."

우형은 예원의 입술을 손가락으로 훑었다. 그리고 깜짝 놀란 예원이 황급히 입술을 닫기 전에 재빨리 입술을 포갰다. 키스는 달짝지근한 맛이 없었다. 대신 다급하게 밀어붙였다.

"왜 여자가 돼서 돌아왔지?"

우형은 궁금했다. 하지만 순수한 의문과 달리 우형의 행동은 전혀 순수하지 않았다. 우형은 당황한 예원의 입 속으로 무섭도록 파고들었다. 의문 따윈 잊어버렸다. 단지 지금은 이 치솟는 불길을 잠재우고 싶었을 뿐이었다. 그러나 불길은 치솟기만 했을 뿐, 더 타오르지는 못했다.

"억! 젠장!"

예원은 우형의 품에서 빠져나오기 위해 구두의 앞코를 사용해 정강이를 걷어찼고, 우형은 욕설을 퍼부었다.

"나에게 키스하지 말아요."

"너, 이게 몇 번째야! 제기랄."

우형은 버럭 소리를 질렀다.

"바람둥이한테 당할 만큼 어리석은 사람 아니니까, 건들지 말아요."

우형과 다르게 예원은 조용하지만, 억눌린 목소리를 냈다. 그 목소리가 주는 느낌 때문인가, 우형은 얼굴을 잔뜩 찌푸리긴 했지만 움켜쥐려 뻗었던 손을 제자리로 돌렸다.

"너, 무슨 일 있었어?"

우형이 물을 정도로 예원은 불안해 보였다.

"아무 일도 없어요. 그러니까, 날 갖고 놀지 말아요."

예원은 쌀쌀맞다 싶을 정도로 고개를 돌렸고, 곧 제자리를 찾아 자리에 앉았다. 그러나 앉음과 동시에 도저히 못 견디겠다는 얼굴로 밖으로 뛰쳐나갔다.

'갑자기 왜 윤호가 생각나는 거야?'

예원은 화장실로 들어가는 동안에도 윤호의 얼굴이 맴돌아 저절로 얼굴이 굳어졌다. 윤호는 바람둥이가 아니었다, 절대로! 그저 사귀는 도중 잠시 다른 여자와 만났을 뿐이었다. 그리고 헤어졌다고 했다.

'바람둥이란 말이야, 원래 매너가 좋기도 하지만, 절대 바람둥이라는 티가 나지 않아. 그래서 순진하다고 할 수 있는 여자들이 바람둥이를 구별 못하는 거지. 김예원, 내 말 잘 들어. 윤호는 그런 녀석이야. 네가 몰라서 그렇지, 그간 윤호는 너와 사귀면서도 여러 여자와 만났어.'

갑자기 친구가 해준 매서운 충고를 듣자마자 버럭 화를 내며 그런 일은 절대 없다고 장담했던 그때가 생각났다. 별일 아니라고, 이제는 윤호에게 웃으면서 잘되길 바란다는 말도 할 수 있다고 생각했었는데, 그 일이 의외로 깊은 상처를 주었다는 걸 깨달았다. 친구의 말대로 순진해서 바람둥이도 구별 못하고 곧이곧대로 윤호의 말을 믿었던 것이 사실이었고, 그것이 그녀가 가진 과거의 일부였다. 그런데도 바람둥이에게 '날 잡아드쇼' 하고 들어가다니! 예원은 찰랑, 소리가 나도록 물을 튀겼다.

어느 정도 시간이 흘렀을까, 단단해진 얼굴로 사무실로 돌아간 예원은 손가락을 까닥이며 부르고 있는 우형을 기가 막힌 표정으로 보았다.

"왜요?"

"너, 이리 와."

우형이 손짓했지만, 예원은 문턱에서 한 발자국도 움직이지 않았다.

"거기서 말해요."

"50미터 떨어진 곳에서 버럭버럭 소리를 질러가며? 잔말 하지 말고 가까이 와!"

"알았다고요, 그러니 제발 소리 좀 지르지 말아요!"

우형의 눈빛이 심상치 않자, 예원이 엉거주춤한 얼굴로 다가갔다. 그러나 조금 전 사건을 떠올렸는지 다시 고개를 바싹 치켜들었다.

"나에게 할 말이 있으면 해요."

"허, 좋아, 알았으니까 그 턱 치워."

"알았으니까, 내 몸에 손대지 말아요."

예원이 바싹 치켜든 턱을 제자리로 돌려놓으며 톡 쏘았다.

"손대지 말라고? 이봐, 그건 내가 할 소리야. 따귀, 정강이. 이게 뭔지 알아? 네가 나에게 저지른 폭력이야. 좋아, 이제까지의 일들은 조용히 넘어가 주겠어. 그러나 다음부터는 네 거부의 수단으로 내 신체를 사용하는 일은 없도록 해. 난 여자라고 해서 무조건 봐주는 타입이 아니야."

"나 역시 바람둥이는 결코 용납하지 않는 타입이죠."

예원은 그녀에게 얻어맞은 다리를 흔들어 대는 우형을 모른 척하며 맞받아쳤다.

"바람둥이?"

우형이 한쪽 눈썹을 치켜뜸과 동시에 휴대폰이 울렸다. 예원은 커트할 명목으로 휴대폰을 들어 통화 버튼을 눌렀다.

―윤정희예요. 당장 우형 씨 바꿔요!

예원은 바꾸지 않으면 가만두지 않을 것 같은 앙칼진 목소리가 들리는 휴대폰을 우형의 가슴에 던져 버렸다. 그리고 얼떨결에 휴대폰을 받은 그를 향해 따끔하게 일침을 놓았다.

"앞으론 나한테 가까이 오지 말아요. 그랬다간 가만두지 않겠어요."

"뭐?"

"대답해요, 나한테 접근하지 않겠다고요!"

어이없다는 듯 혀를 차는 우형에게 예원은 다짐하라며 다그쳤다.

"내가? 내가 왜 너에게 접근하지? 이봐, 김예원. 넌 꼬마에 불과해."

"대답해요!"

예원은 대답하지 않으면 절대 물러서지 않겠다는 눈빛으로 소리쳤다.

이쯤에서 우형 역시 맞받아쳐야 했다. 그런데 어쩐 일인지 꼬리가 내려갔고, 자신도 모르게 복종하는 자세로 돌변했다. 맙소사, 이건 무슨 반응인가!

"좋아, 그러지."

이게 무슨 개뼈다귀 같은 소리인가! 우형은 무의식중에 굴복하는 자신의 행위가 마음에 들지 않았다. 그런데도 성큼성큼 걸어가는 예원의 어깨를 돌려 세우지는 못했다. 그건…… 그래, 명령에 복종하는 하급자의 마음 같았다. 명령이 떨어지기가 무섭게 고분고분 말을 들었을 때와 동일했다.

'어, 오빠, 내 말 안 들을 거야? 그러면 일러 버린다. 얼른 무릎 꿇
으란 말이야!'

악마 같은 꼬마가 무릎을 꿇어 말을 태우라고 명령했을 때, 공주의
신분으로 노비를 부려먹을 때, 그때와 마찬가지로 무릎을 꿇었다.

—우형 씨!

수화기 속에서 들리는 빽 지르는 소리에도 우형은 현실로 돌아오
지 못하고 어수선한 경계에서 엉거주춤했다.

—내 말 듣고 있어? 내 말 듣고 있냐고!

"듣고 있으니 소리 지르지 마. 그래서 용건이 뭐야?"

우형은 물으면서도 예원에게 시선을 떼지 못했다. 어려서부터 저
녀석에겐 악마적인 기질이 다분했었다. 조금 전 눈을 똑바로 뜨고 말
을 들으라며 버럭 소리를 질렀을 때, 솔직한 심정으로는 무서움까지
느꼈었다. 무서움뿐인가. 재빨리 납작하게 웅크려야 할 것만 같았다.

—용건이라고? 하, 당신 정말 날 이렇게 비참하게 만들어도 돼? 그
럴 자격이 있다고 생각해?

수화기 속에서는 자존심이 무너져 버린 여자의 독설이 끊임없이
이어졌다. 그런다고 표정 하나 바뀌지 않을 그였지만, 우형은 예원이
고개를 들고 홱 노려보자 냉정을 잃어버리고 형편없이 일그러졌다.
곧바로 제정신을 차리라고 몇 차례 채찍질을 가했으나, 사정이 달라
지는 것은 아니었다. 제길!

"말을 못 알아듣는군."

그가 못 알아듣는다면서 여자를 채근하고 있었다. 예원은 통화 내
용에 귀 기울이고 싶지 않았다. 그런데도 귀가 자연스럽게 그쪽으로
쏠렸다. 그는 바람둥이다. 여자를 울리는 나쁜 놈인 바람둥이를 단칼
에 싹둑 잘라 내는 것도 좋겠지 하는 생각을 하던 예원은 소스라치게

놀랐다. 왜 자신이 이런 가학적인 생각을 하는지, 이해할 수가 없었다. 요새 젊은이 같지 않은 참한 여성으로 불리던 그녀였다. 그런데 서울에 올라오자마자 남자와 싸우고, 키스하다가 황홀해 하고, 남자에게 폭력을 휘두르더니, 이제는 죗값을 받으라며 단죄를 할 생각을 하다니…… 서울의 공기는 요상하다 못해 만세라도 부르고 싶을 정도로 이상했다.

괜찮은 헤어스타일을 위해 헤어숍에서 몇 시간을 소비한 길서는 오늘 하루를 대체 어디서 어떤 일로 보낼까 고민했다. 무료한 얼굴로 자동차에 올라탄 순간 마치 기다렸다는 듯 '짠' 하고 나타나는 수를 본 길서의 얼굴에 화색이 돌며 타라고 손짓했다.

"나 우형이네 사무실 갈 건데, 갈래?"

수가 자동차에 체중을 실으며 물었다.

"며칠 전에 보고 왔어."

"오호, 그래? 감상은 어때?"

"심술이 돌더군. 안 탈거야?"

길서의 말에 수는 까르르, 웃더니 조수석으로 냉큼 올라탔다.

"그런데 대체 두 사람은 무슨 관계지? 너, 그 아가씨 누군지 알아?"

"난들 아냐. 정우형이 절대 알려서는 안 되는 기밀이라도 되는 듯 접근 금지를 시키는 걸 보면 확실히 중요한 인물이긴 한 것 같다."

수의 질문에 길서도 알 수 없다는 제스처를 했다.

"내가 듣기론 우형이가 아는 사람의 부탁으로 예원 씨를 취직시켰다고 하는데, 걔네 회사가 바로 아래층에 있는데 왜 소액 담당으로 사무실을 떡하니 차려 주었을까? 그 사무실은 원래 쓰지 않았잖아?

처음엔 비밀 연애라도 하는 것은 아닌가 싶었는데 그건 아닌 것 같고, 하여간 두 사람 사이에 뭔가 있는 게 확실해."

수가 추리를 하자, 길서는 나중에 결과나 알려 달라며 시간을 확인했다.

"정길서, 그러지 말고 우리 심술 좀 부려 보자."

수는 모종의 음모를 꾸미는 얼굴로 길서의 호기심을 부추겼다. 길서 역시 무료한 생활에 지루했던 찰나 호기심을 가지고 몸을 기울였다.

"어떤 식으로?"

"내가 우형이를 확실히 내 남자로 만들 테니, 그 순간 넌 예원 씨를 네 여자로 만드는 거야, 어때?"

"아직 진행 중이 아니던데?"

길서는 맥 빠진 얼굴로 기울였던 몸을 일으켜 세웠다.

"그게 바로 내가 원하는 거지. 진행 중이 아니지만, 진행이 될 것 같다. 그럴 때 방해 작전을 한다. 그럼 결론은 뭐가 될까? 더 깊어지는 사랑이 될까? 아니면 쫙쫙 갈라질까? 내 생각이라면 둘이 더 붙을 것 같기도 하고."

"네가 바라는 게 뭐야? 우리가 나서서 두 사람 엮어 주자는 거야?"

얼굴에 불만이 서린 길서가 자동차를 출발시켰다.

"그럴 리가, 재미있자는 거지. 난 우형이가 참 마음에 들거든. 그것과 별도로 고 녀석이 날 여자로 취급하지 않는 것에 복수도 하고 싶고."

"널 누가 말리냐. 그건 그렇고, 그럼 나에 대한 네 사랑은 접은 거냐?"

오픈카라 사람들, 즉 젊은 여자들의 시선이 쏠리자 길서는 표정 관리를 위해 얼른 자세를 고쳐 앉았다.

"너의 그 추잡한 행동을 보면 잠시나마 널 좋아한 것이 치욕스럽다. 뭐, 뼛속까지 그쪽 과가 아닌 것을 다행으로 알아야 하나…… 그런데도 널 죽어라고 쫓아다니는 민효림을 보면 정말 장하다니까. 그나저나 어디선가 민효림이 지켜보고 있는 건 아닐까? 이러다가 머리 끄덩이를 잡히는 것은 아닌지 몰라, 아이, 무서워!"

수는 정말 무섭다는 듯 두 팔로 몸을 감싸고 오들오들 떨었다. 그런 수의 모습에 길서는 혀를 찼다.

"민효림이 가장 무서워하는 인물이 누군지 알아? 바로 너! 너라고. 네 생글거리는 모습에 진저리가 난다고 하더라. 이번 기회에 너랑 사귈까? 다른 것은 몰라도 민효림만은 확실히 떨어뜨릴 수 있는데."

"나 이용하지 마, 난 이용 당하는 걸 가장 싫어하는 사람이야."

날카로운 목소리로 수가 말했다.

"아아, 과거가 생각났나 보군. 확실히 여자들은 과거에 집착한다니까."

길서의 말에 수는 입을 다물었다.

"수."

길서가 수를 불렀다.

"미안하다."

길서의 사과에 수는 시선을 돌렸다.

"엄마가 생각났어."

아무리 숨기려고 해도 어쩔 수 없이 고통을 동반시키는 단어, 엄마를 언급하는 수의 말에도 길서는 별다른 대꾸를 하지 않았다. 하지만 수는 길서가 자신을 무시하거나, 모른 척한다고 생각지 않았다. 그건 오랜 시간을 알아온 우정이 방호 막을 치듯 존재하고 있어서였다.

"엄마의 전철을 안 밟으려면, 우형을 기필코 내 남자로 만들어야 하는데…… 으흠, 도와줄 거지?"

어느새 회복을 한 수가 짓궂게 웃자, 길서 역시 만인의 연인답게 윙크까지 했다.

"앞으로 재미있어지겠는걸, 훗훗."

두 사람이 무슨 생각을 하는지 모르는 예원은 무시무시한 목소리로 이자를 못 갚겠다고 배짱을 부리는 고객과의 통화에 결국은 '나중에 돈 버시면 꼭 이자 주세요' 라고 한 뒤 얼른 전화를 끊었다. 수화기를 놓자마자 예원은 이사실을 노려보았다.

'연체 명단이야, 전화해서 밀린 이자 달라고 해.'

그의 명령은 이사의 위치에서 다분히 가능한 것이었다. 처음 예원은 별거 있겠냐 싶은 얼굴로 수화기를 돌렸다. 돌릴 때까지만 해도 아무래도 달라는 쪽보다는 빌려간 사람이 굽실거릴 것이란 생각과 힘든 사정을 설명하면서 봐달라고 할 거란 생각이 지배적이었다. 마음이 약하고 정 많은 자신이 이런 일에 어떻게 냉정하게 대처할까 싶어 걱정이 앞섰다. 정강이 좀 걷어찼다고 곧바로 쪼잔하게 복수하듯 이런 일을 시킨 그가 뒤끝이 나쁘다고 생각을 했을지언정, 고객과의 대화를 심각하게 생각지는 않았었다. 그러나 그게 아니었다.

―아, 글쎄! 먹고 죽으려고 해도 없는데, 어떻게 하라는 거유? 그렇게 받고 싶으면 아가씨가 좀 꿔 주슈. 내 당장 갚아 줄 테니까.

다짜고짜 시비를 품고 내뱉는 소리에 예원은 '네?' 소리를 연달아 했고, 어벙한 여자로 생각했는지 수화기 속에서는 숨 쉴 틈도 없이 과격한 말이 쏟아져 나왔다.

―아, 제기랄! 이놈의 장사 때려치워야지. 원, 내 팔자 왜 이러는

지. 정부에서는 카드 발급을 남발하는 카드사만 눈 감아 주고, 덕분에 가엾은 서민들이 졸지에 신용 불량자가 되는 건 모르는 척하고 있으니…… 젠장, 망할 대한민국! 당장 이 나라를 떠나든지 해야지, 안 그러쇼?

이 소리가 나왔을 때 예원은 간이 쪼그라들어, 고객명이 혹시 '한국 조폭 사무실'이 아닌지 확인해 보았다. 일반 회사라는 것을 본 예원이 경악할 틈도 없이 '그래서 뭐요? 이제부터 날 납치라도 할 거요?'란 소리가 나자 얼떨결에 '그럴 리가요!'라고 했고, 그 후 '그래도 여기 사정이 있으니까 조금이라도 갚아 주세요, 그럼 수고하세요'라며 얌전히 꼬리를 내렸다.

"이사님."

"왜?"

우형은 이사실의 문을 연 예원의 한풀 꺾인 모습을 보며 은근히 즐기고 있다는 걸 인정했다. 좀 더 솔직 말하자면, 쩔쩔매는 통화 내용을 들으면서 웃음이 터져 나오는 걸 간신히 틀어막느라 여러 번 헛기침을 해야만 했었다.

"이 사람 누구죠? 아니, 직업이 뭐죠?"

"영민 실업, 단추를 판매하는 곳이지."

'단추? 단추를 판매하는 회사 사장의 말투가 이렇단 말이야?' 하는 듯한 예원의 얼굴을 보며 우형은 깍지 낀 팔을 풀었다. '아니, 단추 공장이면 단추나 팔지 협박을 한단 말이에요!'라고 당장에 소리치며 단추 공장으로 뛰어갈 기세인 예원에게 우형은 아주 친절한 얼굴로 단추 공장 사장의 성질은 매우 불같고, 그 일로 경찰서 신세 좀 지었다고 전해 주었다. 곧바로 예원의 표정이 경악한 것을 끝으로 그녀가 단추 공장에 뛰어갈 일은 생기지 않았다.

"그래서 이자는 언제 줄 거라고 했지?"

우형은 몸을 앞으로 구부리며, 몹시 흥미로운 얼굴로 물었다.

"그게……."

예원이 난처한 얼굴로 여러 번 눈동자를 굴리자 우형은 좀 더 몸을 숙였다.

"말해, 언제 준다고 했지? 내일, 아니면 모레?"

"그러니까……."

예원이 침을 꿀꺽 삼키는 것과 동시에 우형의 입술 근육이 씰룩대었다. 그러나 아직 웃을 때가 아니었으므로 우형은 어금니를 악물어 간신히 진정시켰다.

"그러니까, 언제 준다고 했지?"

"으."

더 이상 예원의 입이 열릴 것 같지 않은 걸 확인한 우형은 구부린 몸을 쭉 피며 깍지를 꼈다. 눈동자를 아래로 굴리고 한심하다는 표시로 쯧, 혀를 차니 예원이 고개를 번쩍 들고 노려보았다.

"돈 받는 게 쉬운 일이 아니라고."

우형은 능글거리는 표정으로 예원의 약을 올렸다.

"알고 있다고요. 옛말에도 그렇잖아요, 빌린 사람은 앉아서 주고, 꿔 준 사람은 서서 받는다고요."

"그래, 알면 민호가 오거든 커피라도 대접해. 그 녀석 꽤 용쓰고 있으니까."

"알았다고요!"

"그럴 땐 '알았습니다' 라고 해야지."

우형은 철저하게 상관이 누구인지 세뇌시키고 싶었다. 김예원은 물론이거니와 자기 자신에게도 말이다. 기어 올라오지 못하게, 꾹 눌

러야 한다는 강박관념이 작동하는 것은 또다시 꼬마의 명령에 무릎을
꿇을지도 모른다는 두려움에서였다.

"대답해야지."

이번엔 꼬마를 대하는 말투를 구사했다. 이것도 나름대로의 재미
를 느끼게 했다. 폴짝폴짝 뛸 것 같은 예원의 모습을 본 우형은 잠깐
미소를 보여 주었고, 예원의 가슴엔 봄바람이 살랑 불듯 그의 미소가
스며들었다.

"바람둥이는 싫어요!"

봄바람을 세차게 걷어낸 예원이 소리쳤다.

"누가? 내가? 이런, 난 바람둥이가 아닌데…… 왜 자꾸 바람둥이라
고 생각하는 거지?"

우형은 의자에서 일어나 느긋한 걸음으로 다가갔다. 한 걸음을 디
디면, 한 걸음이 멀어졌다. 그건 또 다른 즐거움이었다.

"여자를 울리니까요, 안 그래요?"

그런데도 저 턱을 드는 행위, 우형은 예원에게 빙긋 미소를 지어
보였다.

"난 여자를 울리지 않아, 그들 멋대로 우는 거지."

"어쨌든 이유가 바로 이사님이라면…….”

"말이 되는 소리를 해야지."

우형은 어느새 예원의 앞에 섰다. 그런 자신의 모습에 놀란 예원의
얼굴에서 맞받아치겠다는 의지가 느껴지자, 어서 빨리 복종시키라는
명령이 떨어졌다. 물론 자신은 그 명령을 잘 이행할 것이다.

"흠, 그간 바람둥이와 안 좋은 일이라도 있었던 거야?"

"알아서 뭐 하시게요?"

"오, 지금 한 대 후려치기라도 할 것 같은데? 이런, 그렇게 화내지

마. 난 바람둥이 과는 아니지만, 네가 날 자꾸 그쪽 과로 몰기에 순수하게 알고 싶을 뿐이라고."

우형은 떨고 있는 예원의 턱을 손가락을 이용해 들었다. 그리고 코앞까지 얼굴을 들이댔다.

"바람둥이 따위에게 넘어가지 않을 거라고 다짐하고 있나 본데, 그럼 이건 어떨까? 내가 널 녹인다면? 네가 날 사랑하게 된다면?"

"으, 그런 일 따윈 없을 거예요. 그리고 이 손 치워요, 그렇지 않으면……."

"무서워라."

말과는 달리 우스워 죽겠다는 표정을 짓던 우형은 그러나 얌전히 말 잘 듣는 학생처럼 손을 멀찌감치 떨어뜨렸다.

"됐지?"

"얼굴도요."

두 손을 뒤로 돌려 뒷짐을 진 우형이 상체를 숙여 얼굴을 들이대자, 예원이 날카로운 목소리로 제지했다.

"키스라도 할까봐 두렵나 보군."

야릇한 목소리와 입술을 살짝 핥는 행위는 벌벌 떠는 새의 가슴에 깃발을 꽂았다.

"아아, 재미없어. 적어도 기세 좋게 걷어찰 줄 알고 잔뜩 긴장했는데 말이야."

예원은 비웃고 있는 그의 입 꼬리를 쭉 잡아 찢으면 좋겠다는 살의가 치솟았다. 이쯤에서 물러서야 한다는 것을 너무도 잘 아는 우형은 두 발 뒤로 물러섰다.

"나가 봐."

우형이 턱짓을 하자, 예원은 분한 얼굴로 이를 악물었다. 그 표정에는 또 당했다는 원통함이 가득 담겨 있었다.

"이런, 잊은 게 있군."

"또 뭐죠?"

"날 유혹하려 들지 마. 난 네가 날 사랑할까봐 두렵거든."

"그런 일은 하늘이 무너져도 일어나지 않을 거예요!"

예원은 문이 부서지도록 닫았지만, 문은 예원을 배신했다. 상체와 하체가 따로 움직이더니 결국 뒤꿈치가 문에 끼면서 사고를 냈다. 곧이어 뒤꿈치가 절단이라도 나는 듯한 아픔에 예원은 비명을 질러댔다. 쾅, 소리가 나며 시원스럽게 닫혀야 할 문은 닫히다 말았다. 이것조차도 제 맘대로 되지 않는다는 억울함을 가득 담은 예원의 표정에 우형은 급기야 웃음을 터트렸다.

"하하하."

이로써 잠깐 동안 복종했던 것들은 물거품으로 사라졌다. 그러나 갑자기 쇠망치에 얻어맞은 것처럼 충격을 받은 듯, 우형의 웃음은 싸늘하게 굳기 시작했다. 제길! 내가 무슨 짓을 하는 거지? 저 꼬맹이에게 당하지 않겠다고 이런 유치한 짓거리를 하다니! 이건 평소의 정우형이라면 절대 일어날 수 없는 일이었다.

자리로 돌아와 말도 못 꺼낼 정도로 헐떡이는 예원에게 민호는 슬쩍 미소를 보여 주었다.

"대단한 싸움이었어요."

"대단한 싸움이라니요?"

'저만 당한 걸요' 라며 예원은 중얼거렸다.

"그래도 형님에게 핏대 세우며 맞서 싸운 사람은 없었어요. 어느 정도 하다가 결국 다들 꼬리를 내리거든요. 그런데 예원 씬 정말 용감했어요."

예원은 '용감'이란 표현이 우스워서 살짝 미소를 지었다.

"형님을 너무 미워하지 말아요. 그래도 예원 씨를 엄청 생각하고 있거든요."

그건 아니라고 예원이 정정하라고 하자, 민호는 몸을 구부리며 낮게 속삭였다.

"겉모습만 그래요. 사실 사무실에서는 늘 크고 작은 사고들이 일어나죠. 그렇지만 예원 씨는 싸움을 본 적이 없죠? 그건 형님이 눈을 부릅뜨고 지키고 있어서 그래요. 아, 잠깐 내 말 자르지 말고 끝까지 들어요. 내 말인즉, 점심도 밖에서 해결하지 못하고 안에서 때울 만큼 형님이 예원 씨를 생각하고 있다는 거예요. 이제 마음이 좀 풀렸어요?"

예원이 무슨 생각을 하는지 알고 있다는 듯 민호가 싱긋 웃자, 그녀는 붉은 얼굴로 시선을 피했다. 그동안 식사하자고 할 때마다 혼자 먹고 왔었는데…… 미안한 감도 없지 않았다.

"어디 나가려고요?"

예원은 작은 가방을 든 민호에게 물었다. 커피라도 대접하라는 그의 말이 아니더라도 이상하게 민호가 편안했다. 첫인상이 너무 괴팍하고 무서웠을 뿐이라고 나름대로 결론을 낸 예원은 그 누구에게도 보여 주지 않았던 활짝 웃는 얼굴을 보였다. 언제 나왔는지 모를 우형이 그녀의 표정을 보더니 매섭게 노려보았다. 몹쓸 짓을 하다 들킨 것도 아닌데 예원은 깜짝 놀란 얼굴로 벌떡 일어났다. 그런 그녀를 향해 그는 바람 소리가 나도록 몸을 돌리고 쾅, 소리가 나도록 문을 닫았다.

"보라고요, 전혀 날 생각하지 않는다고요."

예원은 화가 단단히 난 얼굴로 이사실을 쏘아보았다.

"글쎄요, 어쨌든 전 갑니다! 기다려라, 권 사장!"

의미심장한 눈으로 예원을 보던 민호는 오늘이야말로 기필코 받아내고 말겠다며 다부진 얼굴을 했다.

8.

며칠 뒤 권 사장에게 확실히 채무액을 받아온 민호의 자랑스러운
표정에 예원은 슬며시 미소를 지었다. 언뜻 민호의 주먹에 맺힌 피멍
이 그가 무슨 짓을 했는지 알게 하여 섬뜩하긴 했지만, 이제 그렇게
까지 혐오스럽지는 않았다. 민호와 보름 정도 같이 지냈던 것이 어느
정도 선입견을 버리게 하는 요인이 되었다. 하지만 민호를 제외한 세
사람, 그러니까 사무실 중앙 소파에 앉아 숙덕거리고 있는 길서와
수, 그리고 이사실 문을 활짝 열고 다리를 책상에 올려놓은 채 잠을
자고 있는 우형은 확실히 적응하기 어려운 사람들이었다. 그리고 그
들이 자꾸만 대화에 끼게 하려는 것도 불편했다. 대화에 끼지 않고
멀찌감치 떨어져 있긴 하지만 '왜 저렇게 노닥거릴까?' 부터 시작해,
'저 사람들은 뭘 저렇게 재미있어 할까?' 라는 의문은 늘 도사리고 있
었다. 오늘도 예원은 옹기종기 모여 있는 무리들을 보며 궁금했지만,
그렇다고 해도 역시 다가서는 건 힘들었다. 사람들이 때론 모든 것들

을 제치고 가장 잔인하고 두려운 존재라는 걸 너무도 잘 알아서일지도 모른다. 그리고 어느 순간, 배신하고 돌아설 수도 있었다. 예원은 동요를 보이지 않으려고 노력하면서, 장부에 볼펜 자국을 만들어가며 꾹꾹 눌러 숫자를 썼다.

"그러니까 길서 녀석은 학창 시절부터 교실에서 섹스를 했다니까."

섹스란 단어가 거침없이 나오자 예원의 귀는 다시 활짝 열렸다. 학창 시절부터 섹스를 한 길서에게 시선을 돌리지 않으려고 진땀을 흘리기까지 했지만, 한번 열린 귀는 도통 닫힐 생각이 없는지 한 자도 빼먹지 않고 이야기를 들었다.

"야, 야! 꼭 그렇게 사람을 지저분하게 만들어야겠냐?"

"뭐, 네가 아무 여자와 그러는 게 아닌 건 알아. 하지만 우형이 좀 보라고. 우형인 정말 그 방면에서 깨끗했잖아? 무뚝뚝한 성격 탓에, 여자들과 오랫동안 사귀지 못하는 단점이 있긴 하지만…… 사실은 딱 한 여자한테만 다정한 거야, 그건 바로 나고."

수의 말이 점점 흥미를 느끼게 했던 터라, 예원의 몸은 조금씩 소리를 향해 움직였다.

"뭘 또 잘해 준다고 그러냐? 쟤 원래 여자에게 친절한 타입이 아니라, 어쩌다 작은 친절을 부린 것에 네가 오해한 것뿐이라고."

"아니라니까! 예전 일인데, 내가 열 기운이 있던 적이 있었거든. 솔직히 난 내가 아픈지도 몰랐어. 그냥 괜히 나른해진 것 같다고 생각했는데, 갑자기 우형이가 내 이마에 손을 짚더니 '같이 가줄게' 라고 하더라. 그래서 '왜?' 하고 물었더니, '너, 열 있어. 양호실에 가자' 라고 하는데, 그때의 감동이란……!"

예원은 갑자기 뭔가가 가슴 안쪽을 푹 찌르는 것 같은 아픔에 얼굴을 잔뜩 찡그렸다. 왜 아픈지 이유는 알 수 없었지만, 어쨌든 그에 대한 이야기가 나올 때마다, 그러니까 그가 어떤 식으로 여자를 대했고, 현재 사귀고 있는 여자가 있는데 아무래도 헤어질 것 같다는 말을 들을 때마다 푹푹 찔러댔다. 이상했다. 예원은 정말 이상하다는 얼굴로 가슴 안쪽을 슬며시 문질렀다.

"봤지? 저 호기심 가득한 얼굴 말이야. 진짜 귀여운 것 같지 않니? 우리에게는 없는 모습이라, 더 관심이 간다고."

수가 힐끗거리던 눈동자를 제자리로 돌리며 속삭였다.

"야, 윤수! 그건 남자가 여자에게 하는 말이라고. 하여간 예원 씬 재미있는 여자라니까. 나에게 관심이 있다면 다가오면 되는 건데, 왜 다가오지 않는 거지?"

"형님, 그건 아닌 것 같은데요? 제가 보기에 예원 씬 우형 형님과……."

"입 다물어! 우형인 내 거야."

수가 민호의 말을 싹둑 잘랐다.

"그 말에 동의한다. 우형인 수가 갖고, 예원 씬 내가 갖고, 좋잖아!"

"아, 글쎄 두 사람 모두 틀렸다니까요. 형님과 예원 씨, 두 사람 사이에 흐르는 감징 눈치 못 챘어요?"

"몰라. 난 내가 원하는 것만 보자는 주의야."

길서와 수가 한 목소리로 결론을 냈다. 민호는 한숨을 내쉬다가 예원과 시선을 마주하자 이를 드러내며 활짝 웃었다. 그러나 곧바로 길서에게 팔꿈치 공격을 당해 억, 소리를 내며 허리가 반쯤 구부러졌다. 예원은 깜짝 놀라는 얼굴이 되었다가 길서가 손짓을 하는 것을 보자마자 황급히 고개를 돌렸다.

"역효과야. 하여간 넌 좀 가만히 있어라."

수가 길서에게 핀잔을 주었다.

"야, 민호야. 네가 예원 씨랑 가장 친한 것 같으니까, 같이 저녁이나 하자고 꼬여 봐라."

길서가 민호를 징검다리로 낙점시켰다.

"형님이 직접 하라고요. 왜 저를 끼어들게 하세요?"

민호는 대체 언제까지 이 장난에 박자를 맞춰야 하냐는 얼굴로 이사실로 눈동자를 굴렸다가 그만 그 자리에서 얼어붙었다. 이사실에서 곤히 잠자고 있던, 아니 그럴 거라 여겼던 우형이 세 사람, 특히 예원에게 치근덕거리려고 작정하고 있는 길서를 보며 화력을 뿜어대고 있었기 때문이다. 자칫 발을 잘못 디디면 그 자리에서 새까만 재가 될 거라 생각한 민호는 두 손을 탁탁 털기로 했다.

민호의 감은 정확했다. 우형은 분명 눈을 감고 있었지만, 모든 신경을 녀석들에게 집중시키고 있었다. 특히 길서에게. 제길, 녀석의 레이더망에 잡힌 건 예원이었다. 저 녀석답지 않게 여자에게 집착하는 이유가 뭐지? 우형은 궁금증과 더불어 길서 녀석이 꽤 잘생긴 얼굴과 좋은 매너를 가지고 있다는 것을 상기했다. 우형은 세 명 중 유일하게 중심을 잡고 있는 민호를 노려보며 더 이상 예원에게 접근하지 말라는 무언의 압력을 보냈다. 하지만 민호는 협박과 회유로 중무장한 두 명에게 시달리다 지친 얼굴로 예원의 앞에 섰다.

"저, 예원 씨. 오늘 저녁 시간 있어요? 시간 있으면 밥, 밥이나 같이 먹을래요?"

민호는 쭈뼛거리는 모습으로, 내가 왜 자신의 성향과 전혀 관계없는 여자에게 데이트 약속을 해야 하는지 회의가 가득한 얼굴로 말했다.

"아! 우리 단둘이가 아니라, 저 사람들과 같이."

민호는 재빨리 단둘의 데이트에서 벗어났다. 그리곤 슬쩍 뒤를 돌아보며 잘하고 있는지 살피려던 민호의 눈동자가 경직되었다. 기대에 가득한 4개의 눈동자는 그렇다 치더라도, 반드시 보복하고 말겠다며 으르렁거리는 짐승의 눈을 한 2개의 눈동자 앞에서 노선을 잘못 택한 자의 후회가 밀려왔다.

“아! 바쁘면 다음으로 해요. 아니 다음으로 하죠!”

민호는 두 명에게 들볶일 각오를 하고 말했다. 이미 발은 예원에게서 멀찌감치 떨어지려고 했다. 그러나 시선을 마주하지 않은 예원이 중얼거리는 소리에 강력 본드라도 붙은 듯 그만 그 자리에 우뚝 섰다.

“저, 죄송한데 사적으로 만나는 거 좀…… 아니, 많이 거북해요.”

예원은 작은 목소리로 속삭였다. 말이 떨어지기가 무섭게 사무실 안에는 예상치 못한 폭탄선언이라도 한 것처럼 뒤바뀐 공기로 우왕좌왕하더니 곧 싸늘함이 내려앉았다. 예원은 화끈거리는 얼굴로 시선을 장부로 옮겼다.

몇 초인지 몇 분인지 알 수 없는 시간이 흘렀다. 그 누구도 말을 하지 않았다. 말을 건 민호는 무안한 얼굴로 어떻게 해야 할지 모른 채 서 있었다.

“미안해요.”

예원은 죄책감이 가득한 목소리로 속삭였다.

“아, 아니, 내가 더 미안해요.”

민호는 두 손을 휘휘 저으며 괜찮다는 얼굴로 미소를 지으며 했지만 그게 잘되지 않는 듯했다. 그 모습에 예원의 표정 역시 어두워졌다.

“괜, 괜찮아요. 그러니 신경 쓰지 말아요.”

예원은 몇 번이나 괜찮다고 말하는 민호를 보자, 더 큰 죄책감에 사로잡혔다. 예전에 함께 저녁 식사를 하자는 동료들의 말에 들떠 기쁜 마음으로 모임 장소에 갔을 때, 그녀에게 말을 거는 사람은 없었다. 말을 하려고 여러 번 입술을 움직였지만, 왁자지껄한 분위기 속에 그녀는 존재하지 않은 사람이었다. 그러나 계산할 때에는 그녀가 존재했다. 그 이후에도 여러 번 그런 일이 반복되었고, 다른 사람의 업무상 과실이 그녀의 실수로 둔갑되는 일이 여러 번 있은 후 그녀는 알게 되었다, 이용되고 있다는 걸. 그리고 그들의 대화에서 '예원 씬 요즘 사람답지 않게 착해서 좋아' 라는 말이 좋은 의도가 아님도 알게 되었다.

예원은 또다시 상처 받고 싶지 않았다. 서울에서만큼은 동료들과 어울리면서 술도 마시고, 노래도 부르고, 춤도 추러 갈 거라고 생각했었지만 마음속 어딘가에 존재하고 있는 것은 두려움이었다. 생각보다 상처가 깊었다는 걸, 민호가 저녁 식사를 제의했을 때 알게 되었다.

며칠 뒤, 그들은 또다시 모여서 숙덕거리는 일을 계속 했지만, 그녀를 힐끗거리던 눈초리는 사라졌다. 예원은 그것이 가슴 한쪽을 잘라내는 것처럼 아팠다.

어느덧 첫 월급을 받게 된 예원은 할머니와 아버지 내복을 사서 소포로 붙였다. 아버지의 통장으로 돈을 보내고 난 뒤, 남은 잔액을 보며 그와 그의 친구들과 같이 저녁을 먹으면 어떨까 하는 생각이 들었다. 하지만 결국 예원은 고개를 저었다.

"확실히 적극적인 것은 별로 좋은 방법이 아니었어."
"너, 아직도 포기하지 않았냐?"

“그건 내가 할 소리다.”

길서와 수는 사무실 안에서 모종의 음모라도 계획하는 얼굴로 수군거렸다. 그 모습을 보던 예원이 눈빛이 마주치자마자 재빨리 고개를 돌리며 매끄럽지 않은 인간관계를 드러냈다. 그녀가 화나지 않았을까, 걱정하는 것과 달리 그것은 되레 그들에게 기쁘게 다가왔다.

“김예원, 이리 와.”

우형이 손짓하자, 예원은 어색한 얼굴로 이사실로 들어갔다.

“벽지 도매업을 하는 ‘대용’의 이자 수금이 제대로 되지 않은 이유가 뭐야?”

우형이 검토하던 장부를 예원 앞으로 던졌다.

“전화는 했는데…….”

“전화? 전화 가지고 될 일이었다면 직원의 절반은 모가지야. 아직도 모르겠어? 이곳은 몸으로 부딪쳐야 되는 곳이라고.”

“그럼 저보고 직접 받아오라는 소리인가요?”

예원은 설마 하는 얼굴로 물었으나, 당연한 걸 물어보냐는 우형의 표정에 발작적으로 고개를 저었다.

“못해요.”

“못한다는 소리는 살노 하는군. 상빈호! 같이 가라.”

우형이 민호를 부르자, 대기조인 듯 민호가 빠르게 달려와 예원의 옆에 섰다.

“제가 받아올까요?”

“넌 예원이가 수금한 돈만 챙겨, 무슨 뜻인지 알겠지? 예원이가 받을 때까지 절대 네 능력을 쓰지 말라는 소리야.”

우형이 심술궂은 얼굴로 예원을 사무실 밖으로 밀었다. 점점 울상이 되는 예원의 표정 따윈 무자비한 악마의 모습을 한 그에게 전혀 먹히지가 않았다.

"저…… 자신이 없어요."

"자신 없긴! 나한테 하는 행동의 반만 해도 분명 받을 수 있을 거라고. 단, 어떤 방법을 구사해도 좋지만 합법적으로 해. 알겠지?"

우형은 예원이 사무실 밖에 서자마자 쾅, 소리가 나도록 문을 닫았다. 귀찮은 물건을 떼어 버린 얼굴을 한 우형이 이사실로 되돌아가려다가, 민폐를 끼치고 있는 두 사람에게 시선을 옮겼다.

"내 말 잘 들어, 여긴 데이트 장소가 아니야. 둘 다 좋은 말로 할 때 나가."

"알았어, 알았다고. 그런데 너 정말 수상해. 수, 안 그러냐? 갑자기 예원 씨를 밖으로 보내는 이유가 뭐야? 네가 언제부터 그런 작은 금액에 연연했다고 예원 씨를 밖으로 돌려? 마치 날 경계하는 것 같은데, 내가 그렇게 위험인물이었냐? 아…… 뭐, 그래, 확실히 여긴 사무실이지. 윤수, 우리 이제 그만 가자. 우리도 건설적으로 일해야지, 암."

무시무시한 눈초리로 노려보고 있는 우형의 시선이 위험한 상황으로 치닫자, 길서는 부리나케 몸을 일으키며 수의 팔목을 움켜잡았다. 재빨리 상황을 파악한 수도 벌떡 일어나, 두 사람은 사이좋게 손을 잡고 사무실을 나갔다.

'징글징글한 녀석들.'

우형은 깊게 한숨을 내쉬었다. 꽤 튼실하다는 평가를 받고 있는 신우의 이사라는 묵직한 직책에 걸맞던 정우형이 찬란한 유치함이 수시로 나오는 녀석들 앞에선 마찬가지로 같은 과가 되어 가고 있었다. 이사실로 되돌아가려던 우형은 예원의 자리에 시선을 돌렸다. 풀 죽은 모습으로 장부에 볼펜 자국을 남기던 모습이 보이는 듯했다.

　제길, 이렇게 휘둘리는 모습 따윈 보고 싶지 않았다. 하지만 결국 우형은 욕설을 내뱉으며 예원의 뒤를 쫓았다.

　그 시각 예원은 ‘대용’ 상호가 걸려 있는 작은 도매상 앞에서 우물쭈물한 얼굴로 서 있었다. 가게 안으로 들어가 몇 달씩이나 밀린 이자를 달라고 해야 함에도 도저히 용기가 나지 않았다. 강도도 아니고 정당한 권리를 주장하는 것인데도 발걸음은 쉽게 움직이지 않았다. 힐끗 민호에게 시선을 돌리자, 민호는 도와주지 못하겠다는 듯한 제스처를 했다. 우물쭈물한 시간이 계속 되자, 한여름의 더위는 가만히 서 있는데도 땀을 배출시켰다. 그 때 기다렸다는 듯 휴대폰이 울리며 ‘1시간 이내로 받아 와!’ 라는 우형의 고함 소리가 들려왔다.
　죽기 아니면 까무러치기지! 배짱을 부리며 가게 안으로 들어간 예원은 신우에서 나왔다는 말이 끝나기가 무섭게 노골적으로 불친절한 모습을 한 강 사장의 푸대접에 그나마 있던 용기도 사라지고 있었다.
　“그러니까 먹고 죽고 싶어도 없다니까!”
　“사정은 아는데요, 그래도 저희 사정이 있잖아요. 사장님께서 성의를 보여 주시면 제가 이사님에게 말씀드리기도 쉽고…….”
　“그선 아가씨 사정이지.”
　강 사장은 그러고 나서 직원을 향해 소리를 질러댔다. 그 모습에 울컥한 것은 강 사장이 그와 너무 흡사해서였다.
　“이보세요!”
　예원이 허리에 두 손을 올려놓고, 한판 붙을 기세로 버럭 소리를 질러 주목시켰다. 그러나 울퉁불퉁한 얼굴을 한 강 사장이 노려보자, 그 뒤의 말을 꿀꺽 삼켜 버리고 말았다. 이대로 발로 뺑, 차임을 당하는 것은 아닌지 했던 불안이, 강 사장의 낯빛이 서서히 변해 가자 의

문으로 바뀌었다.

"아니…… 뭐, 내가 아가씨에게 뭘 어쩌자는 것이 아니라, 나도 사정이 안 좋아져서 말이야."

강 사장이 갑자기 저자세로 바뀌자, 예원은 밑바닥을 치고 있던 용기가 서서히 회생되는 것을 느끼며 한판 붙자는 얼굴로 장부를 쾅, 소리가 나도록 책상 위에 올려놓았다.

"벌써 반년 치나 입금이 되지 않았어요. 적어도 두 달 치는 주셔야 하지 않겠어요?"

"아, 그, 그랬던가? 벌써 반년이나 그랬나? 난 또…… 한 달 늦어서 그런 줄 알았지. 에, 이자가 얼마더라……?"

강 사장은 너무도 순종적인 얼굴로 금고에서 돈을 꺼내더니, 재빨리 예원의 손에 쥐어 주었다. 예원은 얼떨떨한 얼굴로 영수증을 써 주었다. 혹시나 되돌려 달라고 할까 걱정이 된 예원은 재빨리 몸을 돌린 후, 벽지상과 100미터 떨어진 곳까지 한달음에 달려갔다.

"사장님, 오늘 대금 납부를 해야 하는데 금고엔 돈이 하나도 없다고요."

직원이 어쩔 거냐는 얼굴로 강 사장에게 물었다.

"지금 그게 문제야! 아직도 살이 떨려, 살이 떨린다고. 조금 전에 신우에서 나온 아가씨 뒤에 서 있던 덩치 큰 놈이 노려보는 거 봤어? 그놈이 나를 노려보더니 갑자기 품속에 있는 칼을 보였을 때는 심장이 떨어져 나가는 줄 알았다고. 게다가 그놈 뒤에 있던 놈은 분명 정이사였다고. 그놈이 싸늘하게 날 쳐다보는데, 어휴, 십년감수했다니까. 웬 어리바리한 아가씨가 왔다 싶었더니, 그런 무시무시한 놈들을 데리고 다니는 여자일 줄이야. 야, 은행 가서 돈 찾아와라."

아직도 식은땀이 흐르는지 강 사장은 손수건을 꺼내 이마에 흐르고 있는 땀을 서둘러 닦았다.

　예원은 이자로 받은 돈을 민호에게 전해 주면서 이를 보이며 웃었다.

　"나도 할 수 있었어요! 세상에, 그 사장 얼굴 봤어요? 칼이라도 휘두를 것 같더니만, 내가 버럭 소리를 지르니까 금세 꼬리를 내리더라고요. 하여간 저런 사람은 강자에게 약하고, 약자에게 강하다니까요."

　신이 나는 얼굴을 숨기지 못한 예원이 흥분으로 소리치자, 민호는 웃음을 참을 수가 없었다. 품속에 감춰둔 칼을 본 순간 핏기가 가신 강 사장의 얼굴을 그런 뜻으로 생각하다니. 민호는 예원의 뒤를 쫓아가다가 갑자기 뭔가 생각난 얼굴로 뒤를 돌아보았다. 그곳에는 우형이 서 있었다. 짙은 선글라스를 쓰고 한 손으로 담배를 피워 물고 있는 사람은 분명 우형이었다.

　'아하, 그런 거였군.'

　민호는 알 만하다는 얼굴로 우형을 향해 씩 웃었다.

　민호의 웃음에 숨어져 있는 뜻을 모른 바 아닌 우형은 그나마 민호에게 들킨 것이 다행이라고 위로했다. 그것과 별도로 그동안 풀죽은 얼굴을 하던 예원이 기사회생한 모습을 보니, 이 정도는 괜찮다는 생각이 들기도 했다.

　이사실 문을 노크한 예원은 부재중인 우형을 기다렸다. 1시간 뒤에 나타난 우형을 보자 자랑스럽게 이자를 내밀었다. 칭찬이라도 바라는 듯 얼굴을 들이대는 예원에게 우형은 칭찬 대신 민호를 불렀다.

　"예원 씨가 혼자서 한 일이에요."

　뒷짐을 진 자세를 한 민호가 웃음을 참지 못하는 얼굴로 말했다.

“민호 씨는 절대 도와주지 않았어요. 저 혼자 했거든요. 그리고 생각해 봤는데요, 이제부터 소액 거래처들을 관리해야겠어요. 꼭 이자나 원금을 받겠다는 게 아니라, 서로의 사정을 아는 것도 좋을 것 같고요. 그래도 되지요?”

아예 자리를 깔았군. 적성에 딱 맞는다는 듯 행동을 하는 예원의 모습에 우형은 피식 웃고 말았다.

“그렇게 하도록 해. 그리고 민호는 유림 최 사장을 만나 보도록 해. 놈이 피하는 게 왠지 수상해.”

“아, 그놈 말입니까? 아주 웃기는 놈이잖아요? 제 명의의 돈은 다른 데 굴리고, 저희에겐 사채를 빌리고, 나중에는 갚을 돈 없다고 뒤집어쓰는 악질이잖아요!”

쌓인 게 많았는지 민호는 당장 해결하겠다며 몸을 돌렸다.

“장민호, 흥분하지 마라.”

“알고 있어요, 합법적으로 하라는 말씀이죠? 걱정하지 마세요. 합법적으로 할 테니까요.”

민호가 이사실을 나간 후, 이사실에는 단 둘이 남은 어색함이 없었다. 예원은 그동안 짓누르고 있던 기운을 걷어낸 후였다. 오히려 새로운 일을 해보려는 의지가 강해 우형을 당황하게 만들고 있었다.

“제가 관리하고 있는 거래처는 20군데잖아요? 그런데 서인영 대리에게 듣기론 100군데도 더 넘는다면서요? 그럼 나머지는 누가 관리해요?”

“특별히 관리하는 사람은 없어. 금액도 많지 않고.”

“아, 그럼 그 돈이 바로 껌 값이라는 거군요. 그리고 그 돈은 위장술을 쓰기 위해 버리기도 하고요.”

위장술? 우형은 점점 이상한 방향으로 움직이는 예원의 상상에,

언제쯤 브레이크를 걸어야 하나 집중했다.

"그래서 네가 만든 결론이 뭐야?"

"제가 만든 것은 아니에요. 지역 주민들을 위해서라는 명목은 사실상 위장이고, 진짜배기는 아래층에서 다 보고 있다는 걸 알아요. 기업체들에게 대출도 하지만, 투기도 하고, 주식도 한다는 소리를 들었죠. 그리고 이사 다음에 사장이 있고, 그 다음에 가장 높은 사람이 회장인데, 이사님의 새 아버지가 정석훈 회장님이시라면서요? 이사님은 명령을 받아 일을 처리하고 있다고 하던데, 사실인가요?"

언제 저렇게 많은 정보를 손에 넣었지? 예원의 정보 수집 능력은 혀를 내두를 정도였다. 상처를 잘 받는 사슴 같은 눈과 다르게 지나가는 말로 한 내용까지도 다 기억했다. 예원의 DNA에는 호기심이 가득한 피가 들끓고 있는 것이 확실했다. 우형은 아무렇게나 생각하라는 얼굴로 어깨를 으쓱했다.

"음, 일이 그렇게 돌아가고 있었구나. 그럴 줄 알았어."

나름대로의 결론에 만족한 예원이 고개를 끄덕이며 자리로 돌아가려고 몸을 돌렸다.

"아! 그리고 케이크 소녀에 대한 양심의 가책으로 한동안 여자를 사귈 수 없었다는 소리를 들었는데, 케이크 소녀가 누구예요?"

"시끄러워! 당장 자리로 돌아가 일해!"

참다못한 우형이 버럭 소리를 질렀다. 화들짝 놀란 얼굴로 제자리로 돌아가는 예원을 보던 우형은 털썩 소리가 나도록 의자에 몸을 기댔다.

'케이크 소녀에 대한 양심의 가책이라고? 제길, 그 얘기는 누가 한 거야?'

발원지는 쉽게 찾을 수 있었다. 빌어먹을 길서 녀석! 녀석과 한판 붙던 날 했던 말을 촐랑대며 퍼트리다니! 길서가 떠벌린 그 말을 정보 수집상인 예원이 놓치지 않았을 거라는 건 그 누구도 유추할 수 있는 일이었다.

'제길!'

우형은 다시 한 번 욕설을 퍼부었다. '케이크 소녀'라고 과장된 이름을 붙일 정도로 상상의 날개를 키운 길서가 더 이상 케이크 소녀에 대한 추가 설명을 하지 않기를 바랄 뿐이었다.

사무실에서 나와 최 사장을 만나러 가던 민호는 옆구리에 낀 가방을 열어 서류를 꺼냈다. 형님이 원한 것은 최소 보름치 이자와 20%의 원금 회수였다.

'좋았어, 최 사장! 오늘이 바로 네 제삿날이다.'

민호는 의도적으로 연체를 하고 있는 최 사장을 잡아채자마자, 받아 낼 자신이 있었다. 물론, 그 과정에서 약간의 언어적인 협박도 있겠지만, 되도록 법의 테두리 안에서 진행할 생각이었다. 그러나 최 사장이 며칠째 출근하지 않았다는 직원의 말에 저절로 인상이 구겨졌다. 혹시 외국으로 날아 버린 것 아니야? 여기에 생각이 미친 민호는 부리나케 최 사장의 집으로 향했다.

최 사장은 부자 동네라고 일컬어지는 A구의 고급 빌라에 거주하고 있었다. 역시나 고급 빌라답게 경비원들이 죽치고 있었으며, 방범 시설도 완벽했다. 민호는 늘 있는 일이었으므로 침착한 표정으로 최 사장의 집으로 전화를 걸었다.

─여보세요.

전화를 받은 남자는 최 사장이었다. 민호는 피자집이냐고 물었고, 아니라는 대답과 함께 전화는 끊어졌다.

'어쨌거나 집 안에 있다는 거군. 최 사장, 나오기만 해보라고, 빚잔
치를 시작할 테니까!'

그러나 하루 종일 기다렸지만, 최 사장은 물론이거니와 부인조차
외출하지 않았다.

'어제와 오늘, 집 밖으로 나온 것을 본 적이 없으니…… 집 안에 있
는 것이 확실한데 왜 나오지 않지?'

이대로 철거할 것인가, 말 것인가 고민하던 민호는 학원 가방을 메
고 나오고 있는 남자아이가 바로 최 사장의 아들인 것을 확인했다.
손을 비비던 민호는 기회를 포착한 얼굴로 아이에게 다가갔다.

"안녕, 네 이름이…… 최유혁! 그래, 최유혁이었어. 나 혹시 본 적
없어? 예전에 마주친 적이 있는데 말이야. 참, 나는 너희 아빠네 회
사 직원이야."

민호는 자연스럽게 거짓말을 했다. 혹시 아이가 큰 덩치를 보고 겁
을 낼 수도 있다는 생각에 재빨리 몸을 구부려 둥글게 마는 것도 잊
지 않았다.

"잘 모르겠어요."

"그래? 아저씨는 유혁이 기억하는데…… 그건 그렇고, 아저씨가 사
상님에게 급하게 결재할 게 있거든, 그런데 사징님이 며칠째 사무실
에 나오지 않으셔서 찾아 왔어. 집에 계시지?"

"네……."

웅얼거리며 대답하는 아이의 모습은 언뜻 보기에도 안 좋은 일이
있는 듯했고, 멍해 있는 것도 같았다. 민호는 의심쩍어 하는 경비원
의 시선을 피하면서 재빨리 집으로 안내해 달라고 했다.

"들어갈 수 없어요. 엄마가…… 나가라고 했어요."

"나가?"

경비원의 눈치를 보며 빨리 좀 안내하라고 초조한 표정을 짓던 민호가 되물었다.

'뭐야, 아침부터 부부 관계를 맺고 있는 거야? 정력도 좋구먼.'

한심스럽기 짝이 없다는 듯 민호는 하늘을 올려다보았다. 고개를 숙인 작은 아이와 덩치 큰 남자 사이에 비를 가득 담고 있는 먹구름이 낮게 내려앉았다.

"안녕히 계세요."

아이가 인사를 하고 가려고 하자, 민호는 급한 얼굴로 아이를 불러 세웠다. 가능한 선하게 보이는 표정을 지으며, 네가 초인종만 눌러 주면 갖고 있는 서류를 전달하겠다고 했다. 의심이 들지 않게 서류로 보이는 두툼한 봉투도 꺼내 보였다.

"안 돼요, 집에 가면 정말로 엄마한테 혼나요."

아무리 관계에 미쳤다고 하지만, 어떻게 아이를 나가라고까지 하면서 하는지…… 쯧쯧, 민호는 혀를 찼다.

"괜찮아, 아저씨가 알아서 할게."

그런데도 아이는 불안한 얼굴로 민호에게서 눈을 떼지 못했다. 얼마나 애를 구박했으면 저런 반응을 보이는지, 부부 모두 정신 상태가 지구를 떠났구먼. 어쨌거나 아이는 절대 같이 들어가지 않을 것처럼 보였다. 뭐, 그렇다면 혼자 들어가는 수밖에.

"유혁아, 아저씨 들어간다."

민호는 일부러 큰소리로 아이를 불렀고, 아이는 고개를 끄덕였다. 이로써 의심쩍어 하는 시선을 무마한 민호는 경비원에게 가볍게 인사를 하며, 재빨리 3층으로 올라갔다. 다행히 경비원은 늙었고, 삶이 지루한 듯 연신 하품을 하는 늙은 개의 모습을 보였다. 빠릿빠릿한 젊은 놈이 경비를 볼 때는 절대 이런 식으로 쉽게 들여보내지 않는

다. 이건 횡재수라고 볼 수 있는 일이었다. 하지만 늙어도 경비는 경비였으므로, 민호는 CC TV가 작동되는 곳에서는 가능한 등을 돌리며 느긋한 걸음으로 걸었다. 3층은 다른 층과는 달리 독채였다. 금싸라기 땅에서 독채를 갖고 있는 최 사장이었지만, 8촌 조카의 명의로 되어 있는 등 여기저기 문어발로 재산을 빼돌렸기에 실제로 그가 갖고 있는 재산은 많지 않았다. 하여간 돈 있는 놈들이란! 현관에서는 새롭게 칠한 페인트가 아직 마르지 않았는지 매캐한 냄새를 뿜어댔다.

'젠장, 이런 데 쏟아 부을 돈은 있으면서 빌려 간 돈은 이자까지 떼어 먹겠다 이거지? 독한 놈 같으니라고!'

사채업자의 돈을 겁 없이 이리저리 굴려가면서 이득을 취하던 놈들이 구석으로 몰리게 될 때는 경찰서로 뛰어 들어가기 일쑤였다. 그리곤 사채업자에게 협박을 받았고, 또 법정 이자가 아닌 무시무시한 이자를 책정 받았다며 앓는 소리를 해 교묘히 빠져나갔다. 유림의 최 사장 역시 그쪽 과였다. 하지만 이 장민호 앞에서는 네놈의 여우 짓은 통하지 않는다고! 이대로 곱게 넘어가지 않겠다는 표정으로 현관문에 바싹 귀를 댄 민호는 희미하게 들리는 신음 소리에 잔뜩 찌푸렸다.

"으윽, 으."

변태들의 관계를 몇 번 본 적이 있던 민호로서는 최 사장이 제 안방에서 SM을 연출한다고 해도 별다른 충격을 받지 않을 것이다. 대신 그 장면을 캠코더로 적나라하게 찍어 그걸 미끼로 돈을 받으면 된다는 다분히 사채업자다운 생각으로, 기구를 이용해 문을 열고 들어가면서 캠코더를 잊지 않고 챙겼다. 발소리와 숨소리를 죽이며 집 안으로 들어가자 안방으로 추정되는 방에서 억눌린 신음 소리가 끊임없이 새어 나오고 있었다.

'잘하는 짓이군, 짓이야!'

민호는 가볍게 혀를 차며, 차질 없이 찍기 위해 캠코더를 작동시키며 문 앞으로 다가갔다. 고맙게도 문은 살짝 열려져 있었다. 벌컥 문을 여는 것과 동시에 영상을 찍어 대기만 하면 된다고 생각했던 민호였지만, 방 안에서 일어나는 일이 눈동자에 깊숙이 파고드는 순간 그자리에 우뚝 서고 말았다.

"으으윽."

"더 크게 내! 더, 더, 더 울라고! 이 망할 놈의 계집애, 오늘이야 말로 널 죽여주겠어!"

악랄한 목소리와 신음 소리가 뒤엉킨 곳은 구역질이 나올 것 같았다. 침대에 두 손을 묶인 여자는 고통으로 몸부림치고 있었고, 그녀를 묶은 남자는 짓밟아 버리고 말겠다는 악의가 가득한 얼굴로 주먹을 휘두르고 있었다. 입에 물린 재갈에 묻혀 여자는 신음조차 제대로 지르지 못했으나, 구타당하고 있는 몸에서 뼈가 부딪치면서 나는 둔탁한 소리가 삐져나왔다.

잡고 있던 손에 너무 힘을 주었던가. 끼이익, 문이 비명을 지르며 움직였다. 여자의 눈동자가 문 쪽으로 움직이더니 우두커니 서 있는 민호의 눈과 마주쳤다. 그 짧은 시간 민호는 여자의 눈동자에서 질기게도 살고 싶다는 희망을 봤고, 죽을지 모른다는 격정적인 몸부림 속에서 절망을 봤다. 동시에 과거 속으로 빨려 들어갔다.

"아버지, 때리지 말아요! 엄마를 때리지 말아요!"

아직은 제 아비보다 더 작은 소년이 난장판을 만드는 아버지의 바지를 붙잡고 사정하고 있었다. 아버지라 불리는 남자의 몸에서 확 술냄새가 풍겼다. 그는 술주정뱅이이자 가정폭력을 일삼는 비겁한 사람이었다.

"저리 못 가, 이 개자식! 어디서 감히 주둥아리를 놀려! 네 이놈, 너도 맞아 봐야 정신을 차리겠다 이거지!"

광폭한 사내의 눈이 악으로 물들었고, 동시에 높이 들고 있던 혁대를 사정없이 내리쳤다. 철썩철썩, 쫙쫙! 살갗에 부딪치는 소리가 처절하게 울릴 때면 어쩐 일인지 밖은 고요했다. 너무도 평온하기까지 하여 전혀 다른 세계에 뚝 떨어져 있는 것 같은 기분에 사로잡히게 했다.

"악, 아아악!"

그러나 터지는 비명은 이것이 현실이라는 것을 너무도 아프게 알려 주었다.

"흐흐, 더 울어! 더 미친 듯이 울어! 울고 빌어! 살려 달라고 빌어!"

비명 소리가 모자의 입에서 튀어나왔고, 그들 위에서 군림하는 악마는 모든 것을 복종시키기 위해 둔기를 휘둘러댔다. 어느 날은 혁대가 되었고, 또 어느 날은 굵직한 몽둥이가 되었다가, 어느 날은 들기도 버거운 가전제품이 사용되기도 했다. 미친 듯이 쏟아지는 그 살육의 현장에서 터지는 피는, 광폭한 그 사람을 더 광폭하게 만들었고, 거친 숨을 토해내며 마음껏 제 화풀이를 한 사내가 지칠 때쯤이면, 어머니도 자신도 까무러치기를 몇 번 하여 이승과 저승의 경계에서 헐떡이고 있었다.

"아으으윽."

여자의 입에서 나는 저 신음 소리!

"크흐흣흣."

남자의 입에서 나는 저 희열에 찬 악마 같은 음성!

"으아아악!"

가슴속에서 뭔가 불길이 치솟더니, 로켓처럼 발사되었다. 민호는 브레이크가 없는 자동차가 달리듯 무조건 몸을 날렸다.

"뭐, 뭐야!"

최 사장의 입에선 그 이후로 아무 말도 나오지 못했다. 퍽, 퍽! 어디로 향하는지 모르는 민호의 주먹이 최 사장의 얼굴을, 복부를, 머리를 향해 쏟아졌고 억, 소리를 낸 최 사장은 불시의 공격에 대응하지 못한 채 어떻게든 쏟아지는 주먹을 피하기 위해 웅크렸다.

"죽어, 죽어 버려!"

아버지를 향해 휘둘렀던 그 주먹! 한 줌 거리밖에 안 되던 남자의 광폭한 얼굴이 고통에 일그러질 때의 자유! 살려 달라고 소리치는 비겁자의 굴복! 아아, 제기랄! 끝내 실신한 남자가 바로 아버지였을 때의 그 쓰라렸던 기억들이, 최 사장을 정신없이 갈겨대면서 뒤죽박죽된 형태로 덧씌워졌다.

"살, 살려 줘!"

최 사장은 자신을 죽일 것 같은 민호의 주먹에서 어떻게든 도망치려고 했으나, 이미 잡힌 몸은 으스러지고 있었다.

"아아."

최 사장의 부인은 갑자기 나타난 남자가 남편을 죽일 듯이 패고 있는 장면에서 공포를 느꼈다. 저 주먹은 남편과 같았다. 흉측한 주먹이 사정없이 내리칠 때면 어느덧 정신은 사라지고, 고요한 바다의 깊은 수면 속으로 이동했다. 죽은 얼굴로 쏟아지는 주먹을 피하지 못한 채 스펀지처럼 받아들였다. 간간히 토해내는 비명 소리에 살고 있구나, 아직은 내가 살아 있다는 희망 같지도 않은 희망 속에서 멍한 눈으로 바라보던 시계의 바늘, 그 바늘이 움직임과 동시에 시간이 간다는 것을 알았다. 그런데 지금 남편의 얼굴은 그녀의 얼굴 같았고, 그 위에 올라타 미친 듯이 주먹을 휘두르고 있는 남자는 남편의 얼굴 같았다.

"커어억, 여보, 살려 줘!"

아아, 안 돼! 날 구해야 해!

"경, 경찰이죠?"

최 사장의 부인은 재빨리 전화를 걸었고, 경찰은 신속하게 도착했다.

그 시각, 예원은 커피포트와 원두커피를 바라보며 흐뭇한 미소를 짓고 있었다. 저녁 식사를 거절한 후에 아직 약간의 어색함이 남아 있긴 했지만, 그나마 이곳에서 가장 편안한 상대인 민호를 위해 커피를 타 준다는 것은 그녀로서는 많이 발전된 모습이었다. 아직은 이해하지 못하는 일들이 많았지만, 어쨌든 빌린 돈을 받는다는 것이 몹시 어렵다는 것도 알 것 같았다.

"오전에 온다고 하더니, 왜 안 오지? 오늘은 이사님과 셋이서 같이 점심 먹으려고 했는데."

전날 최 사장을 만나지 못할 것 같다며 오전에 사무실로 온다고 했던 민호가 오지 않자, 예원은 민호의 휴대폰 번호를 눌렀다.

－네.

수화기 속에서 들리는 목소리는 민호라고 판단하기 어려울 정도로 컬컬했다. 예원은 민호 씨가 맞느냐고 되물었고, 수화기 속에선 침묵이 있었다. 그 순간, 뭔가 소리가 나는 듯하더니 다른 남자의 목소리가 튀어나왔을 때만 해도 예원은 '점심 먼저 먹을게요' 라는 말을 하려고 했었다.

-남부경찰서입니다. 장민호 씨의 가족과 연락을 하고 싶습니다.

갑자기 경찰서라는 말에 예원의 사고는 잠시 정지 상태에 빠졌다.

"경찰서라고요?"

간신히 되물었지만, 예원은 아직도 혼란스런 표정으로 어떻게 해야 할지 모르겠다는 모습을 보이고 있었다.

-현재 장민호 씨는 폭행죄로 입건 중입니다.

뭐, 폭행? 간신히 움직였던 사고가 다시 정지 상태로 돌입했다. 폭행이라는 것은 남을 때리는 것인데, 어째서 민호 씨가? 예원은 순간 이곳이 사채업자 사무실이고, 그가 해결사 노릇을 하고 있다는 것을 깨달았다. 그래도 민호 씨는 늘 합법적이라는 말대로 행동한다고 들었었는데…… 우왕좌왕 생각에 몰두한 예원은 제대로 대답조차 하지 못하고 멍한 상태로 수화기를 간신히 들고 있었다. 담당자는 약간 짜증이 도는 목소리로 그녀를 불렀다.

-여보세요? 듣고 계십니까?

"아, 아! 네, 잘 듣고 있어요. 저, 죄송하지만, 무슨 소리인지 자세히 좀 알려 주시겠어요?"

예원은 한마디도 놓치지 않겠다는 얼굴로 휴대폰을 귀에 바싹 가져갔다.

-장민호 씨는 금일 오전 9시에 발생한 폭행 사건의 주범으로 현장에서 이송되어 현재 조사 중에 있습니다. 피해자와 합의를 해야 하는데 본인이 극구 가족에겐 연락하지 않겠다고 하고 있어요. 장민호 씨의 가족을 아신다면 연락을 해주었으면 합니다. 이런 일은 아무래도 빨리 처리하는 게 좋죠.

"제, 제가 지금 당장 갈게요!"

예원은 정신없이 가방을 메고, 밖으로 뛰쳐나갔다. 우형에게 연락을 해야 할 것 같았지만, 우선 알아보는 게 좋겠다고 생각하고 택시를 잡았다.

예원은 경찰서에 도착하자마자, 민호부터 찾았다. 강력반으로 들어가자 민호가 보였다.

"민호 씨!"

"예원 씨⋯⋯."

민호는 놀란 얼굴로 예원을 바라보다가 고개를 숙였다. 그 모습이 어찌나 가엾던지 예원은 분명 무슨 이유가 있을 것이라고 생각했다.

"무슨 일이에요?"

예원은 형사에게 다급히 물었다.

"주거지 불법 침입에, 주인인 남자를 아무런 이유 없이 폭행했습니다. 그런데 아가씨는 장민호와 어떤 관계죠?"

"같은 사무실에 근무해요."

형사는 예원의 모습을 힐끗 보더니, 이내 서류에 시선을 돌렸다.

"장민호가 사채업자 직원이라고 들었는데, 아가씨도 그쪽에서 일하고 있군."

형사는 지나가는 투로 말했으나, 직업에 의해 한 단계 낮은 시선을 느끼시 못할 예원이 아니었다.

"민호 씨, 왜 그랬어요?"

예원은 시선을 돌려 민호에게 물었다.

"형님에게는 말하지 말아요."

민호는 조용한 목소리로 말했다. 예원은 답답했다. 아무리 돈을 받아야 한다고 해도, 무조건 주먹부터 휘두르다니! 이러니 사채업자들이 욕을 먹는 것이 아니냐는 생각이 들어, 이렇게 일을 만든 민호가 원망스럽기까지 했다.

"합의를 하든가, 감옥으로 가든가. 장민호, 처음도 아닌 두 번째인데, 감방 가는 게 제 집 드나들듯 정겨운 느낌이냐?"

형사의 말에 예원의 눈이 커졌다. 민호 씨가 전과자라고? 그 소리에 예원은 몹시 놀라, 자신도 모르게 뒤로 주춤했다.

"어머니에게 미안하지도 않아? 쯧, 합의금 없으면 안 되는 거 알고 있지?"

형사는 계속 쪼아댔다. 민호는 가만히 있었고, 예원은 뒤로 물러선 상태였다.

"합의해 줄 만한 사람 없어?"

형사의 물음에 민호는 고개를 저었다. 형사가 한심한 얼굴로 예원에게 시선을 돌렸다. 시선을 받은 예원은 시선을 피하지도, 그렇다고 받아들이지도 못하고 엉거주춤하게 섰다. 잠시 침묵이 흐르고 예원은 우형에게 연락하는 게 낫겠다는 생각으로 휴대폰을 꺼내다가 민호의 커다란 등에 시선이 머물렀다. 덩치에 맞게 몹시 큰 등이 어째서 저렇게 애처롭게 보이는지…… 어쩌면 저렇게도 구부러져 있는지…… 구부정한 등은 한 손으로 툭 건드리면 그 자리에서 쓰러질 모래성 같았다. 저 등에 동정을 하면 안 되는데, 어차피 해결사 노릇을 하고 있으니 전과가 있는 악인이 분명하다고 생각하면 되는데, 어째서 저릿할 정도로 가슴이 아픈지 알 수가 없었다.

"합의 못하면 몇 년 썩어야 할 거야. 피해자 쪽에서 꽤 벼르고 있다고 하던데……."

형사의 목소리가 들리자, 예원은 앞뒤 생각 없이 뒤로 물러선 걸음을 다시 앞으로 디뎠다.

"잠깐 만요!"

부르긴 불렀지만, 예원은 뭐라고 해야 할지 모르는 얼굴로 형사와 민호를 번갈아 바라보았다.

"형님에게 말하지 말아요."

"알았어요. 그럼 수, 수 언니는 어때요?"

수 언니라면 잘 처리해 줄 것 같았다. 피해자를 만나 합의도 잘할 것 같고, 왜 그랬는지 물어볼 것도 같고, 자신처럼 두 눈을 감아 버리지도 않을 것 같았다. 예원은 휴대폰으로 전화를 걸었고, 수는 30분 안에 도착했다.

"야, 장민호! 너 누굴 때린 거야? 병신 같은 놈 쥐어박은 거야? 걱정할 것 하나도 없어. 너 콩밥 먹지 않게 합의해 줄 테니까!"

수는 너무도 당당하게 경찰서 안으로 들어와 좌중을 훑어보며 민호 옆에 섰다. 그리고 형사를 쳐다보았다. 단지 쳐다볼 뿐인데도 형사는 기세에 놀라 흠흠, 소리를 냈다.

"피해자는 최만석입니다. 듣기로는 빌려 준 돈을 받으러 갔다고 하더군요. 장민호의 죄목은 주거지 불법 침입에, 폭행죄입니다."

경찰의 설명에도 눈 하나 깜짝하지 않은 수는 허리에 손을 올려놓았다.

"그놈 맞을 짓 했지? 그래서 때린 거지? 그런 놈 하늘에서 벌주기 전에 인간인 네가 먼저 해준 거지?"

"아니, 아가씨! 그렇게 말하면 안 되죠. 엄연히 폭력을 휘두른 사람은 장민호이고, 일방적으로 당한 사람은 최만석입니다."

"아저씨는 가만히 계세요!"

수는 버럭 소리를 지르더니, 이내 무릎을 꿇고 앉았다. 그리곤 떨어뜨린 민호의 고개 속으로 얼굴을 가까이 댔다.

"말해, 왜 그랬어?"

"수……."

"난 알고 있어. 네가 쓸데없이 주먹을 휘두르지 않는다는 것을 난 알고 있어. 그리고 널 믿어."

"그놈이……."

민호는 뭔가 두려운 기억이라도 생각난 듯 사시나무 떨듯 떨었다.

"말해."

"그놈이 아버지로 보였어."

웅얼웅얼 대는 소리가 간신히 귀에 꽂혔을 때에도 예원은 감을 잡지 못하고 있었다. 아버지로 보여서 폭력을 행사해? 혹시 그 전의 전과의 죄목이 친부에게 휘두른 폭력이 아닐까 싶었다. 그렇게 생각을 하자 소름이 오도독 돋고, 패륜이란 단어와 말세라는 소리가 뇌 속에서 튀어나왔다.

"그것 봐요! 애가 아무에게나 폭력을 휘두르는 타입이 아니라니까요!"

그런데도 수 언니는 당당하게, 너무도 당당하게 형사에게 삿대질까지 하고 있었다. 예원은 멍한 표정으로 아무것도 생각하지 못하고 서 있기만 했다.

"그놈이 분명 제 부인을 팼을 거야, 그렇지?"

수는 눈에 보이는 것처럼 추리를 했고, 고개를 끄덕이는 민호의 모습을 보며 만족스런 미소를 지었다.

"형사 아저씨, 그러니까 합의만 하면 되는 거죠? 좋아, 예원 씨! 가자."

"예? 저, 저요?"

얼떨결에 따라 나가던 예원은 문 앞에서 문득 고개를 돌렸다. 민호의 등이 애처롭게 보이는 것은 어쩌면 반성이나 죄의식이 아니라, 그를 둘러싸고 있는 짙고 깊은 외로움 때문일지도 모른다는 생각이 들었다.

"수 언니, 이제 어떻게 해요? 이사님에게 연락할까요?"

"아니, 지금은 연락하지 마. 우형이 녀석, 모든 일에 냉정한 녀석이
지만, 이번 일은 냉정할 수 없을 거야. 민호 자식을 엄청 아끼니까 무
슨 짓을 할지 몰라. 그 녀석에게 소식이 들어가기 전에 어느 정도 결
론을 만들어 놓는 게 좋아."

수는 말하자마자, 결론까지 냈다.

"우선 최만석부터 만나 보자."

수의 말에 예원은 얼른 고개를 끄덕였다. 그러면서도 잘하고 있는
것인지 의문이 계속 떠오르고 있었다. 그리고 왜 그때 수 언니가 떠
올랐을까 하는 의문도 들었다. 저녁 식사 제의를 거절한 후, 어색해
진 관계를 느껴 그들과 마주쳐도 인사도 하지 않았었다. 혹시 화가
나지는 않았을까 하는 생각도 들었었다. 자꾸만 꼬리에 꼬리를 물듯
의문이 드는 것은 앞으로 만날 피해자와의 만남에 대한 두려움 때문
이었다.

최만석은 특실이라는 말이 무색하지 않는 화려한 병실 침대에 잔
뜩 인상을 쓰고 누워 있었다. 턱 뼈가 부러졌고 갈비뼈까지 어긋났다
는 진단을 받자, 당상에 그놈의 사지를 설난하고 말겠나는 투시로 사
득했다.

"장민호 씨 일로 합의하러 왔습니다."

벌컥 문을 열고 들어오는 두 여자의 등장은 가뜩이나 불편한 심기
를 가중시켰다. 게다가 무릎 꿇고 사과를 해도 될까 말까 한 일에 뻔
뻔한 얼굴로 합의를 하자니! 최만석은 콧방귀도 끼지 않았다.

"부인을 폭행하던 중이었지요? 그래서 민호가 최만석 씨를 말린 거
고요."

수는 정확히 유추했다.

"하, 말렸다고? 아예 소설을 쓰지 그래? 그래서 뭐라는 거야? 내 잘못이란 거야? 그리고 내 부인, 내가 일이 있어서 좀 건드렸는데, 아가씨가 무슨 상관이야!"

"부인이 고소할 수도 있겠지요."

수 역시 콧방귀도 끼지 않았다.

"그 여자가? 천만에! 그 여잔 현실에 만족하지. 그런 일은 절대 없을 테니 합의금이나 두둑이 가져오라고. 안 그러면 그놈 콩밥 한번 거하게 먹일 생각이니, 그렇게 알고! 아으으윽, 나 죽네!"

최만석은 들으라는 듯 큰소리로 비명을 질러댔다.

"그렇게는 안 되죠. 난 정의로운 사람은 아니지만, 여자 때리는 남자에게 두둑하게 합의금까지 얹어주는 착한 일은 할 수 없거든요."

수는 팽 소리가 나도록 돌아섰고, 최만석은 더욱더 고통에 찬 신음소리를 냈다.

"수 언니, 그냥 적당히 합의하는 게 어때요?"

병실 문을 나서자마자 예원은 병실과 수를 번갈아 보며, 걱정스런 얼굴로 의견을 말했다.

"한 몫 벌어 보자는 수작이야. 어쩌면 우형에게 빌린 돈을 변제하지 않는다는 조건을 합의조건으로 걸 수도 있어. 물론 우형이라면 OK 하겠지. 하지만 난 그렇게 하고 싶지 않아, 저런 녀석은 맞을 만해서 맞았다는 걸 알려 줘야 해!"

"하지만 폭력은 옳지 않아요. 민호 씨가 잘한 것은 없어요."

예원의 말에 수는 한쪽 눈썹을 치켜떴다. 그 모습은 우형을 연상케 해서 예원은 언뜻 두 사람이 닮았다는 생각이 들었다.

"예원 씨의 정의로움을 모르는 바는 아니지만, 세상 일이 뭐든 법대로 되는 건 아냐."

수는 하이힐 소리를 내며 병원 복도를 걸었다. 그런 수의 모습을 지켜보던 예원은 그냥 우형에게 연락하는 게 어떨까에 집중했다. 조급하게 움직이던 하이힐 소리가 멈추고 수가 눈을 빛냈다.

"부인을 만나 보자."

"네? 부인이요?"

"그 당시 상황을 알 거 아니야! 적어도 그 부인이라면 우리 편일거야."

수는 결론을 내리자마자 곧바로 최만석의 집으로 예원을 끌고 갔다. 오후 5시였다.

"할 말 없습니다."

그러나 최만석의 부인인 최연주는 우리 편은 고사하고 문조차 열어 주지 않았다. 여차하면 경비원이 득달같이 달려와 끌어 낼 수도 있을 정도로 냉랭했다.

"얘기 좀 하고 싶어요!"

수는 열리지 않는 문을 향해 소리쳤다.

"할 이야기 없어요. 이만 돌아가세요."

"잠시 만요, 민호의 인생이 끝장날 수도 있는 일이라서 그냥 못 가요. 문 열지 않을 거라면 내 말이라도 들어요. 민호가 집에 들어갈 당시, 부인은 분명 폭행을 당하고 있었을 거예요. 민호는 그런 모습을 보고 최 사장을 때렸을 거라고요!"

그러나 수가 아무리 외쳐도 굳게 닫힌 문은 열리지 않았다. 묵묵부답인 문 앞에 서 있는 시간이 길어질수록 초조감은 더해 갔다.

"부인은 남편에게 폭행당하는 게 좋아요? 좋지 않으면서도 왜, 왜 그곳에서 벗어나지 못하는 건가요? 민호는 어쩌면 부인을 죽음에서 건진 사람일 수도 있어요!"

"그 남자는 내 남편과 똑같은 눈으로 남편을 때렸어요! 그 남자도 별반 다를 게 없는 폭력배일 뿐이에요."

어쨌든 대답해 주는 최연주의 말에 희망을 느낀 수는 바싹 문으로 다가갔다.

"민호는 폭력배가 아닙니다. 민호는……."

어려운 이야기를 시작하려는 듯 수는 잠시 시간을 두었다. 그리고 마침내 결심한 얼굴로 마른 입술을 축였다.

"민호는 어린 시절 아버지에게 맞으며 자랐어요. 어머니 역시 아버지에게 짐승처럼 맞았고요. 폭력은 민호가 17세가 될 때까지 계속되었어요. 가정 폭력이 어떤 것인지 더 잘 아시겠지만…… 민호는 가정 폭력의 희생자였어요. 민호의 어머니는 뇌에 이상이 생길 정도로 깊은 후유증에 시달려야 했고, 민호 역시 정신적, 육체적 상처가 아물지 못하는 것은 아닌가 할 정도로 끔찍한 날들을 보내야만 했어요. 그러던 어느 날 제정신이 아닌, 하지만 온전한 정신을 갖고 있다고 말한 민호가 절 불러냈을 때는 이미 미친 듯이 주먹을 휘둘러 아버지란 작자를 제 손으로 절단한 후였습니다. 그 녀석, 울고 있었어요. 그 동안 고통 받은 만큼 죽이고 싶었는데 몇 대 갈기지도 못해서 한스럽다고 우는 녀석…… 그 녀석은 사실은 심약한 성격이었고, 그 뒤 후유증도 컸습니다. 민호는 부인을 보면서, 자신의 어머니와 자신을 보고 있었을지도 몰라요."

그날, 구름 한 점 없이 맑았던 그날, 눈물을 뚝뚝 흘리던 녀석의 얼굴에는 많은 감정이 숨어 있었다.

"민호는 무차별 폭력을 행사한 아버지에게 폭력을 휘둘렀지만, 속으로는 늘 폭력을 두려워했어요. 지금도 그 잠재의식이 작동해 누군가 자신을 향해 손이라도 올리면, 그것이 인사를 하는 방식의 작은 행동인데도 불구하고 녀석은 움츠러듭니다. 제 손으로 아버지를 팬 나쁜 녀석이지만, 그래도 밑바탕은 두려워서 떨고 있는 가녀린 녀석입니다. 부인도 아드님을 키우고 있다면 제 말뜻을 아실 겁니다."

수는 고통으로 일그러진 얼굴로 사정했다.

"돌아가 주세요. 더 이상 할 말 없습니다."

최연주는 어린 아들을 품에 안았다. 그 남자가 안타깝기는 해도, 남편과의 헤어짐을 생각할 수 없는 자신으로서는 남편에게 불리한 증언을 할 수 없었다. 또한 이후 남편에 의해 가해질 보복도 두려웠다.

쾅쾅쾅, 문을 두드리는 소리에 최연주는 심장이 내려가는 것을 느끼며, 본능적으로 아들의 몸을 안았다.

최연주가 주먹으로 문을 두드린다고 생각한 소리는 그러나 수의 머리가 문을 향해 돌진하면서 나는 자학의 소리였다.

"언니, 그만해요. 그러다 다쳐요!"

수의 모습을 멍하니 바라보던 예원은 정신을 차리고 재빨리 팔을 잡아끌었다.

"놔, 놔 둬!"

수는 예원의 손을 확 뿌리쳤다.

"당신들 같은 겁쟁이가 민호의 인생을 휘어지게 했어! 처음부터 헤어졌어야 하는 일이었다고! 주먹이 날아올 때, 칼로 돌변했을 때, 헤어졌다면, 그랬더라면 민호는 그렇게까지 상처 받지 않았을 거야!"

머리가 박살날 정도로 수는 문을 향해 돌진했고, 악을 썼다. 그러지 않으면 미칠 것 같았다. 녀석은 자신과 같은 부류였다. 그래서 더 녀석이 애잔했다. 미치도록 안아 주고 싶은 녀석이었다. 그런 녀석에게 또다시 감옥에 가는 일을 겪게 하고 싶지 않았다.

"이봐요, 아줌마! 아줌마 같은 사람들 때문에 아들들이 얼마나 괴로운지 알아? 알고 있어? 조금 일찍 헤어졌다면 녀석은 동성애자가 되지도 않았을 거라고!"

수는 악을 썼다. 하지만 악을 써도 개운하지 않았다.

"녀석은, 민호 녀석은 가정을 가지기 두려워한다고! 가정을 가지면 아이를 낳아야 하니까, 아버지가 되면 자신도 아버지처럼 아내를 때리고, 아이를 때리는 그런 사람이 될까봐…… 폭력 가정에서 자란 남아의 대다수가 아버지의 전철을 밟는다는 통계에 의해, 녀석은 겁부터 먹었다고!"

수는 피를 토해내는 심정으로 악을 썼다.

"아버지가 되는 게 무서워서, 남편이 되는 게 무서워서, 남자임에도 여자를 사랑하지 못하는 가엾은 녀석…… 남자를 사랑하면 아이를 낳지 않아도 된다고 생각하는 멍청한 자식…… 미친 자식, 또라이 자식!"

아아, 예원은 손으로 입을 가렸다. 어째서 그런 일이…… 말을 잇지 못하는 예원의 옆으로 수가 하이힐 소리를 내며 걸어갔다. 그러나 또각또각 소리는 불안정했다. 휘청거리는 수의 뒷모습을 보며 예원은 아픈 가슴을 쥐었다.

9.

수와 헤어진 예원은 소나기가 퍼붓자, 비를 피하려 건물 안으로 들어갔다.

우르릉 쾅쾅!

천둥과 번개를 동반한 비가 무서울 정도 쏟아졌다.

"까악! 갑자기 웬 비야?"

"오늘 소나기 내린다고 했어! 야, 달리자!"

쏴아, 쏴아, 우르릉 쾅쾅!

사람들이 비를 피하기 위해 달리는 것을 멍하니 보던 예원은 휴대폰을 꺼내, 아버지에게 전화를 걸었다.

"아버지."

예원은 침을 삼켰다. 아버지라는 단어만으로도 왜 이렇게 가슴이 아픈지 모르겠다.

—여긴 비 오는데, 서울도 비 오고 있냐?

"아니에요, 날 좋아요. 무덥긴 하지만 날이 참 좋아요."

쏴아, 쏴아! 퍼붓는 비가 무섭도록 내리고 있었지만, 예원은 날이 참 좋다고 했다. 지금은 날이 참 좋다고 말하고 싶었다. 하늘 한번 보고 '거, 날 참 좋네' 하던 아버지 목소리가 듣고 싶었다.

"아버지."

감정을 억눌러서 그런지 목소리가 변형되어 나왔다.

―예원이 너, 무슨 일 있는 거 아니냐? 서울 생활이 고되어서 그래? 예원아, 그럼 돌아와. 괜찮으니까 내려와. 할머니도 너 보고 싶어 하시고, 네가 없으니 적적하신가 보더라. 그러니 너 내려오고 싶을 때, 아무 때고 내려와.

예원은 급기야 울음을 터트렸다. 쏟아지는 비처럼 내리는 눈물이 입 안으로 들어가자, 마치 익사 직전처럼 숨을 쉴 수가 없었다.

"아버지."

―그려, 녀석아. 자꾸 애비만 부르지 말고, 네 마음대로 해. 애비 걱정할 것 없다. 내일이라도 내려와.

"아니에요, 그게 아니라……."

예원은 잠시 뭐라고 해야 할지 고민했다. 우선 숨을 들이켰다. 순간 폐 속으로 들어온 공기는 비를 끌고 들어왔고, 온몸이 마치 비속에서 헤엄치는 것만 같았다.

―그게 아니라면 뭐냐? 예원아, 애비 답답하다. 어여 말해.

"그냥…… 고마워서 그래요. 아버지가 좋은 아버지라서, 존경할 수 있는 아버지라서 고마워서 그래요."

―허허, 녀석도 참. 별소리를 다 하는구나. 나도 네가 좋은 딸이라서 고맙다.

흐느낌이 새어 나올 것만 같아, 예원은 다급히 입을 막았다.

“들어가 봐야겠어요.”

예원은 전화를 끊고 쏟아지는 빗속으로 뛰어 들어갔다. 쏴아아! 무섭게 퍼붓는 비 한가운데를 가로지르며 뛰어가는 동안 비는 매질이라도 하는 것처럼 아프게 했다.

“퇴근 시간이 다 될 때까지 농땡이라니, 대단하군.”

우형은 사무실로 들어온 예원을 향해 비꼬는 시선을 서슴없이 던졌다.

“죄송합니다.”

우형은 예원의 순종적인 대답에 미간을 좁혔다. 점심을 먹으러 간 것처럼 나간 여자가 몇 시간 동안 연락도 없이 사라졌을 때 첫 감정은, 돌아오는 즉시 무릎에 올려놓고 엉덩이를 팡팡 두드리겠다는 생각이었다. 그러나 생각과 달리, 그 시간 동안 우형은 초조함으로 가득했다. 다음날 ‘시골집입니다’ 라는 예원의 전화를 받을 수도 있다는 생각이 들었을 때는 자신도 모르게 긴장감으로 온몸이 뻣뻣해졌었다. 근육이 완화되었을 때는 이런 낯선 감정을 일으킨 예원에게 배로 갚아 버릴 심산이었다. 그런데 6시간 만에 돌아온 예원의 모습은 빗속에서 헤임이라도 친 깃처럼 온몸이 젖어 있었고, 그건 또 다른 감정을 불러일으켰다.

“죄송합니다.”

예원은 고개를 숙이고 재빨리 우형의 옆을 지나갔다. 그러나 우형의 손에 잡히고 말았다.

“무슨 일이야?”

눈치가 빨라도 너무 빠르다. 그러나 예원은 민호의 이야기를 할 수가 없었다. 수 언니의 부탁 때문만은 아니었다. 뭐라고 해야 할지 모르겠다는 것이 솔직한 마음이었다.

"아무것도 아니에요."

예원은 잡힌 팔을 빼려고 했으나, 곧바로 다시 잡혔다. 우악스럽게 잡은 팔의 힘의 강도로 볼 때, 대답하기 전까지는 절대 손을 놓지 않겠다는 의지가 느껴졌다.

"아무것도 아닌 게 아닌 것 같군. 뭐야, 무슨 일이야?"

탐색하는 눈초리를 풀지 않은 채 우형이 물었다.

"날 속일 생각은 하지 않는 게 좋아, 들통이 날 거짓말도 하지 마."

"아무것도 아니에요."

"거짓말 하지 말라고 했어."

우형의 눈동자가 예원의 눈동자 속으로 파고들었다. 그는 자백하라고 강요하고 있었다. 그의 눈동자에 묶여 버린 예원은 시선을 피할 수도, 그렇다고 자백할 수도 없었기에 멍한 눈으로 그의 눈동자를 보고만 있었다. 사나운 눈초리가 조금씩 풀려졌다. 어쩌면 자신만의 착각인지도 모르지만, 예원은 자신을 보고 있는 눈동자에 기대고 싶었다.

"안아 주세요."

잠시 침묵이 두 사람을 에워쌌고, 먼저 제정신을 차린 것은 우형이었다.

"김예원."

"그러니까 아무것도 아니라고요."

예원은 시선을 피하면서 잡힌 팔을 뺐다. 스르륵, 팔은 풀려졌고 갈 길을 가라고 등을 미는 것 같았다.

'졌었네.'

이제야 온몸이 물먹은 솜처럼 축 쳐졌다는 걸 알게 된 예원은 우형의 곁을 지나쳤고, 바닥에 빗물을 뚝뚝 떨어뜨렸다. 그렇게 돌아섰던 예원은 갑자기 우형의 손에 잡혀 돌려 세워졌다. 그리고 그의 품으로 끌려 들어갔다.

"앗! 뭐, 뭐 하는 거예요?"

"안아 달라며?"

내뱉듯이 말한 우형은 빗물로 축축해진, 비 냄새로 가득한 예원을 안았다.

"난 이유를 말하지 않을 거예요."

"됐어, 말하기 싫으면 말하지 마. 듣는 것도 귀찮아."

역시나 무뚝뚝한 목소리를 낸 우형은 오른손으론 예원의 등을, 왼손으로는 허리를 꽉 안으며 그녀의 움직임을 봉쇄했다.

잠시 후, 탕비실로 들어간 예원은 붉어진 얼굴 그대로 젖은 옷을 갈아입었다. 얼마나 그의 품 안에서 있었는지 모르겠다. 너무도 편안해서 이대로 안겨 잠이라도 들 것 같다는 생각이 드는 것과 동시에 현실로 돌아왔고, 깜짝 놀란 얼굴로 그의 품에서 벗어났을 땐…… 아니, '넌 은혜라는 것을 모르는 것 같군' 이란 그의 말로 미루어 보아 어쩌면 비명을 지르며 밀었는지도 모른다.

어쩔 줄 모르는 얼굴로 서 있던 예원의 눈에 축축해진 그의 셔츠가 보였다.

"티셔츠하고 반바지가 있을 거야. 깨끗하게 세탁된 거니까 입어도 돼."

우형이 퉁명스럽게 손가락으로 가리켰고, 그 손가락을 따라 시선을 옮긴 후 예원이 다시 그에게 시선을 돌렸을 때는 그는 이미 이사실 안으로 들어가고 없었다.

"나란 인간, 정말 대책 없구나."

예원은 커다란 박스 티와 고무줄로 된 반바지로 갈아입으면서, 왜 안아 달라는 말을 했을까에 집중했다. 아마도 어린 시절이 떠올랐는지 모른다. 어린 시절의 기억에서만큼은 그는 몹시도 친절한 사람이었다. 그가 부정하든 말든 말이다.

이제는 어둑해진 거리가 후드득 떨어지는 비로 인해 출렁거렸다. 침묵의 중앙에 서 있는 우형은 아직도 손끝에 남아 있는 감촉을 애써 부정하며 예원에게 다가갔다.

"퇴근 시간이 지났어, 일어나."

"아직 못했는데요?"

"열심이군."

퉁명하게 내뱉은 우형은 자신의 옷을 입고 있는 예원에게서 시선을 돌리려고 했다. 그러나 시선은 고정되었다. 한 번도 아닌 두 번째 보는 거라 별일 없을 것 같았는데, 육체는 배신했다. 젠장, 그의 남성은 그가 티셔츠 속에 감춰진 다른 것을 생각하고 있다는 사실을 이제는 숨길 수 없을 만큼 부풀었다.

'역시 금욕 생활이 길었어.'

우형은 전과 마찬가지로 전혀 이해되지 않는 육체적인 반응의 까닭을 '금욕 생활'로 결정지었다.

"흠."

우형은 가볍게 헛기침을 하고는 톡톡, 책상 위를 두드렸다.

"잠시만, 거의 다 했어요."

예원은 튕기는 소리를 재촉의 의미로 받아들이고는 서둘러 일을 마무리했다.

자동차를 타고 집으로 돌아가던 예원은 잠시 소강상태를 보이던

빗줄기가 거세지고, 와이퍼의 작동이 빨라지는 것을 두려운 마음으로
바라보았다.

"비가 많이 오네요."

예원은 조그마한 소리로 속삭였다.

"그렇군."

맞장구치는 우형의 목소리에 예원은 이상할 정도로 든든함을 느꼈
다. 그러고 보니, 서울에 온 첫날 웅덩이가 팰 정도로 비가 쏟아졌는
데도 불구하고 잠을 설치지 않았다는 것이 떠올랐다. 그가 아무리 날
싫어한다고 했어도 예원에게 그는 핏줄과 같은 가족의 의미로써 다가
왔고, 든든함을 느끼게 했다.

"다음엔 여벌의 옷을 사무실에 둬야겠어요."

예원이 갑자기 셔츠의 끝을 쭉 아래로 잡아 당겼다. 그 순간 볼록
솟은 가슴이 드러났다. 우형은 재빨리 시선을 앞으로 고정시켰으나
쿵, 소리가 나는 것이 뇌 속에서 정신 차리라는 의미로 해머로 두드
리고 있는 것인지, 그렇지 않으면 심장의 일부가 바닥으로 곤두박질
치면서 나는 소리인지 몰랐다. 이번에도 마찬가지로 우형이 내린 결
론은 하루 빨리 금욕 생활을 청산해야 한다는 거였다.

저녁 식사를 같이 해야 하는 것이 몹시도 껄끄러웠던 예원은 조금
전 수와의 통화에서 아직은 말하지 말라는 당부를 상기하고는 절대
말하지 않겠다는 의지로 자리에 앉았다. 또한 내일 수와의 약속으로
인해 결근해야 하는 이유를 설명할 때, 그가 큰 의미를 두지 않기를
바랐다.

"앉아."

"밥이…… 차려져 있네요."

식탁 위에 깔끔하게 차려진 음식들을 보며 예원이 중얼거렸다.

"설마 우렁 각시가 왔다간 거라고 생각하는 것은 아니겠지?"

"일하는 아줌마인가 봐요. 언제 와요?"

"화요일이랑 금요일에."

우형은 말을 하며 예원을 탐색했다. 탐색해야 할 만큼 다른 날과 확실히 다른 모습이었다. 예원이 서울에 온 지 두 달이 채 안 되는 짧은 시간이었지만, 처음 본 순간부터 뭘 생각하고 있는지 속속들이 알 수 있었다. 예원이 뭔가 숨기고 있는 것이 분명했다. 그게 뭘까? 사소한 궁금증이 도지면서 탐색은 시작되었다.

"왜요?"

탐색을 모를 리 없는 예원은 가능한 대수롭지 않게 보이기 위해 노력했다.

"뭘?"

우형 역시 대수롭지 않은 얼굴로 물었다.

"왜 보냐고요."

"보면 안 되는 이유라도 있어?"

우형의 탐색 속도에 적색불이 켜졌다. 예원은 꿀꺽 침을 삼켰다.

"아니요, 안 될 것은 없지만."

"수저 달라고, 수저가 있어야 밥을 먹지."

우형은 예원의 옆에 있는 수저 쪽으로 시선을 돌렸다.

"아!"

소리를 낸 예원은 수저를 우형에게 주었고, 그 순간까지도 예원은 우형의 집요한 탐색을 피할 수 없었다.

"잘 먹겠습니다."

예원은 음식 앞에서 기도를 한 후, 우형 쪽으로 영양가가 좋은 음식을 먹기 좋게 옮겼다. 그런 그녀의 행동에 그는 눈썹을 치켜떴다.

"많이 드시라고요."

"난 어린애가 아니야."

별것 가지고 다 트집을 잡고 있네. 예원은 그러나 별다른 말없이 수저를 들고 묵묵히 식사를 했다.

조용한 식사 시간이었다. 음식을 먹을 때 나는 소리만 간간히 들리는 적막한 시간이 지속될수록 예원은 가시 방석 같은 자리에서 벗어나고 싶었다. 얼른 먹고 일어나자고 생각한 예원의 밥 먹는 속도가 빨라졌다.

"동전."

예원의 빠른 속도에 우형이 브레이크를 걸었다.

"동전요?"

예원은 우형의 말에 고개를 갸웃거렸다.

"네 휴대폰 고리에 달린 동전."

그가 가리킨 것은 휴대폰에 장식용으로 달린 1원짜리 동전이었다. 동전을 본 순간 예원은 활짝 웃었다.

"예쁘죠?"

"예쁘냐고? 난 그 무거운 것을 장식으로 달고 다니는 걸 지적하려는 거야."

우형은 활짝 웃는 예원의 얼굴이 몹시도 부담스런 얼굴로 툭, 내뱉었다.

"무겁다니요, 하나도 안 무거워요. 이건 정말 나에게 소중한 거예요. 아주 소중하고, 소중한 선물이에요. 이사님은 모를 거예요. 나에게 이 동전이 얼마나 소중한지……."

우형은 예원이 동전에 숨을 불어넣듯이 후, 소리를 내는 것을 보았다. 소중한 선물이라고? 그깟 1원짜리가? 물론 자신에겐 소중했다. 용돈을 받아 본 적 없는 소년이 꼬마 녀석을 잘 돌보아 주었다는 이유로 받은 노동의 대가였었다. 그 1원짜리를 저 꼬마에게 줘야 했던 날, 지독히도 울던 저 녀석에게 주던 날, 녀석의 눈물이 순식간에 사라지고 웃음이 자리 잡던 그날, 그날로부터 얼마 지나지 않아 녀석과 이별을 했었다. 그런데 녀석은 저 동전을 가지고 있었다. 아직도 말이다.

"왜 그런 표정이예요?"

예원의 물음에 우형은 대답하는 대신 물을 마셨다.

"이건 어머니가 주신 선물이에요. 커다란 알사탕을 사 먹어도 된다고 했어요. 하지만 안 사 먹었어요. 어머니의 마지막 선물이니까. 잘 간직해서 다행이에요."

제아무리 16년이나 지난 일이라고 해도 1원으로는 알사탕을 사 먹지 못했던 시절인 걸 모르는지, 예원은 꿈길을 걷는 듯한 얼굴을 하고 있었다. 그 꿈을 잔인하게 깨울 수도 있었지만, 우형은 침묵했다. 대신 질문을 했다.

"네 어머니가 직접 준거야?"

예원은 우형의 질문에 음, 소리를 내며 생각에 잠긴 얼굴을 보였다.

"아니요, 아니, 그런 것 같기도 하고 아닌 것 같기도 하고…… 전 잘 모르겠어요. 어쨌든 선물이라고 하면서 주셨어요. 무척 슬픈 날이었는데, 어머니는 이 동전을 주시면서 맛있는 것을 사서 먹으라고 했어요. 그럼 다시 돌아온다고, 그러니까 울지 말라고 했어요. 음, 사실은 그것밖에 기억이 나지 않아요."

예원은 멋쩍은 얼굴로 설명했다. 이쯤에서 한마디 해야 할 우형은 입을 열지 않았다. 그래, 사실은 감격했다. 녀석의 기억 속에 그것이 거짓 선물이라는 것을, 굳이 널 돌본 대가로 받은 돈을 5년이 지난 후 질질 짜고 있는 너에게 어머니의 선물이라는 그럴듯한 이유를 부여해서 준 거라고 말할 생각은 없었다. 예원의 저 표정을 보면 분명 힘들 때마다 야금야금 꺼내는 추억이 분명했으므로 깨트리고 싶지 않았다. 전혀 나답지 않은 친절이라도, 가끔은 친절을 보이는 것도 인간관계를 유하게 하는 것이 아닌가. 우형은 그답지 않은 친절에 당위성을 부여했다.

"그런데요, 이자율이 서로 다른 이유가 뭔가요?"

예원이 불쑥 물었다.

"사람에 따라서 적용을 다르게 하고 있지."

"그건 형평성에 위배되잖아요?"

"그래도 되는 곳이 이곳이야."

우형은 말끔하게 식사를 마친 후 수저를 내려놓았다.

"참! 저, 내일 약속이 있어서 회사에 나갈 수가 없어요."

예원은 우형이 일어설까봐 황급히 말했다.

"누구와?"

우형은 아직도 꼭꼭 씹어 먹는 예원에게 아직은 일어나지 잃을 거라는 걸 알려 주는 의미로 물을 건넸다.

"고마워요. 음, 뭘 물어봤죠? 아, 누구냐고요?"

여기서 예원은 잠시 갈등했다. 수 언니를 언급할 수는 없었다. 이럴 때 가장 편리한 방법은 비밀이었다.

"그, 그건 비밀이에요. 쉿, 비밀!"

혹시 믿지 않을 것 같다는 생각이 든 예원은 손가락 하나를 입에 대며 재미있다는 얼굴을 보였다. 하지만 장난으로 받아들여야 할 우형은 웃지도, 그렇다고 화를 내지도 않았다. 뭔가 충격을 받은 얼굴이었다.

침대에 누워 잠이 들 무렵에서야 우형은 그 충격이 예원이 자신에게 비밀을 만들었다는 것이 낯설게 다가왔기 때문이라는 걸 인정했다. 그러나 그것을 인정했을 뿐이지, 꼬마였던, 자신밖에 모르던 녀석이 비밀을 만들고 자신이 아닌 다른 남자 - 비밀의 이유를 남자로 추정했다 - 와 웃고 떠든다는 것은 인정하고 싶지 않았다. 아니, 인정할 수 없었다.

다음날 정각 8시, 출근하는 자동차에 올라타고 있어야 할 우형은 잠에서 깨지 못하고 있었다. 전날 새벽까지 계속되는 의문의 꼬리는 지긋지긋할 정도로 따라붙었다. 이제는 인정하라고 쪼아대는 것만 같았다. 그런데 뭘? 뭘 인정하라는 거지? 제기랄, 졸음이 쏟아졌다.

"어떡하면 좋지요?"

어렴풋이 예원의 목소리가 들리자, 우형은 눈을 떴다. 뜨거운 햇볕이 강렬하게 내리쬐는 것을 보니, 늦잠을 잔 것이 분명했다. 제길! 우형은 침대에서 일어나려고 몸을 움직였다.

"고소 취하요? 그게 뭔데요?"

고소 취하? 찌푸린 우형의 얼굴이 더 찌푸려졌다.

"그러니까 고소를 취하하면 된다는 소리인데, 그만한 돈이 어디 있어요? 수 언니 말대로 그 남자는 어마어마한 합의금을 요구할 것 같은데요."

수? 우형은 굳어진 몸을 펴며 일어났다. 언뜻 시계 쪽으로 시선을 돌리니 11이란 숫자에 짧은 바늘이 멈춰 있었다.

"각서를 쓴다고요? 그럼 민호 씨가 풀려날 수 있나요?"

점점 들려오는 내용들이 전혀 예상치 않은 등장인물을 불러냈다.

우형은 밖에서 들리는 소리에 귀를 기울이며, 셔츠를 꺼내 입었다.

우형이 막 문을 열려고 할 때, 예원이 '형사사건만이 아닌 민사사건까지 갈 수도 있다고요!' 라고 소리치는 것이 들렸다. 우형은 문을 열려던 손을 잠시 멈추었다.

"이사님은 출근하셨을 거예요. 아직 말하지 않았지만, 아무래도 말하는 게 좋을 것 같아요. 우리 둘이서 민호 씨를 꺼내는 방법이 없을 것 같아요. 그 남자 부인이 도와줄 것 같지도 않고."

"누굴 꺼낸다는 거지?"

"까악!"

예원은 갑자기 들리는 소리에 기절할 듯 놀란 표정으로 뒤를 돌아보았다. 그리고 문 앞에 서 있는 우형을 보고 그 자리에서 박제가 된 듯 경직되다가, 근육이 제자리로 돌아오면서 들고 있던 휴대폰을 떨어뜨렸다.

"지금 무슨 이야기들을 하고 있는 거지?"

우형은 예원의 표정에서 결국은 들켰다는 절망을 보며, 어제부터 시작된 의문과 연결고리가 있다고 확신했다.

"아, 아무것도 아니에요."

예원은 아직도 '여보세요?' 소리가 늘리는 휴대폰을 십으려고 허리를 굽혔다. 그러나 휴대폰은 이미 우형의 손에 잡힌 뒤였다.

ㅡ예원 씨? 뭐야, 갑자기 소리가 안 들려! 예원 씨? 내 말 듣고 있는 거야? 하여간 우선 이렇게 하자.

"뭘 이렇게 하자는 거지?"

ㅡ헉!

우형은 자신의 목소리를 확인한 수가 예원과 마찬가지의 반응을 보인 것에, 지금 두 여자가 자신을 속이고 있다는 것을 확신했다. 그

속에 '고소' 란 단어가 있었고, '민호' 가 속해 있었다.

"민호가 사고를 냈나?"

우형은 예원과 수에게 동시에 물었다. 두 사람 모두 그의 물음에 침묵했다. 침묵과 더불어 예원의 당황한 표정을 탐색한 우형은 10초도 되지 않아, 현재 민호가 경찰서에 있다는 걸 확인했다.

"민호의 죄명이 뭐야?"

예원은 우형의 목소리가 나쁘지 않자, 한시름 놓았다. 수 언니의 우려와 달리 그는 냉정한 것처럼 보였다. 그러나 수는 휴대폰을 향해 버럭버럭 소리를 질러댔다.

─예원 씨, 말하지 마! 내가 말할 테니, 예원 씨는 말하지 마!

그러나 불행히 예원은 그 소리를 듣지 못했다.

"민호 씨가 유림 사장을 폭행했어요. 전치 6주가 나왔는데, 유림 사장이 합의하지 않고 있어요."

예원은 빠르게 이야기했다.

"민호 씨가 폭행한 것은, 유림 사장이 아내를 구타하고 있었기 때문이에요. 민호 씨가 물론 잘못은 했지만, 그렇다고 전적으로 민호 씨 책임으로만 돌릴 수는 없는 것 같아요. 이사님이 화는 나겠지만, 그래도⋯⋯."

예원은 말을 잇지 못했다. 지금 눈앞에 있는 사람은 인간의 모습이 아니었다. 일그러진 얼굴 속에 모든 분노의 감정이 몰려 있는 표정이 서려 자신도 모르게 뒤로 물러서고 말았다.

"이⋯⋯ 사님?"

으드드득! 신체의 일부가 부딪치면서 내는 소리가 울리며, 그의 주변 공기가 순식간에 변했다.

"어디야?"

잇새로 내뱉은 소리. 그 소리의 파장은 컸고, 예원의 몸은 덜덜 떨렸다.

"남, 남부 경찰서."

"최 사장이 입원한 병원."

"이, 이사님!"

예원은 그가 최 사장을 죽이기라도 할까봐 더럭 겁이 났다.

"말해."

말하지 않으면 당장 서슬 퍼런 칼을 휘두를 것 같은 움직임을 느꼈지만 그는 그 자리에 있을 뿐이었다. 그런데도 예원은 바싹 다가온 그의 손에 시퍼런 칼과 붉은 눈동자가 자신을 삼키는 것 같은 공포를 느꼈다.

"영, 영동 병원이요."

예원이 토해내자마자, 우형은 차가운 이성을 날려버린 분노만이 활활 타오르는 모습으로 병원으로 향했다.

부아아앙! 자동차가 시내를 달렸다. 달리는 것은 자동차뿐만이 아니었다. 우형은 핸들을 꽉 잡은 손이 하얗게 변색되도록, 어금니를 물은 입에서 피가 나도록, 검은 눈동자가 짙게 변하게 만드는 분노와 전투를 벌이고 있었다.

'정신 차려!'

뇌의 명령이 시작되었다. 그러나 육체는 거부했다. 당장이라도 최 사장을 집어 던지겠다는 의지로 가득했다.

'훅, 훅.'

우형은 숨 조절을 시작했다. 적과 싸우기 위해서 혈기는 필요 없었다. 차가운 이성만이 상대를 제압할 수 있다는 걸 누구보다 잘 알지 않는가! 우형의 눈동자는 깊고 깊은 어둠 속, 식별이 불가능한 장소에 머물렀다. 고오오오. 밑바닥, 깊이를 알 수 없는 곳에 머물고 있던 소리가 섬뜩하게 울려 퍼졌다. 점차 기어 올라오는 그 소리는 뇌 속을 파고들었고, 우형은 뇌 속을 휘젓고 다니는 악랄한 파동을 온몸으로 감내한 대가로 차가운 이성을 건네받았다.

수는 초조한 얼굴로 최만석의 병실 앞에서 서성이고 있었다. 병실 복도를 깊게 패는 소리가 들리고, 우형의 모습이 드러나자 그가 지금 어떤 심정인지 알 수 있었다. 자신과 같은 모습을 보이는 우형, 지긋지긋하게도 쫓아다니는 닮은 모습들. 그래서 사랑하고, 그래서 화가 나게 하는 것들. 지금 우형의 모습에는 자신과 같은 절망과 분노가 서려 있었다. 그러나 우형의 저 입 꼬리가 살짝 올라간 것을 보면, 뭔가 계획이 있는 것이 분명했다.

"수 언니."

우형을 쫓아온 예원은 불안함을 숨기지 못하며, 수를 불렀다.

"괜찮아."

수는 조용히 말했다.

신문을 보고 있던 최만석은 벌컥 문이 열리면서, 서늘한 기운이 가득한 세 사람이 등장하자 움찔했다.

"뭐, 뭐요?"

성큼성큼 걸어오는 우형의 모습에 두려움을 느낀 최만석은 도와줄 사람이 없나 두리번거렸다.

"잠, 잠깐! 정 이사!"

최만석은 아찔했다. 이대로 폭력을 당할까 두려웠고, 인적인 드문 장소로 끌려가 생매장이라도 당하는 것은 아닐까 하는 끔찍한 상상도 들었다. 안 돼, 그럴 수 없어! 최만석은 살려달라고 해야 할지, 도망쳐야 할지 갈피도 잡지 못하는 짧은 시간 동안 생과 사를 동시에 경험하고 있었다.

"악! 정 이사, 내가 잘못…… 헉!"

손인지 발인지 뭔가 눈앞으로 다가오자 최만석은 소리를 지르고는 본능적으로 몸을 웅크렸다. 그러나 시간이 지나도 조용하자 슬쩍 고개를 들었다. 그리고 저승길로 보낼 것 같던 우형이 고개를 숙이고 있는 모습에 놀라 눈을 크게 떴다.

"합의 바랍니다."

합, 합의! 최만석은 정 이사의 고개가 자신을 향해 숙여진 것을 재빨리 확인하고는 곧바로 자세를 바뀌었다. 소변이라도 지릴 것 같은 식은땀은 이미 바람에 실려 갔고, 이놈을 이번 기회에 누르겠다는 야비한 생각들로 가득 찼다.

"이사님!"

예원이 소리쳤다. 저런 남자에게 고개를 숙이다니! 있을 수 없는 일이었다. 차라리 수 언니처럼 대책 없이 돌진하는 것이 더 나을 것이다. 그런데 그는 비겁한 자세로 합의를 바라고 있었다. 누구에게로 향한 것인지 알 수 없는 배신감과 함께 분노가 치솟았다.

"괜찮아."

수가 예원을 진정시켰다. 뭐가 괜찮아? 누가 괜찮은 건데? 저런 사람에게 고개를 숙이는 게? 그래서 합의를 한다는 것이? 예원은 이런 모습의 우형을 보느니, 차라리 병실을 나가고 싶었다.

"허허, 정 이사가 이렇게까지 나오는데, 내 합의를 해주지요. 그럼 합의 조건으로 내가 빌려 간 돈의 80% 삭감은 어떻소?"

80%라면 어마어마한 금액이었다.

"좋습니다."

그런데도 우형은 선뜻 승낙했다.

"그, 그렇다면 그렇게 하고…… 그동안 밀린 이자도 지급하지 않는 것으로 합시다."

최만석은 차라리 100%라고 할 걸 그랬다고 후회했다. 그랬다면 20%의 금액을 내지 않아도 되었을 텐데…… 아쉬워서 미칠 것만 같았다.

"오늘 중으로 합의서를 작성해 주시겠습니까? 합의서를 작성함과 동시에 대출금은 변제한 걸로 서류 작성을 해드리지요."

"그러리다! 하하! 뭐, 어렵지도 않는 일이고, 하하하!"

최만석은 껄껄 웃음을 터트렸다. 그 모습을 지켜보던 예원이 도저히 참지 못하고 병실 문을 나가는 것과 달리 병실 안 분위기는 화해 모드였다.

'실망이야.'

예원은 휴게실 의자에 앉았다. 차라리 합의가 아닌 주먹으로 제압했다면 이렇게 실망하지는 않았을 것이다.

"예원 씨."

수의 손짓에 예원은 몹시도 실망했다는 것을 숨기지 않고 일어섰다.

"잘했어, 잘할 줄 알았어."

그런데도 수 언니는 저렇게 말했다. 적당히 합의한 그에게 잘했다고 말하고 있었다. 예원은 수의 옷을 잡았다.

"왜?"

"난 이사님이 병원을 들썩일 정도로 폭탄을 짊어질 줄 알았다고요."

"아하, 그래? 나도 그랬어. 그런데 잘 처리했잖아."

“언닌 저 나쁜 놈에게 합의금을 주는 것이 잘한 일이라고 하는군요.”

예원은 운전석에 올라탄 우형에게 원망의 시선을 던졌다.

“글쎄, 그건 두고 봐야지.”

수는 의미 있는 미소를 지었다.

“상황 설명을 해.”

우형의 말에 수는 이것 보라는 듯 시선을 예원에게 주었다. 그러나 예원은 상황 설명을 하는 수의 모습을 보면서도 대체 뭐가 이것 보라는 건지 알 수 없었다. 그리고 절대적인 믿음을 보일 만큼 그에게 힘이 있는지도 확신할 수 없었다.

침대에 누워 있던 최만석은 솟아오르는 웃음을 참지 못하고 크게 터트렸다. 웃는 순간 온몸이 아프다고 비명을 질렀지만, 원금의 80%를 삭감한 기분이 그 고통을 감수했다. 병원 시설도 좋았고, 두 달 정도 병실에서 지내면서 휴가라도 온 것으로 생각하기로 했다. 최만석은 문병을 온 부인에게 함박웃음을 지어 보이는 여유를 보였다.

10.

수와 예원의 말을 차분히 들은 우형은 머릿속으로 계획을 세운 듯 그날 저녁 최연주에게 전화를 걸었다.

-네.

최연주의 목소리는 피곤한 기색이 역력했다. 남편의 병문안을 다녀온 후로 더 그랬다. 어서 빨리 눕고 싶을 정도로 심신이 지쳐 있었다.

"정우형입니다. 장민호의 상관이죠."

우형이 신분을 밝히자, 최연주는 미간을 좁혔다.

-남편에 대해서는 더 이상 할 이야기도, 들을 이야기도 없습니다. 이만 끊겠습니다.

"최연주 씨, 끊지 마십시오. 감사합니다. 최만석에 대해 할 이야기가 없다면, 행동은 어떻습니까?"

-네?

"하고 싶은 일들은 많으실 것 같은데요? 안 그렇습니까?"

최연주는 상당히 저음을 가진 남자가 윤수란 여자와는 판이한 행동을 보이자 잠시 망설였다.

─저한테 원하는 게 뭐죠? 다시 말씀드리겠지만 전 이혼할 생각이 없습니다. 이혼하지도 않을 남편에게 불리한 일은 하지 않을 거고요. 물론, 그 남자에게 동정심이 생기는 것도 사실이지만, 지금 제 입장에서는 그 남자에게까지 신경 쓸 여력이 없습니다.

"그거 다행이군요."

다행이라니? 최연주는 눈살을 찌푸렸다.

"전 감정적으로 나가는 여자는 별로 좋아하지 않아서 말입니다. 그런데 지금 부인은 감정적으로 나가고 있군요. 그런 부인에게 냉정하게 판단할 근거를 드리죠."

나지막이 말하는 우형의 목소리는 냉정했으나, 어서 오라고 손짓하는 거부할 수 없는 목소리였다. 야금야금 타고 오는 늪지대의 손짓에 최연주는 자신도 모르게 끌려갔다.

─판단할 근거라니, 무슨 말씀을 하는지 모르겠군요.

"저와 협상해 보시겠습니까?"

최연주는 고민했다. 이 남자가 뭘 말하는지 알 수 없었고, 협상이라는 단어에서 오는 불쾌감도 숨길 수 없었다. 그러나 한번 들어보기로 했다.

그리고 수화기 속에서 빠르게 진행되는 계획들에 숨을 들이켰고, 눈을 크게 떴고, 고개를 저었다. 그러나 막상 대답을 요구하는 우형의 말에 '알겠다'고 했다. 어쩌면 이만 자신을 묶고 있는 쇠사슬을 끊고 싶은 마음이 있었는지도 모른다.

다음날 새벽, 인터폰 소리에 최연주는 소파에서 일어났다. 이래도 되는 건지 신경을 쓰느라 밤새 잠을 이루지 못했다. 후들거리는 두 다리로 간신히 일어나 누군지 확인하자 관리원은 '부탁하신 서류를 배달한 거라는데요?' 라고 말했다. 최연주는 순간 정우형를 떠올렸고, 서류를 받으러 내려갔다.

"고마워요."

서류를 받고 종종걸음으로 3층으로 올라가던 최연주는 누가 지켜보는 것도 아닌데 두리번거렸다. 어디선가 보고 있는 것은 아닐까 걱정하는 것 같았다. 우형은 그녀가 서류를 들고 가는 것을 확인하고 차를 움직였다.

최연주는 집으로 들어간 뒤, 두려운 얼굴로 서류를 꺼냈다.

앞으로 필요한 서류들을 준비한 것으로, 공란에 기재해야 하는 것 까지 꼼꼼하게 체크되어 있었다.

'꿀꺽.'

서류를 훑어보던 최연주는 침을 삼켰다. 치밀하게 준비된 서류들은 두려움을 가지기에 충분했다. 어디엔가 도청 장치가 되어 있을지도 모르고, 어쩌면 안 쓰는 방이나 천장에 납작하게 웅크린 채 자신의 행동을 지켜보고 있을지도 모른다는 두려움이 밀려왔다.

'너무 긴장해서일거야.'

최연주는 고개를 저었다. 이미 그 남자 말대로 협상은 시작되었고, 결과는 남편의 행동에 따라 결정될 것이다. 왜 그런 결정을 했을까. 이미 되돌릴 수 없는 일이지만, 왜 그 남자의 조건에 승낙했을까를 생각해 봤다. 어쩌면 장민호란 남자의 어린 시절과 현재의 모습에서 아들의 미래를 잠깐이나마 본 듯해서 그랬는지도 모른다. 최연주는 나름대로의 이유를 부여하고는 일어서려고 했다. 하지만 서류 속에 들어 있던 메모지가 눈에 보이자 잠시 멈칫했다.

[결정이 되었으면, 011-522-XXXX로 연락하십시오.]

어디선가 보고 있는 것이 분명한 것 같았다. 만약 협상에 응할 수 없다고 하면 곧바로 집안 어디에선가 흉기를 들고 뛰쳐나와 미친 듯이 휘두를 수도 있다는 공포감에 휩싸인 최연주는 소파에 주저앉아 버리고 말았다. 결국은 그 남자의 말대로 해야 한다는 것인데…… 최연주는 시간부터 확인했다. 정우형의 계획대로 남편과 만나야 하는 시간이 다가와 있었다. 과연, 남편은 어떤 행동을 보일까. 두 가지 마음이 움직였다. 부디 그러지 말기를 바라는 마음과, 차라리 그러기를 바라는 마음. 두 가지 마음은 창과 방패가 되어 모순을 낳고 있었다.

비가 내린 뒤의 맑고 청아한 아침, 그러나 날씨와 대조적으로 민호는 좁은 어깨를 하며 우형 앞에 섰다. 유치장 신세를 진 민호는 단 이틀 사이에 매우 초췌해 보였다.
"형님, 면목 없습니다."
"면목 없다니 다행이군."
우형은 가볍게 한숨을 내쉬었다.
"제가 없을 동안 건강하게 잘 보내시고……."
"네가 없는 며칠 동안은 잘 지내고 있을 거야."
우형의 말에 민호는 고개를 번쩍 들었다.
"대신 네 뒤치다꺼리를 하기 위해 오랜만에 몸을 풀어야 한다는 게 탐탁지 않을 뿐이지."
우형은 고개를 좌우로 흔들었다. 몸 어디선가 뼈들이 부딪치는 소리가 울렸다.

"그럴 줄 알았어, 그래야 우형이답지."

수가 옆에서 촐랑거렸다.

"자, 그럼 시작해 볼까?"

우형은 입 꼬리를 올리며, 심술궂은 표정을 지었다. 심술궂다? 아니, 사람에 따라서는 잔인하게 보이는 미소였다.

"어디부터 갈 거야?"

"합의서를 받았으니, 다른 의미의 합의를 해볼까? 예원이, 넌 집에 가 있어."

우형이 뒷좌석에 타는 예원에게 말했다.

"싫어요."

예원은 고집을 부렸다.

"예원 씨가 가도 상관없잖아, 어서 빨리 가자고!"

수가 신이 난 얼굴로 외쳤고, 그런 수의 모습을 의심쩍은 눈으로 보던 예원은 그 계획이 뭔지 꼭 보고 말겠다는 얼굴로 냉큼 올라탔다.

세 사람이 병원으로 오고 있는 걸 짐작도 하지 못한 최만석은 상당히 기분이 좋았다. 옆에서 과일을 깎는 순둥이 부인도 오늘따라 마음에 들었다. 언뜻 멍 자국이 보이자, 애잔한 마음도 들었다. 퇴원을 하면 가까운 외국에라도 데리고 나가고, 맛있는 것도 사 먹여야겠다는 남편다운 생각을 했고, 그런 자신이 기특하게 느껴졌다.

"아, 고마워."

최만석은 과일을 건네주자 고맙다는 말과 함께 슬며시 손을 잡았다. 이내 최연주가 손을 뺐지만, 그럼에도 최만석은 방긋 미소를 지었다.

"그런데 유혁 엄마, 왜 이렇게 말이 없어? 유혁이는 잘 있지? 학교는 잘 가고? 친정에만 두지 말고, 집에도 있으라고 해. 장모님도 연세도 있으신데 애 보기가 어디 쉬울까. 이번 기회에 장모님에게 보약 한 제 지어 드릴까?"

최만석은 자신의 아내가 점점 흙빛이 되어 구역질을 참는 모습을 자신과 전혀 상관이 없다는 듯 바라보며 태연스레 말했다.

"내 당신에게 미안한 감도 없지 않아, 그러게 왜 가만히 있어? 아프면 아프다고 좀 하지."

최만석은 미안한 표정과 더불어 슬며시 손을 잡으려고 했다. 그 때 쾅, 소리를 내며 병실 문이 열렸다.

"뭐야!"

감히 병실 문을 박차고 들어오는 놈이 누군지 면상 좀 보겠다는 최만석은 눈앞에 보이는 남자의 섬뜩한 미소를 보자 순식간에 얼어붙었다.

"정, 정 이사?"

최만석은 왜 정 이사가 악의적인 미소를 짓는지 알 수가 없었다. 합의는 매끄러웠고, 합의서도 교환했다. 이제 고소 취하서만 작성하면 되는 이때, 성우형은 선내에부터 받아야 힐 빚을 오늘은 기필고 받고야 말겠다는 표정으로 다가오고 있었다.

"수, 커튼 쳐."

우형의 명령이 떨어지기가 무섭게 수는 병실 커튼을 쳤다.

"정, 정 이사?"

"아직도 상황 파악을 하지 못하고 있군."

우형은 사악한 표정을 숨기지 않았고, 톡톡 최만석의 볼을 두드리는 것도 잊지 않았다.

"합의는 되, 되었지 않나? 이러지 말게, 정 이사."

최만석은 눈동자를 굴려 부인에게 신고하라는 눈짓을 주었다. 그러나 최연주는 수에게 잡혔고 휴대폰은 빼앗겼다.

"넌 문을 막아."

우형의 지시에 예원은 엉겁결에 문 앞에 섰다. 이로써 완벽하게 밀실이 된 병실은 최만석에게는 상상을 초월하는 공포로 다가왔다. 그가 사채업자라는 것이 오늘처럼 이렇게 크게 다가온 적은 없었다.

"내, 정 이사가 요구하는 것을 들어 줄 테니 진정 좀 하게나."

"들어 준다? 하!"

우형은 다리를 높이 들어 침대 위에 내리찍듯이 내려놓았다. 쾅, 소리와 함께 날카로운 파열음이 울려 퍼졌고, 그 소리는 최만석의 귀에 정확히 꽂혀 파장을 일으켰다.

"지금 뭐라고 했지? 다시 한 번 말해 봐."

"미, 미안합니다."

"좋아, 협상을 다시 하지. 최 사장, 당신 몸을 털끝만치도 건드리지 않는다는 조건으로 80% 변제되었다는 서류를 돌려줘. 어때? 협상에 응하겠어?"

우형의 말은 최만석에게 목숨을 내놓으라는 소리와 같았다. 최만석은 고개를 절레절레 흔들며, 병실 서랍 속에서 잠자고 있는 서류를 금고에 감추지 못한 것을 후회했다.

"호오, 표정을 보니 거절하겠다는 거군. 그렇다면 내 식대로 처리해도 되지?"

우형은 이를 드러내며 웃었다. 하얀 이가 드러난 순간 상대방은 식은땀을 유발하며, 등골의 서늘함을 경험해야 했다. 우형은 기선을 제압하자마자 틈새를 놓치지 않고, 주먹을 이용하여 뼈가 어긋나는 소리를 연출했다. 이런 그의 행동은 극도의 공포를 알려 주는 행위였고, 최만석의 표정으로 보건데 확실하게 협박은 통했다.

"아, 아니! 정, 정 이사! 내 말 좀 들어 봐!"

겁이란 겁은 다 집어 먹은 최만석의 다급한 목소리에, 우형은 입술을 뒤틀었다.

"흐음, 그럼 서류를 준다는 소리?"

이번에도 우형은 이를 드러내며 웃었다.

"그, 그게, 그러니까……."

최만석은 어떻게 좀 하라는 뜻으로 부인을 바라보았다.

"오호, 부인? 그럼 부인을 내게 넘기겠다는 거야?"

넘긴다? 매춘이라도 하라는 소리인가? 최만석은 꿀꺽 소리를 내며 침을 삼켰다.

"그런데 네 부인은 너무 늙었어. 서른 살이 넘은 여자는 쓸모가 없거든. 게다가 저렇게 멍으로 얼룩진 여자는 손님들에게 인기가 없지."

우형의 말에 최연주는 안도의 한숨을 쉬었으나, 최만석은 또 다른 문제에 봉착했다.

"정 이사, 내 힙의해 주리디. 그럼 되지 않는가. 그 대신 변제는 조금이라도 해주어야지, 안 그런가? 나도 치료비를 내야 하고, 입원하는 동안 사업도 할 수 없는 것으로 본다면…… 그러니 내 사정 좀 봐 줘."

"듣고 보니 그것도 일리가 있군. 좋아, 10%는 변제해 주지."

"10%?"

최만석은 경악한 얼굴로 소리쳤다. 80%가 10%로 다운되다니, 그 차이만 해도 어마어마한 것이었다. 최만석은 최연주를 향해 원망의 시선을 던졌다. 멍 자국이나 지우고 올 것이지, 그렇다면 적어도 협상은 될 수 있었을 거 아니야! 최연주에게 애꿎은 원망을 던지던 최만석은 어떡하면 %를 올릴 수 있을지 궁리하느라 정신이 없었다.

"정 이사, 그러지 말고 50%로 하지. 그게 좋지 않겠나?"

최만석은 나름대로 합의점을 찾았다고 생각했다.

"50%? 하하하!"

최만석의 말이 몹시도 가소롭다는 듯 우형이 큰소리로 웃음을 터트렸다. 그리고는 갑자기 웃음을 멈추고 차갑게 노려보았다. 갑자기 그친 웃음소리가 주는 여운에 최만석은 자신도 모르게 침을 삼켰다. 이제는 가까이 다가온 우형의 얼굴이 흉측한 괴물로 보이기 시작하자, 최만석은 뒤로 물러섰다.

"정, 정 이사! 이러지 말게나. 내가 다치면 정 이사에게 좋을 게 뭐가 있겠는가. 내 장민호와도 합의했고, 헉!"

최만석은 어느새 과도를 집어 들고 칼끝을 톡톡 두드리는 우형의 행위에 숨을 들이켰다.

" '이러지 말게나' 라니, 언제부터 내가 최 사장의 아랫사람이 되었지? 오, 이 칼 잘 들겠는걸!"

우형은 칼날이 잘 드는지 확인하기 위해 혀끝을 이용했다. 싸악, 소리를 내는 칼날이 혀를 잘라 낼 정도로 날카로운 걸 확인한 우형은 매우 만족한 표정을 지어 보였다. '뭐, 이 정도면 죽지는 않겠지만 죽을 정도의 고통은 느끼겠지?' 란 말을 덧붙이자, 최만석은 지금 당장 난도질을 당한 것처럼 벌벌 떨었다.

"미, 미안합니다. 제발 살려 주십시오."

"어허, 이거 왜 이러시나? 내가 언제 최 사장님을 죽인다고 했습니까?"

우형은 또다시 이를 드러내며 웃었다.

"안 그래?"

우형이 수에게 시선을 던졌다.

"물론이야. 그런데 너무 두려워하네, 불쌍할 지경이라고. 자비 좀 베풀어 주는 게 어때?"

수가 거들었다.

"자비라…… 글쎄, 그건 최 사장이 결정할 일이지."

"알, 알겠습니다. 내 10%로 하겠으니 제발 그 칼 좀 치워 주세요."

이런 상황이 상당히 굴욕적으로 느껴진 최만석은 고개를 푹 숙였다.

"10%라…… 이런 어쩌지? 벌써 타임 오버 되었는데? 난 1%도 변제해 줄 수 없어. 아니, 최 사장으로 인해 정신적 고통을 겪어야만 했으니, 오히려 위자료 명목으로 돈 좀 받아야 되겠는걸?"

우형은 한술 더 떴고, 고개 숙인 최만석은 번쩍 고개를 들었다.

"정 이사! 내가 돈이 없다는 걸 잘 알면서…… 이러지 말게나."

"하하! 이런, 이런. 그런 거짓말을 누구보고 믿으라는 거지? 단지 드러난 돈이 없을 뿐이겠지. 그렇다면 이건 어떨까? 네 아들, 네 아들이 등장한나면 당신의 숨겨둔 돈이 얼마인지 알려 주겠이?"

"아…… 들?"

"아마 이름이 최유혁이지?"

우형의 시선이 최연주에게 향했다.

우형의 시선을 받은 최연주는 무슨 소리인지 감이 잡히지 않는 표정을 지었다. 설마…… 설마 계획이라는 게 내 아들? 내 아들이라고? 최연주는 믿을 수 없다는 표정으로 우형을 바라보았다. 그런 최연주에게 확인해 주듯 우형은 휴대폰을 들고 전화 통화를 했다.

"나야, 유혁이 잘 있지? 잘 간수하고 있어, 곧 지시를 내릴 거야."

전화는 끊겼다. 그러나 아이의 등장은 모두를 공황 상태로 몰고 갔고, 시간은 조금씩 움직이고 있었다.

"안 돼!"

제일 먼저 소리친 사람은 최연주였다. 그럴 수 없다! 아들을…… 다름 아닌 내 아들을 볼모로 쓸 수는 없다. 차라리 내가 창녀가 되겠어! 최연주의 붉은 눈이 절대 그럴 수 없다고 말하고 있었다.

"어, 어떤 식으로?"

그런데도 최만석은 묻고 있었다.

"방법이야 여러 가지지."

"안 돼!"

수에게 꽉 잡힌 몸을 발버둥 치며 최연주는 소리쳤다. 그녀의 눈은 곧바로 최만석으로 향했고, 그 눈에는 간절함이 담겨 있었다. 그러나 최만석은 원금을 변제 받기는커녕 위자료를 지불해야 한다는 끔찍한 현실과 협상하고 싶지 않았다.

"부부간의 눈짓은 그만. 그럼 이건 어떨까? 팔 하나 부러뜨리고, 대신 위자료는 받지 않는 걸로. 어때, 괜찮은 조건이지?"

우형은 괜찮은 조건을 말하는 것이 아니었다. 그러나 최만석은 생각에 사로잡혔다. 죽이는 것도 아니고, 팔 한번 부러뜨리는 거라는데, 게다가 아이의 팔은 노인과 달라서 부러져도 금세 붙지 않는가?

"아, 안 돼! 안 된다고!"

최연주는 악을 쓰며, 우형에게 몸을 날려 주먹부터 휘둘렀다. 그러나 우형은 최연주를 간단히 제지했다.

"아악!"

우형은 최연주의 팔목을 움켜잡았고, 최연주는 비명을 질렀다. 그러나 최연주는 이내 비명을 삼키며 가로막는 우형을 노려보았다. 어느새 그녀의 눈에서는 피눈물이 흘렀고, 증오와 원망, 설움이 밑바닥부터 차고 올라왔다.

"네 부인이 더 이상 날뛰기 전에 협상하자고."

"그, 그럼 그렇게……."

"안 돼! 이 짐승만도 못한 놈! 으아아악!"

피눈물을 흘리며 잡혀 있던 최연주는 우형의 손에 들린 과도가 눈에 들어오자마자, 연약한 여성이라고는 볼 수 없는 몸짓으로 우형의 손에서 과도를 빼앗았다. 빼앗긴 과도는 한 치의 망설임도 없이 최만석에게 향했다.

"으악!"

최만석은 시퍼런 칼날이 눈앞까지 온 순간 두 눈을 감아 버렸다. 그러나 한참이 지나도 아무런 일이 일어나지 않자 슬쩍 눈을 떴다. 최연주의 팔은 우형의 손에 잡혀 있었고, 부들부들 떨던 손에서 과도가 쨍, 소리를 내며 병실 바닥으로 떨어졌다.

"휴우."

최만석은 안도의 한숨을 내쉬었다. 그리고는 곧바로 자신에게 칼을 휘둘렀던 부인을 응징하려는 눈빛으로 빌떡 일어났다.

"최만석, 움직이지 마. 자, 부인은 저와 협상하죠."

우형은 최만석이 멈칫한 사이 최연주의 팔을 움켜쥔 채 말했다.

"저 쓰레기를 매립장으로 보내는 조건, 좋죠?"

"이 쓰레기 같은 놈들! 이 악마 같은 놈들! 죽어! 죽어 버려!"

최연주는 미친 듯이 악을 쓰며 발버둥을 쳤다. 입을 벌려 우형의 팔을 물어뜯기까지 했다. 그 광폭한 행동에, 기세에 눌린 모두는 멍하니 최연주만을 쳐다보았다. 미친 듯이 날뛰던 최연주가 힘이 소진

되어 거친 숨만 내쉴 때까지 묵묵히 받아들이던 우형은 피가 맺히는 팔목에 잠시 시선을 돌렸다.

“부인의 아들은 얌전히 돌려보내죠. 대신 최만석이 날 고소하지 않게 하는 것, 어때요? 할 수 있겠죠?”

우형은 입 꼬리를 올렸다. 그건 최연주가 협상을 받아들일 거라는 확신의 뜻이었다.

“좋아요.”

이제야 우형이 뭘 원하는지 알게 된 최연주는 협상을 받아들였다.

“부인, 탁월한 선택을 하셨습니다. 최만석, 쓸데없이 나불대지 말라고. 내 말 무슨 뜻인지 잘 알았지?”

우형은 최만석의 볼을 두드렸다. 이를 드러내는 것도 잊지 않았다.

‘저 자식! 내가 가만히 있을 줄 알아? 고소 취하하러 갈 때 경찰에게 다 불어 버리겠어!’

그들이 간 뒤 최만석은 분한 얼굴로 최연주를 불렀다.

“당신, 나한테 대체 무슨 짓을 했는지 알고 있어? 저놈 상대하기가 어디 쉬운 줄 알아? 그런데 어디다 대고 칼질이야, 칼질이! 어라, 당신 지금 날 째려보는 거야? 허, 허, 참!”

순둥이 부인이 갑자기 악처가 된 듯 광폭한 모습을 보이자 최만석은 길길이 뛰었으나, 그동안에도 최연주는 눈동자를 굴렸다. 그 눈동자가 과도를 찾으려 하는 것으로 판단한 최만석 역시 눈동자를 굴렸다.

“허허! 유혁 엄마, 왜 그래? 당신답지 않게…… 하여간 저놈 콩밥 좀 먹이게 당신이 협조해.”

“협조?”

최연주의 입에선 메마른 목소리가 흘러나왔다.

"증인이 되어 달라고! 저 연놈들이 행패를 부린 것에 대한 증인!"

"그래, 증인이 되어 주겠지. 내가 이혼할 때의 증인들."

"뭐?"

최만석의 놀란 눈동자가 여러 번 굴러졌다.

"아들의 팔을 부러뜨리겠다는 당신! 사람도 아닌 너! 유혁이에게 못난 아빠라도 있는 것이 낫다고 생각해서, 다른 년과 뒹굴어도 참았고, 피멍이 들어도 참았고, 머리가 터져도 참았어. 하지만 이젠 못 참아! 너 같은 인간쓰레기는 죽어야 해!"

죽이고 말겠다는 살의로 가득했던 최연주의 눈동자가 급속도로 냉정을 찾았다.

"이제 보니 당신 미쳤군!"

최연주와 다르게 절대 냉정할 수 없는 최만석은 어이없다는 표정으로 소리쳤다.

"아니, 지극히 정상이야. 이런 일이 일어날 거란 예상은 하지 못했어. 적어도 당신이, 유혁이를 협상에 놓지 않기를 바랐다고! 그런데 당신은 역시 정우형 씨 말대로 인간쓰레기였어."

정우형? 정 이사? 최만석은 아내의 표정에서 이미 정우형과 모종의 음모가 있었음을 알게 되었다. 그런 최만석의 의심을 확인시켜 주듯 최연주는 번호를 하나하나 꾹꾹 눌러 전화를 했다.

"최연주입니다. 준비된 서류 접수시키세요."

탁, 소리 나게 휴대폰을 닫은 최연주는 일그러진 표정이 되었다.

"당신 무슨 짓을 하는 거야!"

"재판 이혼에 필요한 서류를 접수시켰어. 진단서, 가압류, 접근 금지까지. 법원에서 봐."

최연주는 발자국 소리를 내며 병실에서 나갔다. 그런 그녀의 몸을 낚아채 미친 듯이 화풀이를 하고도 남을 최만석은, 그러나 이런 일이 일어났다는 것이 도통 믿어지지 않는지 눈만 껌벅였다. 아무리 때려도 다음날 밥상을 차려 주던 부인이, 젊은 년과 뒹군 흔적을 가지고 강제로 안아도 그저 말없이 관계에 응했던 부인이, 그런 순둥이 부인이 칼을 휘두르고 이혼을 한다? 최만석은 이해할 수가 없었다. 분명 미친 것이다! 최만석은 그렇게 결론지었다. 미친년이 된 것이 분명했다. 이것으로 이혼은 무효화 될 것이다. 그 뒤 고개를 쳐든 부인이 다신 고개를 들지 못할 정도로 납작 엎드리게 만들 것이다. 최만석의 입에선 비열한 웃음이 터져 나왔으나, 그럼에도 불구하고 스멀스멀 기어오르는 불안감을 감출 수는 없는지 점차 일그러져 갔다.

　병실 밖으로 나온 예원은 어떻게 아이를 볼모로 삼을 수 있는지 따지고 싶었다. 세상에서 가장 무서운 것이 유괴인데, 그런 짓을 하다니! 아이를 돌려준다고는 했지만, 이미 저지른 것은 범죄였다.
　"이사님!"
　크게 소리치려던 예원은 우형의 옆구리에 얹힌 수의 손을 보고는 멈칫했다. 어느새 저렇게 팔짱을 꼈을까. 그 장면을 물끄러미 바라보던 예원은 가슴속에서 뭔가 따끔, 소리를 내자 고개를 갸우뚱거렸다. 그들은 꽤 오래전부터 알던 사이였고, 자연스런 풍경이었다. 그런데, 왜 내 가슴이 아픈 것일까. 왜…… 뭔가 콕콕 쑤시는 것 같았다. 어느 정도 시간이 지나면 가셔야 할 아픔이, 오래도록 지속되었다. 그건, 수 언니가 그의 목에 팔을 두를 때나, 그가 저리 가라며 수 언니의 몸을 가볍게 밀 때, 떨어지지 않겠다며 착 달라붙은 수 언니를 볼 때 더욱 심해졌다. 아무래도 밤에 잠을 설쳐서 그런가봐. 그런 게 분명할 거야.

"뭐 해? 어서 와."

수의 말에 예원은 화들짝 정신을 차렸다.

"것 봐, 내 말대로 잘되었지?"

수가 속삭였다.

"그래도 아이를 볼모로 협박한 건 잘못이에요!"

"예원 씬 아직 우형일 모르는구나."

담뿍 미소를 지은 수는 우형의 휴대폰을 빼앗아 예원의 눈앞에 흔들었다.

"우형은 그 누구에게도 전화하지 않았어. 그러게 전에 말했잖아, 우형인 협박의 천재라고. 이제 알겠지?"

"그런 거군요. 그런데 수 언니는 이사님에 대해서 모르는 게 없네요."

"물론이지, 쟨 내 손바닥 안에 있거든."

수는 킥킥거렸다. 그런데도 그는 화를 내거나 소리를 지르지 않았다. 다만, 수의 머리를 누른 것으로 쓸데없는 말을 했다는 것을 알려 줄 뿐이었다. 예원의 눈에는 그조차도 긴밀한 친밀감을 나타내는 행동으로 보였다. 예원은 가슴에 이어 머리까지 지끈거리자, 두 손으로 머리를 눌렀다.

"두통이야? 예원 씨, 잠깐 기다려! 약국에 다녀올 테니까. 우형인 차 출발하지 말고 있어!"

수가 예원의 이마에 손을 짚더니 약국을 향해 뛰어갔다. 그 모습을 멍하니 보던 예원은 어째서, 저렇게 남의 일에 열심일까에 대해 생각했다. 거친 숨을 토해내며 달려온 수가 두통약과 생수를 건네주자, 예원은 가슴이 싸해졌다. 이런 친절은 받아 본 적이 없었다. 어째서 일까…… 함께 저녁 식사를 하자고 했을 때도 거절했었는데…… 예원은 뭉클한 얼굴로 약을 꿀꺽 삼켰다.

"고마워요."

예원이 자그마한 소리로 속삭였다.

"그럼 우리 친구 하는 거다, 좋지?"

수가 씩 웃었다.

"친구가 아니라 언니인데요."

"그런가? 그럼 앞으로 언니로 모시면 되겠네!"

"네, 그럴게요."

예원은 굳게 닫힌 문을 비집고 들어오는 빛을 거부감 없이 받아들였다.

다음날 유치장에서 나온 민호는 우형, 수, 예원을 보자 쑥스러운 듯 머리를 긁적였다.

"죄송합니다."

"죄송한 것은 아니 다행이네. 야, 장민호! 고개 좀 숙여 봐."

수가 손가락을 까닥이자, 민호는 고개를 숙였다. 고개를 숙이자마자 쾅, 소리가 나도록 후려치는 수의 주먹에 민호는 억, 소리를 냈다.

"다시 이런 꼴 보이면 내 손에 죽을 줄 알아!"

수가 소리쳤다.

"어, 응."

무척 아플 텐데도 민호는 붉은 눈으로 순순히 대답했다.

"언니, 그래도 두부는 사올 걸 그랬어요."

예원이 수에게 말했다.

"놔 둬. 저런 놈은 두부는커녕, 며칠 동안 밥도 먹이지 말아야 해!"

수는 버럭 소리쳤고, 두 팔도 힘차게 휘둘렀다. 그 뒤를 따라가며 예원은 민호에게 시선을 돌려 괜찮다는 미소를 지었다.

"형님! 죄송합니다."

주차장에서 기다리고 있던 우형에게 민호는 허리 굽혀 인사했다.

"알면 됐어."

막 냉동고에서 꺼낸 동태마냥 냉랭한 시선을 가진 우형을 대신해, 예원은 미소를 지으며 고생했다고 덧붙였다.

"예원 씨! 자기가 그렇게 다독이니까 민호가 제 잘못을 모르는 거라고! 그러니까 한마디 해. 심한 소리도 괜찮아. 그간 당한 것도 있을 것 아니야? 저 우락한 놈 면상부터가 벌금감이라고 해도 좋으니 퍼부어!"

수의 말이 떨어지기가 무섭게 쳐다보는 민호의 시선이 못내 부담스러워진 예원은 어쩔 줄 모르는 얼굴로 민호를 바라보았다. 민호는 뭐든 해도 된다는 얼굴로 가만히 서 있었다. 예원은 고민하는 표정으로 한참을 생각하다 마침내 입을 열었다.

"악은 악으로 갚지 말라고 했어요. 악은 선으로 갚아야 한대요."

"푸하하하!"

예원의 말이 끝나자마자, 웃겨 죽겠다는 걸 웃음으로 알려 주는 수와, 차마 소리 내어 웃지는 못하지만 속으로 웃는 게 분명한 민호, 그리고 어이없는 표정을 숨기지 못한 채 혀를 차는 우형의 행동에 예원은 발끈했다.

"왜 다들 그러는 건데요? 하라면서요. 이사님의 그 표정은 뭐죠?"

방방 뜨던 예원이 우형을 쏘아보았다.

"악을 선으로라…… 말은 잘하지. 네 행동을 보라고. 툭하면 정강이를 걷어차고, 따귀를 때리고. 어디 선이라는 항목이 있는 거지?"

우형이 예전 일을 떠올리면서 비웃었다.

“뭐, 정강이를 걷어찼다고? 따귀를 때리고? 왜? 왜 그랬는데? 혹시 네가 키스하겠다고 덤빈 거 아니야? 오호라, 정말 그런가 보군. 어허! 세상 말세군, 말세야!”

“시끄러워!”

우형은 거머리처럼 찰싹 달라붙은 수를 떨어냈다. 그런데도 수는 질기게 달라붙어 우형의 속을 박박 긁어댔다. 제기랄! 예원을 비웃어 주려고 했으나, 도리어 폭격을 당하고 말았다.

“쯧쯧, 그러게 여자란 자고로 부드럽게 대해야 하는 거라고.”

“입 다물어!”

버럭 소리를 지른 우형이 바람을 가를 정도로 몸을 돌려 운전석에 올라탔다.

“지금 당장 타지 않는 것들은 다 갖다 버리겠어!”

“네, 네! 갑니다, 가요!”

민호는 왁자지껄함에 가슴이 훈훈해졌다. 연락할 가족이 없어도 아프지 않았다. 그들이 있으므로, 그들이 가족이므로. 민호는 출발하는 자동차의 조수석에 올라탔다.

“우형아, 그런데 말이야. 예원 씨에게 정말 억지로 키스…….”

“입 다물라고 했어.”

우형이 싹둑 잘라냈다. 그런데도 수의 뿌리는 깊고 단단했다.

“어머나, 저 눈에 힘준 것 좀 보게나. 역시 억지로 키스를 하려고 했구나. 예원 씨, 얼마나 무서웠어? 어휴, 불쌍하기도 해라.”

“정말 무서웠어요.”

정말 무서웠다고? 우형은 믿기지 않은 얼굴로 홱 고개를 돌렸다.

“어허! 연약한 여자를 무섭게 하다니 역시 나쁜 놈일세, 나쁜 놈. 예원 씨, 이왕 경찰서 왔으니 확 신고해 버려!”

“그래도 돼요? 증거도 없잖아요?”

“왜 없어? 정강이를 걷어찼다며? 분명 멍이 들었을 테니까 증거 1호로 제출하지, 뭐.”

“아하, 그렇구나.”

“합의금으로 10억 요구해. 아니면 차라리 노비로 삼든가.”

“어머, 그래도 될까요?”

“물론이지.”

저 여자들이 보자보자 하니까! 우형은 더 이상 여자들의 태평한 대화를 들을 수가 없었다.

“입 다물어!”

우형이 소리쳤으나, 불행히도 이곳에 그를 무서워하는 사람은 없었다. 그나마 흔들렸던 예원도 그동안 적응이 되었는지 그의 말을 흘려들었고, 민호는 뭐가 그렇게 재미있는지 웃음을 참느라 벌겋게 달아오른 표정이었다.

“예원 씨, 집에 혼자 가기 좀 그렇지? 음흉한 늑대가 입을 쩍, 벌리고 기다리고 있으니…… 우리 집으로 갈래?”

수는 이미 예원의 옆구리 깊숙이 팔을 집어넣었다.

“그래도 되나요‘?”

“그럼, 민호도 오늘 밤 우리 집에 같이 가자. 내 침대 넉넉하거든…… 우리 셋이 한 침대에서 자는 거야!”

수는 어린아이처럼 몹시 기뻐하며 눈을 반짝였다.

“남녀가 무슨 한 침대야!”

가능한 저 무리들을 무시하려던 우형은 한 침대에서 잔다는 소리에 벌컥 화를 내고 말았다.

“무슨 상관이야? 민호가 우형이 너 같이 예원 씨에게 덤빌까봐 그래? 어휴, 무서워라. 세상에 순진한 처녀에게 침을 뚝뚝 흘리다니. 어머나, 세상에!"

수는 박박 긁기로 작정한 것이 분명했다. 예원은 슬슬 그녀가 너무 앞서가는 것이 아닌가 걱정이 되었다. 그도 그럴 것이 그의 표정은 심상치 않았고, 힘줄이 툭툭 불거져 나올 것처럼 굳어진 몸과 입 언저리에 홈이 파일 정도로 굳게 다문 입술에서는 대단히 위험하다는 적색경보가 요란하게 울리고 있었다.

"저, 그래도 전 집에 가서 자야겠어요."

폭발 몇 초 전의 긴박한 분위기에서 예원은 얼른 우형의 편에 서서 말했고, 수는 배신자라느니, 사실은 우형을 좋아하는 것이 아니냐는 등, 별 해괴한 말을 내뱉었다.

"뭐야, 그럼 나보고 민호랑 둘이 한 침대에서 자라는 거야? 이놈이 날 덮치면 어떡해?"

"민호는 믿을 수 있다며?"

의외로 승리감이 든 우형은 굳은 얼굴을 풀었고, 목소리 또한 말랑해졌다.

"그럼 민호 씨가 우리 집에서 자면 어떨까요?"

예원의 말에 승리감으로 말랑해진 우형의 얼굴이 다시 냉동고에 들어간 것처럼 굳어졌다.

"어머! 그게 좋겠다. 나도 같이 잘래, 잘래."

수는 냉동고에 들어간 우형이 다시 빠져나갈 수 없도록 자물쇠를 채워 두었다.

"고마워요, 예원 씨. 형님, 그럼 신세 좀 질게요."

민호의 한 마디로 우형은 불길을 뿜어댔다.

"다들 내 집에 들어올 생각하지 마!"

“어머나, 왜 화를 낸다니? 여자도 아니면서 생리중이야? 하여간 예민하게도 굴긴. 어머, 벌써 도착했네! 얼른 내리자.”

수는 자동차가 화염에 휩싸이기 전에 냉큼 내렸다.

“오늘 저녁은 뭐 먹을까요?”

예원은 이제 수에게 물든 얼굴로 저녁 타령을 해댔다.

“시켜 먹자! 난 치킨 먹고 싶어, 생맥주 곁들여서! 캬, 벌써부터 침이 다 고인다.”

우형은 절대 내 집에서 치킨 냄새를 풍길 수 없다고 말하고 싶었다. 게다가 저것들이 집을 난장판으로 만드는 것도 보고 싶지 않았고, 집 안 구석구석 술 냄새를 풍기는 것도 용납하고 싶지 않았다. 그런데도 끌려가고 있었다.

“예원 씨 덕분에 우형이네 집에서 술을 다 먹네, 이게 얼마만이야?”

수가 감격한 얼굴로 집 안을 탐험하는 모습을 눈엣가시처럼 보던 우형은 미간을 좁혔다. 수의 말대로였다. 분명 자신은 집만큼은 타인의 출입을 엄격히 통제하는 타입이었다. 누군가 내 울타리에 들어오는 것을 극도로 배제했었다. 그런데 예원은 물론이거니와 이제는 떨거지 두 명까지 합세시켰다. 이유가 뭐지? 지금이라도 나가라고 소리쳐야 한다. 그런데도 입은 냉동고에서 언 채로 떨어지지 않았다.

“여! 초대해 줘서 고마워.”

게다가 길서의 등장까지! 우형은 비틀거리며 침대에 누워 버렸다. 제길! 저것들이 작당한 것이 분명했다. 그런데도 끌려가는 자신의 멍청한 모습 따윈 보기 싫다는 듯 우형은 눈을 감아 버렸다.

“저, 할 이야기가 있어요.”

예원은 술이 들어가자 용기를 내어 그동안 하고 싶었던 이야기를 서두에 올려놓았다. 모두의 시선이 집중되자 빨갛게 붉어진 예원은 마른 입술을 적셨다.

“그동안 사람들과 잘 지내지 못했어요. 이상하게 잘 안 되었어요. 이상하게도…… 사람들과 잘 지내고 싶어 늘 웃고 다녔는데도 잘 안 되더라고요. 그래서 또다시 상처를 입을까봐 겁이 났었어요. 저기, 그때 미안했어요. 그리고 사실…… 이렇게 사람들 앞에서 편안하게 술 먹고 이야기한 거, 처음이에요.”

예원이 수줍은 얼굴로 속삭였다.

“원래 사람에게 마음을 보이긴 힘들잖아요. 저도 그래요. 그리고 여기 모두 사람들과 잘 어울리지 못해요.”

“정말요? 아닌 것 같아요.”

예원이 믿을 수 없다는 듯 손을 휘휘 저었다.

“나중에 우리 과거를 얘기해 줄게. 왠지 예원 씨에게는 해주고 싶다, 그치?”

수가 길서와 민호에게 의견을 말하자, 두 사람은 고개를 끄덕였다.

“무슨 이야기인지 궁금해요. 제가 듣기로는 이사님과 수 언니, 길서 씨가 동창이고 민호 씨는 후배라고 들었는데, 모두들 사이가 좋아서 보기 좋아요.”

“사이가 좋긴! 하여간 사연도 많고 탈도 많은 관계야. 어머! 이거 1원짜리 동전이네?”

수가 예원의 휴대폰에 달린 동전을 보며, 신기한 듯 요리조리 살펴보았다.

“어머니의 마지막 선물이에요. 너무 소중해서 이것만큼은 무덤까지 가져 갈 거예요. 참, 수 언니에겐 그런 선물 없어요?”

“있어, 이 반지야.”

수는 왼쪽 약지에 낀 반지를 보여 주었다. 알이나 문양이 없는 밋

밋한 모양의 반지였다. 그러나 수의 표정에 떠오른 잔잔한 모습을 보면 분명 소중한 것이 틀림없었다.

"그런데 난 무덤까지 안 가져 갈 거야. 잘 보관해 줄 사람에게 줄 생각이야."

"왜요?"

"글쎄, 왜일까? 흔적이라고 할까…… 내가 이 세상에 살았다는 흔적 같은 거?"

예원은 왠지 반지를 내려다보는 수의 얼굴에 묻어 있는 짙은 외로움과 같은 동질의 감정을 대수롭지 않게 넘어가기로 했다. 누구나 외로운 마음을 가지고 있다는 걸, 어쩐지 알 것 같았으므로…… 예원은 분위기에 취해 맥주를 부어라, 마셔라 했다.

우형은 침대에 걸터앉아 담배를 물고 있었다. 조금 전 막 통화를 끝낸 어르신의 이야기는 싹둑 자르지 못할 정도로 길었다. 참을성 있게 들어 준 후 전화를 끊었을 때는 2시간이나 시간이 지난 후였다.

똑똑, 노크 소리가 나고 기쁨이 가득한 얼굴로 들어온 길서가 우형의 옆에 소리 나게 앉았다.

"내 형제, 정우형! 왜 나에게 거짓말을 한 거지?"

"무슨 소리야?"

우형은 귀찮은 얼굴로 침대에 벌렁 누우려고 자리를 잡았다. 하지만 길서는 어깨에 팔을 걸치며 움직임을 봉쇄했다.

"케이크 소녀 말이야. 난 소녀라는 말에 깜빡 속아, 소녀만을 찾아봤지…… 설마 꼬마일 줄은 몰랐다고. 그리고 그 꼬마가 바로 예원 씨라는 것도 말이야. 정우형, 네가 양심의 가책을 느낀다는 케이크 소녀가 바로 예원 씨 맞지? 비 오는 날 숲 속에 두고 왔다는 그 소녀. 비가 오면 미안한 마음에 눈물을 뚝뚝 흘리게 된다고 회상하던, 아!

울지는 않았고 우울해지게 만든다던 그 소녀가 바로 예원 씨라 이거지? 소녀라고 해서 감쪽같이 속았지 뭐냐.”

“그래서, 달라질 것이 있어?”

우형은 되도록 침착한 어투를 사용했지만, 가장 알리고 싶지 않은 비밀을, 그것도 하필이면 길서 같은 녀석에게 들통 난 것에 대해 속으로 욕을 퍼부었다.

“달라질 것은 없지만, 예원 씨와 너와의 관계를 알게 된 거지. 그나저나 앙숙도 아닌 것 같은데 왜 그렇게 못 잡아먹어서 안달이냐? 하여간 네 별난 취미란. 아, 알았으니 그 섬뜩한 눈 좀 내리깔아라. 툭하면 노려보니, 나같이 섬세한 사람은 네 앞에만 서면 심장이 뛴다고. 아, 알았다니까. 자식 예민하게 굴긴. 어쨌든 양심의 가책을 느꼈던 꼬마에 대한 감정 중에 좋아하는 감정이 있어?”

길서가 우형에게 몸을 기울이며 한껏 목소리를 죽였다.

“좋아하는 감정 따위 없어.”

“그럼 내가 대시해도 되는 거지?”

“……마음대로.”

우형은 잠시 시간의 공백을 두었지만, 상관없다는 얼굴로 말했다.

“OK!”

“그나저나 너나 민호나 수, 모두 왜 꼬마에게 관심을 두는 거냐?”

우형은 세 명 모두 각자의 상처로 끝도 보이지 않을 우물 속에서 허덕이는 것을 잘 알았고, 따라서 타인에게 마음을 열지 않는다는 것도 잘 알고 있었다. 하지만 예원은 등장하자마자 그들의 시야에 거리낌 없이 들어갔다.

“글쎄, 이유야 네가 더 잘 알지 않아?”

“뭐?”

"너와 같은 감정 때문이야. 아, 그럼 나는 좋은 인상을 주러 가야겠다."

길서가 사라진 후, 우형은 이 뜻하지 않은 초조감에 어금니를 꽉 물었다. 그러나 진정되지 않고 뛰쳐나오려는 불안감에 침대에 누우려던 몸을 일으켜 밖으로 향했다. 불안감은 부어라 마셔라 하고 있는 예원의 옆에 죽치고 앉은 길서의 엉덩이를 뻥, 찬 뒤 그 자리를 차지하고 앉은 후에야 겨우 진정이 되었다. 제길, 내가 무슨 짓을 하는 거지? 우형은 얼굴을 일그러뜨렸지만, 해답을 찾을 수는 없었다.

다음날, 숙취에 어쩔 줄 몰라 하던 예원은 당장 타지 않으면 출발하겠다고 버럭 소리를 지르는 우형의 눈치를 살폈다. 화가 난 것이 분명했다. 그는 예원을 사무실에 떨어뜨려 놓고 어디론가 사라져 버렸다.

사무실에 어색하게 앉아 있던 예원은 머뭇거리다가 민호 앞에 섰다.

"저기 민호 씨, 그동안 생각했는데요."

단지 말 한 마디 건네는 것뿐인데도 혹시나 하는 얼굴의 민호를 보자 예원은 가슴이 아팠다. 어제는 즐거운 자리였지만, 민호는 예원의 눈치를 봤다. 혹시나 하는 마음, 혹시나 자신을 싫어하지 않을까 하는 마음이 서려 있었다. 예원은 정말로 아니라고 말해 주고 싶었다. 분명 예원은 친부에게 폭력을 가하는 자식은 있을 수 없다는 사고방식 안에서 살아 왔었다. 아버지는 훈육을 위해 매를 든다고 생각했고, 그걸 달게 받아야 한다는 울타리 안에서 자라 왔다. 지금 그 울타리 밖에서 자란 사람 앞에 섰지만, 예원은 비난할 수가 없었다. 비난? 아니, 마음이 아파 오히려 보듬어 주고 싶었다.

"꼭 폭력 가정에서 자란다고 해서, 폭력 아버지가 되는 것은 아닌 것 같아요. 그런 것은 통계에 불과해요. 에, 또…… 그리고 민호 씨는 그러고 싶지 않으니까, 어쩌면 다른 아버지보다 더 잘할지도 몰라요.”

예원은 괜한 이야기를 한 것은 아닌가 걱정했다.

“고마워요.”

다행히 민호가 나쁘게 받아들이지 않아 예원은 한시름 놓았다.

“……유치장에 들어가 있던 시간 동안 사무실이 그리웠어요. 여기만 생각났어요. 예원 씨가 끓여 준 커피도 생각나고, 철부지처럼 팔짝팔짝 뛰지만 늘 딴생각 하지 않게 해주는 수도 생각나고, 내 성향을 알면서도 슬쩍 여자를 소개시켜 주는 짓궂은 길서 형님도 생각나고, 특히 우형 형님이 많이 생각났어요.”

민호는 희미하게 미소를 지었다.

“예원 씨, 우리 집 사정 알죠? 그래요, 그런 가정이었어요. 아버지에게 주먹질을 하고 소년원에 갔는데도, 그런 아버지하고 사는 엄마가 싫어서 집을 나왔어요. 집에서 나와 5년 동안 정말 많이 방황했어요. 말이 방황이지, 나쁜 짓도 하고 사람도 패고 다녔어요. 한마디로 건달이었는데, 그게 나쁘다는 생각은 안 들었어요. 제대로 살아야 할 이유 같은 것은 없었으니까요. 그런데 어느 날 우형 형님이 나타났어요. 학교 선배였던 걸로 기억하는데 절 부르더라고요. 그러더니 갑자기 주먹질을 했어요. 그때가 겨울이었는데 차가운 아스팔트에 패대기쳐 놓고 미친 듯이 갈기더라고요. 그때 다친 턱이 지금도 겨울만 되면 욱신거려요. 그렇게 손가락 하나 움직이지 못하게 팬 형님이 절 끌고 가더니 탕비실 보이죠? 거기에 가둬 놓았어요. 짐승처럼 가둬 놓고 밥만 주더라고요. 일주일 정도 되니까 오기고 뭐고 궁금하더라고요. 왜 내 인생에 간섭하나 싶어서요.”

예원은 대꾸조차 하지 못하고 그저 듣고 있다는 신호만 보냈다.

“형님이 보름째 되니까 문을 열어 주더라고요. 저보고 짐승이 된 기분이 어떠냐고 묻더라고요. 그때, 형님 복부를 갈기고 도망쳤어요. 도망쳐서 한 일주일 정도 당연하게 나쁜 짓거리를 하고 다녔어요. 그 날도 한바탕 패싸움을 하고 욱신거리는 몸으로 친구 녀석 집에 기어 들어가는데, 형님이 떡하니 버티고 있더라고요. 그때 형님이 주머니 에 손을 찔러 넣고 있었는데, 저절로 시선이 손으로 가더라고요. 또 팰까봐…… 그런데 형님이 때리지 않고 말없이 다가와 '짐승 짓'을 하고 다니니 좋으냐고 물었어요. 그때도 '짐승이 된 기분'이 어떠냐고 물었던 것이 생각나더라고요. 겨우 단어 하나 바꾼 것뿐인데 갑자기 한 대 얻어맞은 듯한 충격을 받았어요. 그땐 우리에 가둬진 짐승이 된 것 같아 분하고 억울했었는데, 지금은 우리에 가둬지지도 않고 활 개치고 다니는데도 짐승이라고 사람 취급도 안 해서요. 멍한 상태인 저에게 다가온 형님이 툭툭 어깨를 두드리더라고요. 짐승이 되기엔 아깝다고요. 그래서 들어와 버렸어요."

쑥스러운 과거를 고백한 민호는 머리를 긁적이며 '이상하죠?' 라고 되물었다.

"아니요."

예원은 눈시울을 붉히며 고개를 저었다.

"여기 몇 년 동안 있으면서 그나마 사람 노릇 하고 살았어요. 엄마 에게 돈도 보내기도 하고, 저축도 좀 하고, 사람 패는 것은 아직도 하 지만, 꼭 필요한 경우가 아니면 몇 대 쥐어박지도 않아요. 그런데 이 곳에 못 있게 된다고 생각하니…… 정말 미치겠더라고요. 이곳에 있으면 내 자신이 그나마 쓸모가 있다고 느껴지거든요. 그랬는데 예 원 씨에게 못 볼 것을 보여 주었네요, 미안해요."

"아니요."

예원은 계속 부정했다. 그렇지 않아요, 정말이에요. 예원은 그렇게 말하고 있었다.

"그런데 예원 씨, 형님과 무슨 관계예요?"

"네, 무슨 관계요? 아무 관계도 아닌데요?"

예원은 또다시 부정했다. 그런 예원을 보며 민호는 씩 하고 웃었다.

"아하! 그래요? 형님과 아무 관계도 아니면 데이트 신청하려고 했는데, 받아 주지 않겠죠?"

"제발, 민호 씨."

"알고 있어요, 하하. 그런데 정말 형님에게 남자로서의 그런 것은 없어요?"

민호의 말에 예원은 따끔거렸던 가슴 언저리의 통증을 기억했다.

"아니요."

하지만 예원은 곧바로 부정했다. '설마 그럴 리가!' 하는 말도 뒤따랐다. 그런데 그게 아닌 것 같았다. 우형이 들어오는 순간 심장이 반 바퀴를 돌다가 갑자기 멈춘 기이한 현상이 일어났고, 그는 대체 어떤 사람일까 궁금했다. 다혈질적인 성격에, 간혹 다정한 모습도 보이고, 그러다가 가끔 이유도 없이 신경질적인 면을 다분히 드러냈고, 때론 섬뜩하기까지 했다.

"오호라, 수다 중이시라! 월급 받기 싫은가 보지?"

게다가 유치하게 좀생이 노릇도 했다. 내가 모르는 오랜 세월 동안 그는 뭘 하고 지냈고, 어떤 사람을 만났으며, 누구와 사랑했을까…… 모든 것들이 궁금해졌다. 이런 상상만으로도 발갛게 달아오른 얼굴이 된 예원은 빤히 쳐다보는 눈동자의 탐색에 뒤로 주춤되었고, 하필이면 그 많은 궁금증 중 하나인 '좀생이 짓을 하는 남자' 란 말을 내뱉고 말았다. 헉! 들었을까? 들었을 거야…… 저런 무시무시한 표정으로 변한 것을 보면 들은 것이 분명했다.

"하, 좀생이라……."

예원은 갑자기 우형이 한 걸음 다가오자 비명을 지르며 뒤로 물러섰다. 그리고 어떻게 하면 가장 무난하게 넘어갈 수 있는지 변명을 생각하느라 연신 눈동자를 굴려 댔다. 그러나 그의 팔이 바람을 가르는 소리를 내며 다가오자, 이미 반 바퀴 돌았던 심장이 그 자세에서 고공비행을 시작했다. '잘못했어요' 라는 소리가 저절로 입에서 나오는 순간 우형이 불쑥 전해 준 것은 휴대폰이었다.

"전화해."

"네?"

전화하다니, 어딜? 예원은 얼떨결에 휴대폰을 받으며, 이 휴대폰으로 뭘 하라는지 알 수 없었기에 우형을 쳐다보았다.

"네 아버지에게 전화해."

"네?"

예원은 갑자기 눈을 치켜든 우형이 다가오자, 우선 집 전화번호 중 숫자 0을 눌렀다. 그런데 왜 갑자기 전화를? 설마 퇴사? 퇴사란 단어가 떠오르자, 예원은 다급한 얼굴로 우형에게 시선을 돌렸다.

"저기요, 이사님. 전 말이에요……."

예원은 지금 퇴사할 수는 없었기에, 다급한 어조로 설명하기 시작했다.

"대체 뭐라고 했기에, 네 아버지가 수십 통의 전화를 한 거야? 강도라도 맞은 것은 아니냐는 네 아버지의 과대망상을 막느라 진이 다 빠졌다고."

"아!"

그제야 예원은 그가 한 말의 진의를 알 수 있었다. 민호 일로 먹먹한 마음을 억누르지 못하고 아버지에게 전화를 했었다. 그 뒤 전화를 못 드렸으니, 아버지의 마음은 지옥을 오고 갔을 것이다.

"아, 라고 하지 말고, 어서 전화해서 잘 먹고, 잘 자고, 잘 있다고 전해."

예원은 툴툴대는 우형이 귀여웠다. 귀엽다고? 맙소사! 하지만 이상하게 귀여웠다. 아버지는 평소에 보여 주는 자상한 모습과 다르게 한번 나쁜 상상을 시작하면, 걷잡을 수 없을 만큼 폭주하여 상대방이 아무리 설득해도 듣지 않는 타입이셨다. 한 말을 하고, 또 하고, 당신 자신이 납득할 때까지 질리게도 계속 되는 그 전화를 그는 다 받아 준 것이었다.

"뭐야, 그 웃음은?"

우형은 예원의 킥킥거리는 소리에 눈썹을 치켜떴다. 그러나 이제는 예원이 눈썹 치켜뜬 정도로는 작은 여파도 느끼지 못하는 강심장이 되어 버린 게 문제라면 문제였다.

"이사님은 좋으신 분 같아요."

게다가 저런 소리까지! 우형은 좋은 사람 같다는 낯간지러운 말을 내뱉은 예원에게 한 소리 하고 싶었다. 그런데 이게 뭔가? 혈관이 들쑤시고 다니는 이 정체 모를 감정은?

우형은 팔딱팔딱 생선 뛰듯 뛰는 혈관들을 강제로 집합시켜 버렸다. 그런 그를 보는 민호의 시선이 알 만하다는 듯한 묘한 분위기를 내뿜자, 우형은 여러 번 헛기침을 한 뒤 바람을 가르며 이사실로 들어갔다.

"아! 좋은 분 같다는 거지, 좋아한다는 것은 아니에요!"

예원은 옆에서 싱글거리는 민호의 표정을 보며 황급히 말했으나, 이미 우형은 이사실로 들어간 후였다.

11.

'**어**쩌면 좋은 사람이 아닐까?'

볼펜을 입에 물던 예원은 이미 사라진 우형의 모습을 떠올렸다. 물론 좋은 사람과 좋아한다는 것은 별개였다. 그래도 그럭저럭 맞추면서 다니기도 어렵지 않고 의외로 재미도 있고…… 여기서 예원은 잠깐 정말 재미있었나를 떠올려 봤다. 아직 산 날보다 살아갈 날이 더 많은 나이지만, 이렇게 정신없는 일들을 겪어 보긴 처음이었다. 그런데 재미있다니! 어쩌면 자신도 모르게 이런 특수한 분위기에 물이 든 게 아닐까 싶었다.

따르릉.

예원은 우형의 휴대폰이 울리자 목소리를 가다듬었다.

"네, 정우형 이사님 휴대폰입니다."

―난 우형이 엄마인데, 아가씨는 누구죠?

"아! 안녕하세요. 저 예원이에요."

우형의 어머니인 것을 확인한 예원은 얼른 인사를 했다. 예전에도 통화한 적이 있었는데, 오늘따라 웬일인지 얼굴이 붉게 상기되었다.

─우형이가 전화를 받지 않아서 전화했어요. 예원 씨 그동안 잘 있었죠?

"이사님은 이사실에 계시니 바꿔 드릴게요. 그리고 저, 아줌마. 말씀 낮추세요. 그리고 그냥 예원이라고 불러 주세요."

─……그래요, 그럼. 아니, 그래라고 해야 하나?

"네, 편안하게 하세요. 아, 잠시 만요!"

예원은 얼른 이사실로 달려가 노크와 동시에 문을 열었다.

"어머님 전화예요."

예원은 얼른 휴대폰을 건네주고는 미소를 담뿍 지었다.

"저예요."

우형은 갑자기 이를 드러내며 웃는 예원의 표정을 의심쩍은 눈으로 탐색했다. 저 눈빛은 뭔가 비밀스런 과거를 캐고 난 후의 뿌듯함 같은 것이었다.

─잘 있니?

수화기 속에서 어머니가 부르자, 우형은 탐색을 종료했다.

"네, 잘 있어요. 길서도 잘 있고요."

우형은 귀찮은 표정을 지으며, 예원을 향해 안 나가냐는 눈짓을 보였다. 흐뭇한 표정을 감출 수 없는지 노골적으로 미소를 짓던 예원이 깜짝 놀란 표정을 지으며, 부리나케 이사실을 나갔다. 그제야 예원이 왜 그런 표정을 지었는지 알 것 같았다. 분명 민호 녀석이 과거를 떠벌렸을 것이다. 하여간 금세 표정을 읽힌다니까. 우형의 입가에 엷은 미소가 새겨졌다.

─길서 어머님 기일이 다가오는 건 알고 있지?

그 말을 들은 우형의 입에 걸린 미소가 순식간에 사라졌다. 어머니가 저리도 걱정하며 불안해하는 이유가 있었다. 길서 자식은 멀쩡하다가도 생모의 기일이 다가오면 미친 듯이 폭주할 때가 있었다. 아니, 어쩌면 그때가 제정신이 박힐 때고, 지금은 가면 놀이를 하고 있는 건지도 모른다.

―우형아, 길서 좀 잘 봐줘라. 너와 형제잖니?

형제. 우형은 묵직한 돌이 가슴속에 얹힌 것 같은 기분을 떨쳐내지 못했다.

"걱정 마세요."

우형은 묵직한 기분과 어울리는 묵직한 목소리로 대답했다.

전화를 끊은 뒤, 길서를 호출한 우형은 자다 일어난 것이 분명한 저음의 목소리에 '잤냐?'라며 가볍게 물었다.

―응, 어제 술을 많이 마셨잖아. 뭐야, 향원 때문에 전화한 거야?

길서가 웅얼거리며 물었다.

"아아, 그래."

우형은 팔을 소파 위에 올려놓고 고개를 뒤로 젖혔다. 젖혀진 눈동자에 사무실이 삐딱하게 보였다. 삐딱한 것만큼은 몹시도 마음에 들었다. 세상은 조금은 삐딱해야 할 필요성이 있었다.

―정우형, 향원 때문에 전화한 거냐고?

수화기 속에서 형제로 묶여 있는 길서가 되물었다. 언뜻 길서도 나와 형제가 된 것에 대해 괜찮은 기분을 가지고 있을까 궁금해졌다.

"겸사겸사해서."

―하여간, 날 알뜰히도 부려먹는 녀석이야. 향원의 김 부장은 욕심이 많은 사람이고, 또 그 욕심대로 일을 처리하고 있어. 사채업자를 통해 융통한 돈으로 이미 보수 공사를 시작했어. 그런데 말이야, 그

사채업자가 다름 아닌 유남석이야.

　유남석의 등장은 그들의 감정을 급속도로 다운시켰다.

　─게다가 유남석, 그놈이 널 한번 손본다고 했나 봐. 이건 민효림이
와서 떠들어댄 말이지만, 확실할 거야. 김 부장도 널 벼르고 있고, 유
남석도 그렇고, 민효림도 널 좋게 생각하지 않고…… 하여간 네 주변
은 널 죽이겠다는 사람들로 가득하군.

　길서는 당분간 조심해야겠다는 말도 덧붙였다.

　─정우형, 대답 좀 해봐.

　"아아, 그래."

　─아아, 그래라니? 유남석 생각하는 거냐?

　길서는 네 다리를 부러뜨린 놈이라는 말은 하지 않았지만, 욱신거
리는 그때의 통증을 느낀 우형은 이미 머릿속에서 놈의 몸을 절단시
키는 작업을 하고 있었다.

　─아서라, 수가 싫어하잖아. 우리, 수가 싫어할 짓 하지 말자. 난
수가 우는 게 싫다. 갠 울면 그 누구도 못 막아.

　애정이 뚝뚝 흘러나오는 길서의 말에 우형은 날카로운 칼날이 뼈
속을 긁어대는 작업을 멈추었다.

　"아아, 그렇지. 수가 싫어하지."

　폭주해야 할 장소에 수가 두 팔을 벌리며 가로막았다.

　'우형아, 제발! 제발 봐줘. 네 다리, 네 아픈 다리는 내가 보상할게!
제발…… 한번만 봐줘, 제발!'

　제발이라며 소리치던 수의 눈물과 절실한 표정이 우형도, 길서도
앞으로 가지 못하게 만들었다.

　─민호는?

　"괜찮아."

─다행이네. 그나저나 민호 일로 너의 과거가 돌아온 건 아니야?

길서가 우려한 것은 그 역시 가정 폭력의 환경에서 자랐기 때문이었다. 그의 기억 속에서 잠자고 있는 7년의 세월 동안 있었던 일들은, 가끔씩 툭 건들고 지나가는 대수롭지 않는 일에도 불쑥 튀어나오곤 했다. 그러나 어쩐 일인지 민호의 일 앞에서도 냉정할 수 있었다. 그 동안 가끔씩 꾸던 악몽도 요 근래 꾸지 않았다. 지친 신경을 갉아 먹는 일들이 있었음에도 불안해하지 않아도 되었다. 이유가 뭘까?

"넌 어때?"

우형은 생각을 멈추고 길서에게로 화제를 돌렸다.

─아직은 이상 무.

길서는 아직 폭주 상태가 아니라는 것을 알려 주었다. 그러나 길서의 가느다랗게 떨리는 목소리는 이미 폭주 선에 서 있다는 것을 숨기지 못했다.

전화를 끊은 우형은 볼이 패일 정도로 굳게 입을 다물었다. 녀석들의 상처가 거대한 해일처럼 다가왔고, 어느새 폭풍 속에 빨려 들어간 몸이 죽음의 경계선에서 허덕였다. 그대로 물고기의 밥이 되려는 찰나 어디선가 노랫소리가 들렸다. 그 소리는 이제 그만 집으로 돌아가라는 소리처럼 끌어당겼다. 퍼뜩 성신이 돌아온 우형은 노랫소리가 들리는 밖으로 향했다. 이제 현실로 돌아온 곳, 그곳에 예원이 있었다. 그것이 몹시도 반가웠으나, 또 한편으로는 복잡하고 미묘한 감정 선에 서 있게도 했다.

"넌 항상 즐거워 보이는군."

껄끄러운 마음 탓일까. 우형은 흥얼거리며 콧노래를 부르는 예원에게 내뱉듯이 말했다.

"이따가 수 언니 만나서 쇼핑하기로 했어요. 옷이 없었는데 잘되었어요. 예쁜 옷 사야지.”

룰루랄라 하는 예원과 다르게 우형은 수가 또 어떤 골치 아픈 일을 몰고 올까 벌써부터 두통이 밀려왔다.

역시나 우려는 현실로 돌아왔다. 10시가 되었는데도 들어올 생각도 하지 않는 예원을 기다리던 우형은 초조감을 느끼며 집 안을 서성였다. 수는 자유분방했다. 수가 그렇게 된 이유는 알고 있었다. 순진한 눈동자를 굴리며 배시시 웃던 수가 육체, 즉 성관계의 자유를 추구하게 된 이유는 알고 있었다. 그러나 예원은 달랐다. 그녀가 그래야 할 이유는 없었고, 또한 그렇게 되길 원하지 않았다.

'그렇게 되길 원하지 않는다? 왜 그래야 하지?'

우형은 여기서 미간을 좁혔다. 예원이 온 후 자주 보이는 행동은 바로 '이유 찾기'일 것이다. 또한 순순히 나오는 대답은 바로 '보호자'였다.

'하, 보호자라! 옹색한 변명을 늘어놓는 꼴이라니.'

우형은 혀를 차며 소파에 다리를 뻗고 앉았다. 11시 안에 들어오면 용서해 주지. 째깍째깍. 바늘이 11의 숫자를 향해 움직였다. 서서히 움직이는 바늘이 이제 조금 있으면 변신한 신데렐라가 제 모습으로 변해 버린다는 12시를 향하더니, 얼마 후 바늘은 어김없이 12란 숫자에 도달하고 있었다.

'제길! 12시 안으로 돌아오면 더 이상 따지지 않겠어!'

우형은 부릅뜬 눈으로 시계를 노려보았다. 째깍째깍. 마치 약이라도 올리듯 바늘은 12시를 지났다. 머릿속은 제 집으로 돌아오지 못한 신데렐라가 어느덧 왕자와 잠자리를 한다는 설정으로 치달았고, 그 장면에서 더 이상 상상을 진척시킬 수 없었던 우형은 바람을 가르며 일어섰다. 바람과 같이 뛰쳐나갈 생각으로 벌컥 문을 열었다. 문을 열자 생글거리며 뭐가 그렇게도 즐거운지 입이 귀에까지 걸린 예원이 눈에 들어왔다. 저 웃는 표정! 손까지 흔들며 행복해 하는 표정! 순간 내부에서 억눌린 감정들이 서로 먼저 터트리겠다고 폭발하며 쑥대밭을 만들었고, 빠직 소리가 날 정도로 곤두선 우형은 문손잡이를 부서져라 잡고 있었다.

"어머! 왜 나와 있어요?"

예원은 정말 놀란 얼굴로 물었다. 이런 그녀의 천연덕스런 행동은, 어금니를 물어 간신히 진정시킨 이성을 지구 밖으로 날려 버리게 했다.

"넌 전화도 못해!"

버럭 소리부터 질러댄 우형은 당장 예원의 몸속 깊이 다른 놈의 향기가 있는지 목이라도 잡고 흔들 생각이었다.

"왜 화를 내고 그래요? 배고파서 그런 거예요? 하여간 수 언니 말이 맞네요, 밥 아직 안 먹었죠?"

"당연하지!"

목은커녕 자신도 모르게 아직 식사 전이라고 내뱉은 우형은 황급히 입을 다물었다.

"어휴, 어린아이노 아니고 혼사 차려 먹시도 못하나? 일있으니 기다려요."

"이…… 봐."

우형은 아들 보는 눈빛으로 어깨를 두드린 예원을 기막힌 표정으로 보았으나, 이미 예원은 등을 돌린 후였다.

"전 식사했어요. 그리고 다음부터는 제가 없어도 식사 먼저 하세요. 남자들 혼자 밥 먹기 싫다고 안 먹는 거 보면 보기 좋지 않더라고요."

"그건 네가 늦게 와서!"

"늦게 올 수도 있잖아요? 그렇다고 아직까지 식사도 안 하고……
기다리다 배고프다고 화내고, 그건 나쁜 버릇이라고요. 아, 밥 있다.
잠깐만 기다려요."

그리곤 식사를 준비하는지 덜그럭 소리가 났다. 우형은 그게 아니
라고 버럭 소리라도 지르고 싶었다. 12시가 넘은 시각까지 뭘 하고
들어왔는지 물어봐야 할 의무가 있었다. 그런데도 찍 소리도 못하고
얌전히 차려 준 밥을 먹어야 하다니, 젠장! 두드릴 대로 두드렸는데,
목표물이 얼마나 두꺼운지 되레 두들겨대는 자신에게 부메랑이 되어
서 돌아왔다. 처음부터 추궁을 했어야 했다. 제길, 밥 못 먹어서 신경
질이나 부리는 놈이 되다니! 자신을 향해 욕설을 퍼붓던 우형은 홈이
팰 정도로 굳은 얼굴로 소파에 앉았다.

"어머, 우엉조림도 있네. 잘됐다. 에, 또, 이건 뭐지? 부, 뭐라고
했던 것 같은데…… 아무튼 몸에 좋은 게 다 있구나."

예원은 식탁 위에 상을 차려 놓고는 얼른 2층으로 뛰어 들어가 간
단히 씻은 뒤, 재빨리 오늘 산 옷으로 갈아입었다. 소파에 앉은 검은
머리를 보니, 수 언니 말대로 고집쟁이 어린아이를 보는 것 같았다.
쇼핑을 하면서 한 대화는 거의 그에 관한 이야기였는데, 그가 배가
고프면 짜증이 유달리 많다는 것과, 섹시한 여자만 보면 침부터 질질
흘린다는 믿지 못할 이야기까지, 시간 가는 줄 모르고 들었다.

수 언니는 예원이 침을 흘린다는 말을 못 믿겠다고 하자, 한번 시
험해 보라고 말했었다.

'오늘 산 옷을 입고 한 바퀴 돌아 봐. 분명 눈동자가 변할걸? 어쩌
면 늑대로 변할지도 몰라. 하지만 그땐 아무렇지 않게 농담으로 넘어
가면 되니까 너무 걱정 마. 그럼 남자들 대부분이 이성을 차리거든.

응? 왜 그런 짓을 하냐고? 그야, 재미있으니까. 깔깔깔!'

수 언니 말대로 해볼까? 예원은 왠지 재미있을 것 같았다. 그러면서도 마음 한편으로는 설마 자신의 모습을 보고 그가 늑대로 변할 거라는 상황은 상상도 하지 않았다.

일이 뭔가 다른 쪽으로 움직이고 있었다. 두 팔을 소파에 올려놓고 돌처럼 움직이지 않던 우형은 예원이 움직인 방향으로 눈동자를 굴렸다. 2층으로 옮겨간 눈동자가 흔들리면서 잔뜩 찌푸려졌다. 이 모든 변화의 중심엔 김예원이 있었다. 그 중심에 그녀를 세워 놓은 것은 바로 그였다. 우선 녀석의 직장을 자신의 사무실로 정한 것부터가 그의 실수였다. 불길한 예감은 빗나가지 않고, 두 달이 채 되지 않아 정신이란 정신은 다 빼놓았다.

"이사님! 나 좀 보세요. 이 옷, 어때요?"

게다가 귀찮게 하기까지. 우형은 예원을 보지도 않고 귀찮은 벌레 쫓듯이 손을 휘휘 저었다.

"이런 옷 입어 본 적은 없는데…… 하지만 정말 입고 싶었던 옷이에요."

부끄러워서 도망이라도 칠 것 같은 목소리에 마지못해 고개를 든 우형의 표정이 돌변했다. 저 해괴망측한 옷차림은 뭔가? 크림색으로 도배한 원피스는 마치 란제리 하나만 달랑 걸친 것 같았다.

"예쁘죠?"

"그 괴상한 옷은 뭐지?"

"괴상하다니요? 말도 안 돼! 이건 최신 유행하는 옷이라고요. 게다가 이 옷은…… 자! 봐요. 종업원 말에 따르면 이 원피스를 입고 뱅그르르 한 바퀴 돌면 남자들이 넘어온다는 섹시한 옷이죠."

예원은 얇은 끈 하나에 대롱 매달린 짧은 원피스의 치마를 펄럭였다.

"해볼까요?"

짓궂은 표정인 예원이 치마를 위로 올리는 순간 우형은 속살이 보이는 장면에서 기겁을 했고, 그 표정의 뜻이 혹시나 수 언니의 생각과 같을지도 모른다는 생각을 잠깐 한 예원은 내친김에 한 바퀴 돌았다. 물론 넘어질 거라는 예상은 하지 않았다.

"아앗!"

중심을 잃은 예원의 몸이 소파 쪽으로 기울어지면서 비명을 질렀고, 이어서 소파걸이에 몸이 부딪치면서 그녀의 머리는 우형의 가슴 쪽으로 돌진했다. 두 다리는 허공을 향해 달렸고, 얼굴은 그의 가슴 속에서 헐떡이는 장면에 우형은 웃어야 할지, 버럭 소리를 질러야 할지, 아니면 허, 소리를 내야 할지 갈피를 잡지 못했다.

"아앗!"

예원은 어떻게든 일어나려고 바동거리며, 우형의 셔츠를 움켜쥐었다.

"도와줘요!"

우형은 절실하게 외치는 예원을 가뿐히 들어 바닥에 세웠다.

"후우…… 죽을 뻔했네."

정말 죽다 살아난 모습을 한 예원이 크게 숨을 내뱉었다. 그런 예원을 향해 우형은 한심스러워 견딜 수 없다는 표정을 지었다. 그러나 통제를 벗어난 원피스의 끈이 제멋대로 움직여 예원의 하얀 속살을 드러냈을 때는 상황이 달라졌다. 어처구니없다고 넘어가려는 그를 배신이라도 하듯 뒤따라오는 쿵쿵쿵, 소리와 처음 여자의 속살을 본 사춘기 소년처럼 벌겋게 달아오른 후끈거림은 도저히 설명할 수 없는 이상 반응이었다. 우형은 이 불편하고 불쾌한 감정을 떨쳐 내기 위해 일부러 아니꼬운 표정을 했다.

"너, 사실은 의도한 거 아니야?"

무슨 뜻인지 모르는 예원은 우형의 눈이 머무는 곳으로 향하다 자신의 가슴이 드러난 것을 알고는 비명을 지르며 황급히 손으로 가슴을 가렸다.

"어머, 너무해요!"

예원이 원망으로 가득한 얼굴로 소리쳤다. 그런 예원의 원망을 우형이 정정했다.

"이봐, 너무한 것은 너야."

"이사님에게 이런 취미가 있을 줄이야!"

"너, 한마디만 더 하면 던져 버린다."

"하지만 눈이, 눈이 무서운걸요. 한마디로 말해 욕망에 이글거리는 눈이죠."

저런 소리를 늘어놓는 것을 보면 손 좀 봐줘야 할 때였다. 우형은 벌떡 일어나 예원의 손목을 움켜잡았다.

"농담이에요. 조크, 조크도 몰라요?"

"몰라."

"하하, 농담도 잘하시네요."

예원은 재빨리 식막한 분위기를 밝게 하려는 깃이었으며, 그 외의 의도는 없다고 강조에 강조를 거듭했다. 역시 수 언니의 말이 틀렸어. 그는 전혀 여자로 보지 않고 있다고! 저 귀찮은 표정을 보면 알 수 있잖아? 괜히 웃음거리가 되어 버렸네…… 예원은 풀 죽은 얼굴로, 왜 풀이 죽어야 하는지 모르지만 축 처진 어깨를 보였다.

"밥이나 먹자. 젠장, 눈만 버렸어."

투덜대는 우형이 식당으로 향하자, 예원이 쫄래쫄래 따라갔다.

"그래도 조금은 야했죠?"

예원이 희망을 가지며 물었다.

"전혀."

"이상하다?"

우형은 물음표 열두 개가 떠 있는 예원에게 다가갔다. 그리곤 손바닥으로 어깨를 쓸었다.

"뭐, 뭐 하는 거예요! 벌써부터."

벌써부터라니! 우형은 짜증 섞인 얼굴로 손바닥을 펴 보았다.

"아직 솜털도 가시지 않았군."

우형이 손바닥에서 솜털이 후드득 하고 떨어지는 듯한 모션을 하자 솜털이라는 말에 예원이 발끈했다. 예원을 뒤로하고 식탁에 앉은 우형은 불규칙하게 뛰는 심장이 100미터를 전력 질주한 것처럼 거친 숨을 일으키는 것이 김예원으로 인한 것임을 꿈에서조차 인정하지 않을 생각이었다. 인정하는 순간, 어떻게든 감춰둔 진실을 끄집어내야 할 것 같은 위기감이 도사리고 있었다.

다음날, 맑게 갠 하늘을 보며 괜찮은 기분으로 사무실에 들어간 우형은 예원과 민호의 왁자지껄한 소란스러움에 결코 낀 적도, 낄 생각도 없었지만, 무릎 위를 10cm나 올라간 예원의 짧은 스커트에 멈춘 시선은 옮길 줄을 몰랐다. 왜 출근길에는 보지 못했을까.

"그 옷, 짧다고 생각지 않아?"

기어코 한 마디 한 우형은 무심한 얼굴을 가장했다.

"이런 옷 입고 싶었어요. 시골에서는 상상도 할 수 없거든요. 어때요?"

"또다시 한 바퀴 돌고 내 가슴에 넘어질 거라면 사양하겠어."

우형은 끔찍한 악몽이라도 떠올리는 듯한 표정을 드러냈다.

"의도한 게 아니었다고 분명히 말했잖아요. 그리고 어떻게 이사님과 그렇고 그런 관계가 되겠어요? 말도 안 돼요."

말도 안 된다는 예원의 부정과 아슬아슬하게 올라간 치마, 그리고 천박하게 휘파람을 불어대는 민호의 행동은 곤두설 대로 곤두선 우형의 신경을 단숨에 터트리게 했다.

"안 되는 이유가 뭐지?"

"네?"

예원이 고개를 돌리는 순간, 이제는 붉은색 입술이 자신의 입술을 향해 질주라도 하는 듯한 환영을 느낀 우형은 버럭 소리를 질렀다.

"너와 내가 그렇고 그런 관계가 안 되는 이유가 뭐냐고!"

"아니, 왜 화를 내고 그래요?"

예원이 어이가 없다는 얼굴로 민호를 보자, 민호는 아무래도 형님이 금단의 열매를 먹은 것 같다는 뜻 모를 소리를 했다.

'갈수록 태산이군.'

거칠게 머리를 쓸어 올리며, 자리에 앉은 우형은 휴대폰이 울리자 즉각 받았다.

─나야, 길서. 지금 예원 씨 보러 갈 건데 괜찮아? 가도 되는 거지?

이놈, 저놈 할 것 없이 쑤시고 다니는군. 대체 저 꼬맹이가 뭐가 좋다는 거야? 섹시하기를 하나, 그렇다고 해서 예쁘기를 하나. 우형은 혀를 차고 싶었다.

─어라, 정우형! 내 하나뿐인 동생! 어찌 대답이 없는가. 가도 된다는 뜻인가, 오지 말라는 뜻인가?

"맘대로 해!"

우형은 버럭 소리를 지르며 쾅, 소리가 나도록 전화를 끊었다. 제길, 약을 올리는 게 분명했다. 야금야금 타고 올라오는 이 정체 모를 감정을 눈치 빠른 저 인간들이 낚아채고 그동안의 복수라도 하듯 놀리는 것이 분명했다. 낄낄거리며 웃고 있을 정길서와 윤수의 얼굴이 이마에 대롱대롱 매달려 움직일 때마다 쫓아다니는 것만 같았다. 그런데도 제길, 제기랄! 지금 자신에게 있는 정체 모를 감정이 바로 질투라는 사실을 인정할 수밖에 없었다. 지구 밖으로 떠나간 이성은 제자리를 찾지 못했다. 대신 질투라는 감정이 둥둥 떠다니더니 안착해 버렸다. 그리고 질투는 산을 만들었고, 그는 불길 속에 휩싸였다. 활활 타오르는 질투가 지금 자신을 보고 있는 그녀의 동그란 눈동자와 마주치자, 푸시시 하고 꺼져 버렸다. 제길, 푸시식 꺼진 질투는 다른 의미로 타올랐다.

"나와."

우형은 한창 일하고 있는 예원에게 명령했다.

"왜요?"

"왜냐고?"

우형은 여기서 잠시 간격을 두었다. 왜지? 물론 이유는 있었다. 그렇지만 길서가 오기 전에 널 숨겨두고 싶다는 말은 할 수 없었다.

"서울 구경시켜 줄 테니 나와."

이런 옹색한 말을 할 줄이야. 끙, 소리를 내뱉은 우형은 뭔지 알겠다는 의미 있는 민호의 눈에서 눈물을 쏙 빼놓을 정도로 노려보았다.

"하여간 제멋대로라니까."

말은 그렇게 했지만, 예원은 신이 났다. 서울에 온 지 꽤 되었지만, 구경다운 구경은 하지 못했다. 시골에 있는 친구들이며, 아버지, 할머니에게 사진이라도 보내 주려면 근사한 호텔이나 경복궁 앞에서 찍은 사진이 필요했다.

"어디 가는 거죠?"

“글쎄.”

즉흥적으로 나온 우형은 우선 네비게이션에 손을 올려놓았다.

“63빌딩에 가고 싶어요. 아쿠아리움도 좋고, 자연농원도 좋아요.”

예원이 얼른 거들었다.

“자연농원이라면 놀이동산을 말하는 건가? 홋.”

홋, 소리를 하는 게 아니었다. 우형은 짐짓 사나운 표정을 짓는 예원의 기세에 눌렸고, 이런 조그마한 여자에게 또다시 납작하게 눌려 있는 기분을 맛보게 되었다. 그는 네비게이션의 목적지에 아쿠아리움을 입력했다.

“그래서 벌써 사라졌단 말이야?”

길서는 은색 빛이 도는 안경을 추켜세우며, 수와 민호를 번갈아 보았다.

“사라졌지. 그것도 데이트라는 명목으로. 아이, 정말 재미없다니까.”

수가 툴툴거렸고, 민호는 두 사람의 대화에 한숨을 내쉬었다. 그들은 늘 재미있는 것만 찾아다녔고, 훼방을 늘어놓는 악동 같았다. 그런 그들이 같은 목적을 가지고 있으니, 앞을 보지 않아도 안 것 같았다.

“너 제대로 하고 있는 중이야?”

길서가 수에게 불똥을 튀겼다.

“했다니까! 했지, 암! 내가 안 했겠어? 그런데 그게 씨가 먹히지 않더라고. 내 딴에는 우형이 멋있는 놈이 아니라고 알려 주려고 했는데 말이야, 예원 씨의 반짝이는 두 눈을 보니 정우형은 이미 멋진 놈으로 자리 깔고 앉아 있더라고. 이걸 어쩌지?”

"그럼 이 방법을 쓰자."

길서는 갑자기 목소리를 낮추고 손가락을 까딱였다. 수가 다가오자 길서는 민호의 눈치를 살폈다. 그 눈동자에서 이 녀석을 자기편으로 끌어들여야 하나 말아야 하나 갈등이 보였다. 민호는 제발 자신을 끌어들이지 말았으면 하는 얼굴을 보였으나, 선심 썼다는 듯한 길서의 표정에서 이미 민호는 두 사람과 같은 편이 되어 있었다.

"그동안 예원 씨 성격을 알아본 결과, 굉장히 소극적이야. 그건 우형과 그렇고 그런 사이라고 하면 더 펄쩍 뛰면서 도망치려는 타입이라는 거야. 그러니까 우린 그걸 역으로 이용하는 거야. 너와 내가 뜯어말리는 게 아니라, 되레 두 사람을 억지로 붙여 주는 거지. 간간이 휘파람도 불고, 우우, 야유도 해주고. 두 사람 사이에 미묘한 감정이 생길 때마다 차라리 두 사람을 엮이게 하는 거야. 그러면 불에 덴 것처럼 예원 씨는 더 거부하겠지?"

"역시 정길서, 넌 머리가 좋은 놈이야."

수는 킥킥거리며 길서의 머리를 쓰다듬었다.

"그 손 치우시지. 네가 나에 대해 설명한 말을 난 아직도 기억한다고. 아마 똑똑하고 잘생겼으니 언젠가 이용할 데가 있을 거라고 했었지?"

길서의 말에 수는 과장된 표정으로 '정말?'을 연달아 쏟아냈다. 그런 수의 행동에 아무렇게나 어깻짓을 한 길서는 앞으로의 일들이 기대된다는 듯 얼굴 가득 미소를 지었다.

그런 그들의 음모를 모르는 예원과 우형은 아쿠아리움에 들어섰다.

"어른 둘."

셔츠에 걸려 있는 선글라스를 꺼내 쓴 우형이 주머니에 두 손을 찔러 넣고, 건들거리는 자세로 표를 기다렸다. 뒤에서 기다리던 남녀 한 쌍이 표를 받는 우형의 등을 툭 건드렸다. 그가 허리를 쭉 펴며 남자를 향해 선글라스를 벗었다. 그 눈은 분명 '죽고 싶냐!'고 하는 것 같았다. 역시나 그의 눈빛에 겁을 먹은 남자가 재빨리 사과했다.

"깡패."

"깡패라? 지금 나보고 깡패라고 했어?"

치켜뜬 눈과 무시무시한 주먹이 눈앞에서 왔다 갔다 했지만, 예원은 안내원에게 '여기로 들어가면 돼요?' 라고 천연덕스럽게 물으며 앞장섰다. 그 뒤를 따라가는 우형은 하릴없는 표정으로 왜 이 대낮에 일은 안 하고 데이트를 하는 연인들 사이에 끼어야 하는지에 허탈한 표정을 지었다. 문제는 질투였다. 질투라니? 그렇다면 내가, 다름 아닌 내가 저 꼬맹이를 이성, 즉 여자로서 좋아하기라도 한다는 건가? 당장에 실소가 나올 것 같았다. 우형은 한쪽 입술 꼬리를 올렸다.

"식인 물고기가 나올 것처럼 만들어 놓아 그럴듯하긴 하지만, 너무 좁고 답답해요. 저것 봐요, 저렇게 좁은 곳에 수백 마리의 물고기를 풀어 놓고, 지나가는 통로는 왜 이리 작아요?"

유리에 손을 대던 예원이 툴툴거렸다. 우형은 국내 최대라는 기사와는 달리 좁은 울타리 같이 느껴져 딥딥하다는 등 상황 중계라도 하듯 옆에서 계속 떠들어대는, 여성적인 매력이라고는 전혀 찾아볼 수 없는 예원을 보며 회의적인 반응을 보였다. 역시 그건 착각이 분명했다.

"입장료도 많이 받으면서, 너무하네. 차라리 바닷가에 가는 게 좋을 거 같네요."

"그럼 그러든가."

우형은 시큰둥하게 내뱉었다.

"말이 그렇다는 거죠, 그런데 음료수 사도 돼요?"

"사든가."

"돈 주세요."

"왜?"

"마시려고요."

"마셔."

우형은 맘대로 하라는 눈짓을 했다. 그런 우형을 보던 예원은 화가 난 얼굴로 우형의 바지 주머니에 손을 쑥 집어넣었다.

"뭐 하는 짓이야?"

우형은 버럭 소리를 지르며 몸을 뒤틀었다. 그러나 끈질기다는 별명답게 주머니에 집어넣은 예원의 손은 아직도 그대로였다. 그것도 꼼지락꼼지락 거리면서. 그 꼼지락거림은 상상 외로 부드러웠다.

"왜 소리를 질러요!"

사람들의 시선이 집중되자, 당황한 표정이 역력한 예원이 맞서 소리쳤다.

"너야말로 왜 남의 주머니에 손을 집어넣는 거야!"

"돈 달라고요. 나, 지갑도 안 가져 왔잖아요!"

그랬다. 예원은 우형의 손에 이끌려 무작정 밖으로 나왔고, 지갑은 물론이거니와 가방도 메지 않는 상태였다.

"알았으니 주머니에 낀 네 손이나 빼. 어디서 여자가, 겁 없이 남자 주머니에 손을 집어넣어?"

우형은 예원의 손을 잡아 휙 소리가 나도록 뺐다. 그리곤 뒷주머니에서 지갑을 꺼내 만 원짜리를 건네주었다. 그러나 예원은 돈을 받지 않았다.

"오렌지주스로 부탁해요."

대신 사오라고 명령했다. 우형은 기도 안 찰 일을 벌이는 예원에게
두 눈을 부릅뜬 뒤 감히 네가 지금 날 부려먹느냐는 눈짓을 보냈으
나, 불행히도 실내는 바다 생물들을 보호하는 차원에서 굉장히 어두
웠기에 무시무시하게 노려보는 눈빛은 도달하기도 전에 흡수되어 버
렸다.

“저기 봐요, 모두들 남자가 여자를 위해서 사다 주잖아요?”

예원이 보고 있는 것은 데이트 하는 남녀들이었다. 우형은 지금 너
와 내가 데이트라도 하는 줄 아냐고 잔뜩 비꼬고 싶었다. 그런데도
코너에 위치한 편의점에서 음료수를 사고 있었다.

“사람들이 많아서 위로 가야겠어요. 아! 시원하다.”

예원은 사막 위의 오아시스를 발견한 것처럼 음료수를 남김없이
마셨고, 입을 벌리고 웃었다. 어두운 실내지만, 고른 치아가 드러나
는 웃음이었다.

우형은 저 입술에 키스하면 어떤 맛일까 하는 엉뚱한 생각에 사로
잡혀 있었다. 생각은 늘 행동으로 실천하게 했다. 우형의 입은 오렌
지주스 맛이 남아 있는 예원의 입술을 향했고, 혀로 살짝 입술 끝을
핥았다.

“와, 지금 상어 봤어? 정말 크다. 멋있어, 마지 가까이에서 만지고
있는 거 같아!”

주변에서 감탄하는 소리가 크게 들렸지만, 정작 예원의 귀에는 아
무 소리도 들리지 않았다. 입술을 살짝 핥고 있던 그의 얼굴이 클로
즈업되어 가까이 다가오더니, 어느새 입 안으로 파고드는 혀의 감촉
에 얼떨떨한 기분이었다.

“어머나, 상어 눈 좀 봐. 오늘 밤 상어 알이나 먹어 볼까? 하하하.”

어디선가 웃음소리가 들렸지만, 이 역시 예원은 들리지 않았다. 살

포시 앉았다가 사라진 키스의 잔재에 정말 키스가 있었던가 하는 얼굴로 그를 쳐다보기만 할 뿐이었다. 그는 한 손으로 입을 가리고 있었다. 뭔가 충격이라도 받은 듯 두 손으로 머리를 누르기까지 했다. 그리고는 갑자기 그녀의 얼굴을 쳐다보았다. 예원은 깜짝 놀란 빛으로 어쩔 줄 모른 채 쏘아보는 눈빛을 받고만 있었다. 쏘아본다? 아니 그 눈은 당황으로 가득했다. 당황함과 더불어 귀까지 빨갛게 변한 그의 붉어진 얼굴이 벌떡 일어나 성큼 걸어가 버렸다. 예원 역시 벌떡 일어나 성큼 걸어가는 우형을 쫓아갔다.

“이, 이사님!”

헐레벌떡 뛰어오는, 절대 놓치지 않겠다고 기를 쓰고 달려오는 예원이 그 옛날 꼬마의 모습을 연상시켰다. 우형은 그럼에도 빠른 걸음으로 걸었다. 이건 그 옛날 꼬마를 울리겠다는 짓궂은 악동 짓이 아니었다. 그저 지금은 현실 도피를 하고 싶은 마음에 가까웠다.

‘제길!’

갑자기 드러난 환한 빛에 잠시 멈춘 사이에 어느새 꼬마가 뒤에 달라붙었다.

“그렇게 혼자 가면 어떡해요! 집에는 어떻게 가라고!”

불만으로 나온 입이, 마치 키스라도 해달라는 입술로 변해 다가오고 있었다. 우형은 치우라며 잡힌 팔을 뺐다. 거절당한 예원이 깜짝 놀란 눈으로 보고 있었다. 우형은 아직 어린 꼬마의 눈빛이 남아 있는 맑은 눈을 피해 버렸다. 그럼에도 인정할 수밖에 없는 것은 김예원을, 기저귀를 갈아 주던 꼬맹이를, 자신을 제 몸종으로 아는지 매일 같이 쥐어뜯던 저 녀석을, 이제 여자로 인식하고 있다는 거였다.

‘왜 그렇게 예민하게 구는 건데? 내가 예원 씨와 뭐라도 할까봐 그래? 아님 네 과거라도 나불댈까봐? 만약 나불댄다고 해도 여자랑 몇

번 자지도 못한 겉모습만 바람둥이처럼 잘생긴 녀석이라고 말할 것이
고, 그러면 예원 씨는 절대 널 추잡한 플레이보이라고는 생각지 않을
거야. 안심해도 좋아.'

수의 말대로였다. 그는 여자에 관해선 잘 알지 못했고, 이런 감정
또한 낯설었다. 지금 당장 뭘 해야 할지도 모르는 겉모습만 바람둥이
같은 우형은 벌겋게 변한 얼굴을 숨기지 못한 채 빠른 걸음으로 주차
장으로 향했다. 그것만이 지금 할 수 있는 유일한 행동이라는 듯 바
삐 걷는 그는 뒤도 돌아보지 않았다.

'말도 못 꺼내겠네.'

예원은 단단히 굳은 얼굴로 운전만 하는 우형의 눈치를 보다가 한
숨을 내쉬었다. 갑자기 벌컥 화를 낸 그가 낯설었다. 그동안 툭하면
화를 내긴 했지만, 그렇다고 저런 식의 반응을 보인 적은 없었다.

'하아.'

예원은 들키지 않게 한숨을 내쉬었다. 백미러를 통해 한숨을 내쉬
는 자신의 얼굴이 보이자, 축 처진 몸을 일으켜 세웠다. 그러자 약간
상기된 얼굴이 보였다. 그리고 입술도. 뜨거운 태양이 작열하는 빛에
눈보이는 붉은 입술, 그 입술에 닿았던 깃털처럼 부드러운 감촉이 되
살아났다. 예원은 무의식적으로 입술에 손을 얹었다.

곤두선 신경으로 예원의 행동을 유심히 보던 우형은 무의식적인
그녀의 행동을 보는 순간, 혀끝을 이용해 메마른 입술을 축였다. 그
러지 않으면 안 될 것 같았다.

"어머, 수 언니! 저기 수 언니 아니에요?"

예원이 깜짝 놀라 소리쳤다.

'수?'

우형은 시선을 도로 쪽으로 돌렸다. 지금 눈동자 속으로 파고드는 여자는 수가 분명했다. 가시덤불 속을 걷는 듯, 힘겨운 걸음걸이를 하는 수. 아마 차 문을 열어 주며 슬쩍 드러난 팔을 쓰다듬는 놈 때문인 것 같았다. 녀석의 손이 닿은 수의 어깨는 멀리서도 소름이 돋아 있었다. 제기랄! 당장 수의 몸에 손을 대는 녀석의 면상, 그 면상을 형체도 알아볼 수 없을 정도로 뭉기고 말겠다는 살의가 불타올랐다.

"수 언니가 맞지요?"

예원은 되물을 수밖에 없었다. 그도 그럴 것이 수 언니는 맞는데, 아니라고 생각이 들 정도로 평소와 다른 모습이었다. 고개를 약간 숙이고 다소곳한 모습이 우선 생소했다. 평소에는 두 팔을 살짝 허리에 올리고, 도도하게 보이도록 의식적으로 턱을 들고, 풍만한 가슴을 강조하는 몸짓을 하던 모습과는 판이하게 다른 행동이었다.

"수 언니가 아닌 것 같아, 꼭 다른 사람 같아요. 그런데 옆에 있는 남자는 누굴까요? 설마, 애인은 아니겠죠?"

예원은 '말도 안 돼!' 라고 덧붙였다. 옆에 걷고 있는 남자는 40대 중반의 중년 남성이었고, 굉장히 날카로운 인상을 가진, 뱀 같이 보이는 작은 실눈이 꼭 조직 폭력배들의 중간 보스 같은 타입이었다.

"설마, 아니겠지요?"

예원은 아무런 대꾸도 하지 않는 우형에게 시선을 돌렸다.

"수 언니의 연애관을 볼 때……."

예원은 그 다음 말을 잇지 못했다. 수 언니가 그를 좋아한다는 것이 언뜻 떠올랐고, 그 사실이 조금 전 키스한 것에 대한 죄책감을 불러일으켰다. 그것과 별도로 지금 그의 얼굴에 떠오른 표정, 홈이 팰 정도로 악물은 이 사이로 내뱉은 '모른 척해!' 란 말이 결코 모른 척 할 수 없게 했다. 그는 눈으로 두 사람을 갈가리 찢고 있었다.

'사랑…… 하는 걸까?'

순간 예원의 머릿속에 떠오른 말로 인해 그녀는 급격한 신체가 주는 요동을 겪었다. 수 언니를 태운 자동차가 출발하자, 그의 자동차도 출발했다. 마치 그들을 쫓고 있는 듯, 잠복근무하는 형사가 된 듯한 느낌이 드는 것은 그가 보인 반응 때문일 것이다. 그는 광폭하는 감정을 억누르고 있었으나, 곧 터질 것 같은 위험을 지닌 폭발물 같았다. 예원은 그것이 바로 수 언니를 사랑하는 감정이었기에, 수 언니가 다른 남자를 만나는 것에 대한 질투라고 생각했다.

머릿속에서 땡강, 땡강 소리를 내며 경종을 울리고 있었다. 다른 사람은 절대 가까이 다가서지도 못하게 했던 소년을, 그 소년이 누군가와, 하다못해 아줌마와 같이 있는 것만 봐도 돌멩이를 쥐고 달려갔다는 꼬마. '내 거야, 우형 오빠 내 거라고!' 집착적인 행동을 보이며, 다가오는 사람들에게 돌멩이를 던지고, 악을 쓰던 꼬마가 불쑥 튀어나왔다.

가슴속에서는 드릴이 멈추지 않고 두드리고 있는 것 같았다. 예원은 튀쳐나오려는 불길을 억지로 잠재우기 위해 온몸이 뺏뺏해지도록 이를 악물고 두 주먹을 쥐었다. 지금 이 감정을 잠재우기 위해 무슨 짓이리도 하고 싶었디. 그렇지 않으면 지금 당장, 그의 눈을, 다른 여자를 쫓는 그의 두 눈을 붉은 천으로 가릴 것만 같았다.

12.

호텔 룸은 어둡지 않았다. 어둠이 내려오기 전 붉어질 대로 붉어진 저녁노을이 마지막 불꽃을 퍼트릴 때였다. 수는 멍한 눈으로 자신의 여성 속으로 파고드는 남성을 받고 있었다. 신음 소리를 억제할 수 있는 것은 등 뒤에 보이는 남자, 유남석과의 12년간의 관계로 인해서였다. 다른 남자와의 관계에서 수는 자유로웠다. 관계할 때만큼은 충실했고, 모든 것들을 태울 만큼 정열적으로 변했다. 그러나 지금은 굴욕적으로 무릎을 꿇고, 여성 속으로 들어오는 남성을 그저 받아들이는 그런 관계만을 하고 있었다. 그 어떠한 쾌락도 없었다. 멍한 눈으로 저녁노을이 참으로 붉다고 생각하고 있을 뿐이었다.

"으허헉!"

유남석의 신음 소리가 들리기 시작하면서 남성이 빠르게 움직였다. 사정이 임박했음을 느낀 수는 이를 악물고, 무릎에 힘을 주어 절대 밀리지 않겠다는 의지를 나타냈다.

"크허헉!"

절정에 도달한 유남석이 마침내 여성 속으로 정액을 쏟아냈고, 수는 피임약을 복용했으니 저 남자의 아이를 갖지 않을 것이라는 생각을 했다. 유남석이 그녀의 허리를 잡고 마지막 정액까지 쏟아낸 후 일어서자, 그의 남성이 빠져나가면서 여성 안에 고여 있던 정액들이 주르륵 나왔다.

수는 유남석이 샤워를 하러 간 사이 침대에 누워 천장을 바라보았다. 일류 호텔답게 시설은 좋았다. 그러나 섹스의 여운은 없었다. 허름한 모텔에서 섹스를 할 때, 미친 듯이 서로를 탐할 때, 다른 사람들이 관계를 한 후 찌꺼기들이 진동하던 방이긴 했어도, 그런 곳에서 섹스가 끝났을 때는 여운이 있었다. 그러나 지금은 아무것도, 아무것도 없었다.

쏴아아, 소리가 들리는 것을 보니 유남석은 깔끔한 성격대로 꼼꼼할 정도로 몸을 씻고 있을 것이다. 진동으로 해놓은 휴대폰이 드르륵 소리를 내자, 수는 몸을 돌렸다. 그러자 아직까지 여성 안에 남아 있던 정액이 후드득 떨어졌다. 이럴 땐 어쩔 수 없이 참고 참았던 역겨움이 구토를 일으키며 쏟아졌다. 그러나 닦을 수는 없었다. 유남석은 자신이 쏟아낸 정액들을 보며 즐거워했으므로. 그가 즐거워하는 것으로 어머니가 행복했으므로. 수는 당장이라도 토할 것 같았지만 꾹 눌러 참았다.

"우형이니?"

수가 작은 목소리로 속삭였다.

—어디야?

우형의 목소리는 나지막했지만, 분명 어금니를 물고 있을 것이다.

"여기? 여기는 지구별."

수가 가벼운 말투로 말했다.

－데리러 갈게.

"아니 괜찮아, 지금은 괜찮아. 우형아, 괜찮아. 정말이야…… 난 괜찮아."

수는 정말 괜찮다는 듯 여러 번 말했다. 쏴아아, 물줄기가 점차 잦아드는 것을 계기로 수는 이만 끊어야겠다며 유일한 지구와의 교신을 끊었다. 얼마 후, 40대라고 믿기 어려운 탄탄한 몸과 회복된 남성을 가진 유남석이 미소를 지으며 수의 곁으로 다가왔다. 수는 지구별, 그러나 악당 외계인의 비행접시에 납치당한 뒤 기억 상실을 일으키는 광선총을 맞은 지구인으로서 외계인을 맞이했다. 외계인은 지구인 여자를 처음 본 것처럼, 꼼꼼히도 여성 안을 살폈다. 긴 손가락을 이용해 이리 만지고, 저리 만지며 툭툭 건들기도 하고, 알 수 없는 웃음을 흘리기도 했으며, 여성 안으로 이물질을 쑥 집어넣기도 했다. 아픔을 느끼는 즉시 어김없이 외계인의 낄낄거리는 웃음소리가 들렸고, 반응이 없으면 혹독한 시련이 이어졌다. 12년. 그 시간 동안 여성은 점점 무디어져 갔다. 이제는 서른이 다 되어가는 육체 역시 늙어 갔다. 그런데도 외계인은 놔주지 않았다. 더 늙은 지구인에게 싫증났으므로, 젊은 지구인이 필요했다. 이만한 장난감은 없었다. 그럼에도 버림받는 걸 너무도 두려워하는 늙은 지구인은 이번에야말로 버림받지 않겠다며 외계인을 사랑하는 것을 멈추지 않았고, 늙은 지구인을 너무도 사랑하는 젊은 지구인은 결국 외계인을 거부할 수 없었다. 그 모진 현실을 너무도 잘 알고 있는 외계인은 젊은 지구인의 몸을 제 소유의 장난감으로 만들어 툭하며 부수고, 세우고, 망가뜨리고, 밟는 짓을 서슴없이 했다.

'아아, 이제는 지구로 돌아가고 싶다.'

그래, 수는 이제 그만 지구의 푸른 별로 돌아가고 싶었다.

전화를 끊은 우형은 12년 전 부러진 다리가 다시 떨어져 나가는 듯한 통증에 시달렸다. 육체의 통증은 어김없이 그날을 되새기게 했다. 그날 유남석의 손에 들린 쇠막대기가 정확히 다리를 향해 내리쳤을 때 들리는 파열음이 다시금 귀를 찢듯이 들려오는 듯했다. 그러나 그것보다 더 잔혹한 통증을 느끼는 것은 수를 구하지 못했다는 자학이었다.

우형은 어둠이 주인으로 내려앉은 밤, 어둠을 향해 노려보는 것을 멈추지 않았다. 그것만이 힘이 없는 자가 유일하게 할 수 있는 소리 없는 외침이었다.

'제길, 빌어먹을! 윤수, 손을 뻗어! 당장 손을 뻗으라고! 이 멍청한 여자야!'

소리 없이 터지는 악은 내부 속에서 소용돌이를 만들었다.

'괜찮아, 지금은 괜찮아, 정말이야.'

게다가 분명 괜찮지 않은 수의 목소리가 귓가에서 떠나지 않고 있었다. 제길, 당장 데리고 와야겠어! 우형은 벌떡 일어섰다. 그러나 '내 인생에 산섭하시 마. 이건 우리 집 일이고, 내가 간섭할 권리는 없어' 라고 하던 수의 매몰찬 말, 그러나 말과는 다르게 간곡하던 그 눈빛이 뛰쳐나가려는 두 다리를 묶었다. 수는 늘 그렇게 그를 막았다. 죽이겠다는 살의를 뿜은 그가 유남석을 찾아갈 때면 어느새 달려와 절실하게 외쳤었다. 제길!

"제발…… 제발 내 일을 잊어 줘. 잊고 살아 줘. 날 내버려 둬. 응? 우형아, 제발…… 간섭하지 마. 내 인생에 일어난 일에 간섭하지 마."

제기랄! 우형은 자신을 막고 있는 수를 거칠게 내동댕이쳤다.

"네 인생이라고? 간섭하지 말라고? 왜, 왜 그래야 하지? 너와 난 친구다. 나에겐 친구인 널 보호할 의무가 있다고!"

열일곱 되던 해 가만히 있어도 땀이 뚝뚝 떨어지던 날, 우형은 당장이라도 유남석의 면상을 뭉개고 말겠다는 의지로 흉기를 찾았다. 마침내 철이 박힌 각목을 찾아냈고, 놈을 잡자마자 휘두르려던 그를 제지한 것은 수였다. 필사적으로 앞을 막은 수의 몸을 우형은 추락할 정도로 거부했다. 그러나 어떻게든 말리겠다며 달라붙던 수가 결국 울음을 터트렸다. 그래, 울고 있었다. 눈이 마주치면 배시시 웃던 수가, 그 수가 울고 있었다. 수는 절대 벗어날 수 없는 그 과거에서, 아니 벗어날 의지를 보이지 않고 되레 늪으로 걸어 들어가 잠식된 가엾은 동무 녀석이 되어 버렸다. 제길! 당장에 가여운 친구를 구해야 할 동무라는 그가 움직이지 못하고 있었다. 놈의 대가리를 깨부수지 못하고 있었다.

"제발! 그만해. 날 위한다면, 정말 날 위한다면 그만해, 제발⋯⋯."

울고 있다. 제발이라고 부탁했다. 아니 그 때문이 아니었다. 놈의 대가리를 깨부수는 즉시 간신히 붙잡고 있는 생의 고리를 미련 없이 놓을까 두려워서였다. 녀석은 충분히 그럴 수 있었다. 나, 그럼 죽을 거야 라며 협박을 하고 있었다.

"⋯⋯그만둘 테니, 울지 마."

우형은 하늘을 올려다보았다. 붉은 눈에 담긴 하늘도 붉었다. 수가 허리를 꼭 끌어안았다.

"고마워⋯⋯ 역시 넌 좋은 친구야. 그렇지? 우리 친구지? 정말 그렇게 될 수 있는 거지? 나, 깨끗하지 않아도 친구 하는 거지?"

"바보 같은 소리 그만해!"

우형은 소리쳤다. 아직 열일곱, 소년인 그가 할 수 있는 것은 버럭버럭 소릴 지르는 것뿐이었다. 그리고 그 누구도 침범한 적 없던 순결한 몸에서 나온, 익사시킬 만큼 거대한 눈물을 닦아 주는 것이었다.

빡, 소리가 난 것은 그 후였다. 유남석의 손에 들린 흉기는 정확히 우형의 머리통을 향했고, 쓰러진 몸에는 발길질이 쏟아졌다. 괴기한 웃음소리와 악랄한 욕설이 퍼붓던 난장판과 다름없는 곳에서 수는 울었고, 우형은 이를 악물었다. 그리고 정확하게 내리찍은 흉기로 의해 우형의 다리는 부러졌다.

"경고했지? 건방지게 내 집에 들어와 행패를 부리는 놈은 멀쩡하게 나갈 수가 없다고!"

우형은 비명을 지르는 추태를 부리지 않았다. 대신 어금니를 악물고 네놈을 죽이고 말겠다는 증오를 뿜어댔다. 기필코, 네놈을 죽일 거야. 흙바닥에 누워 있지만, 결코 항복한 모습을 보이지 않은 우형은 부러진 다리의 고통을 결코 잊지 않았다. 수의 눈물에 멈칫하여 구하지 못한 그날의 후회가 치욕감과 함께 덧씌워졌다. 그렇게 12년 동안 묵인 아닌 묵인을 하게 된 그날 이후 유남석과의 질긴 악연은 아직까지 계속되고 있었다. 우형은 인젠가 꼭 내 손으로 절단 낼 것이라 다짐했다.

예원은 베란다에 몸을 기대고 어둠 속에 서 있는, 아니 어쩌면 어둠과 하나가 된 듯한 우형의 목소리에 숨을 들이켰다. 그는 수 언니를 사랑하는 것이 분명했다. 데리러 가겠다는 눅눅한 목소리 안에는 절실함과 안타까움과 어쩌지 못한 자학이 배어 있었다.

갑자기 우형이 고개를 위로 올리더니 길고 긴 한숨을 뿜어냈다. 그 한숨이 전해 주는 공허함에 예원은 그를 안고 괜찮다고 위로해 주고 싶었다. 그러나 그럴 수가 없었다. 그가 필요한 것은, 지금 그가 보고 있는 것은 수 언니였으니까. 순간 그의 눈동자가 그녀를 향해 구르는 것으로 느껴지자 예원은 황급히 뒤로 돌았다. 그리곤 곧장 2층을 향해 뛰어 들어갔다. 그가 뒤따라오는 것도 아닌데, 문을 잠그고 침대로 뛰어 들어가 몸을 돌돌 말았다. 이렇게까지 피하는 것이 분명 이상한 일인데도 지금은 무서워서 견딜 수가 없었다. 혹시나, 그의 입에서 듣고 싶지 않은 말이 나올까봐 그게 무서워서 몸까지 돌돌 말고 있었다.

'그런데 난 어떤 말을 생각한 것일까? 이사님 입에서 나오는 듣고 싶지 않은 말이란 뭐지?'

예원은 가만히 숨을 죽이며 집중했다. 그게 무엇인지 확실히 알 수는 없지만 가슴 아픈 것만은 확실했다.

다음날 오전, 신우 사무실에 불쑥 들어온 수는 번쩍 손을 들고 좌중을 훑었다.

"하이, 에브리바디!"

"그 되지도 않는 영어는 그만둬. 가방 끈 짧다는 거 광고할 일 있냐?"

민호가 한숨까지 푹푹 쉬며 한 마디 했지만, 곧바로 수의 손에 잡혀 컥컥댔다.

"야, 장민호! 죽을래?"

"죽여, 차라리 죽이라고!"

"너 누나한테 자꾸 까불 거야?"

"자기가 무슨 누나라고!"

두 사람의 싸움인지 대화인지 그들만의 이야기를 묵묵히 듣던 예원이 벌떡 일어났다.

"것 봐, 예원 씨 화났잖아!"

"왜 내 탓이야? 네 탓이라니까!"

수와 민호는 예원의 굳은 표정을 보며, 저마다 서로의 탓이라며 옆구리를 찔러댔다.

"커피 가져올게요."

그런데도 예원은 누구의 편도 들어주지 않고 탕비실로 쏙 들어갔다.

'후우, 수 언니의 얼굴을 제대로 못 보겠어.'

예원은 복잡한 심정이 그대로 드러나는 얼굴로 커피를 준비했다. 커피포트의 물이 끓어 잔에 물을 붓던 예원은 갑자기 쏟아진 물이 손등에 튀자 외마디 비명을 질렀다. 재빨리 뜨거운 물이 튄 손등을 흐르는 찬물에 담갔다. 물이 스며들면서 손등은 벌건 색으로 변했다. 예원은 손등을 입에 대어 보았다. 후끈거리는 것이 꼭 물집이라도 잡힐 것 같았다.

'키스했는데……'

손등에 입을 댄 예원은 입술을 핥던, 달콤하다고 해야 하나, 가까워졌다고 해야 하나, 그의 키스가 어쩔 수 없이 떠올랐다. 그런데도 그는 다른 여자를 보고 있었고, 그 여자는 다른 남자와 사귀고 있었다. 이해할 수 없는 그들의 애정 전선에 남겨진 자신이 초라하기만 했다.

"어머, 커피다. 난 예원 씨가 타준 커피가 제일 맛있더라. 이 정도면 우형이도 태클 걸지 못할걸? 참! 예원 씨, 저 녀석에 대한 마음…… 바뀌었어? 뭐긴, 좋아하냐는 질문이지. 음, 하긴 바뀌었다면 그것도 이해해. 우형이는 멋지니까, 그렇지?”

수는 우형을 향해 ‘나 잘하고 있지?’ 라는 표정으로 말했다.

“어라? 뭐야, 왜들 그래? 왜 이렇게 썰렁해?”

수는 아무도 대꾸를 하지 않는 공간에 의아함을 던졌다.

“제발 분위기 파악 좀 해라. 지금 네 장난 받아 줄 사람 없다니까! 여긴 삶의 터전이야. 먹느냐 먹히느냐 하는 삶의 터전이라고! 그러니까 이만 돌아가 주시죠. 놀고 있어도 배고플 걱정 없는 윤수 아가씨.”

“어허! 장민호. 지금 네가 한번 해보자는 거야? 좋아, 너, 잘 만났다. 요새 몸이 폭력을 부르고 있는 걸 간신히 누르고 있었는데, 오랜만에 풀어 보자고!”

수의 펄쩍 뛴 몸이 아래를 향해 고공낙하의 자세를 취하자마자 민호의 몸으로 꼬꾸라졌다. 이때쯤 발을 동동 구르며 어쩔 줄 몰라 해야 할 예원은 아무런 말도 하지 못했다.

‘그는 수 언니를 사랑한다. 수 언니는 다른 남자가 있다’ 에 집중하던 마음은 수의 시선과 얽히자마자 자신도 모르게 시선을 피하게 했다.

“나, 싫어?”

수가 물었다. 그 목소리의 톤이 몹시도 낯설어서 예원은 피한 시선을 다시 고정시켰다.

“나 미워하지 마, 마음이 아프거든. 그러니 미워하지 마.”

수가 미소를 지었다. 예원은 자신도 모르게 고개를 끄덕였다. 그러지 않으면 안 될 것 같은 느낌, 그건 수의 눈동자 속 망막을 덮고 있는 깊이를 알 수 없는 슬픔이 자리 잡고 있어서였다.

“우형아, 너도 날 사랑하는 거지? 날 미워하지 않지? 그렇지? 말해 봐, 날 사랑한다고!”

"그래 널 사랑한다. 징그럽게도 사랑한다. 들었으면 나가."

귀찮은 표정이 역력한 우형은 손을 휘휘 내저었다.

"아휴, 예원 씨. 저놈이 날 좋아한다네. 어쩌지? 받아 줘? 말아? 응? 받아 줄까? 그래도 될까?"

"그, 그러든지요."

예원은 또다시 시선을 피하면서 중얼거렸다.

"그럴까? 내일 당장 결혼식장을 잡…… 어라, 예원 씨 어디 아파? 얼굴에 발갛게 변했네."

"아무것도 아니에요."

조그마한 소리로 대답한 예원은 고개를 숙였다.

"혹시 예원 씨, 저 녀석 좋아하는 거 아니야? 그런 거야? 오! 그렇다면 양보할게, 양보하지 뭐. 예원 씨라면 양보할 수 있어!"

수는 확실히 과장을 하고 있었다. 그런데도 이 폭주하려는 마음은 그렇지 않으면 제 손으로 목숨이라도 끊을 것 같은 위태로운 감정이, 그동안 악착같이 잡고 있던 모든 것들을 폭발시킬 것만 같았다. 어떻게 하든 기를 쓰고 이렇게 헛소리라도 내뱉어야만 했다.

"그러지 말고 우리 그냥 미혼으로 살자. 세상에는 남자들이 많고, 그 남자들을 잘 조율해서 내 젓으로 저울질 하는 재미가 쏠쏠하다고."

"언니나 그렇지, 모든 여자들이 그렇게 양다리를 걸치는 것은 아니라고요!"

더 이상 못 듣겠다는 듯 예원은 큰소리를 내며 벌떡 일어났다. 쾅, 책상 위에 올려져 있는 서류들이 크게 흔들렸다.

"아, 미안해요."

황급히 사과한 예원은 고개를 돌렸다. 시선을 마주할 수가 없었다.

심장은 벌렁거렸고, 무슨 말을 하는 거냐고 따지고 들까 겁도 났다.
왜 그런 소리를 내뱉었을까? 왜 그랬을까? 다시 주워 담고 싶은 말들
이었다.

“어라, 나 양다리 걸치는 것 어떻게 알았지?”

그런데도 수는 활짝 웃고는 머리를 긁적였다. 벌레 보는 듯한 혐오
하는 시선과 거부를 모를 리 없지만, 수는 아무렇지 않은 얼굴로 웃
음을 터트리고 있었다.

“김예원, 이리 와.”

조용하고, 낮고, 위협적인 목소리로 우형이 부르자 예원은 어쩔 줄
모르는 얼굴로 이사실로 들어섰다.

“문 닫아.”

우형의 목소리가 심상치 않자, 예원은 등 뒤로 보이는 네 개의 눈
동자를 차단시켰다.

“수에게 사과해.”

우형의 말에 예원은 수 언니에게 들었던 미안한 감정이 없어졌다.
대신 화가 치밀어 올랐다.

“왜 사과해야 하는데요? 분명 언니는 다른 남자를 만났어요! 이사
님을 좋아한다고 하면서, 그랬다고요!”

“너!”

“너라고 하지 말아요! 뻔뻔해요, 뻔뻔하다고요! 아니 이곳은 구역
질이 나요! 이해할 수 없는 사람들이라는 걸 당신들은 모르죠? 그런
데 나보고 사과하라니요? 그래요, 이사님은 수 언니를 더 잘 아니까,
수 언니와 오랫동안 안 사이니까, 수 언니에게 사과하라는 소릴 하는
거겠죠. 무조건 사과하라고 강요하겠지만, 난 사과하지 않을 거예요.
사랑한다면서 그 상대에게 충실하지 못하는데 왜 사과해야 하죠? 그

래요, 내가 화가 나는 것은 그거였어요! 왜 이쪽저쪽 찔러 대는 거냐고요! 왜 바람둥이처럼 행동하냐고요!"

거친 숨을 토해내는 예원은 혐오의 시선을 숨기지 않았다.

"구역질이 난다고 말했나?"

나지막한 목소리가 우형의 입에서 새어 나왔다.

"그래요, 구역질이 나요."

"사과할 기회를 주겠어. 수와 민호, 그리고 나에게 사과해."

"아니요, 사과할 수 없어요. 난 느낀 대로 말했으니까요."

예원은 매몰찬 얼굴과 그에 걸맞은 말투를 사용했다. 그러나 몸 안은 덜그럭 소리가 날 정도로 떨리고 있었다. 그렇게 생각한 적은 없었다. 어쩌다 나온 말이었다. 그러나 주워 담을 수가 없었다.

"내가 널 잘못 본 모양이군, 나가 봐."

우형의 목소리에는 실망감이 깃들었고, 그걸 숨기려고 하지도 않았다.

탁, 소리가 나도록 이사실 문을 닫고 나온 예원은 네 개의 눈동자와 마주해야 했다. 화가 나서 아무 생각 없이 내뱉은 말들을 들었을 것이다. 구역질이 나는 곳이라는 표현도 들었을 것이다. 이건 정말 실수인데, 아니 마음에 없는 말이고, 진심이 아닌데…… 솔직히 말하자면 이곳은 재미가 있었다. 갑갑하지도 않았고, 즐거운 일도 있었다. 정신없는 일이 휘몰아치기도 했지만, 사실은 팔딱팔딱 뛰고 있는 생명을 느꼈었다. 단지, 그가 수 언니의 입장에서만 말하는 것이 섭섭했을 뿐이었다.

"나는……."

예원은 첫 마디를 했으나, 그 뒤의 말을 잇지 못했다. 그들도 그가 했던 것처럼, 실망했다는 적의를 숨기지 않을 거라 생각하니, 두 다리가 후들거렸다. 오늘은 정말 최악의 날이었다.

"예원 씨."

수의 목소리에 예원은 움찔했다.

"배고파서 죽는 줄 알았어. 점심시간인데 밥 먹으러 가자."

밥? 예원은 잔뜩 움츠린 자세로 멍하니 수를 쳐다보았다.

"민호, 오늘은 네가 사라. 대신 네가 좋아하는 냉면 먹어주마."

"하여간 말하는 품새하고는…… 예원 씨, 냉면 먹어요. 특별히 예원 씨 식대는 내가 지불하죠."

"어라, 그럼 나는?"

"넌 좀 가만히 있어라. 돈도 많은 여자가 왜 돈 없는 남자에게 빌붙어? 너무한 것 아니야?"

"네가 남자냐? 난 당당히 누나로서 동생에게 얻어먹는 거라고."

"제발 그 징그러운 누나 소리는 그만두지 그래? 그래, 네가 정말 내 누나가 되고 싶으면 누나답게 동생에게 밥을 사야지. 가난한 동생한테 얻어먹을 생각을 하다니, 빈대도 저런 빈대가 없을 거야."

"흐흐, 말은 잘하고 있군. 너, 오늘 제삿날이다!"

"으악!"

"저기, 저기요."

예원은 너무도 자연스럽게 넘어가는 수와 민호의 왁자지껄한 수다에 브레이크를 걸었다.

"왜?"

수는 민호의 머리를 움켜잡으면서도 미소를 지었다. 그 모습이 순간 길서와 닮았다고 느낀 예원은 아무것도 아니라는 얼굴로 휘휘 손을 저었다.

"저, 좀생이 조심해. 은근히 꽁하는 게 있거든. 뒤끝도 사실상 안 좋은 녀석이라…… 친구라서 이런 말 하기 좀 그렇지만, 음, 솔직히 말할게. 뒤끝 안 좋기로 소문난 녀석이야. 아마 한 달은 조심해야 할 걸?"

수는 예원의 어깨에 손을 올리고 진지한 눈빛으로 경고했다. 그러나 입술 끝은 씰룩씰룩 거려 그녀가 몹시 웃음을 참고 있다는 걸 알려 주고 있었다.

"언니는 내 말에 화나지 않았어요?"

예원은 불안한 얼굴로 물었다.

"뭐? 아, 그 양다리? 구역질? 하하, 누구나 그렇게 생각하는 거니까. 그리고 누구나 가면 놀이를 하니까. 그래서인가, 본모습을 보이면 끝장이라는 위기감에 더 과장되게 행동하는 건지도 모르지."

수는 말하면서도 턱을 들고 가슴을 강조하는 자세를 흐트리지 않았다. 지나가는 사람들의 시선이 모아지는 걸 어쩌면 즐기는 것처럼 보였다. 그런 수를 보던 예원은 슬며시 수의 손을 잡았다.

"미안해요."

예원은 속삭였다. 그래, 이사님이 수 언니를 좋아하든, 수 언니가 다른 남자를 만나든 생각하지 말자. 그냥 이대로 좋아하는 기분으로 있자. 그러자 답답한 것들이 조금은 해소되는 깃 같았다.

"괜찮다고 했으니까 그 미안하다는 소리는 그만. 그건 그렇고 예원 씨……."

수가 예원의 손을 꽉 잡았다.

"네?"

"사실은 나…… 양성애자야."

수의 말이 떨어지기가 무섭게 예원은 잡힌 손을 번쩍 들었다. 그러나 딸려오는 수의 손은 절대 뺄 수 없다는 의지를 보이며, 강력 본드처럼 달라붙었다.

"나도 여자가 좋더라."

민호 역시 예원의 다른 손을 잡고는 깍지를 꼈다. 두 사람 사이에 샌드위치가 되어 버린 예원은 비명을 질렀으나, 간단히 무시당한 채 분식집으로 향했다.

예원은 분식집 주인인 장미주가 아는 척을 하자, 환하게 미소를 지었다.

"혹시 저 여자, 그때 우형이랑 한판 붙게 했던 여자 아니야? 왜, 그 3천만 원."

수가 소곤거렸다. 예원은 그때를 떠올리며 고개를 끄덕였다.

"그래서 우형이가 어떻게 했어?"

"이사님은 별다른 말씀은 하지 않으세요. 독촉도 하지 않고, 꼭 잊어버린 사람 같더라고요. 그럴 거면서 왜 그렇게 화를 벌컥벌컥 내는지 모르겠다니까요. 우와! 냉면 그릇 정말 크다!"

장미주는 특별 손님이라 특별히 더 맛있게 만들었다면서 쟁반 냉면을 가져와 그들을 열광시켰다.

"끝내 준다!"

수와 민호가 서로 맛있다고 추켜세워 주는 모습을 본 예원은 어쩐지 그들의 과장된 행동에 담긴 의미를 알 것 같았다. 그들의 모습을 보면서 예원은 어느덧 상한 마음을 잊어버렸고, 작은 실수를 넘어가주는 그들에게 큰 고마움을 느꼈다. 단지 지금도 으르렁거리는 좀생이 남자, 뒤끝 엄청 안 좋은 남자만 빼고 말이다. 예원은 냉면에 딸린 삶은 계란을 민호에게 건네주었다. 민호의 활짝 웃는 표정을 보니 덩달아 웃음이 지어졌다. 수는 예원이 넘겨준 계란을 민호의 그릇에서 냉큼 가져가 입 안에 쏙 넣었다. 당연히 피 튀기는 전쟁이 시작되었다.

“야, 윤수! 내가 계란을 얼마나 좋아하는지 알면서!”

“야야, 장민호! 남자가 쪼잔하게 말이야! 그런데 말이야, 예원 씨, 솔직히 말해 봐. 우형이 괜찮지?”

“네? 말, 말도 안 돼요! 아, 그리고 싸우지 말고…… 저기, 여기 계란 더 주시면 안 될까요?”

예원은 황급히 계란을 추가 주문했다. 투덕거리는 모습을 지켜본 장미주는 자그마치 계란을 5개나 더 주어 그들을 열광시켰다.

“천사다! 저 아줌마 천사야. 그건 그렇고 그래서 괜찮다고?”

“아니! 아니라고 했잖아요. 그리고 보셔서 알잖아요? 정말 괜찮은 남자가 아니라고요!”

“그런가? 뭐, 그렇다면 할 수 없지. 그래도 혹시나 좋아하는 감정이 생기면…….”

“아니라니까요!”

“만세!”

예원의 부정에 수는 자신도 모르게 만세를 불렀다.

“네?”

“아, 아무것도 아니야. 안타깝다는 거지.”

대충 얼버무린 수는 예원의 시선을 피해 감췄던 미소를 꺼냈다. 그 미소 속에 담긴 의미를 아는 민호는 역시 수라고 혀를 내둘렀다. 이로써 예원은 우형을 절대 남자로 의식하지 않을 것이고, 행여나 의식해도 그들의 눈이 있는 한 어쩔 수 없이 도망칠 것이 분명했다. 그들의 계획대로 말이다.

사채업자들이 몰려 있다는 G구 5층 건물의 꼭대기에 위치한 사무실에 들어선 유남석은 직원에게 연락 온 것이 없었냐고 물었다. 유남석은 40대지만 건장한 체격과 꽉 다문 입술에서 위압감을 풍기고 있었고, 직원들은 그 모습에 복종하고 있었다.

"향원에서 연락이 왔는데, 추가 대출을 신청했습니다."

"해줘."

"그렇지만, 아직 이자가 들어오지 않은 상황이라……."

직원은 그러나 유남석의 치켜뜬 눈을 보고는 재빨리 사과를 한 뒤 추가로 작성할 서류를 인쇄했다.

유남석은 악조건인 향원의 상태를 훤히 들여다보고 있으면서도 승낙한 이유가 정우형에게 본때를 보여 주기 위함인 것을 굳이 부인하지 않았다. 건방진 정우형을 손봐야 했지만, 정우형의 부친인 정 회장의 입김이 아직 살아 있는 이 바닥에서 쉽게 아들인 정우형을 손볼 수는 없었다. 녀석이 비록 정 회장의 친아들이 아니라 해도 아끼는 마음이 친아들처럼 살뜰하다는 것을 알 때, 섣불리 손볼 경우 미치는 영향은 컸다. 그러나 향원의 김 부장의 심기를 건드린 정우형의 행동으로 그 기회가 찾아왔으니, 그깟 몇 푼 정도야 묵은 스트레스를 해소시키는 값으로 치부하면 될 것이다. 유남석은 푹신한 의자에 앉아 두 손을 모으고 눈을 감았다. 12년 전 놈과 처음 대면한 날이 눈앞에 펼쳐졌다.

빡, 소리와 함께 뼈가 부러지는 소리가 울리던 정원, 그러나 다리가 부러진 것이 분명한데도 놈이 뿜어내는 증오의 눈빛은 꺼지지 않았다. 아니 눈빛은 더 타올랐고, 어느 순간 활활 타오르는 불길에 휩싸여 재가 될 것만 같았다. 녀석의 눈빛이 주는 서늘함과 증오는 꽤 거친 바닥을 헤치고 왔다는 자신에게도 두려움을 주기에 충분했다. 겨우 열일곱 된 젊은 놈에게 두려움을 느꼈다는 것이 몹시도 자존심이 상했던 그날, 미친 듯이 쇠파이프를 휘둘렀지만 그럼에도 녀석의 눈빛에 주춤거렸다는 것은 평생 오점으로 남아 있었다.

"사장님, 향원의 추가 대출 서류입니다."

직원이 서류를 내밀자, 유남석은 망설임 없이 사인을 했다.

향원의 김 부장은 추가 대출에 흔쾌히 승낙한 유남석에 대해 고마움을 느꼈다. 사채업 바닥에서 소문이 과히 좋지 않다고는 하나 급할 때 필요한 돈을 융통해 주는 것만 해도 숨통이 터질 것 같았으므로 김 부장은 만족스런 미소를 지었다. 그와 반대로 일언지하로 거절하는 것도 모자라 건방지게 행동한 정우형에 대한 불만은 점차 고조되었다.

우형은 자신에 대한 증오가 극에 치닫는 그들은 전혀 개의치 않았지만, 경멸의 시선을 던진 꼬마의 눈빛과 구역질난다는 말은 쉽게 거둬내지 못하고 있었다.

전화벨이 울리고, 오늘도 역시 점심 식사 시간에 혼자 남은 우형은 예원의 책상에 놓인 수화기를 들었다.

―어라? 정우형이 전화를 받다니, 어허! 이제는 감시할 생각이로군!

"용건이 뭐야?"

우형은 추잡하다 싶을 정도의 길서의 집요함에 혀를 찼다.

―예원 씨는 분명 없겠지? 뭐, 할 수 없지. 참, 그리고 얘기 들었어? 유남석이 향원에 또다시 대출을 해주었다고 하더군. 이건 아버지에게 들은 이야기니 확실한 정보일 거야. 그건 그렇고 유남석이 향원에 돈을 쏟아 붓는 목적이 뭘까? 물론 향원이 탐이 나는 물건이긴 하지만, 너무 과한 것은 아닌가 싶어.

길서의 의문은 곧 수와 연결되었고, 그것은 이내 유남석이 한번 움커쥔 사람은 절대 놓지 않는다는 사실을 상기시켰다. 수와는 다르지만 어떤 의미로 우형 역시 유남석의 손에 움켜쥔 사람에 해당됐다.

─차라리 아버지에게 말을 할까? 한 방이면 보낼 수 있는 놈이잖아?

그러나 그렇게 말하는 길서도, 듣는 우형도 그것이 좋은 방법이 아니라는 것쯤은 알고 있었다. 아버지의 손을 빌리는 순간 수와의 관계가, 어쩌면 수가 지탱하고 있는 생명줄이 끊길 수도 있다는 걸 두 사람 모두 알고 있었다.

─좋은 기분이 아니야, 이 기분 오래 가지고 싶지 않아.

길서의 전화가 끊기고, 우형은 피할 수 없는, 아니 이제는 정리를 해야 할 필요성이 있는 유남석을 어떤 식으로 끝내야 하는지 생각에 사로잡혔다.

점심을 먹고 수와 함께 사무실로 돌아온 예원은 슬쩍 우형에게 시선을 돌렸다.

'그동안 안 좋은 일이라도 있었던 걸까?'

이곳에 온 지 아직 석 달이 되지 않았지만, 그의 기분 정도는 쉽게 파악할 수 있었다. 화를 내는 것에도 차이가 있다는 것을 알 정도로 미세한 감정을 눈치 챘다. 지금 그의 상태는 복잡했고, 뭔가 위험 지대에 한발 디딘 것처럼 불안하기도 했다.

"수, 이리 와."

그가 부르는 것은 수 언니였고, 예원은 이럴 때면 어쩔 수 없이 가슴이 뭉텅 잘라지는 듯한 아픔을 느끼고는 했다. 그러나 예원은 아무렇지 않다는 얼굴로 탕비실로 들어가 커피를 준비했다.

"왜 불러?"

수는 예원의 풀죽은 모습과 마음 한쪽 구석이 무너지는 표정을 모른 척하기 어려워 퉁명스럽게 말했다.

"왜 불렀냐고!"

"문 닫아."

우형의 명령에 수는 이놈이 툭하면 명령이라고 투덜대며 문을 닫았다.

"용건이 뭐야? 나보고 예원 씨를 모른 척하자고 하면 안 할래. 난 남을 따돌리는 것은 질색이야."

그런 유치한 일을 할 리 없다는 것을 아는 수가 이런 말이라도 하는 것은 우형의 표정이 다른 날과 달리 묵직했고, 가라앉았으며, 절대 가까이 가지 말아야 할 곳에 근접하고 있기 때문이었다. 휘몰아치는 격한 감정이 몰려 있는 수의 얼굴이 점차 고조된 것도 이 때문이었다.

"유남석과 관계 끊어."

수는 조금은 샐쭉한 표정을 지으며, 그만하자는 모션을 취했다. 그러나 우형은 그만둘 생각이 없었다.

"다시 말할 테니 들어. 유남석과의 관계를 끊어."

"명령하지 마."

"부탁할게."

우형이 말했다.

"부탁도 하지 마."

"어떤 방법이면 되겠어?"

"네가 왜 그러는지 알지만 그 남자와의 일은 우리 집 가정사야. 이대로 묵인하는 것도 강요가 아닌 내 의지야. 또, 네가 우려할 만큼 나쁘지도 않아. 그럭저럭 잘 지내고 있다고. 그러니 이래라저래라 하지 마."

수는 여러 번 강하게 고갯짓을 했다. 이럴 때면 영락없이 열일곱 그때의 모습을 보였다. 우형은 벌떡 일어나 수의 팔을 움켜잡았다.

"너도 이제 그만하고 싶잖아."

나지막한 목소리였지만, 천둥번개를 동반한 것보다 힘이 있었다. 수는 고개를 절레절레 흔들었지만, 거기엔 막다른 곳에 갇힌 자처럼 이제는 그만 끝내고 싶다는 절실함도 담겨 있었다. 우형은 그런 수의 감정을 놓치지 않았다.

"뒤탈은 없어, 내가 알아서 해줄게."

"알아서 한다고? 그럼 그때처럼 네 다리가 기억자로 꺾이고 머리통 이 박살나는 것을 보라고?"

수가 현실로 돌아와 자조적인 목소리로 말했다. 아직도 끔찍한 악 몽으로 남아 있는 그날의 핏빛 영상이 파노라마처럼 이어졌다. 이미 분노가 뿌리를 박고 있는 우형의 폭주를 말릴 수밖에 없었던 그때의 처참한 기분은 아직도 악몽으로 남아 있었다. 우형이 들고 있던 각목 을 내려놓았을 때, 안도했었다. 그러나 유남석이 우형을 그대로 보낼 리가 없다는 걸 간과했던 것이 치명적인 실수였다. 우형은 열일곱의 나이로 혈기가 많았지만, 사람을 상대하는 것에는 서툴렀다. 그러나 유남석은 썩을 대로 썩고, 거칠 대로 거친 세상을 헤친 남자였다. 그 남자가 얼마나 자존심이 강한지, 훼손된 자존심을 위해서라면 살인도 불사한다는 걸 잊은 그날, 우형은 그 남자의 손에 박살이 났었다. 다 시는 보고 싶지 않았다. 두 번 다시!

"그런 일 없을 거야."

우형은 어금니를 물고, 이제는 열일곱이 아니라는 걸 알려 주었다.

"그런 일 없다고? 혹시 너희 아버지에게 말할 생각이라면……!"

"아버지에게도 말하지 않아."

우형은 단호하게 말했다. 수는 그 말을 믿었다. 우형의 말은 언제나 믿을 수 있었다. 그날 그렇게 처참하게 당했는데도 불구하고 우형은 그 누구에게도 유남석의 이름을 언급하지 않았었다. 그것이 지켜 주고자 했지만, 지킬 수 없었던 동무가 유일하게 할 수 있는 거라 생각했었기 때문이다. 수는 안타까운 눈빛을 가진 피투성이가 된 우형의 손에 시선을 떨어뜨렸었다. 꽉 잡고 있는 그 손에서 전해져 오는 따스함은 저릿할 정도였었다. 그 손을 다시 잡고 싶다. 수는 다시 잡고 싶었다.

"난 두려워."

수의 목소리는 몹시 떨리고 있었다.

"알고 있어."

"어떻게 해야 할지 모르겠어."

수가 덜덜 떨리는 손을 맞잡았다. 그런데도 떨림은 멈추지 않았다. 그런 수를 우형은 보호막을 두르듯 감싸 안았다.

"우형아."

수가 우형을 불렀다.

"말해."

"우형이, 그럼 나랑 결혼할래? 그래 줄래? 나…… 알잖아, 애착 증세 심한 것. 난 남자 없으면 안 돼. 아니 옆에 누가 없으면 잠을 못 자. 내 옆에 누군가 있어야 해. 그러지 않으면 안 된단 말이야. 이런 나와 결혼할 수 있어?"

덜덜 떨고 있는 수가 물기 어린 눈으로 물었다.

"그래, 결혼하자."

우형이 대답했다. 그것이 우정이라면 우정일 것이고, 너덜너덜해진 수의 상처를 덮어 버릴 수 있는 약이라면 약일 것이다. 그러나 문

득 꼬마의 얼굴이 떠올랐다. 우형의 마음 깊숙이 저장되어 있던 그날
이 떠올랐다. '나, 오빠랑 결혼할 거다. 그러니까 다른 여자랑 결혼하
지 마. 꼬옥이다. 약속해, 약속 안 하면 죽어 버릴 거야!' 라고 말하던
꼬마에게 우습게 구리 반지까지 찾아내 약속까지 했었다. 6살 꼬마를
신부로 맞이해야 했던 의미 없는 약속의 그날이 지금에 와서 장애물
처럼 다가왔다.

쨍강, 소리가 나고 문 앞에 서 있는 여자가 바로 꼬마인 것을 확인
한 우형은 무의식중에 수와 거리를 두었다.

"아, 나, 나는……."

예원의 눈동자가 휘몰아쳤다. '결혼하자' 는 소리가 귓속에서 윙윙
거리다가 순식간에 뇌 속에 잠식되어 버리더니, 누군가가 목덜미를
잡아채고 바닥으로 던져 버린 것 같은 충격에 휩싸이게 했다.

'오빠는 내 거야, 그 누구도 건들지 못해!'

소리치던 꼬마가 튀어나오면서 미친 듯이 타오르는 질투가 예원의
온몸을 휩싸고 있었다.

"예, 예원 씨?"

수가 믿기지 않는 표정으로 예원에게서 우형에게로 시선을 옮겼다.

"잠깐 내 말 들어, 이건 말이야…… 그러니까, 이건 단순한 농담에
불과한 말이야……."

수가 변명하듯 말했다. 그러나 이건 단순히 날 위로하려는 말이라
고 하려던 수는 입을 다물어 버렸다. 지금 다가오는 여자는 평소에
보여 주던 예원이 아니었다. 그녀는 괴물의 형상과 다름없는 모습으
로, 곧 휘두를 것만 같은 채찍을 손을 든 포악자의 모습으로 다가왔
다. 예원의 손이 번쩍 올라갔다.

'맞는다!'

수는 두 눈을 질끈 감았다.

철썩!

후려치는 소리가 났으나, 수의 얼굴은 멀쩡했다. 다만, 수 대신 우형이 후려친 힘으로 휘청거렸다. 이런 힘이 그녀에게 있었는지 놀라던 우형은 매서운 손힘보다는 예원의 표정에 더 놀랐다.

"예원……."

우형은 광폭한 모습을 보인 예원을 믿기지 않는 얼굴로 불렀다.

이름을 부르는 소리를 계기로 예원을 감싸고 있던 증오가 툭툭 물방울 터지듯 터져댔다.

내 것을 탐하는 놈을 향해 짱돌을 던졌었다. 그건 어렸을 때의 일이었다. 하지만 지금은 내 것을 빼앗아간 사람이 아닌, 내 것에 직접적으로 돌을 던져 버렸다. 그것은 당연했다. 그는 배신자였으므로. 거친 숨을 내뱉은 입술은 악무는 이로 인해 다물어졌다가, 다시 터지는 숨으로 인해 벌리기를 반복했다.

"배신자."

예원의 악문 입술 사이로 튀어나온 말은 배신자였다. 배신자 정우형을 처단하는 예원의 눈은 붉었고, 두 손은 주먹을 꽉 쥐고 있었다. 주먹을 곧 뻗을 것처럼 꿈틀대었으나, 뻗지는 않았다.

"우우우엑!"

내장 속에서 미친 듯이 끓고 있던 위액이 입 밖으로 나오려는 듯 솟구쳤다. 그 찰나, 예원은 밖으로 뛰쳐나갔다.

"예원 씨!"

부르는 소리가 들렸으나, 예원은 정신없이 달렸다. 위액은 입 안에서 터져 나오려 아우성쳤고, 예원이 화장실로 뛰어 들어가자마자 세면대 위로 쏟아졌다.

“우엑! 우엑! 우에에엑!”

예원은 나오려고 발악하는 구토를 뱉으려고 꺽꺽 거렸다. 하지만 소리만 요란할 뿐, 내용물은 밖으로 쏟아지지 못했다.

수 언니를 정말 좋아했는데…… 아직은 어줍지 않게 다가선 관계일지 모르지만, 좋아하는 감정은 진심이었는데, 그래서 정말 행복하길 바랐는데…… 그런데 수 언니는 자신의 소중한 것을 빼앗아갔다. 그래, 이건 배신이다. 그건 수 언니만이 아니었다. 언제나 사람들은 반복적으로 배신했다. 믿는 자신을 조롱하듯, 그렇게 상처로 되돌아오게 했다. 멍하니 거울 속의 자신의 모습을 투영하던 예원의 눈이 사람에 대한 첫 상처였던 시기로 돌아갔다.

“아빠, 아빠! 엄마는? 오빠는? 어디 갔어? 할머니, 할머니. 오빠는 어디 간 거야? 전에 커다란 자동차 탔잖아, 그때 잠깐 가는 거라고 했으면서, 왜 안 보여?”

어른들은 제각기 제 슬픔에 잠기어 일곱 살 꼬마가 두 사람의 부재를 어떻게 받아들이는지에 대해서는 심각하게 생각하지 않았다. 그저, 별일 없을 거라는 몇 마디와 하늘나라로 갔으니 불쌍해서 어쩌나 하는 동정과 이제 다시는 안 올 것이니 마음으로 받아들이라는 몇 마디의 말, 혹은 나중에 어른이 되면 다시 돌아올 것이라는 불확실한 이야기뿐이었다. 그것으로 다한 것이라 생각했다. 그러나 아직 일곱 살밖에 되지 않은 어린 꼬마가 깊고 깊은 어두운 밤에 혼자 잠을 자야 할 때 얼마나 무서운지, 아직 팔베개를 해주는 오빠가 얼마나 필요한지 어른들은 모르고 있었다. 가장 절친하고 믿고 의지하던 두 사람의 부재에 대해 적응하지 못하는 꼬마에게 관심을 주는 어른은 없었고, 꼬마는 점점 세상과 담을 쌓았다.

"예원아, 무슨 말이든 해봐. 어째, 말이 없어. 아범아, 애 병원에
가 봐야 하는 거 아니니?"

"어머니, 제가 나중에 병원에 데리고 가 볼게요."

"아범아, 얘가 학교에서 실례를 했다고 하는구나. 어째, 이렇게 안
좋은 일이 자꾸 생기는지 모르겠다."

"어머니, 예원이 담임선생님과 만났는데 큰 병원에 가서 검사를 좀
받아보는 게 좋겠다고 하네요. 아무래도 정신적인 문제가 있는 것 같
다면서……."

"정신적인 문제? 그럼 우리 예원이가 미쳤다는 거냐!"

경악에 가까운 목소리, 받아들이지 못해 우왕좌왕하는 소리가 갑
자기 한꺼번에 쏟아져 나왔다.

'긍정적으로 생각하세요. 화가 나면 속으로 삭이지 말고 밖으로 표
출하세요. 나쁜 생각을 줄이세요. 항상 웃으세요.'

정신과 의사가 해준 말이었다. 그렇게 살았다. 그러지 않으면 죽을
것 같아서, 매일같이 웃었다. 바보 소리를 들어도, 욕을 먹어도 웃었
다. 그러자, 살 것 같았다. 어느새 이상한 부류의 사람이 되어 있었지
만, 그래도 살 것 같았으므로 웃었다.

'어째, 김예원 씨는 다 자라지 못한 것 같아.'

사람들은 어린애라고 비웃기도 했다. 하지만 껍질 속에 들어가는
게 좋았다. 그 속에 몸을 돌돌 말고 있으면, 어린 꼬마가 성인인 자신
을 대신해 사람들과 접촉했다. 어려울 것도 없었다. 그런데 지금은
아니었다. 그 어린 꼬마가 이제는 한계에 도달했다고, 도저히 견디지
못한다고 도망치고 있었다.

"허어억! 헉! 헉!"

순간 숨이 거꾸로 올라섰다가 속도를 조절하지 못해 추락하는 아
찔함에 예원은 정신을 차릴 수가 없었다. 어떻게든 살려고 바동대는
육체는 황급히 숨을 조절했다. 허억, 헉, 헉. 죽을 것 같아! 깨질 듯
한 두통과 고막이 터지려는 순간 눈앞이 희뿌옇게 변했다. 죽고 싶지
않아! 오빠…… 도와줘, 제발! 순간, 예원은 누군가 뒤통수를 박살내
고 있는 것 같은 충격을 받았다. 왜, 왜, 그를 생각하는 거야! 그는
배신자야! 배신자라고! 철퍽, 소리가 나도록 물을 튀겼다.

'훅훅.'

숨 조절을 시작했다. 가볍게 숨을 내쉬어 살아 있는지도 확인했다.
죽을 것 같은 고통이지만, 5분 이내에 괜찮아졌다. 증세는 꽤 오래전
부터 있었고. 정신적인 문제라는 진단도 받았다.

'발작은 급작스럽게 죽는 게 아닐까 할 정도로 고통스럽죠? 그 발
작의 피크는 수 분 이내이고, 대부분 얼마 지나지 않아 정말 언제 발
작이 일어났나 싶을 정도로 가라앉을 거예요. 이런 증상을 정신적 용
어로는 공황 장애라고 합니다. 공황 장애는 유전적인 요인과 심리,
사회적인 요인으로 원인을 찾을 수가 있어요. 아무래도 예원 씨는 후
자인 것 같네요. 너무 걱정하지 않아도 됩니다. 꾸준히 상담 받고 약
물 치료를 병행하면 일상생활에 지장은 없을 거예요.'

의사의 말대로 걱정하지 않아도 되었는데, 또 우형 오빠를 증오한
다고 생각하지도 않았는데, 정말로 증상도 사라져서 잊어버리고 살았
는데…… 갑자기 모든 것들이 내장을 드러내듯 펼쳐졌다. 병마와 싸
우던 엄마가 돌아가시고 얼마 지나지 않아 우형 오빠까지 떠난 뒤,
그 끔찍하고 외롭고 서글펐던 기억이 되살아난 예원은 헐떡였다. 어
떻게든 버텨보려 했지만 두 다리는 몸을 지탱하지 못했고, 결국 그
자리에 주저앉아 버렸다.

13.

화장실 문이 벌컥 열렸다. 곧 거친 숨을 토해낸 우형이 모습을 드러났을 때, 예원은 놀라지 않았다. 그는 어렸을 때부터 술래잡기의 귀신이었다. 심지어 다락방에서 잠을 잘 때도 찾아내 이불 위로 옮겨 놓고는 했다. 그런 그가 여자 화장실의 문을 열었다고 해서 놀라는 것은 아니었다. 그러나 주저앉은 자신을 품 안으로 끌어당기는 행위에는 숨이 컥, 하고 막혀 왔다.

예원은 꽉 잡고 놓지 않는 우형을 보았다. 이 사람이다. 그가 자신에게 등을 돌린 첫 번째 배신자라는 것이 정확하게 떠올랐다. 그는 날 내쳤다. 아직 어린 꼬마였지만, 본능적으로 헤어진다는 걸 알고 있던 그날, 커다란 자동차에 올라타는 그를 향해 가지 말라고, 날 두고 가지 말라고 목 놓아 우는데도 싸늘하게 돌아서던 그 뒷모습이, 수면 속에서 잠자던 기억들이 떠오르기 시작했다.

"김예원."

그가 부르고 있다, 김예원이라고. 그가 보고 있다, 검은 눈동자로. 검은 눈동자 속에 감춰 둔 빛이 드디어 보이기 시작했다. 피붙이라고 해도 이렇게 알뜰할 수 있을까 싶을 정도로 살펴 주었던 그. 그는 우형이란 이름을 가졌었고, 그 이름만으로도 애틋하고 훈훈하던 그 기억 속에, 또 다른 기억이 숨어 있었다. 몹시도 귀찮아하는 얼굴로 ‘저리가!’ 라며 윽박지르던 그 목소리도, 악몽을 꾸던 어린 꼬마를 내버려 두고 방을 나가 버리던 그 심술도 생각이 났다. 그는 예원을 결코 애틋한 친동생으로 보지 않았었다. 몹시도 귀찮아했고, 내버려 두기도 했으며, 또 어느 날은 숲에 버리고 오기도 했었다. 그 기억들이 둑이 무너지듯 몰아쳤다. 예원은 빠른 물살에 온몸이 잠기는 순간 간신히 빠져나왔다. 그러나 우형은 그런 예원을 다시 품 안으로 끌어당겼다.

“김예원.”

우형이 불렀다. 푹푹 패일 정도로 힘이 있는 목소리였으나, 예원은 몸속에 저장된 힘을 모조리 동원해도 좋으니 제발 이 남자와 떨어지고 싶었다.

온몸으로 거부하는 예원이 휘두른 팔에 의해 우형은 헉, 하고 고통을 토해냈지만 꽉 잡은 몸을 쉽게 풀어 주지는 않았다.

“놔, 놔!”

예원이 소리쳤다. 소리치는 동안에도 팔을 뻗어 우형의 가슴을 향해 퍽퍽 소리가 나도록 때렸고, 입에 닿는 것은 모조리 물어뜯었다.

“윽, 제길!”

우형이 낮게 욕설을 퍼부으며, 예원을 잡고 있던 손을 놓았다.

“김예원!”

버럭 소리친 우형이 손을 뻗었을 때, 예원은 이미 화장실 끝으로 달려간 후였고, 거친 숨을 토해내고 있었다.

"난 네가 화내는 이유를 알 수 없다. 그러나 그게 나 때문이라면 사과할게."

사과? 사과라고? 예원의 두 눈이 어이없다는 표정으로 바뀌었다. 다른 여자와 결혼하겠다는 말이 단순히 사과하면 되는 일이라고? 그렇게 단순한 문제라고? 예원의 눈이 정확히 원망의 화살이 되어 우형의 가슴에 꽂혔다.

"만약 네가 화낸 이유가 수의 일이라면……."

"배신자."

더 이상 듣기 싫은 예원은 우형의 말을 싹둑 잘라냈다. 그 소리를 내뱉자 그동안 위장 속에서, 온몸에서 혈관을 타고 미친 듯이 회전했던 구토가 일순 사라졌다. 고막을 터트릴 것 같은 압력도 줄어들었다. 찐득찐득한 날씨였지만, 시원한 공기가 폐 속으로 들어왔다. 이 기분은 그래, 살 것 같았다.

"배신자!"

좀 더 살 것 같은 공기를 마시기 위해 연달아 소리친 예원의 두 눈이 갑자기 붉게 물들었다.

"배신자라…… 내가 널 배신한 것과 날 노려보는 이유, 서로 연관이 있어'?"

우형은 눈동자에 박힌 예원을 탐색하고 있었다. 예원은 입술을 꾹 누르고, 두 주먹을 피부색이 변할 정도로 쥐고, 무언가 토해낼 것을 억지로 눌러 담고 있었다. 그 모습은…… 그래, 처절하게 자신과의 싸움을 하는 모습이었다.

"이유가 뭐야?"

우형이 건조한 음성으로 물었다.

"그 얼굴을 하는 이유가 뭐냐고?"

우형이 다시 한 번 물었다.

"어렸을 때 기억이 나서요."

섬뜩할 정도로 냉기가 흐르는 예원의 목소리에 우형은 움찔했다.

"날 싫어했다는 이사님의 말을 들었을 때도 믿지 않았었죠. 그래도 내 기억 속에, 내 가족들의 기억 속에 존재하는 이사님은 아주 멋지게 자리 잡아 마치 박제가 된 듯했으니까요. 하지만 기억이 났어요. 날……."

우형의 시선이 예원의 입술 쪽으로 향했다.

"날…… 지독히도 싫어했다는 걸요."

그건 아니었다. 우형은 그것만은 장담할 수 있었다.

"그런데도 받아 주셨으니 감사하다고 해야 하나요?"

어설프게 비웃는 소리는 상대방의 화를 돋우기보다는 의문을 가져오게 했다. 우형은 예원이 왜 저렇게 바르르 떠는지 궁금했다. 수와의 대화로 인한 것만은 아닌 것이 확실했다. 무언가, 깊고 좁은 곳을 휘몰아치는 뭔가가 도사리고 있었다.

"지금 네가 보이는 표정, 이유가 뭐야?"

묵직하고 조용한 목소리가 화장실을 울렸다.

"친절한 척하지 말아요."

예원은 이제 와서 관심을 보인다 해도 이미 늦었다는 걸 알려 주듯 턱을 약간 들었다.

"그럼 말든가."

우형은 미련 없이 몸을 돌렸다. 망설임 없이 밖으로 나가려던 몸은 뒷덜미를 잡는 눈빛에 가볍게 한숨을 내쉬었다.

"그러니까, 말을 하라고."

짜증을 숨길 수 없는 우형이 뒤를 돌았을 때, 예원은 울고 있었다.

그런 예원을 향해 우형은 무의식적으로 손을 뻗었다. 그 옛날과 같은 표정과 같은 모습이었다.

"이리 와."

허스키한 목소리로 우형이 내뱉었다. 고갯짓을 하는 예원을 우악스럽게 끌어당겼을 때, 그녀의 몸에선 막다른 감정의 냄새가 풍겼다. 무언가가 툭 하고 건들고 지나갔다.

"놔요!"

예원이 크게 소리치며 바동거렸다.

"그럴 수 없어!"

우형 역시 크게 소리치며 예원을 붙잡았다. 또다시 난투극이 시작되었으나, 이번엔 물러서지 않았다. 예원을 싫어한 것도 아니었고, 그녀를 두고 떠난 것이 기뻤던 것도 아니었다. 순간순간 떠오른 기억들이 예원을 기억하게 했고, 억지로 밀어 넣었다고 해도 툭하면 튀어나오는 것이 예원이었다.

"놔! 놔!"

광폭하던 예원의 손이 점차 지쳐 갔다. 다리 역시 허공에 매달릴 뿐 무기로 이용되진 못했다. 점차 힘을 잃은 예원은 아직도 움켜잡고 있는 우형에게로 시선을 돌렸다. 그녀가 사선으로 그어 놓은 상처 자국들로 붉게 물든 얼굴이 눈에 들어왔다. 그가 어깨를 꽉 잡았다. 이제 다시는 결단코 놓지 않을 거라는 그 손에 예원은 다시금 불쑥 고개를 내미는 희망을 보았다.

"예원 씨? 우형아?"

그러나 그의 등 뒤로 보이는 수의 모습을 보는 순간 잠시 들었던 희망이 크게 요동치며 박살난 것을 알 수 있었다. 예원은 이제 결혼하게 되는 그들 앞에서, 더 이상 헛된 마음은 필요하지 않다는 걸 알게 된 얼굴로 방심하고 있는 우형의 정강이를 걷어찼고, 죽어라 하고 달렸다.

"나…… 미움 받고 있네."

수가 뒤도 보지 않고 달려가는 예원을 보며 한숨을 내쉬었다.

"내가 더 하겠지."

우형 역시 예원을 보고 있었다.

"상처, 치료해야겠다."

수가 손톱자국으로 붉어진 우형의 얼굴을 보며 한 마디 했다.

"그동안 무슨 일이 있었던 거지?"

우형은 살갗을 파고드는 상처보다는 발작적으로 폭력을 행사하는 의미가 무엇인지에 더 집중했다. 내가 없는 동안 꼬마에게 어떤 일이 있었던가.

우형은 예원을 찾기 위해 집으로 향했다. 문을 열자 고요한 공기가 모든 것들을 제치고 그를 맞이했다. 집 안에 분명 예원이 있었다. 그러나 예원은 평소의 부산스러움을 던지고 제 방에 틀어 박혀 나오지 않았다.

우형은 지친 표정으로 소파에 앉았다. 두 팔을 소파에 걸쳐 넣고 고개를 뒤로 젖혔다.

'후.'

우형의 입에선 긴 한숨이 새어 나왔다.

집으로 달려가 제 방문을 잠그고 시트를 돌돌 말아 몸을 감싼 예원은 잔뜩 웅크린 자세로 벽을 보았다. 눈이 아플 정도로 벽만 쳐다보고 있으니 마치 움직이는 것은 아닐까 하는 착각을 일으켰다. 차라리 공포가 더 편안해지는 밤이 찾아왔을 때도 예원은 아직도 어둠 속에서 노려보기를 멈추지 않았다. 그럼에도 불쑥 머리를 드러내는 것은 그와 관련된 일이었다.

　스무 살의 봄이었다. 그 나이면 대학생이 되어야 했지만, 예원은 아직 고등학교에서 1년을 더 다녀야 했다. 그동안의 고통을 모르는 것이 아니었다. 초등학교 저학년 때는 수업 중에 실례를 하여 양호실에 가기도 했고, 어린아이답지 않게 음침하다는 소리도 들었다. 그 일이 반복적으로 일어나자 심각한 표정을 지은 아버지의 손을 잡고 병원이란 곳에 가서 여러 가지의 검사도 받았다. 그럴 때마다 누군가 그랬다. 아무래도 가장 소중한 사람의 갑작스러운 부재가 원인이 된 것 같다고. 그래서 그런가 보다 생각했다. 그 이유라 확신하지 못했던 것은, 초등학교 고학년이 되자 어느새 잊고 잘 적응했기 때문이었다. 그러던 어느 날, 무슨 이유인지 정확히 기억이 나진 않지만, 그때 갑자기 뇌를 둘러싼 무언가가 와장창 무너지더니 심한 호흡 곤란을 일으켰다. 경련을 일으키고 주변인의 도움으로 응급실로 향했을 때는 죽을지도 모른다는 공포가 눈앞까지 찾아와 입을 쩍 벌리고 있는 것만 같았다.

　"오빠, 오빠 살려 줘."

　자신도 모르게 내뱉었던 오빠린 단이에 예원은 혹시 이 증상이 우형 오빠 때문이 아닌가 하는 생각이 들었다. 정밀 검사를 받았지만 아무런 이상이 없다는 것을 알고 나서부터 더 확신했다. 그리고 마침내 정신과 의사 앞에 앉아 이야기를 털어 놓았을 때 '공황 장애'라는 생소한 진단을 받게 되자, 예원은 두려움이 앞섰다. 아니야, 우형 오빠 때문이 아니야, 그럴 리 없어! 누군가가 강력하게 부정했다. 그러자 조금은 안심이 되었다.

　"우형 씨를 증오한다고 한 것 같았는데, 아직도 그래요?"

30대의 젊은 의사는 편안한 얼굴로 물었다.

"아니요! 그렇지 않아요!"

예원은 강하게 부정했다. 그러다가 곰곰이 생각하는 표정으로 몸을 약간 앞으로 구부렸다.

"저, 정말로 제가 그런 말을 했나요? 우형 오빠를 증오한다고요? 아니요, 그럴 리가요. 그 오빤 정말 좋은 오빠였어요. 그리고 사실 오빠에 대한 기억도 잘 나지 않고요. 그저 좋은 느낌이라는 것만이 남아 있어요. 그런데 왜 제가 오빠를 증오하겠어요? 그런데 선생님은 왜 우형 오빠가 원인이라고 생각하세요?"

예원은 정말 궁금한 듯, 약간은 우습다는 표정을 지으며 물었다.

"기억나지 않아요? 예원 씨가 응급실에 실려 왔을 때 말했었는데, 우형 씨 이야기요."

그제야 예원은 응급실에 있던 의사 몇 명 중 한 사람이 앞에 앉은 정신과 의사인 것을 알게 되었다.

"그, 그랬나요? 기억이 나지 않아요. 제가 뭐라고 했죠?"

식은땀이 주르륵 흐르자, 예원은 가방 안으로 손을 휘저어 손수건을 꺼냈다. 이마를 닦아내는 손이 부들부들 떨리고 있었다.

"우형 씨 때문이라고, 그 남자 때문에 이렇게 가슴이 두근거리고, 저릿하고, 아프고, 화가 나고, 증오하게 되고, 죽을 것 같다고…… 그렇게 말했어요."

의사의 말에 예원은 어떤 말이든 해야 하는데 하지 못하게 되자, 불안한 얼굴로 벌떡 일어나 진료실을 서성였다.

"그렇지 않아요, 절대요! 아마도 어렸을 때 그런 이야기를 많이 들어서일 것 같아요. 선생님, 그건 아니에요. 절대로요. 결단코요."

부정의 부정을 더하는 예원을 가만히 올려다보는 의사는 편안한 미소를 지었다.

"그래요, 예원 씨가 그러면 그런 거죠. 우선 약물 치료를 해보는 게 좋을 것 같아요. 그리고 가장 중요한 것은 극단적인 생각을 하지 않고, 긍정적인 마음을 가지는 거예요. 할 수 있겠죠?"

"그럼요."

예원은 할 수 있다고 약속했다. 그 뒤 약물치료를 병행하면서 특별히 증상은 나타나지 않았다. 혹시나 다시 시작되지 않을까 불안감이 없지 않았지만, 더 이상 우형 오빠를 생각하지 않으면서 괜찮아졌다. 그리고 병원에 다니지 않으면서도 일상생활에는 지장이 없었다. 서울에 올라올 때도, 우형 오빠와 마주할 때도 아무렇지 않았다. 어쩐지 3년 전에 있었던 그 발작이 비현실적인 일 같이 느껴지기도 했다. 하지만 오늘 일어난 것은 바로 공황 발작이었다.

두렵다. 두려워서 미칠 것 같았다. 그때처럼 죽을 것 같은 고통을 또다시 느낄까 두려웠고, 이 모든 것들이 그 때문이라는 것을 인정하는 것도 두려웠다. 하지만 인정할 수밖에 없었다. 그가 의도하건 의도하지 않건 간에 내 안에 잠재된 의식 안에서 그는 배신자였고, 그로 인해 그간 몹시도 아팠다는 것을, 이제는 인정해야 했다.

"어허, 여보쇼! 여기가 자선 사업 하는 곳인 줄 알아? 엉!"

협박이 분명한 거친 말의 효과를 극대화하기 위해 쾅, 소리가 나도록 집기를 내려쳤다. 고객이 움푹 팬 집기들이 눈앞에서 휙휙 날아다니고, 뇌를 쩡쩡 울릴 정도의 거친 말에 겁을 집어 먹기 시작하면서 사고가 마비된다는 걸 너무도 잘 아는 민호는 연출 장면이 실감나도록 하기 위해 눈에 힘을 주었다. 그러나 날카로운 파열음처럼 삐걱, 소리를 낸 문을 통해 들어서는 예원을 발견한 순간, 멱살을 움켜쥐며 곧 뻗을 것 같은 주먹을 코앞에서 흔들던 민호는 경직되었다.

'아뿔싸, 시간을 너무 끌었어!'

"아, 음…… 일, 일찍 오셨네요?"

당황한 기색이 역력한 민호는 웃음으로 얼버무리면서, 이것은 단지 협박용이라는 것을 알려 주려는 듯 눈동자를 굴렸다. 그러나 예원은 그런 민호와 벌벌 떠는 고객의 모습을 보면서도 별다른 말없이 그들을 지나쳐 탕비실로 들어갔다.

"어라? 형님! 예원 씨 어디 아파요?"

민호가 우형에게 눈동자를 굴리며 물었다.

"적당히 해."

우형이 민호에게 핀잔을 주었다. 그리고 그도 이사실 안으로 들어갔고, 곧 쾅, 닫힌 문소리가 따랐다.

"뭐야? 이 꺼림칙한 분위기는?"

민호는 움켜잡은 멱살을 내동이치며, 반년 동안 도망쳤던 악질 고객을 우선 돌려보냈다.

"아, 커피! 예원 씨가 타 주는 환상의 커피군요! 고마워요!"

민호는 예원이 건네주는 커피를 넙죽 받았다. 민호의 과장된 행동에도 예원의 꽉 다문 입술은 깊게 패여 단 한마디도 하지 않겠다는 의지를 온몸으로 전달하고 있었다. 머쓱해진 민호는 아무 말도 하지 못했다. 하루 종일 분위기는 침체되었고, 예원은 사무적인 말 몇 마디 외에는 더 이상 입을 열지 않았다.

"형님."

민호가 슬쩍 우형에게 다가가 무슨 일이냐고 눈짓하자 우형은 깊게 패인 얼굴을 쓸어내렸다.

"먼저 퇴근해."

“아, 뭐, 그러죠. 네, 그러죠.”

민호는 사무실을 나가면서 힐끗 두 사람에게 시선을 주었으나, 그들 사이의 숨 막히는 공기는 어서 빨리 나가라고 재촉하는 것만 같았다. 서둘러 나간 민호는 수를 호출했다.

—다 내 탓이지, 뭐.

수는 자신의 탓으로 돌렸다. 민호는 더 이상 추궁하지 않는 대신 가볍게 한숨을 내쉬었다.

민호가 나간 사무실은 침묵이 급속도로 내려앉아 벽에 매달린 시계에서 나는 소리만이 유일한 소리로 남아 있었다.

퇴근 시간이 가까웠을 때, 노크 소리가 나고 사무실 문이 열리며 70대 할아버지가 들어왔다.

“아가씨, 이자 내러 왔는데?”

“잠시만 기다리시겠어요?”

예원은 고객 명부를 찾아 이자 금액을 대조한 뒤, 영수증을 건네주었다. 할아버지가 머물렀던 짧은 시간이 지난 후, 다시 침묵은 시작되었다.

“퇴근하자.”

우형이 양복 상의를 걸치고 나오자, 그동안 짓누르고 있던 침묵이 써걱 잘라졌다. 예원은 아무 말 없이 일어나 가방을 들고 앞장섰다. 그리고 엘리베이터에서 내려 지하 주차장에 주차된 차 앞에서 얌전히 기다렸다. 우형이 운전석에 올라타자 예원도 조수석에 앉았다. 부릉, 소리가 나고 자동차가 지하 주차장을 빠져나가 막 지상으로 올라서자 쏴아아 퍼붓는 비가 자동차를 부숴 버리겠다는 듯이 떨어졌다. 깜짝 놀란 예원의 눈동자가 거친 풍랑 속에서 힘겨운 사투라도 하듯 출렁였다.

'오빠, 오빠, 무서워! 도와줘, 무서워.'

불현듯 비를 맞고 있는 어린 꼬마가 수면 위로 떠올랐다. 우르릉, 쾅! 쾅! 천둥소리에 귀를 틀어막고 거센 빗줄기를 고스란히 맞은 꼬마는 그 후로 비를 무서워했다. 현실로 돌아와 스물셋이란 나이를 차곡차곡 먹은 예원은 두려운 듯 좌우를 살폈다. 무섭게 쏟아지는 비가 어느새 자동차 안으로 들어와 익사하지 않을까 하는 두려움을 느끼게 했다. 단지 생각뿐인데도 지금 당장 물에 빠진 것처럼 허우적거렸다.

'좌아아악! 끼이이익!'

예원은 갑자기 차가 정지하면서 나는 마찰음에 퍼뜩 정신을 차렸다.

"괜찮아?"

아아, 그가 보고 있다. 예원은 어깨를 움켜잡고 걱정이 가득한 우형의 눈동자 속에서 자신의 모습을 투영했다. 몹시도 처량하고, 몹시도 가여운 모습일 것이다. 그러자 화가 치밀어 올랐다.

"괜찮아요, 이 손 놔요."

예원의 목소리는 분노를 억제해서인지 가늘게 떨렸다.

"얘기 좀 하자."

우형이 담배를 꺼내 물었다. 칙, 소리가 나고 라이터가 켜졌으나, 담배는 피우지 않았다. 대신 길게 낸 한숨이 담배 연기처럼 자동차 안을 탁하게 만들었다.

"널 싫어한다고 한 것은……."

우형이 잠시 사이를 두었다.

"복합적인 것이야. 네가 말한 것처럼 널 지독히 싫어한 것은 아니었어."

우형이 시선을 돌려 예원을 마주했다.

　"지독히는 아니더라도 싫어했고, 귀찮아했죠. 아니라고 말하지 못할 거예요. 그날도 그랬으니까. 내 기억대로라면 그날은 오늘보다 더 많은 비가 오는 날이었을 거예요. 숲에 놀러가자며 내 손을 잡던 오빠가 막대 사탕 하나를 주면서 여기 있으라고, 절대 벗어나지 말라고 하면서 기다리라고 했어요. 그날따라 오빠의 말을 거역할 수 없어서 기다렸어요. 그때 하늘이 무섭게 변하고 비가 쏟아졌는데, 억수같이 쏟아져 한 치 앞도 볼 수 없이 쏟아졌는데도 난 움직이지 않았어요. 기다리라고 한 말이 생각나서, 올 거라고 생각해서, 어린 마음이지만 내가 움직이면 오빠가 날 찾지 못할 거라고 생각했고, 그 비를 다 맞았어요. 무섭고 두려웠지만 난 믿었어요. 그러나 오빠는 날 버린 거였어요. 아니 골탕 먹였다고 해야 하나요? 폐렴에 걸려 죽을지도 모른다고 생각했을 때, 오빠네 엄마가 야단치는 소리를 들었어요. 사람들도 가지 않는 숲인데, 아직도 뱀이 산다는 숲인데, 그런 걸 잘 아는 녀석이 왜 어린아이를 데리고 갔냐고…… 그래도 믿었어요. 그런데 오빠가 떠난 후에 진실을 알았죠. 그때 오빠는 날 그곳에 버리고 병원 집 딸의 생일 파티에 갔었다는 것을요."

　그날의 일을 회상하는 예원의 목소리는 눅눅했다.

　"생일 파티에 초대 되었는데, 나 같은 꼬맹이를 돌보아야 했으니 귀찮았을 거예요. 이해는 해요. 그래도 바보같이 믿었죠. 그래도 날 좋아했을 거야, 라고 바보같이 믿었죠. 그런데 생각해 보니 그렇지 않았다는 걸 알겠더라고요. 그렇게 울었는데, 목에서 쇳소리가 나도록 울었는데 오빤 매몰차게 떠났고, 그 후로 단 한 번도 연락을 하지 않았으니까요. 그래도 이해해요. 싫어할 만큼 악동 짓을 했으니까요. 이사님 말씀대로 나란 사람은 지독한 사람일지도 모르고……"

　잠시 예원이 숨을 들이켰다가 다시 내뱉었다.

"내 기억 속에는 없지만, 이사님에게 너무 나쁜 기억을 심어 준 사람이 나라면 사과할게요. 그래도 돌봐 주었는데, 나쁘게 행동해서 미안해요."

예원은 말을 끝마친 후 가방을 움켜잡았다.

"네 기억 속에 있는 나란 놈은 형편없는 놈이군."

우형은 예원과 마찬가지로 눅눅한 목소리로 중얼거렸다. 핸들을 꼭 잡은 손은 본래의 색을 잃어버린 지 오래였다. 그는 빗속을 가르며 뛰어가는 소년의 모습을 떠올리고 있었다. 미친 듯이 꼬마를 찾아 헤매던 소년의 모습에는 죽을 만큼의 후회와 죄책감이 묻어 있었다. 마침내 꼬마를 발견했을 때, 후들거리는 두 다리가 지탱하지 못해 그 자리에 주저앉아 품으로 달려온 꼬마의 몸을 안았을 때, 그토록 안도했던 적이 없었다. 곧 병원에 입원한 꼬마가 죽을지도 모른다는 그 당시, 미친 듯이 살려 달라고 의사를 붙잡고 소리치며 며칠 동안 휑한 눈으로 꼬마를 지키던 소년의 주머니 속에 있던 케이크 조각은 이미 뭉개진 지 오래였었다.

'오빠, 나 케이크 먹고 싶어. 케이크 있잖아, 왜 서울 살던 삼촌이 사온 커다란 케이크. 푹 찍으면 손가락이 푹 들어가는 푹신한 케이크, 그 케이크 먹고 싶다.'

꼴깍꼴깍 침이 고이는 꼬마의 입술을 보던 소년은 그날 저녁 상자 안에 깊숙이 간직한 1원짜리 동전을 꺼냈다. 그러나 1원짜리 동전으로는 어림도 없었다. 그런데 때마침 읍내 병원장의 딸의 생일 파티에 초대를 받았다. 그간 보여 준 거만한 눈빛과 아랫사람을 대하는 듯한 태도에 상대를 하지 않았으나, 생일 축하 파티 때 특별히 주문한 케이크가 올 거라는 말에 자존심을 버리기로 했다.

'여기 있어야 해. 알았지? 꼭이다. 오빠가 올 때까지 움직이지 마,

약속할 수 있지?'

단단히 약속하고 뛰어가면서도 소년은 꼬마를 집에 두고 올 걸 하는 마음에 자꾸 뒤를 돌아보았다. 그러나 집 안은 꼬마를 낳고 나서부터 중병을 앓고 있는 꼬마의 어머님의 병이 악화되어 매우 우울했고, 어머니는 병간호와 산더미 같은 집안일에 치여 꼬마를 돌볼 여력이 없었다. 잠시만 갔다 오자. 케이크를 받아서 재빨리 돌아오면 1시간 이내로 올 수 있을 거야. 계산하는 소년의 발이 빨라졌다. 그리고 마침내 꼬마에게 줄 작은 케이크 조각을 얻어 나올 때 이미 비는 거세게 퍼붓고 있었다.

"이렇게 같이 출근하고 퇴근하는 게 이상하다는 생각이 들어요."

예원이 침묵을 깨뜨렸다. 도어를 잡은 손이 잠시 멈췄지만, 이내 힘껏 차 문을 열었다. 억수로 퍼붓는 비란 이런 비일까. 한 치 앞도 볼 수 없는 거세게 퍼붓는 빗속을 뛰어가려는 예원을 우형이 붙잡았다.

"기다려, 데려다 줄게."

"아니요, 걸어갈 거예요."

예원은 밖으로 나가려고 몸을 돌렸으나, 곧 억센 손에 잡혔다. 몸이 돌려지는 것과 동시에 조수석 문을 닫는 소리가 들렸다.

"악당 역할은 다음에 할 테니, 내 말 들어."

어깨를 움켜잡은 힘이 절대 물러설 수 없다는 걸 알려 주었다. 예원은 말다툼 할 기력이 없었다. 작게 고개를 끄덕이자, 자동차는 후드득, 요란한 소리를 내며 두들겨 대는 빗속을 뚫고 질주했다.

30분 후 집에 도착하자 차에서 내린 예원은 집으로 들어갔으나, 우형은 차 안에 남아 퍼붓는 비를 바라보았다.

따르릉, 휴대폰이 울렸다. 수였다.

─우형아, 내가 예원 씨 만나서 얘기해 볼까 싶어. 사정을 이야기
하면 이해할지도 몰라.

"하지 마."

우형이 일언지하에 거절했다.

─……넌 가끔 너무 몰인정할 때가 있어. 그 정도는 말해도 되잖아?
왜, 일부러 안 좋은 모습을 보이려고 해?

"밥은 먹었어?"

우형은 화제를 돌렸다. 그러나 수는 화제의 끝을 잡았다.

─우형아, 있지. 난 네가 나와 결혼하지 않는다고 말해도 날 싫어한
다고 생각하지 않아, 네 마음속에 누군가 들어온 사람이 있다면, 너
도 꽤 불행했으니까, 난 친구로서 행복을 빌어 줄 수 있어. 그 상대자
가 예원 씨라면 더 좋을 거고.

이미 우형의 마음속에 들어와 있는 사람이 있었다. 아니, 어쩌면
처음부터 비집고 들어갈 틈이 없었던 것인데 욕심을 부렸는지도 모른
다. 수는 마른침을 삼켰다.

─우리 이런 이야기 하는 사이 아닌데, 왜 이렇게 감상적이게 되는
거지? 비가 와서 그런가? 아, 그러고 보니 너 비 오면 싫다고 했지?
안 좋은 생각이 난다고 그랬던가? 그 생각 지금도 나고 있어?

수의 물음에 우형은 팔을 괴고 있던 자세에서 문 쪽으로 움직였다.

"아직 진행 중인 것 같다."

심술로 쪽방으로 배정해 주었는데 그 방은 아직 어두웠다. 우형은
밖으로 나왔다. 쏴아아! 퍼붓는 비는 전혀 진정될 기미를 보이지 않
았다.

'우욱, 우욱.'

죽을 만치 괴로운 고통은 5분이라고 했어. 조금만 더 버티면 돼. 예원은 입을 틀어막고 소리 내지 않으려고 안간힘을 썼다. 다신 도와 달라고 하지 않을 거야, 다시는 거절당하고 싶지 않다고! 배신당하고 싶지 않은 어린 속마음이 튀어나와 도와 달라는 말을 삼키게 했다.

'헉……헉, 헉헉헉.'

거친 숨을 내쉬며 숨 조절을 하던 예원은 기를 쓰고 입을 앙다물었다. 마치 마비가 온 것 같다가도 갑자기 모든 것들이 비현실적으로 느껴지기도 하는 증상이 계속 이어졌다. 그러다가 여기가 어디인지도 전혀 알 수 없는 시커먼 블랙홀에 빠진 그런 기분 속에서 허우적거리기를 반복하다 보면, 온몸을 뚫고 들어오는 건 한기였다. 돌돌 만 시트에 몸을 의탁하며 시간이 지나기를 기다리는 그 시간이 그와 헤어져 있던 시간만큼 길게 느껴졌다. 어느 정도 시간이 흘렀을까. 시간, 그래 죽을 만치 괴로운 5분이 지나갔는지, 고통이 서서히 물러가고 있었다. 웅크리고 있던 몸을 펴고 똑바로 누워 천장을 바라보았다.

'웃으세요. 긍정적으로 생각하세요. 유머를 잃지 마세요.'

정신과 의사가 조언해 준 마인드 컨트롤이었다. 그래, 긍정적이고, 유머를 잃지 말고, 웃자. 예원은 긍정적인 것들을 떠올리려고 뇌 속을 부지런히 움직였다. 그러나 아무것도 생각나지 않았다. 얽히고설킨 뇌 속은 끔찍할 정도로 고통만 남아 있어서 '이제 넌 끝장이야!' 라고 알려 주는 것 같았다.

'이제 그만 괴롭고 싶어.'

이제는 인정하게 된 그의 배신 앞에서 할 수 있는 것은 아무것도 없었다. 그리고 증상은 더 심해지고 있었다. 그 마지막 끝에 '결혼' 이란 두 글자가 또렷이 박혀 자신을 노려보고 있었다.

다음날 아침 식사를 거르고 나온 예원이 조수석에 올라타자, 우형은 굳은 얼굴로 차를 출발시켰다. 차 문을 여닫는 소리가 유일한 소리인 자동차 안은 숨소리조차 삼켜 버린 묵직한 공기로 둘러싸였다. 발자국을 떼기 어려울 정도로 쇠진해 버린 육체를 가지고 예원이 사무실 안으로 들어갔다. 사무실은 며칠 전만 해도 생기로 가득했다는 것이 믿어지지 않을 정도로, 말라비틀어져 버려진 폐가의 황량한 공간 같이 느껴졌다. 그 느낌은 예원뿐만이 아니었다. 우형도, 그리고 민호도 참을 수 없어 했다.

숨도 못 쉴 것 같은 분위기에 허덕이던 민호는 결국은 수를 호출했다. 자신의 탓이라고 했던 수에게 물어볼 것이 많은 민호는 8월의 뜨거운 햇살이 살갖을 뚫고 들어와 저절로 땀을 배출하는 도로를 건너 커피 전문점으로 들어가기 전까지 두어 번 어깨를 부딪친 사람과 시비가 붙을 뻔했다. 전적으로 날씨 탓이라고 하기엔 무리가 있었다. 커피 전문점에서 기다리고 있던 수가 손을 흔들자, 민호는 그것이 그동안 꽤 잘 지내고 있던 그들의 사이에 균열이 생긴 것을 안 후의 불안감이라는 걸 알게 되었다. 제길! 민호는 수의 맞은편에 거칠게 앉았다. 에어컨이 냉할 정도로 잘 돌아가고 있는데도 불구하고, 연신 부채질을 해댔다.

"냉커피! 얼음 꽉꽉 눌러서 곱빼기로. 자, 윤수. 나한테 형님과 너와 예원 씨에게 무슨 일이 일어나고 있는지 빠짐없이 설명해."

단단히 화가 난 표정을 가진 민호가 다그치자, 수는 잠시 머뭇거리더니 그간 일을 설명했다. 결혼이라는 말에서 벌떡 일어나려던 적이 있었지만, 대체로 차분하게 듣던 민호가 냉커피를 단숨에 비었다.

"왜 나한테는 결혼하자는 소리 안 했어?"

민호는 심각한 표정을 지으며, 수를 향해 몸을 구부렸다. 그 표정엔 분노가 서려 있어서 수는 약간 겁을 먹었다. 그러나 곧 아무렇게

나 어깨를 으쓱한 뒤 주스를 마셨다.

"글쎄, 왜일까? 멋지지 않아서일까? 그럴 수도 있지. 그리고 넌 성향이 다르잖아?"

"성향 따윈 상관없잖아? 나도 여자쯤은 사랑할 수 있다고!"

"무슨…… 소리를 하는 거야? 농담하지 마."

"너나 농담하지 말고, 아니! 내 말부터 들어. 넌 비겁해. 남의 것을 탐하는 비겁자라고! 예원 씨나 형님은 서로 마음이 있어. 그걸 네가 뭔데 자꾸만 간섭하는 거야?"

민호의 말이 몹시도 화가 나게 했는지, 수는 눈을 치켜떴다.

"그러는 너는 뭔데 우리 사이를 간섭하며 날 닦달하는 거야? 난 우형이를 오랫동안 보아 왔어. 너도 알잖아, 내 마음. 내가 기댈 곳은……."

"그게 너의 잘못이라는 거야. 형님은 네 비빌 언덕이 아니란 말이야! 잘 들어. 이건 정말 잘 들어야 해. 넌 지금 야비한 모습을 보이고 있어. 너도 알고 있지? 내가 야비한 술수를 쓰는 사람을 가장 혐오한다는 것을! 윤수! 내 말 끝나지 않았어! 넌 말이야, 널 수렁 속에서 건지지 못한 탓을 형님과 길서 형님에게 올가미로 걸고 있다고. 말로는 아니라고 하지만 형님에게, 심지어 길서 형님에게도 네 불행의 책임을 짊어지게 하고 있다고!"

좀처럼 화를 보이지 않던 민호가 탁자를 짚고 일어섰다. 쾅, 소리에 놀란 종업원과 손님들의 시선이 집중되었다.

"비겁하다는 것이 뭔지 알아? 네가 해결할 일을 남에게 슬쩍 미루어 넣고 그 탓을 남에게 돌리는 걸 말하는 거야. 넌 지금 비겁자의 모습으로 우리를 괴롭히고 있어."

민호의 매몰찬 말은 수의 가슴속에서 몽글거리며 피가 새어 나오게 했다. 몽글몽글 나오는 피가 갈피를 잡지 못하고 살갗을 뚫고 새어 나왔다. 아프다. 수는 아픔을 참지 못하고 가슴에 손을 대었다. 그런데도 멈추지 않았다. 손가락 사이로 빠져나온 피를 보니 이제 몸속에 순환하던 피가 모조리 빠져나간 것 같기도 했다.

"차라리 괴롭다고, 이렇게 살기 싫다고 말해. 우리에겐 솔직하게 말해도 된단 말이야! 유남석의 보복이 두렵다고 해도 돼. 놈이 우리 세 놈을 작살낼 만한 무자비한 놈이고, 너와 네 어머니까지 깊은 상처를 입혀 다시는 회복하지 못할 것 같다고 말해. 그래서 용기를 내지 못하고 있는 거라고, 솔직히 말해. 그렇긴 해도 이제는 그만두고 싶다고, 이런 식으로 살고 싶지 않다고! 네 손으로 놈을 절단시키고 당당하게 살아가고 싶은 네 마음을 솔직히 말해!"

민호는 어금니를 악물었다. 그러나 끝까지 하고 싶었다. 그건…… 수가 자신에게 해준 말이기도 했다. 그날 아버지를 제 손으로 절단한 뒤, 숨이 턱까지 차도록 질주하던 그가 처음 만난 사람이 수였다. 죽을 만큼 때려 주고 싶었는데 몇 대 갈기지 못해서 억울하다고 눈물을 뚝뚝 흘리던 그를 꼭 안고 수가 했던 말과 같았다. '이런 식으로 살고 싶지 않았던 거지? 당당하게 살고 싶었던 거지? 잘했어, 아주 잘했어. 민호 넌 멋진 녀석이야' 라고 위로해 줬었다. 그런데 수는, 아직도 구렁텅이에서 오물을 뒤집어쓰고 있었다. 민호는 동질의 아픔을 가진 수를 절실하게 보았다.

"누나, 고개 들어 봐."

누나. 민호는 정색한 얼굴로 수를 불렀다. 잠깐 멈칫한 수는 천천히 고개를 들었다. 믿기지 않는 얼굴을 한 수의 검은 눈동자가 흔들리고 있었다.

"난 형님처럼 결혼해 주겠다는 말은 못해. 하지만 이건 약속할 수

있어. 네가 원한다면, 아니 원하든 그렇지 않든 난 항상 네 곁에 있을
거라는 거. 또 네게 날아올 무수한 화살이 네 몸통을 찢기 전에 내 손
으로 막아 줄 거라는 거. 이 두 가지만큼은 약속할 수 있어.”

　수의 눈에서 소리 없는 파장이 일어났다.

　그때 요란하게 휴대폰이 울리자 불길한 예감을 느낀 수의 심장이
덜그럭 소리를 내며 추락했다. 휴대폰 역시 손에서 맥없이 떨어져 바
닥을 뒹굴었다. 그런데도 질기게 울려대는 벨은 벗어날 수 없는 운명
을 알려 주는 것 같았다. 수는 천천히 몸을 구부려 휴대폰을 들었다.

　‘유남석.’

　수는 통화 버튼을 눌렀다. 꾹 누르는 소리를 시작으로 가늘게 떨리
던 몸이 와들와들 떨리기 시작했다. 하지만 이렇게 살고 싶지 않았
다.

　“나다, 이쪽으로 와라.”

　당연히 올 줄 알았던 유남석은 단호한 목소리인 수에게 거절을 당
하자, 평소의 자제심을 잃어버렸다. 버럭 소리를 질러 수를 불렀지
만, 이미 휴대폰은 종료된 후였다. 곧 다시 걸었지만, 전원을 OFF 시
켰는지 연결이 되지 않았다. 유남석은 휴대폰을 거칠게 내려놓았다.

　‘감히 내 명령을 무시하고 거절해?’

　유남석의 얼굴이 일그러졌다. 순종적이었던 수에게서 거부의 몸짓
을 발견하는 것은 불길한 조짐이었다.

　‘그놈이군.’

　유남석은 직감적으로 정우형을 떠올렸다. 또한 한번쯤 부딪쳐야
할 놈이라는 것도 덧붙여졌다.

커피 전문점은 한가한 시간답게 얼마 되지 않는 손님들로 조용했다. 해변을 담은 리메이크 곡이 끝나고 경쾌한 음악으로 바뀌는 시간 동안 수도 민호도 입을 열지 않았다.

"잘했어."

마침내 민호가 씩 웃으며, 엄지손가락을 추켜세웠다.

"앞으로가 문제지, 뭐."

수 역시 픽 웃으며 가벼운 어투로 말했으나, 어쩔 수 없는 근심이 배어 나왔다.

수와 헤어진 민호는 사무실 앞에서 망설였다. 그나마 평온했던, 안식할 수 있었던 삶이 한 사람이 울타리를 넘어서면서 균열을 일으켰다. 예원을 만나야 하는 머뭇거림이 문손잡이를 돌리지 못하게 하고 있었다. 하지만…… 제길! 벅벅 소리 나게 머리를 긁던 민호는 마침내 결심한 얼굴로 사무실 문을 벌컥 열었다. 중앙에 자리 잡고 있는 책상에 병든 닭처럼 고개를 숙이고 있는 예원을 보자, 마음 한쪽이 뚝 떨어지는 것 같았다. 이제는 어느 사이 울타리 안으로 들어온 것을 이해하게 된 민호는 예원의 앞으로 다가갔다.

"……예원 씨."

민호가 부르자, 예원은 고개를 들었다.

"예원 씨, 냉면 사 줄 테니 가요."

밖으로 고갯짓을 하던 민호는 거부하는 예원을 일으켜 세웠다.

"맛있는 거 먹고 나면 기운이 날 거예요."

"아니요, 그렇지 않아요. 지금 나, 이상해요. 막 화가 나요. 화가 나서 미치겠어요. 수 언니가, 수 언니가 미워요. 잘못되길 바랄 정도로 미워요. 밉다고요! 나, 어쩌면 좋아요. 수 언니가 너무도 좋은데, 갑자기 너무도 미워지잖아요. 이러면 안 되는데, 정말 안 되는데……."

예원은 되는대로 내뱉었다.

"예원 씨, 괜찮아요. 걱정하지 말아요."

민호가 토닥였으나, 예원은 어쩌지 못한 얼굴로 울음을 보였다.

"둘 다 보이지 않았으면 좋겠어요."

예원의 입에서 그녀답지 않은 소망이 튀어나왔다. 민호는 안쓰러운 얼굴로 예원을 힘주어 안았다.

"너…… 지금 뭐 하는 거야!"

고함 소리와 함께 이사실의 문이 벌컥 열리며, 질투로 뒤덮인 우형이 성큼 걸어 두 사람 앞에 섰다.

"형님……."

"뭐 하는 짓이냐고 물었다. 대답해!"

칠흑같이 검은 눈과 단단한 근육들이 일순간에 한곳으로 경직되어 있는 우형의 입에선 분노가 배어 나왔다.

"예원 씬, 잠깐 나가 있어요."

민호가 재빨리 예원의 등을 떠밀었다.

"난……."

"나가요!"

민호가 크게 소리치자, 우형의 눈이 번뜩였다. 곧바로 우형은 민호의 멱살을 거머쥐었다.

"네가 감히……."

"예원 씨, 가요!"

민호는 괴력을 느낄 만큼 강한 힘으로 옥죄이는 손아귀의 힘에 얼굴이 푸릇해지면서도 예원에게 소리쳤다. 예원은 어쩌지 못하는 얼굴로 서 있다가 결국 사무실 밖으로 나갔다. 하지만 멀리 가지 못하고 문턱에 서 있었다.

민호는 예원이 어느 정도 떨어진 것을 확인하자, 정색의 얼굴을 했
다.

“형님, 치졸합니다.”

“뭐?”

“치졸해요. 질투에 사로잡힌 꼴사나운 모습입니다.”

“언제 네가 내 위에서 이렇게 건방진 말을 할 만큼 컸지?”

“전 아직도 형님 아래입니다. 하지만 오늘은 형님 위에서 한소리
하고 싶습니다. 예원 씨를 힘들게 하지 마세요. 수도 힘들게 하지 말
고요.”

“너, 예원이를 여자로 생각하는 거냐!”

멱살을 움켜잡던 힘이 강해져, 민호의 얼굴이 더욱 푸릇해졌다.

“아니요, 가족 같습니다. 예원 씨가 동생 같습니다. 네, 동생 같다
고요. 동생이 상처 받길 원하지 않은 건 오빠로서 당연한 겁니다. 그
러니 형님, 부탁합니다. 예원 씨를 힘들게 하지 말아 주세요.”

민호는 진지한 얼굴로 부탁했다. 서서히 움켜잡은 손이 누그러졌
다.

“나가.”

내뱉듯이 말한 우형이 멱살을 잡았던 손을 주머니 속으로 집어넣
었다.

“형님은 절 거둬 주셨어요. 왜 절 거둬 주셨습니까?”

민호가 꼭 대답을 듣고야 말겠다는 얼굴을 들이댔다.

“……동질감이다.”

“맞아요, 우린 같은 상처를 안고 살죠. 그래서 서로의 상처를 알아
보고, 모여 버린 사람들…… 이건 형님이 저에게 한 말이에요.”

“알고 있어. 네 몸속에 흐르는 피가, 내 피와 같다. 넌 가족이야.”

"길서 형님도 그렇죠? 그럼 수도 마찬가지 아닌가요? 가족 간은 결혼할 수 없어요."

두 사람 사이에 침묵이 내려앉았다.

"자식."

우형이 민호의 등을 툭 쳤다. 어느덧 그의 얼굴에 평정심이 내려앉자, 민호도 씩 웃었다.

"예원 씨는 가족인가요?"

민호가 작은 목소리로 물었다.

우형은 사무실 문턱에서 두 손을 맞잡고 서 있는 예원에게로 눈동자를 굴렸다. 예전에 예원은 가족의 범위에 들어갔었다. 하지만 지금은 가족이 아니었다. 수와 길서, 민호는 어떠한가. 그들은 피가 통하는 피붙이처럼 서로를 끌어당기는 존재들이었다. 그렇다, 세 사람은 가족의 범위에 들어가는 존재였다.

"형님! 그 마음 잊지 마세요. 저, 바다 보러 갑니다."

민호가 의젓한 얼굴로 코끝을 세웠다.

"돌아와서도 예원 씨가 울고 있으면, 그땐 오빠 입장으로 형님에게 결투를 신청할 겁니다."

"자식."

우형은 어느새 커버린 민호의 어깨를 형이 아우가 하듯 두드렸다.

예원은 갑자기 민호가 바다를 보러 간다고 하자, 엘리베이터를 타고 같이 내려갔다. 빌딩을 나오자, 거리에선 마치 기다렸다는 듯 '바다로 떠나요' 란 노래가 끊임없이 울려 퍼지고 있었다.

"민호 씨. 나, 좀 이상했지요?"

"뭐가요? 난 정상으로 보이는데요?"

민호는 전혀 그렇지 않다고 다시 한 번 확인시키며, 오토바이 헬멧을 뒤집어썼다. 오토바이는 부르릉, 요란한 굉음을 울리며 바다를 향해 질주했다.

예원은 사무실 문을 열었다. 긴 한숨을 동반하는 마음은 같았지만, 마음속으로 뭔가 터트리고 나서인지, 그나마 좀 나았다. 그러나 사무실 문을 열자마자 느껴지는 냉랭한 기운과 섬뜩한 찬바람이 지금이 한여름인 것을 잠시 잊게 했다.

옆모습만 보이는 남자는 날카로운 눈매에 싸늘함을 내뿜고 있는 것이 확연했다. 그에 맞서는 우형의 눈동자 역시 만만치 않았다. 두 사람 사이에 검은 물살을 일렁이며 흐르는 강이 보였다. 두 사람을 연결하고 있는 다리가 놓여 있지만, 썩어 문드러질 대로 문드러진 다리는 어느 순간 와르르 무너져도 놀라지 않을 정도로 위태롭게 연결되어 있었다.

'저 사람은 누굴까?'

예원은 남자를 좀 더 자세히 보기 위해 몸을 움직이다 책상 끝에 걸려 있던 볼펜을 바닥으로 떨어지게 했다. 작은 파열음인데도 불구하고 시선은 즉각 움직였다.

"여직원이 있었군."

놀라운 사실을 발견한 듯 움직인 남자의 얼굴에서 느껴지는 끈적이는 눈길에, 예원은 온몸에 소름이 돋는 것만 같았다. 그것보다 더 놀란 건, 그 남자가 바로 수와 만나던 남자라는 사실이었다. 갑자기 우형이 마치 보호라도 하듯 예원을 등 뒤로 숨기는 모습에서 수의 연인인 남자가 위험한 사람은 아닐까, 라는 생각에 퍼뜩 사로잡혔다.

"여직원이 아니라면, 역시 그거였던가?"

유남석은 예원을 향해 입술을 뒤틀었다. 무의식적으로 예원을 감싼 우형의 행동을 보며 놈이 마음에 두고 있는 것이 수가 아니라, 예원임을 알고 있는 눈빛이었다. 또한 '이 여자를 이용해야겠군' 이라는 속셈도 숨기지 않았다. 그 눈빛이 도달하기 전 우형은 유남석의 얼굴을 향해 주먹을 뻗었다. 뒤로 젖힌 유남석의 얼굴에 정확히 맞지는 않았지만, 언제든 박살낼 수 있다는 듯 주먹은 유남석의 눈앞에서 움직이지 않았다.

"꺼져."

"꺼져라? 지금 네 입에서 나에게 꺼지라는 말이 나왔군. 그동안 네 놈이 꽤 컸다는 증거인가?"

유남석은 활활 타오르는 젊은 불길을 잡았다. 그는 만만한 남자가 아니었다.

"아니면 여자 앞에서 부리는 객기?"

유남석은 예원을 우형의 여자로 낙인 시켰다. 위기감을 느낀 우형의 주먹은 살기를 거머쥐며 칼날처럼 날카롭게 변했다.

"당신이 상관할 바 아니라는 걸 모르겠어? 충고하지, 네 얼굴이 무너지기 싫다면 당장 꺼지는 게 좋을 거야."

살기를 거머쥐고 있는 주먹은 미동하지 않았지만, 언제든 뼈를 부수겠다는 모습으로 유남석의 코앞에 있었다. 유남석의 얼굴은 점차 기형학적으로 일그러졌다. 그러나 곧 표정을 수습했다.

"좋아, 이쯤에서 물러가지. 소득이 없었던 것은 아니니까."

유남석이 힐끗 예원에게 시선을 주었다. 시선을 받은 예원은 본능적으로 턱을 들고 만만치 않는 눈빛을 보였다. 곧바로 유남석의 눈에서 빛이 났다.

"어찌 보면 너와 나의 성향이 같기도 해. 특히 여자에서 말이야."

"당장 꺼져."

우형이 거친 숨을 토해내며, 유남석에게 한 발 다가섰다. 유남석은 피식 웃으며 몸을 돌렸다.

"그럼 또 만나자고."

끝까지 여유를 잃지 않은 유남석이 사라진 후, 공기는 폭풍이 머물다 간 폐허처럼 변했다. 짧은 시간 동안 꽉 조이는 감정에 시달렸던 예원은 낯선 감정에 잔뜩 얼굴을 찌푸렸다. 확실히 이상했다. 수 언니의 애인인 남자가 보인 과한 행동, 그 남자에게 적의를 품고 있는 우형의 시선, 모두 수 언니를 사랑해서 마주 본 사람들의 모습이라기보다는 다른 뭔가를 느끼게 했다.

"내가 모르는 것들이 있나요?"

예원은 의구심을 숨기지 못하고 물었다.

"없어."

딱 잘라 말한 우형의 모습은 날카로운 칼날을 숨기지 않았다. 그 모습은 예원을 발끈하게 했다.

"여직원이 신분을 망각하고 주제넘은 행동을 했네요, 죄송합니다. 이제 더 이상 이사님의 사생활에 관심을 두지 않죠."

"김예원."

우형이 꾹꾹 눌러 담은 목소리로 불렀다. 참을 수 없는 감정의 옥죄임에 시달린 그의 표정은 몹시도 피곤해 보였다. 그러나 예원은 미련 없이 등을 보였다. 이런 매몰찬 행동이 상대방에게 상처를 준다 해도 상관없었다. 그동안 받은 고통에 비한다면, 그는 이 정도의 상처는 받아도 되었다.

자리로 돌아간 예원은 묵묵히 서류를 넘겼고, 그런 그녀를 보는 우형의 주먹은 저절로 쥐어졌다.

퇴근 시간이 되자마자, 우형을 기다리지 않고 사무실을 나온 예원은 자신을 기다리고 있는 유남석의 등장에 적이 놀랐다.

"할 이야기가 있는데, 잠시 시간을 내어 주겠어요?"

날카로운 인상과 달리 부드러운 목소리가 새어 나오는 유남석의 얼굴은, 그러나 이중적인 표정을 숨기지 못했는지 엉성해 보였다. 예원은 고개를 저었다.

"죄송하지만……."

"아, 뭘 말하고 싶은지 알아요. 하지만 수를 사랑하는 나로서는 우형이 미울 수밖에 없어요. 아가씨도 마찬가지 아닌가요?"

도망치려는 토끼를 그물로 유인한 유남석은 저절로 입가에 미소가 흐르자, 재빨리 깊숙이 숨겼다.

"잠깐이면 되니까, 시간 좀 내줘요."

유남석은 망설이는 예원의 어깨에 살짝 손을 올렸다. 움찔거리며 뒤로 물러선 예원을 보던 유남석은 또 다른 의미로 번뜩였다. 이런 가공되지 않는 처녀의 냄새는 오랜만이었다. 요즘은 고등학생만 되어도 다들 남자 맛을 알아 썩은 내가 진동했다. 그런데 이 여자, 우형이 보호하는 이 여자는 순수함이 묻어 있었다. 저절로 남성이 묵직해진 유남석은 예의에 어긋나지 않는 모습으로 뒤로 물러서 근처 커피 전문점으로 향했다.

"나와 수의 관계를 아나요?"

커피를 시켜 놓은 유남석이 운을 뗐다.

"잘 모르겠습니다. 그냥 연애하는 사이라고 생각했어요."

예원은 고개를 저었다. 연애하는 사이라 생각했는데, 수 언니는 그와 결혼하자고 하고, 그도 수 언니와 결혼한다고 했다. 그러자 앞에 앉은 남자가 불쌍해졌다. 그날 본 모습으로는 수 언니는 앞에 앉은 남자와 연애라도 하는 듯 보였다. 어찌 보면 이 남자 입장에서는 수 언니도, 그도 자신을 농락한 사람으로 보일 것이다.

"수를 사랑해요. 하지만 수는 나를 피하고 있죠. 이유는…… 알고 있어요. 수는 나에게서 도망치고 싶으니까요. 날 사랑하는 게 두려운 거죠."

유남석은 몹시도 힘겨운 사랑을 하는 모습으로 중얼거렸다. 집중하지 않으면 들리지 않을 정도로 우울하고 낮았다. 그건 예원의 동정심을 부추기기에 충분했다.

"전 무슨 소리를 하는지 모르겠어요."

동정을 보이는 순간, 예원은 미리 쳐둔 그물 속으로 제 발로 들어가고 있었다.

"아직 젊은 예원 씨는 이해하기 어려운 일이겠군요. 수를 사랑하지만 내가 두려운 것은 나이가 많다는 거죠. 나이가 많다는 것은, 그것도 40대 중반이란 나이는 이제 스물아홉 된 여자와 결혼하기에는 많은 제약이 따른다는 얘기에요. 사랑에 나이는 소용없다는 것을 잘 알지만, 사회적인 시선을 무시할 수가 없어요. 그리고 수가 두려운 것은…… 수의 어머니가 한때는 내 연인이었다는 사실 때문이에요. 아, 이런 말이 예원 씨에게 어떻게 들릴지 알아요. 그런데 그건 젊은 객기였어요. 그 뒤 수의 어머니는 만나지 않으니까요. 그렇다고 수의 어머니를 알고 만난 것은 아니에요. 처음 수를 본 날은 비가 내렸어요. 거세게 쏟아 붓는 빗줄기를 그대로 맞고 뛰어가는 여학생에게 우산을 건네주면서 알게 되었어요. 그때, 그래요, 난 수를 처음 본 순간 사랑했어요. 나중에 수의 어머니가 내가 만났던 여자라는 것을 알게 되었을 때, 하늘이 무너진다는 게 무엇인지 알게 되었죠. 그렇게 우린 이루어지기 어려운 관계 속에서 그런데도 만나야 하는, 그래야만 하는 외줄타기 인생을 한 거죠. 예원 씨에게는 너무 어려운 말일지도 모르겠네요."

유남석은 우울한 얼굴을 들어, 예원에게 쓴웃음을 지어 보였다.

"그, 그렇지 않아요. 마음이 많이 아프셨겠어요."

"그래요, 마음이 아파요. 수와 만난 지 10년이란 세월이 지났어요. 며칠 전에 수에게 청혼했어요. 어머니도 이해할 거라고 했죠. 그런데 수는 일언지하에 거절하더라고요. 그러나 나는 알고 있어요. 수가 울고 있는 이유를요. 아아, 그녀는 울고 있었어요."

눅눅한 표정인 유남석이 고개를 푹 숙였고, 그의 머리 위로 붉은 노을이 쏟아졌다. 예원은 어찌지 못한 얼굴이 되었다.

"예원 씨에게 부탁이 있어요."

고개를 든 유남석이 눅눅하고도 어두운 목소리로 말했다. 그의 눈가가 축축해진 것은 울음이 터져서 난 짓무른 자국이리라. 예원은 마른침을 삼키며 말해도 된다는 표정을 지었다.

"수와 이야기 하고 싶어요. 수의 마음을 잡을 수 있게 예원 씨가 도와줘요."

유남석의 절실한 표정에 예원은 고개를 끄덕였다.

"알았어요, 어떻게 하면 되죠?"

"아아, 정말 고마워요. 이려운 일은 아니에요. 이 장소로 나오게 해주기만 하면 돼요."

유남석은 주소와 간단한 약도를 그려 주었다.

"이곳이 어디인지 수는 알고 있을 거예요. 하지만 수 말고 다른 사람에게는 비밀로 해줘요. 그 누구에게도."

"약속할게요."

단단히 약속한 예원은 메모지를 가방 속에 집어넣느라, 유남석의 입술 끝이 올라가면서 드러난 표정을 보지 못했다.

집으로 돌아와 제 방 침대에 누워 있던 예원은 우형이 들어온 소리
를 듣자, 돌돌 몸을 말았다. 수 언니의 사정이 안타까운 것과 별도로
그는 결혼하겠다고 했고, 그리고 그가 보여 준 사랑이 무조건적인 사
랑이 아니라는 걸 수시로 드러나게 했다. 그 생각을 하자 또다시 증
상이 뒤틀려져 나왔다.

'헉, 헉, 헉.'

숨을 헐떡이며, 힘없이 벽에 기댄 예원은 이젠 죽을 것 같은 고통
따윈 잊고 싶었다. 그러나 이미 예전의 기억이 회복되었고, 다시 예
전으로 돌아갈 수 없었다.

똑똑똑, 노크 소리가 들리자 예원은 눈동자를 굴렸다. 곧이어 문이
열리고 그가 성큼 걸어와 이마 위에 차가운 손을 얹었을 때 치우라는
말을 하려고 입을 열려고 했다. 그런데 입술은 입을 벌리자마자, 쩍
쩍 갈라져 피를 동반시켰다. 입술에 흐르던 피를 수건으로 닦아낸 그
가 이번엔 번쩍 몸을 들고 아래층으로 내려갔을 때도 뭐 하는 짓이냐
고 소리를 지르려고 했다. 그런데도 예원은 말을 잃어버린 인어 공주
처럼 입만 벙긋댈 뿐이었다. 그건 아래층에 내려간 우형이 방문을 열
고, 그의 침대에 내려놓을 때까지 지속되었다. 예원은 차가운 시트가
등에 닿자 깜짝 놀라 발버둥을 치려고 했다. 그러나 축 늘어진 몸은
손가락 하나 움직이지 못할 정도로 무거웠다.

"아프면 아프다고 말해."

우형이 퉁명스런 말투로 말했다. 그제야 예원은 자신의 몸이 불덩
어리처럼 열에 들뜨고 있다는 것을 알았다.

"조금 있으면 의사가 올 거야."

우형이 다시 예원의 이마에 손을 올려놓았다.

"왔나 보군."

우형이 초인종 소리를 듣고 일어섰다.

곧이어 헐레벌떡 뛰어온 것이 분명한 남자가 들어왔다.

"이 아가씨가 널 당황하게 만든 주범인거지?"

남자는 자신의 이름이 황명관이고 우형의 동창이라고 짤막하게 설명한 뒤 청진기를 꺼냈다. 가슴 위로 차가운 청진기를 통해 예원의 숨소리가 의사의 귀에 들어갔다. 황명관은 열을 잰 후 곧 '어지럽죠?' 라고 물었다.

"몸살인 것 같으니까, 처방전 써 줄게. 하여간 너 때문에 내 애인 골났다."

황명관은 우형의 어깨를 툭 쳤다. 언뜻 그의 얼굴에 안도가 스쳐간 것을 본 것 같았지만 예원은 몹시도 졸렸기에 잠에 빠져 들었다.

두런두런 목소리가 멀어지는가 싶더니 어느 사이 몸이 일으켜지면서 입 안에 약이 들어왔다.

"삼켜."

명령에 반발할 기색도 없이 예원은 자동적으로 입 안에 들어온 약과 물을 목구멍 속으로 밀어 넣었다.

"잘했어."

부드러운 목소리가 들렸다. 예원은 아주 어렸을 때 들었던 칭찬과 같은 말투에 감은 눈을 억지로 떠보려고 했으나, 이내 포기했다. 어느 정도 시간이 흘렀을까. 두 눈은 여전히 감겨 있었지만, 의식은 조금씩 돌아오고 있었다. 따뜻한 숨결이 다가왔다. 그 숨결이 곧 이마에 닿는 입술의 감촉으로 변했을 때, 예원은 놀라기보다는 코에 닿는 향기가 조금 더 머물기를 바랐다.

우형은 곤히 자고 있는 예원의 이마에 입맞춤을 한 뒤 몸을 일으켰다. 그러나 셔츠를 움켜잡은 예원의 손에 의해 몸만 반쯤 일어서는 엉거주춤한 자세로 서 있게 되었다. 우형은 부드럽게 셔츠를 잡은 예원의 손을 떼어내려 했으나, 그 손은 완강히 버티었다.

결국 한숨을 내쉰 우형은 예원의 옆에 누웠다.

우형은 예원을 품으로 끌어당겼다. 품 안으로 바싹 다가온 작은 몸이 어린 시절을 떠오르게 했다. 그건 예원도 마찬가지였다.

나른한 오후였다. 볕 좋은 날 마루에 누워 있던 소년은, 크게 하품을 하며 배 위에 머리를 기대는 꼬마의 묵직한 무게에 고개를 들었다. 어느새 꼬마는 잠이 들어 있었다. 구름 한 점 없는 맑은 날, 햇살이 눈부시게 쏟아진 날 빨랫줄에는 주렁주렁 매달린 빨래가 바람에 간간히 흔들렸다. 하늘을 비행하던 잠자리를 보며, 어느 집 개가 짖는지 나른한 낮잠을 즐기던 꼬마를 뒤척이게 했다. 졸음을 이기지 못한 소년은 꼬마를 반듯하게 눕힌 뒤 두어 번 토닥이며 잠에 빠져 들었다. 짧지만 긴 잠을 자던 그날처럼 지금도 그랬다. 단지 그날과 다른 것은 우형의 입술이 미열을 동반한 예원의 몸 구석에 흔적을 남기고 있다는 거였다. 평소라면, 열에 들뜬 여자를 안는다는 것은 상상도 할 수 없었다. 아니, 그의 인생에서 여자는 불필요한 존재였고 수의 말대로 겉모습만 바람둥이인 남자이기에 여자와의 경험은 짧았다. 분명 경험은 짧았지만 여자의 몸에 퍼붓는 뜨거운 입술은 능숙한 정복자의 모습으로 흔적을 남기고 있었다.

- 이상한 나라에서 온 선물 2권에서 계속 -